MICHAEL CORDY

RÉSURRECTIONS

ROBERT LAFFONT

Titre original :
THE MIRACLE STRAIN

Traduit de l'anglais
par Jean Rosenthal

ISBN : 2-266-09870-5

Pour Jenny

Ils sont en vous et en moi ; ils nous ont créés, corps et âme ; et l'unique raison de notre existence, c'est de les préserver... on les appelle gènes.

RICHARD DAWKINS

Ah, mais l'homme doit chercher à atteindre ce qui est hors de sa portée, sinon, à quoi bon un paradis ?

ROBERT BROWNING

Prologue

1968 : sud de la Jordanie

Était-ce bien vrai ? Après deux mille ans d'attente, la prophétie allait-elle s'accomplir ? De son vivant, et sous sa direction ?

L'hélicoptère survola Pétra, son ombre voletant comme un insecte au-dessus de l'antique citée taillée dans les falaises. Magnifiques, les statues et les colonnes baignaient dans la lumière rouge de la fin d'après-midi, mais Ézéchiel de la Croix ne regardait pas : pour une fois, il restait indifférent à la stupéfiante beauté de la ville abandonnée. Le regard rivé à l'horizon, il scrutait l'océan de sable, cherchant l'endroit où l'hélicoptère allait finir par se poser.

Un de ses compagnons de voyage – au costume sombre aussi froissé que le sien – s'agita près de lui. Les deux hommes à ses côtés dormaient, épuisés par leur voyage. Ils n'avaient pris aucun repos depuis qu'ils étaient venus interrompre le conseil d'administration de sa banque à Genève, pour lui apporter la nouvelle.

La nouvelle qui allait tout changer. Si elle était véridique.

Ézéchiel consulta sa Rolex puis lissa ses cheveux blancs clairsemés. Entre le départ de Genève, la location de l'avion taxi jusqu'à Amman et l'embarquement à bord de l'hélicoptère de la banque de la confrérie, il leur avait fallu toute une journée pour venir jusqu'ici. Cela avait dû coûter des centaines de fois plus cher qu'un vol normal. Mais, pour la confrérie, l'argent n'avait jamais été un problème. Seul le temps comptait. Deux mille ans d'attente.

Ils n'étaient plus maintenant qu'à quelques minutes de leur but. Il fit nerveusement tourner autour de son doigt son anneau de commandeur de la confrérie – un rubis rouge sang monté sur une croix d'or blanc – en se répétant qu'il n'aurait pas pu faire plus vite.

Le frottement rythmé des pales de l'hélicoptère ne faisait qu'accroître sa tension tandis que celui-ci filait au-dessus des dunes, laissant loin derrière les falaises de Pétra. Dix minutes encore s'écoulèrent, puis il vit enfin ce qu'il cherchait : cinq rochers serrés comme un poing vengeur au milieu du désert. Il se redressa sur son siège et contempla le plus haut d'entre eux, qui se dressait à une douzaine de mètres au-dessus du sol. La silhouette recourbée semblait lui faire signe. Un frisson lui courut le long du dos. Le pouvoir de ce lieu l'avait toujours ému, mais aujourd'hui c'en était presque insupportable.

Les cinq rochers figuraient sur bien peu de cartes ou sinon n'y étaient qu'à peine dessinés. Mis à part les sourciers de l'Antiquité et les Babyloniens, qui voilà des milliers d'années erraient dans ce désert sablonneux et, plus récemment, les Bédouins, seuls les membres de la confrérie les connaissaient. Mais même les princes du désert évitaient le groupe de rochers, fuyant leur ombre étique pour aller plus au nord, jusqu'à Pétra. Pour des raisons connues d'eux seuls, ils se sentaient mal à l'aise à la proximité de cet endroit qu'ils appelaient Asbaa el-Lah : Les Doigts de Dieu.

– On va se poser ! cria le pilote, dominant le fracas des rotors.

Ézéchiel ne dit rien, toujours fasciné par les rochers. Garées sous le surplomb de l'un d'eux, il distingua trois Land Rover poussiéreuses. Un rideau de nattes attaché à leur pare-chocs arrière permettait d'effacer leurs traces. Manifestement, d'autres frères étaient déjà là.

Ézéchiel jeta un coup d'œil à ses compagnons toujours endormis. Pour ceux qui n'appartenaient pas à la confrérie, l'un était un éminent industriel américain, l'autre un important homme politique italien. Tous deux faisaient partie du Conseil restreint dont les quatre autres membres étaient probablement déjà à la caverne sacrée. Combien d'autres frères la rumeur avait-elle attirés jusqu'ici ? Même l'obsession du secret qui caractérisait leur organisation ne pouvait s'opposer à un tel événement.

Ils approchaient de la base du plus haut rocher : le grondement des rotors parut s'accroître. Quand l'hélicoptère finit par se poser, Ézéchiel de la Croix, avec une agilité surprenante pour ses soixante ans, sauta sur le sol cuit par le soleil. Plissant les yeux pour se protéger des grains de sable, il passa en courant sous les pales. Devant lui se dessinait une ouverture dans la paroi rocheuse. Un homme vêtu d'un costume léger se tenait près de la voûte d'entrée de la grotte : Ézéchiel reconnut aussitôt le frère Michel Urquart. Urquart avait été un brillant avocat, mais, en regardant sa silhouette empâtée et vieillie, Ézéchiel se demanda s'il n'était pas, comme tous ceux du Conseil restreint, trop âgé maintenant et trop fatigué pour faire face aux nouveaux défis qui les attendaient.

Ézéchiel serra la main de frère Michel.

– Puisse-t-il être sauvé, dit Ézéchiel.

La main gauche du frère étreignit alors sa propre main gauche, les deux poignées de main formant une croix.

– Pour qu'il puisse sauver les justes, répondit Urquart, complétant l'antique salut.

Les mains se séparèrent et Ézéchiel demanda :

– A-t-elle changé encore ?

Son regard mettait au défi son interlocuteur de lui

annoncer qu'il avait fait pour rien cet éprouvant voyage.

Un sourire s'épanouit sur le visage las de frère Michel.

– Non, père Ézéchiel, elle est toujours comme on vous l'a dit.

La tension qu'Ézéchiel ressentait dans tous ses muscles lui permit tout juste d'esquisser un sourire fugace. Sans se soucier des deux autres frères qui débarquaient encore groggy de l'hélicoptère, il tapota l'épaule d'Urquart et pénétra dans la caverne.

Celle-ci, creusée par l'érosion, n'était en rien différente des grottes naturelles de la région. Haute d'environ trois mètres, sur près de six mètres de largeur et de profondeur, on n'y distinguait aucun signe évident de présence humaine, à l'exception des torches disposées le long des parois. Mais, devant lui, dans la pénombre, Ézéchiel fut soulagé de constater qu'on avait ouvert le portail dissimulé dans la paroi du fond : il fallait du temps pour faire pivoter la lourde dalle. Ézéchiel de la Croix franchit l'ouverture. Deux grosses lampes à butane illuminaient un sol de mosaïque et des murs où étaient gravés les noms de tous ceux qui avaient disparu avant eux : les milliers de frères qui avaient attendu en vain ce moment. Au centre de la salle se trouvaient les Grands Degrés, un escalier en spirale sommairement taillé dans la pierre qui s'enfonçait sur une soixantaine de mètres dans la roche sous les sables de la Jordanie.

Sans attendre les autres, Ézéchiel descendit les marches usées. Ignorant la corde, il utilisa la paroi fraîche pour se guider dans sa progression. En bas, la flamme des torches luttait contre les ténèbres épaisses, vacillant dans la brise souterraine qui venait du labyrinthe des tunnels d'aération. Sous cet éclairage incertain, les sculptures et les fresques du plafond semblaient danser devant lui.

Il s'engagea alors dans le passage qui serpentait

jusqu'à la caverne sacrée. Se forçant à ne pas courir, il le franchit à grands pas, ses talons claquant sur le sol de roche lisse, polie par les pieds innombrables qui l'avaient précédé.

Au dernier tournant, il entendit des voix et fut surpris de voir une dizaine d'hommes rassemblés devant les hautes portes d'ébène, sculptées de chevrons et de croix héraldiques, qui protégeaient la caverne. La nouvelle, de toute évidence, s'était répandue au-delà du Conseil restreint et d'autres membres de la confrérie étaient venus voir si les rumeurs étaient fondées. Il reconnut, près des portes voûtées, la corpulence de frère Bernard Trier, qui caressait nerveusement son petit bouc, et la haute silhouette décharnée de frère Darius, les deux derniers membres du Conseil restreint. Le premier, Darius avait aperçu Ézéchiel. Il leva la main, ses compagnons se tournèrent aussitôt vers leur chef et firent le silence.

Passant devant eux, Ézéchiel échangea avec frère Darius le salut rituel.

– Puisse-t-il être sauvé.

– Pour qu'il puisse sauver les justes.

Sans laisser à Ézéchiel le temps de l'interroger, Darius se tourna vers son jeune collègue :

– Frère Bernard, vous allez attendre ici pendant que j'accompagne le Père à l'intérieur. Dès l'instant qu'il aura donné son avis et déclaré le signe authentique, vous pourrez ouvrir les portes.

Bernard entrebâilla le battant gauche dont les antiques gonds émirent un grincement de protestation. Ézéchiel et Darius se glissèrent à l'intérieur, puis la porte se referma avec un bruit dont l'écho se répercuta.

Comme toujours, quand Ézéchiel pénétrait dans la caverne sacrée, il s'arrêta, frappé par sa simple grandeur : les grossières colonnes carrées soutenant des tonnes de rochers au-dessus d'elles ; les tapisseries qui ornaient les parois sculptées ; la multitude de torches et de cierges dont la douce lumière donnait au plafond taillé dans le roc l'aspect de l'or martelé. Mais, aujourd'hui, son regard se fixa sur un seul point : l'autel tout au fond de la caverne.

Pour mieux voir, il passa devant les piliers pour gagner le centre de la pièce. À présent, il distinguait clairement l'autel avec son drap familier de toile blanche frappé de la croix pourpre. Mais ce fut au-devant que son regard s'arrêta, sur la fente arrondie dans le sol de pierre. L'orifice, pas plus large qu'une tête d'homme, avait une bordure de plomb en forme d'étoile. Il en jaillissait une flamme haute d'une cinquantaine de centimètres.

À pas hésitants, Ézéchiel de la Croix s'approcha du feu sacré qui brûlait depuis plus de deux mille ans. Il en fit quatre fois le tour et finit par reconnaître la vérité de ce qui s'offrait à ses yeux. Le doute n'était pas permis. La flamme qui avait, vingt siècles durant, brûlé d'une lueur orange était maintenant d'un blanc éblouissant, d'un blanc bleuté qu'on n'avait pas vu depuis que le premier Messie avait foulé la terre.

Les larmes lui montèrent aux yeux. Il était incapable de les retenir. Sentir sa destinée s'accomplir, avoir le privilège d'un tel honneur, c'en était trop. Il s'était toujours douté qu'à la fin du second millénaire la flamme sacrée annoncerait la parousie – le Second Avènement. Mais il n'avait jamais osé espérer que la prophétie pourrait se réaliser sous son commandement. Il regrettait seulement que son père ainsi que tous ses ancêtres et tous les membres disparus de la confrérie ne puissent partager avec lui cet instant : l'instant auquel ils avaient voué leur existence.

– Père Ézéchiel, dois-je laisser entrer les autres ? demanda la voix rauque de frère Darius derrière lui.

Ézéchiel se retourna : il vit que le frère aussi avait les yeux pleins de larmes. Il sourit.

– Oui, mon ami. Qu'ils viennent voir ce que nous avons vu.

Il attendit près de l'autel. Les membres du Conseil

restreint entrèrent dans la caverne de la Lumière sacrée, suivis des autres frères. Ézéchiel resta un moment silencieux, laissant leurs yeux avides se repaître de la flamme. Quand ils l'eurent admirée à loisir, il leva les bras pour réclamer le silence.

– Mes frères, le signe est authentique. La prophétie s'est accomplie.

S'interrompant, il tourna les yeux vers les visages rassemblés autour de lui, son regard s'efforçant de croiser celui de chacun.

– Le Messie est de nouveau parmi nous. Notre longue attente est terminée : la recherche peut maintenant commencer.

Tout en regardant ses disciples exulter, Ézéchiel n'avait qu'une prière sur les lèvres : il voulait vivre assez longtemps pour satisfaire au Premier Impératif de la Confrérie du Second Avènement. Souriant maintenant, il leva haut les bras comme pour s'efforcer de toucher le ciel.

– Puisse-t-il être sauvé, dit-il d'une voix qui retentit dans toute la caverne.

Le visage rayonnant de ferveur, ils levèrent les bras à leur tour en répondant d'une seule voix :

– Pour qu'il puisse sauver les justes.

Première partie

Au milieu des prophètes

1

Stockholm.
10 décembre 2002. Minuit

Il neige encore, comme il a neigé durant toute la cérémonie de remise des prix et durant le banquet qui lui a succédé. Les gros flocons qui tombent du ciel noir sont happés par le faisceau des projecteurs qui illuminent la brique rouge du Stadshuset, la mairie de Stockholm. Bravant le froid et la neige, une petite foule courageuse s'est rassemblée sur les marches pour assister au départ du couple royal et des lauréats.

Les mains profondément enfoncées dans les poches de son pardessus, une silhouette aux larges épaules s'avance, dans l'espoir peut-être de mieux voir. Mais, tandis qu'elle suit le docteur Tom Carter qui sort de la mairie pour plonger dans la nuit suédoise, sa femme ne remarque pas le regard insolite que ce curieux porte sur son mari.

Olivia est trop occupée à s'assurer que sa fillette de huit ans boutonne bien son manteau rouge.

– Mets ton chapeau aussi, Holly. Il fait glacial.

Holly plisse ses yeux noisette tout en boutonnant son col.

– Ça me donne un air abruti.

– Abruti ? Ça, c'est nouveau. Olivia se met à rire et enfonce le bonnet de fourrure sur ses cheveux blonds. En tout cas, il vaut mieux se sentir abruti que gelé.

– Tu n'as pas l'air abruti, Holly, dit Tom en se tournant vers sa fille. Il s'accroupit devant elle, ses yeux bleus l'examinant comme si c'était un cobaye de son laboratoire. Puis il hausse les épaules en souriant. Enfin, peut-être un peu.

Holly éclate d'un rire frais. Il lui prend la main pour l'aider à descendre les marches.

Ils sont mignons tous les deux, se dit Olivia en leur emboîtant le pas. Leur fille est superbe ! Olivia n'oserait jamais le lui dire ; ça a déjà été un exploit que de la persuader de renoncer à ses jeans, ses baskets, et de mettre une robe pour la cérémonie.

Tom se retourne en riant : Holly vient de lui dire quelque chose. Olivia voit s'adoucir le regard d'un bleu intense de son mari. Elle contemple sa silhouette dégingandée, les flocons de neige qui se posent sur ses cheveux noirs en désordre. Quel bel homme ! Surtout avec son habit, et son nœud blanc, qu'il porte sous un manteau de cachemire. Jasmine et lui méritaient tous les deux le prix et Olivia est si fière d'eux que c'est à peine si elle remarque le froid mordant.

Là-dessus, le docteur Jasmine Washington vient la rejoindre. La jeune informaticienne dissimule ses cheveux courts, coupés à l'afro, sous le capuchon d'une cape bleu clair qui brille sous les projecteurs d'un éclat presque électrique. La peau sombre de son visage de lutin contraste avec la neige et le blanc de ses yeux.

À ses côtés, Jack Nichols, l'associé de Tom chez GENIUS Biotech Diagnostics. Il s'avance vers Tom et lui donne une tape sur l'épaule pour le féliciter encore une fois. Un peu plus petit que Tom, Jack fait quand même plus d'un mètre quatre-vingts et il est athlétique. Avec son visage taillé à coups de serpe, traversé d'une cicatrice en forme de croissant qui court de sa narine gauche jusqu'à la commissure des lèvres, il a plutôt l'air d'un boxeur que du codirecteur de la plus grosse entreprise biotechnique du monde.

Leur groupe est presque au complet ; ils se dirigent vers les limousines à l'intérieur illuminé. De vrais carrosses ! Olivia est impressionnée par l'ampleur de la foule massée au bas des marches. Sans doute la plupart de ces gens, tout comme la police, s'intéressent-ils surtout au roi Charles Gustave XVI et à la reine Silvia, dont la voiture est en train de démarrer. Mais bien des flashes aussi jaillissent autour de leur petit cortège.

– Jazz, où sont les autres ? demande Olivia.

Le père de Tom et le fiancé de Jasmine sont aussi de la fête. Jasmine désigne le bâtiment.

– Ils sont là-bas derrière à bavarder avec le type qui a obtenu le prix de littérature.

– Alors, demande Olivia en souriant à son ancienne camarade de chambre de Stanford, quel effet ça fait d'être prix Nobel ? Et dire qu'il y a une douzaine d'années, tu t'inquiétais à l'idée de trouver un travail qui te changerait. Tu te souviens ?

Jasmine rit, l'éclat de ses dents blanches ressort sur sa peau.

– Hé oui.

Elle a un petit haussement d'épaules désinvolte, mais Olivia voit bien dans quel état d'excitation elle est. Obtenir une bourse pour Stanford, puis décrocher un doctorat au MIT, c'étaient déjà des résultats impressionnants pour n'importe qui, encore plus pour une gosse du ghetto venant des cités nouvelles de South Central à Los Angeles. Mais ça, c'était autre chose.

– Et maintenant, toi et Tom avez changé le monde.

Ils l'avaient fait, à en croire le directeur de l'institut Karolinska, l'établissement qui décerne le prix

Nobel de médecine et de physiologie. Le petit homme aux cheveux argentés avait salué la découverte de Tom, née de la rencontre de sa maîtrise de la génétique avec le génie informatique de Jasmine, l'exploit scientifique le plus remarquable depuis la découverte de la double hélice de l'ADN par Watson et Crick. Une découverte qui sauverait des vies innombrables. Olivia se souvient comment, en janvier 1999, Tom et Jasmine avaient démontré pour la première fois la possibilité pour le génescope de décoder tous les gènes humains à partir d'une cellule unique. D'un seul coup, leur invention avait rendu inutile le projet international de génome humain.

Jasmine tend la main pour tapoter le dos d'Olivia.

– Eh bien, ma filleule n'avait pas l'air trop impressionnée. Je l'ai vue bâiller deux fois.

– Tu bâillais à la cérémonie, Holly ? interroge Tom en riant.

Holly a un reniflement penaud et souffle le flocon de neige posé sur son nez.

– Non. Enfin, un peu. C'était rudement long, tu ne trouves pas ?

Tom tourne la tête et croise le regard d'Olivia derrière lui. Ils échangent un sourire et, derrière son dos, il tend son autre main vers elle. Ils sont maintenant à trois mètres de la limousine. Leurs mains s'étreignent, Tom se retourne en se penchant vers elle comme il le fait quand il s'apprête à l'embrasser.

À cet instant, l'homme à l'ample carrure jaillit de la foule.

Comme il s'approche de Tom, Olivia tout d'abord ne le remarque pas. Puis, du coin de l'œil, elle voit la cicatrice en croissant sur le visage de Jack se crisper. Pourquoi a-t-il l'air si furieux ? si effrayé ?

Puis le temps semble se ralentir.

Une détonation sèche, Jack pousse Tom, lui arrache la main de celle de sa femme et le fait trébucher contre Holly.

Pendant cette fraction de seconde, elle voit distinctement l'homme. Il est planté devant elle, la main braquée vers l'endroit où se trouvait Tom.

Où elle se trouve, elle.

Une flamme jaillit de la main de l'homme et une autre détonation claque dans la nuit glacée. Une force énorme la frappe en pleine poitrine, chassant l'air de ses poumons, la précipitant sur le sol. Puis elle ressent un autre impact, et un autre, encore un autre, tout en dévalant les marches comme une poupée de chiffon. Elle est assommée, mais elle n'a pas mal quand elle essaie en vain de se relever.

Il faut qu'elle aille aider Tom et Holly.

Sur les marches au-dessus d'elle, elle voit Jasmine immobile, pétrifiée, sa cape d'un bleu électrique tachée de sang.

Olivia entend un hurlement, voit les grands yeux noisette de Holly – qui ressemblent tant aux siens – et son regard horrifié. Elle n'a plus sa capuche et la première pensée d'Olivia, c'est que Holly va prendre froid. Olivia essaie de sourire. Elle veut rassurer Holly, mais elle est incapable de bouger, elle sent quelque chose d'humide et de poisseux sur sa nuque : elle se rend compte soudain que c'est tout ce qu'elle arrive à ressentir.

Sa tête roule de côté, son regard se fixe sur son meurtrier qui s'enfuit, il disparaît déjà dans la foule abasourdie et elle est stupéfaite de ce qu'elle voit.

Où est Tom ? pense-t-elle. Il va tout arranger.

Elle l'entend qui l'appelle. Ça semble venir de loin, de très loin.

Puis, comme une pensée oubliée, sa voix disparaît, elle ne voit plus, elle n'entend plus.

– OLIVIA ! OLIVIA ! OLIVIA !

Plus le docteur Tom Carter hurlait le nom de sa femme, moins il arrivait à y croire. Se traînant sur les marches verglacées, il ne pensait pas à sa jambe blessée. De toute sa carrière de chirurgien, jamais il n'avait vu autant de sang provenant d'un seul corps : la neige autour d'Olivia était si rouge. Ça n'était pas possible : pas ce soir, surtout pas ce soir.

Tout s'était passé trop vite... se *passait* trop vite. Voilà quelques secondes, il avait tout. Et maintenant...

C'est à peine s'il pouvait poursuivre sa pensée. Le monde était devenu fou. La foule criait et vociférait tandis que la police s'efforçait de la contenir, formant un cercle autour de cet enfer où il se trouvait. Il y avait des hurlements de sirène, des flashes qui jaillissaient. Jack s'approcha de lui, son visage d'une pâleur de cendre.

Se penchant sur Olivia, Tom écarta doucement les mèches blondes, s'attendant à voir cligner ses yeux grands ouverts, à la voir sourire en le reconnaissant. Mais ils se contentaient de le fixer. La tête avait quelque chose de bizarre. Avec un horrible détachement, il constata qu'il manquait à Olivia tout l'arrière du crâne.

Il se pencha et l'attira vers lui.

– Pourquoi ? hurla-t-il, sans se rendre compte qu'il criait.

Puis une idée, plus glacée encore que la nuit, lui serra le cœur. Jack l'avait poussé hors de la ligne de feu. C'était *lui* que visait le tueur, pas Olivia.

C'était lui qui devrait être mort, pas elle.

Le remords, comme un poignard, le transperça, la nausée le secoua. Puis, au milieu du chaos, il entendit un petit gémissement derrière lui.

Holly ? L'affolement le prit juste au moment où Jack lui posait une main sur l'épaule.

– Holly ? cria-t-il, repoussant son ami, se retournant brusquement pour voir sa fille tachée de sang, réconfortée par sa marraine.

Sous son teint foncé, on devinait la pâleur du visage de Jasmine. Se précipitant sur Holly, Tom palpa sa fille pour s'assurer qu'elle n'était pas blessée, sans cesser de regarder ses yeux qui l'imploraient d'expliquer l'inexplicable. Avec un soulagement si immense que cela lui en coupa le souffle, Tom vit qu'elle allait bien et il la serra contre sa poitrine.

– Ça va aller, dit-il en caressant le visage de Holly, s'interposant entre elle et Olivia. Ça va aller. Je te promets.

Il disait cela autant pour lui que pour elle et, tandis que les infirmiers franchissaient le cordon de police, tout ce à quoi il parvenait à se raccrocher, c'était à l'idée que Holly était indemne.

Au moins, *elle* était sauve.

2

Boston, Massachusetts.
Samedi 21 décembre 2002

Ce que le docteur Jasmine Washington n'arrivait pas à comprendre, c'était pourquoi Tom Carter avait fait cela, surtout si tôt après la fusillade. Quelle qu'en fût la raison, ça la rendait furieuse.

Le gel avait donné aux pelouses du cimetière du mont Ashburn une coloration grisâtre, la même que le ciel d'hiver. Le pâle soleil de l'après-midi ne parvenait pas à réchauffer la centaine de personnes rassemblées dans ce paysage monochrome pour évoquer la vie d'Olivia et célébrer sa mort.

Jasmine Washington se tenait entre sa filleule et son fiancé, Larry Strummer. À son grand soulagement, pour une fois, on maintenait les médias à bonne distance, et la police restait discrète, à une quarantaine de mètres. Outre la famille d'Olivia, les collègues de GENIUS et les pairs de Tom dans la communauté scientifique et médicale, Jasmine reconnut un grand nombre des personnes qui avaient assisté à la cérémonie. Le gouverneur de l'État se tenait aux côtés de l'ambassadeur de Suède, venu témoigner de l'horreur et de la tristesse de ses compatriotes. Auprès d'eux, les professeurs du collège de Boston-Sud où Olivia avait enseigné l'anglais et la musique. Ses élèves étaient là aussi ; la classe de Holly. Certains pleuraient, tous restaient immobiles et silencieux. Olivia aurait été fière d'eux.

Jasmine était trop en colère pour pleurer la perte de sa meilleure amie. Elle avait déjà versé plus de larmes au cours des onze derniers jours que dans les trente-trois années de sa vie. Jasmine était encore une boursière effrontée quand elle avait rencontré pour la première fois Olivia à Stanford. À l'époque, cela ne lui avait pas paru un tel exploit de décrocher la prestigieuse bourse en science informatique pour l'un des collèges les plus recherchés. Quand elle était gosse, ses parents, des baptistes de stricte observance, l'avaient empêchée de traîner dans les rues : elle avait donc construit son premier ordinateur à l'âge de onze ans et elle avait préféré passer le plus clair de ses années de formation à rôder dans le « cyberespace ». Par une ironie du sort, c'était une erreur informatique à Stanford qui l'avait amenée à partager sa chambre avec une blonde wasp du Maine aux goûts d'artiste et qui préparait un diplôme de littérature anglaise. Jasmine souriait encore en se rappelant comment, alors que tout les opposait, elles avaient dès le départ été attirées l'une vers l'autre.

Jasmine serra autour de ses épaules son manteau de cachemire jaune canari. C'était la couleur la plus vive qu'elle ait pu trouver pour l'enterrement. Son amie aurait approuvé. Elle regarda Tom, Jack et les autres qui portaient le cercueil d'Olivia. Comme Tom hésitait à prendre appui sur sa jambe blessée, elle tressaillit de douleur avec lui. À n'en pas douter, il accueillait avec gratitude la diversion que lui apportait cette souffrance. Si Jasmine avait trouvé abominables les onze derniers jours, alors lui avait dû traverser l'enfer le plus désespérant qu'on puisse concevoir. Malgré cela, elle ne pouvait toujours pas s'empêcher d'être furieuse de ce qu'elle *croyait* qu'il avait fait. Les preuves qu'elle avait relevées au labo ce matin n'étaient pas concluantes.

Elle regarda sa filleule, qui se tenait raide aux côtés

de la frêle silhouette aux cheveux blancs de son grand-père, Alex Carter. Elle se demandait comment le professeur de théologie de Harvard en semi-retraite expliquait le meurtre d'Olivia. Pour elle, c'était trop demander à sa propre foi. La police suédoise et maintenant le FBI avaient une théorie : c'était un activiste antithérapie génique. Mais, même si on avait un cliché de lui, on n'avait encore pas la moindre idée de son identité ni de ses mobiles.

Au moins les psychiatres avaient-ils été encouragés par la façon dont Holly réagissait. Loin de vouloir effacer l'horreur d'avoir vu sa mère tuée sous ses yeux, elle en gardait un souvenir presque indélébile. À bien des égards, elle était mieux préparée que quiconque à faire face à ce qui s'était passé. Jasmine avait même entendu plus d'une fois la fillette demander à Tom comment *lui* tenait le coup. C'était ce courage et le fait que Holly s'en tirait si bien qui exaspéraient à ce point Jasmine contre Tom.

Elle scruta le visage de ce dernier tandis qu'ils déposaient le cercueil d'Olivia près de la tombe. Plus elle regardait ces yeux bleus, plus elle y voyait autre chose que du chagrin : de la peur ou quelque chose d'avoisinant. Chaque fois que Tom regardait sa fille, Jasmine était de plus en plus convaincue de ce qu'elle avait découvert au labo.

Cela devait avoir un rapport avec la tumeur que le chirurgien suédois avait trouvée dans le cerveau d'Olivia en procédant à son autopsie. Une tumeur qui, de toute façon, l'aurait emportée si les balles du tueur ne s'en étaient pas chargées. La mère de Tom était morte d'un cancer analogue voilà une trentaine d'années : Jasmine le savait. Pas besoin d'être psychanalyste pour savoir que c'était une des principales raisons qui avaient poussé Tom à consacrer son incroyable intelligence au traitement de la maladie : non seulement en devenant chirurgien à l'hôpital Johns-Hopkins avec deux ans d'avance sur ses condisciples, mais en passant brillamment une thèse de doctorat en génétique à Harvard. Mais ce n'était pas parce que sa mère et sa femme avaient eu des cancers similaires que cela justifiait un examen complet au scanner des gènes de Holly.

Tom s'éloigna du cercueil et les pensées de Jasmine revinrent à sa troisième année à Stanford. Cela faisait maintenant plus de douze ans. Elle se croyait si maligne à l'époque... jusqu'au jour où elle avait assisté au cours du docteur Tom Carter. Tom avait alors à peine la trentaine et il était déjà une sommité en génétique : il voyait dans la thérapie génique *le* moyen d'avenir pour traiter le cancer et les maladies héréditaires. À l'époque, sa société, GENIUS, se spécialisait dans cette thérapie et dans le développement de protéines produites par ingénierie génétique, comme l'interleucine recombinante et l'hormone de croissance. Sa société était encore relativement modeste, mais sa taille et sa réputation ne cessaient de grandir.

La conférence donnée par Tom avait pour titre : « De l'usage des ordinateurs dans le décodage du génome humain. » Jasmine se rappelait comment elle avait étouffé un rire quand ce grand type aux cheveux ébouriffés s'était levé pour prendre la parole. Mais elle avait cessé de rire dès qu'il avait commencé à parler de sa conception d'un microscope-ordinateur hybride capable de déchiffrer tout le génome d'un individu, soit quelque cent mille gènes à partir de l'échantillon emmagasiné dans l'ADN d'une seule cellule du corps. Tom Carter ne voulait rien de moins que décoder le logiciel de la race humaine. Dès cet instant, Jasmine avait compris qu'elle devait travailler avec lui.

Voilà plus de trois ans, ils avaient concrétisé cette vision en créant le génescope. Mais aujourd'hui, la seule idée que Tom l'utilisait sur sa fille de huit ans en parfaite santé la faisait bouillir. Quelles que fussent ses raisons et si brillant qu'il fût, il y avait des moments où Tom Carter pouvait être tout simplement stupide.

Boitillant, Tom s'approcha de leur petit groupe et vint s'installer entre Alex et Holly. Le prêtre entama ses prières et Tom se pencha pour prendre la main de sa fille.

Jasmine essaya de saisir le regard de Tom, mais il avait les yeux fixés droit devant lui sur la tombe. Elle avait encore le temps, se dit-elle. Même s'il avait passé Holly au scanner, elle pouvait encore l'empêcher d'examiner les résultats.

Tom ne se souciait ni de Jasmine ni du prêtre. Dévoré par son sentiment de culpabilité, il ne pensait qu'à Olivia.

Rencontrer Olivia et l'épouser avaient été pour lui une chance formidable. Il n'avait jamais su s'y prendre avec les femmes : de charmantes distractions, certes, mais qui le détournaient de son travail. Il n'arrivait toujours pas à comprendre comment il avait séduit les quelques petites amies qu'il avait eues. Toutes intelligentes, et belles pour la plupart. Il n'avait jamais couru après aucune d'elles, mais elles avaient adopté cet « enfant à problèmes », persuadées qu'avec assez d'amour et d'affection elles pourraient en faire le mari idéal. Toutes avaient fini par renoncer.

Mais avec la blonde Olivia Jane Mallory, les choses avaient été différentes. Lorsque Jasmine Washington avait présenté Tom à sa camarade de chambre, il avait tout de suite compris ce qu'était ce fameux coup de foudre dont parlaient les poètes. On aurait pu dresser un véritable tableau clinique de sa réaction : paumes moites, cœur battant, perte d'appétit, désarroi, il n'eut aucun problème à identifier les symptômes. Mais le mal et sa cause étaient d'ordre moins scientifique que métaphysique. En un éblouissement, Olivia était devenue aussi importante pour lui que son propre corps. Dès cet instant, il l'avait poursuivie avec une passion qu'il n'avait jamais éprouvée que pour son travail. Huit mois plus tard, à Paris, elle l'avait laissé pantois en répondant par un oui à sa demande en mariage. Et ce soir-là, à Montmartre, lui qui ne savait pas esquisser le moindre pas avait dansé jusqu'à l'aube.

Et maintenant, elle était morte. Il n'arrivait toujours pas à y croire. Hier après-midi encore, quand il était entré dans la véranda de leur maison de Beacon Hill, la pièce qu'elle préférait, il avait presque cru qu'elle serait là, en train de lire ou de soigner ses plantes. Une partie de lui voulait espérer qu'elle était toujours dans la maison. Mais elle serait à jamais dans la pièce d'à côté.

Il sentit la petite main de Holly serrer la sienne. Elle faisait des efforts si désespérés pour ne pas éclater en sanglots que, s'il s'était senti moins hébété, il aurait pleuré pour elle.

Il la prit contre lui. Par son étreinte, il aurait tant voulu faire sortir d'elle sa douleur.

– Papa, murmura-t-elle entre ses larmes, maman me manque. Je voudrais que ce vilain homme ne l'ait pas tuée.

– Moi aussi, Holly. Moi aussi. Mais elle est en sûreté maintenant et tout va aller bien, lui murmura-t-il à l'oreille d'une voix apaisante.

Mais comment tout pourrait-il jamais de nouveau aller bien ! Pouvait-il prendre la peine de Holly et l'éprouver lui-même ? Son propre chagrin était déjà si profond. Il se sentait si engourdi qu'il ne parvenait même pas à ressentir la moindre rage.

Seule la culpabilité avait ouvert une brèche dans ses défenses. Lorsqu'il avait remercié Jack, chacun avait détourné la tête pour éviter de regarder l'autre : tous deux savaient que Jack non seulement avait sauvé la vie de Tom mais avait tué Olivia. Tom s'appuya sur sa jambe blessée, accueillant avec gratitude la souffrance. Une balle lui avait traversé la jambe. Une autre avait déchiqueté le corps d'Olivia.

Son sentiment ne s'arrêtait pas là. Il réveillait des

souvenirs : la mort de sa mère et sa propre impuissance.

Après avoir appris qu'Olivia souffrait d'une tumeur, une nouvelle forme de culpabilité l'avait envahi. Instinctivement, il étreignit de nouveau Holly. D'autres balles plus lentes, plus silencieuses avaient-elles déjà été tirées ? Des balles qui une fois de plus le manqueraient mais qui trouveraient cette fois une cible encore plus vulnérable.

Il fallait savoir.

Le prêtre continuait de psalmodier l'office des morts tandis qu'on descendait le cercueil dans la terre. Ce fut alors seulement, en regardant les derniers et faibles rayons du soleil effleurer les poignées de cuivre, que Tom comprit que sa femme le quittait vraiment : que le soleil ne caresserait plus jamais Olivia. Chacun lança une pelletée de terre dans la fosse et attendit patiemment que le prêtre eût terminé ses prières.

Les gens commençaient à regagner les voitures quand il sentit quelqu'un le tirer par la manche. C'était Jasmine. Elle le foudroya du regard.

– Tom, il faut qu'on parle. Maintenant !

– Ça ne peut pas attendre la veillée ?

– Non !

Alex Carter était près de Tom. Dans le visage sévère sous la crinière de cheveux blancs, ses yeux bleus brillaient, perçants, derrière d'élégantes lunettes. Comme toujours, il avait l'air de s'adresser à l'un de ses étudiants en théologie.

– Quel est le problème ?

– Quelque chose dont il faut que je parle à Tom, dit Jasmine en lançant à ce dernier un regard appuyé. Seule !

Tom comprit soudain. Il était parti si précipitamment ce matin qu'il avait laissé en désordre sa table au labo, avec l'intention de la ranger quand il reviendrait après la veillée pour lire les résultats. Jasmine avait dû passer à GENIUS et deviner ce qu'il faisait.

– Papa, pourrais-tu emmener Holly ? Nous te suivrons.

Alex prit un air étonné.

– Tu devrais aller à la veillée avec ta famille. Il faut que tu y sois avec Holly.

– Papa, je t'en prie. Je ne peux pas t'expliquer maintenant. Tom s'accroupit auprès de Holly et vit son petit visage se chiffonner. Hol, je veux juste parler de quelque chose à Jazz. Tu vas rentrer avec grand-père et je te retrouverai là-bas. D'accord ?

Il était navré, mais il ne pouvait pas discuter de ça devant Holly. Il l'embrassa tendrement sur la joue.

– On sera juste derrière toi.

Elle eut un petit hochement de tête, essayant de comprendre.

– Mais, Tom..., protesta Alex.

– Papa, je t'expliquerai plus tard, dit-il en prenant Jasmine par le coude et en l'entraînant rapidement loin des personnes qui attendaient pour présenter leurs condoléances.

Ils montèrent dans une des limousines garées à l'entrée.

– Quand vas-tu consulter les résultats du scanner de Holly ? demanda Jasmine dès qu'elle eut refermé la portière.

Tom tout d'abord ne dit rien. Il éprouvait un étrange soulagement à l'idée qu'elle savait. Il avait horreur de garder des secrets.

– Après la veillée, finit-il par répondre.

– Pourquoi as-tu fait ça, Tom ?

– Je n'avais pas le choix. Il faut que je sache.

– Foutaise ! répliqua Jasmine. Totale foutaise. Le génescope va te dire des choses que tu n'as pas envie de connaître – ni besoin de savoir. Et sûrement pas pour l'instant, Tom.

Trois kilomètres au nord-est, une fois dépassé l'université de Harvard, le campus de GENIUS Biotech Diagnostics était paisible : la plupart des employés ne travaillaient pas le dimanche et certainement pas le soir. En fait, à part les projecteurs à halogène qui permettaient aux caméras de télévision en circuit fermé de surveiller les ateliers où l'on produisait les protéines, presque tout le campus était plongé dans l'obscurité. On apercevait bien quelques lumières dans la vaste pyramide de verre photosensible qui dominait le site et abritait la direction générale. Mais pas aux deux derniers étages, où se trouvaient les services commerciaux, la salle du conseil d'administration et les bureaux des directeurs, y compris celui de Jack Nichols. On distinguait une lueur dans les laboratoires des deux niveaux intermédiaires. Au rez-de-chaussée, la seule lumière provenait de la réception et du service déserté de Technologie de l'information de Jasmine Washington. On traitait là, sans interruption, les renseignements fournis par les filiales de GENIUS à travers le monde. Comme c'était en général le cas avant Noël, la petite salle de l'infirmerie était vide et plongée dans l'obscurité.

Au moment où Tom Carter et Jasmine Washington suivaient le service funèbre d'Olivia, il n'y avait pas âme qui vive sur le campus à l'exception des deux gardes de la loge principale et des deux autres qui surveillaient le circuit de télévision dans l'atrium de la pyramide.

Toutefois, au second étage de l'édifice, dans une section du laboratoire Mendel, un cerveau était au travail. Le cerveau appartenait à une entité baptisée DAN, ainsi nommée à partir d'un simple anagramme des premières lettres des trois mots Acide DésoxyriboNucléique : ADN.

En 1990 avait été lancé le projet scientifique le plus important depuis le programme spatial Apollo : celui du génome humain. Son objectif était simple : identifier chacun des quelque cent mille gènes qui constituent un être humain, en décodant les trois milliards de lettres du programme génétique de son ADN. Sous la direction d'abord de James Watson, le codécouvreur de la structure de l'ADN, le projet s'étendit bientôt à l'ensemble du globe, des savants de toutes nationalités s'associèrent dans une alliance sans précédent. Mais, vers le milieu des années 1990, malgré les grands progrès réalisés, des groupes rivaux commencèrent à breveter les gènes qu'ils découvraient et l'indispensable esprit de coopération disparut.

Au début de 1989, le docteur Tom Carter avait, indépendamment du projet du génome humain, développé le concept d'un appareil, mi-ordinateur, mi-microscope, capable de déchiffrer l'ADN directement à partir des chromosomes d'une seule cellule du corps : à peu près de la même façon qu'un scanner à la caisse d'un supermarché déchiffre un code-barres. L'année suivante, il avait perfectionné un processus théorique. Il ne lui manquait qu'un ordinateur assez puissant pour transformer son concept en réalité. Cette même année, lors d'une conférence à Stanford, il avait rencontré une jeune étudiante en informatique obsédée par les logiciels capables d'interpréter les séquences d'acides aminés. C'était Jasmine Washington. En neuf ans, ils avaient créé le génescope et réussi là où tous les savants du monde avaient échoué : ils avaient identifié l'emplacement et la fonction de chacun des 99 766 gènes qui caractérisent un être humain.

Un de ces génescopes émettait en ce moment même un sourd grondement tandis que son « œil » parcourait les trois milliards de lettres de la séquence d'ADN qu'il était en train de décoder :

ATG-AAC-GAT-ACG-CTA-TCA...

DAN, comme tous les génescopes du QG de GENIUS, était une machine de la quatrième génération, pouvant balayer jusqu'à cinquante échantillons d'un seul coup. Mais, ce soir-là, il se concentrait sur une cellule particulière.

Des voyants colorés, gros comme des yeux de chat, clignotaient sur le long col noir du microscope électronique guidé par laser, dit « œil de lynx ». Ils signalaient que la lentille à haute résolution se déplaçait d'un alignement aimanté d'ADN à un autre, en déchiffrant les gènes codés comme un code-barres multicolore.

Le grondement provenait de la boîte noire aux contours ovoïdes qui constituait le corps du microscope et contenait le « cerveau » du génescope : un bio-ordinateur de la septième génération, « esprit virtuel » imitant les réseaux neuronaux du cerveau humain. Il était littéralement vivant et, grâce à la bactériorhodepsine, une protéine primitive photosensible, les connexions étaient infiniment plus rapides et plus sûres qu'avec les puces de silicium. L'unité de traitement pouvait fonctionner un millier de fois plus vite que le plus perfectionné de ses homologues électroniques. Tandis que DAN continuait à gronder, son « esprit virtuel » déchiffrait les informations que lui envoyait « œil de lynx » au-dessus, et traduisait le programme génétique d'un des organismes qui l'avaient créé. Un être humain.

DAN était l'un des six appareils installés au fond des laboratoires du pavillon Mendel. Le long d'un des murs se trouvaient huit postes de travail dont chaque surface était d'un blanc étincelant et immaculé.

À l'exception d'une.

Là, une cartouche en plastique était posée près d'un microscope portable, une pipette restait abandonnée dans un bain de teinture fluorescente. À côté, de petits tubes à essai étaient placés devant un vase à bec et une lame d'un frottis de salive. Les vestiges d'un échantillon hâtivement préparé pour un examen au scanner du génotype.

La préparation était classique. Il fallait d'abord obtenir un échantillon de matériel génétique : un follicule pileux ou un peu de salive faisait l'affaire. On isolait alors sous le microscope une cellule avant de la placer dans un tube à essai et de la plonger dans un gel aimanté fluorescent. Cela faisait apparaître les vingt-trois paires de chromosomes de la cellule en teintant chacune des quatre bases de nucléotides de l'ADN d'une couleur différente. On scellait enfin la cellule ainsi teintée dans une cartouche stérile et on l'installait au sein du cygne noir.

CAT-ACG-TAG-GAC... l'« œil de lynx » de DAN parcourait la spirale d'ADN lovée dans les vingt-trois paires de chromosomes de la cellule, triant les différentes couleurs des bases de nucléotides qui formaient les anneaux de la chaîne. Elle transmettait ensuite l'information jusqu'à son cerveau qui continuait à contrôler l'ordre des lettres, chacune représentant une base azotée : cytosine, adénine, guanine, thymine, et déchiffrait les gènes qu'elles formaient. DAN ne cessait de se reporter à sa banque de données en constante évolution et à son réseau neuronal pour déterminer la chaîne d'acides aminés codée par chaque gène ; contrôlant ainsi quels types d'acides aminés se trouvaient dans la chaîne, quel était leur nombre et dans quel ordre ils étaient disposés. Le « cerveau virtuel », toujours aux aguets, pouvait alors déterminer quelle protéine allait être créée.

Les protéines sont comme les cubes d'un jeu de construction qui s'appelle la vie. Grâce à elles les gènes ordonnent tout changement physiologique en déterminant quelles cellules forment quels organes, en décidant comment les cellules devront se diviser et mourir. Ce sont elles qui font pousser nos cheveux, qui font que notre estomac digère les aliments, qui produisent les larmes et la salive, qui décrètent même notre « jour de mort » naturel aussi précisément que notre jour de naissance.

DAN, qui grondait maintenant de façon menaçante au bout de l'installation, était en train d'identifier chaque caractéristique physique, depuis la couleur des yeux jusqu'à la forme du nez ; il soulignait tous les points forts, depuis l'intelligence jusqu'aux dons athlétiques ; il prédisait chaque maladie, de la fibrose cystique jusqu'au cancer. Le génescope repérait toute déficience par rapport à la norme. Il s'assurait qu'aucune faute d'orthographe ne pouvait abîmer cette formule de vie humaine.

Soudain la tonalité changea et les voyants s'éteignirent l'un après l'autre, sauf celui qui signalait que la machine était allumée. Le génescope avait terminé sa tâche. En quelques heures, il avait décodé la formule génétique de vie qui définissait l'organisme humain connu sous le nom de Holly Carter et, ce faisant, avait lu son arrêt de mort.

Deux heures et trente-six minutes plus tard, la veillée était terminée. Tom Carter avait couché Holly et se trouvait maintenant avec Jasmine sur le campus de GENIUS. Les gardes lui firent signe de passer au moment où, sous les phares de sa Mercedes SEL de collection, jaillissaient en lettres chromées sur fond noir :

GENIUS BIOTECH DIAGNOSTICS
Vos gènes. Votre avenir. Votre choix

Empruntant l'allée couverte de givre, il passa devant le hangar aux protéines sur sa droite et la petite fontaine qui trônait au milieu des pelouses. Devant lui se dressait la vaste silhouette de la pyramide. Sans prendre la peine de descendre dans le parking, il stoppa devant la porte principale.

– Tu veux toujours aller jusqu'au bout, n'est-ce pas ? fit Jasmine auprès de lui. Seigneur, Tom, pour un type intelligent, tu peux vraiment être parfois stupide.

Il coupa le contact.

– Tu ne comprends toujours pas. Ça n'est pas une chose que j'ai envie de faire. Seigneur, c'est la dernière chose que j'ai *envie* de faire, mais il *faut* que je la fasse. Tu n'es pas obligée de m'accompagner, Jazz.

– Bon, ça va. Avec un soupir las, Jasmine descendit et claqua la lourde portière. Je ne vois toujours pas...

– Je te l'ai dit, Jazz. Le glioblastome multiforme qu'on a découvert dans le cerveau d'Olivia n'était pas très différent de l'astrocytome de ma mère.

– D'accord, Olivia avait une tumeur au cerveau, mais elle est morte maintenant et rien de ce que tu peux faire ne lui rendra la vie.

Tom secoua la tête, trop épuisé et sonné pour discuter. Jasmine était un esprit brillant, mais elle ne supportait pas l'ambiguïté. Tout pour elle était ou noir ou blanc, bien ou mal, comme le code binaire qui formait l'essentiel de son langage informatique. Même sa foi en Dieu, illogique pour une scientifique, restait pour elle un fait irréfutable. S'avançant jusqu'aux grandes portes vitrées, Tom posa une main sur le scanner d'ADN et attendit que, dans un chuintement, les portes, indiquant qu'il avait été identifié, s'ouvrent.

– En tout cas, ce qui est arrivé a épargné à Olivia de longues souffrances, reprit Jasmine derrière lui d'une voix plus douce.

Tom salua les deux gardes et traversa la salle dallée de marbre, passant devant les caméras de surveillance jusqu'à la batterie d'ascenseurs aux portes vitrées.

– Mais, Jazz, tout est là, dit-il. Je ne veux pas voir Holly souffrir comme ma mère et comme ç'aurait été le cas pour Olivia. Tu ne comprends donc pas ? On sait aujourd'hui que ces tumeurs du cerveau ont un composant génétique complexe. J'ai esquivé les balles qui ont tué Olivia. Et j'ai esquivé les gènes qui ont provoqué la tumeur de ma mère, grâce aux gènes sains que j'ai hérités de mon père. Mais Holly a fort bien pu hériter d'Olivia un jeu de gènes déficients en même temps que de mauvais gènes de ma mère par mon intermédiaire. Si c'est ça, alors il faut que je le sache.

Sans rien dire, Jasmine suivit Tom dans l'ascenseur. Il pressa le bouton numéro deux. L'ascenseur s'éleva sans bruit, glissant devant la mezzanine jusqu'à l'étage suivant tandis qu'il voyait l'atrium et les gardes rapetisser sous lui. Dans le silence, il entendait le souffle de Jasmine.

Elle allait dire quelque chose, puis parut se raviser.

– Vas-y, dit Tom. Demande-moi !

– D'accord. Et si Holly a bien hérité des gènes déficients ? Qu'est-ce que tu peux y faire ?

La porte de l'ascenseur s'ouvrit et Tom s'avança dans le couloir qui menait à une porte de sécurité en verre et chrome où s'inscrivait : *Pavillon Mendel. Entrée interdite à toute personne étrangère au service.* Appliquant sa main sur le scanner, il attendit que la porte le reconnaisse.

– J'en conviens, nous sommes encore à au moins cinq ans d'un traitement par thérapie génique. Je ferai de mon mieux pour que ce ne soit pas plus long, dit-il. Comme ça, si Holly a bien une prédisposition et qu'elle se manifeste quand elle aura une trentaine d'années, comme chez sa mère et sa grand-mère, alors elle devrait s'en tirer.

La porte s'ouvrit, des éclairages s'allumèrent automatiquement quand leur présence fut détectée. Les ampoules à tungstène donnaient l'impression d'un jour naturel tandis qu'ils passaient devant les grands bacs de cryopréservation où des échantillons de tumeurs étaient conservés à des températures de moins 180 degrés centigrades. Le laboratoire avait un aspect fantomatique : une mer immaculée de blanc, de chrome et de verre. Les seuls bruits qu'on entendait venaient de certains des instruments posés sur les tables et du sourd bourdonnement de la climatisation. Tom tendit l'oreille, mais il savait bien sûr que, sa tâche accomplie, DAN devait être silencieux maintenant. Il arriva à la porte donnant sur l'installation et sentit son estomac se serrer. Il avait effectué ce test d'innombrables fois auparavant mais jamais sur un proche.

– Mais que se passe-t-il si la prévision est plus rapprochée, Tom ? avant les cinq ans ?

À cela, il n'avait pas de réponse. Tom ouvrit la porte

de l'installation des génescopes, découvrant les six grands cygnes noirs qui semblaient le fixer avec une compassion malveillante.

– Viens ! dit-il. Voyons ce que DAN a à nous dire.

Jasmine adorait les génescopes. C'étaient ses enfants. Grâce à eux, d'une société biotechnique de pointe mais de taille moyenne, GENIUS était devenu un leader mondial dans son domaine.

Le génescope était si performant quand il avait été lancé voilà à peine trois ans que les concurrents avaient préféré payer pour l'utiliser plutôt que de rester à la traîne en essayant de créer leur propre modèle. Jack Nichols avait déployé tous ses talents commerciaux pour le vendre sous licence à travers la planète dans les laboratoires approuvés par GENIUS. Comme Jack se plaisait à le dire, envoyer un échantillon de tissu humain pour un scanner génétique était aujourd'hui aussi facile que d'« envoyer une pellicule chez Kodak ». Les génescopes étaient devenus l'étalon-or pour déchiffrer le logiciel humain et l'année dernière encore le magazine *Time* avait surnommé Tom Carter le Bill Gates de la génétique.

Le pouvoir des génescopes était si redoutable que même Jack s'en méfiait. Jasmine plus d'une fois l'avait entendu rire nerveusement en disant : « Ça n'est pas un putain de robot qui va me dire à *moi* quand je dois tirer ma révérence. » Toujours, bien entendu, hors de portée de voix des clients.

Jasmine avait été une des premières à faire le test sur elle. Elle ne s'était pas sentie particulièrement effrayée, mais elle avait été soulagée de découvrir qu'aucun tueur héréditaire ne la guettait dans un proche avenir. Maintenant, en suivant Tom devant la batterie de génescopes, elle comprenait les craintes de Jack. Il y avait quelque chose de profondément dérangeant à penser que cette machine en savait plus que vous à votre propos. Et ce soir, elle redoutait ce qu'un de ses enfants pourrait lui révéler sur Holly.

Elle s'assit près de DAN, tout au bout de l'installation. Du corps arrondi de l'appareil sourdait un léger ronron. L'écran de contrôle sur le bureau voisin était noir.

Elle se tourna vers Tom.

– Tu es sûr de vouloir faire ça ?

Il lui renvoya un petit sourire crispé et hocha la tête.

– DAN, dit-elle dans le microphone installé sur le col noir.

Tout le monde n'aimait pas le nom qu'elle avait inventé, mais il était resté et dans le monde entier maintenant on appelait les génescopes DAN.

Comme des yeux qui s'ouvrent, les voyants du col et les trois lumières blanches du corps ovoïde s'allumèrent. Puis le bourdonnement céda la place à un grondement.

– Passe en visuel, ordonna-t-elle.

– DAN, fit Tom, je suis ici aussi.

Soudain l'écran de contrôle s'alluma, et le logo de GENIUS apparut : une ampoule électrique entourée des spirales de l'ADN. Au-dessus s'inscrivait la devise de la société : *Vos gènes. Votre avenir. Votre choix.*

– *Veuillez choisir un menu*, fit DAN d'un timbre monocorde, sa mémoire reconnaissant les voix de ses créateurs.

Jasmine aurait voulu doter DAN d'une voix superbement modulée : la technologie permettait de programmer la voix qu'on souhaitait. Mais Tom et Jack avaient tous deux préféré que le déconcertant appareil s'exprime avec les accents monotones d'un robot. Cela contribuait peut-être à les rassurer, à leur faire croire que, malgré la construction organique du bio-ordinateur, le puissant génescope n'était que ça : un ordinateur.

– Donne-moi le menu des résultats, dit Tom.

Ses mots furent transcrits sur la partie supérieure de l'écran de contrôle, ce qui permettait de vérifier que le message était correctement reçu.

– *Quel est le nom du sujet ?* demanda poliment la voix.

– Holly Carter, fit Tom, prononçant bien distinctement le nom de sa fille.

– *Sujet trouvé. Veuillez choisir entre les options figurant sur l'écran : principales découvertes. Analyse par chromosome. Ou recherche génétique détaillée.*

– Découvertes principales, s'il te plaît.

– *Certainement, Tom.* Le menu Découvertes apparut sur l'écran tandis que DAN s'adressait à eux. *Vous êtes maintenant dans le menu PAPM. La sélection Profil vous donne une description générale du sujet fondée sur son ADN : couleur de cheveux, couleur de peau, taille... La sélection Avantages souligne dans le quart supérieur les points forts par rapport aux génomes standards. Par exemple, immunité à certaines maladies, intelligence. La sélection Préoccupations montre dans le quart inférieur les risques ou les prédispositions à des affections bénignes. La sélection Menaces souligne des déficiences potentiellement dangereuses : elle est protégée contre tout accès non autorisé. Veuillez faire votre sélection.*

Tom ignora les trois premières catégories.

– DAN, donne-moi les Menaces.

– *Mot de passe personnel, je vous prie ?*

– Découverte.

– *Merci, Tom. Pour divulguer les résultats de Menaces j'ai besoin du second mot de passe, je vous prie.*

Jasmine eut un soupir agacé :

– Arbre de la connaissance.

– *Merci, Jasmine. Êtes-vous certains que vous voulez avoir accès à Menaces ? Oui ou non ?*

Une pause.

Jasmine regarda attentivement son ami. On lisait

l'indécision dans son regard et elle sentait l'envie qu'il avait de s'échapper d'ici pour éloigner Holly le plus loin possible du génescope et de ses secrets.

– Non ! s'entendit-elle dire.

– Quoi ? s'exclama Tom.

Les voyants du génescope clignotèrent et, un instant, le grondement se fit aigu.

Tom se tourna vers elle. Il avait l'air autant en colère que soulagé.

– Qu'est-ce que tu fiches ?

– Allons, Tom, supplia-t-elle. Arrête ça maintenant. Il n'est pas trop tard.

– *Veuillez confirmer réponse*, continuait DAN, imperturbable.

Nouveau silence. Une syllabe seulement les séparait des résultats. Elle vit Tom lui jeter un coup d'œil hésitant puis son regard revint à DAN.

– Oui, dit enfin Tom, dans un faible murmure. Montre-moi les Menaces.

Jasmine abaissa la tête. Elle fixa l'image qui apparaissait sur l'écran. Le grondement de DAN s'accéléra, puis trois chiffres apparurent sur l'écran de contrôle : 9, 10 et 17.

Quelque chose n'allait pas. Le fait même que les chiffres apparaissent sur l'écran lui disait qu'il y avait de dangereux défauts génétiques dans le génome de Holly. Chaque nombre représentait un chromosome défectueux.

– *De graves erreurs de codage existent sur les chromosomes 9, 10 et 17,* fit DAN.

Tom était très pâle quand il demanda :

– Montre-moi d'abord le 17.

– *Certainement, Tom.*

L'image changea de nouveau sur l'écran, laissant place à ce qui ressemblait à une échelle en spirale multicolore. C'était une représentation graphique de la double hélice teintée de l'ADN. L'en-tête « Chromosome 17 » s'inscrivit en haut de l'écran. Près de l'échelle, deux blocs de lettres groupées par trois. L'un décrivant un fragment de code de la séquence génétique de Holly et l'autre le code type d'un génome humain sain. Un curseur apparut ensuite et se déplaça sur l'écran avant de se fixer sur une section des anneaux de l'échelle en spirale.

– *Déficience évidente dans le gène P53 antitumeur sur chromosome 17. Séquence maternelle altérée et séquence paternelle sujette à mutations éventuelles*, annonça DAN.

Sur l'écran, le curseur suivit ses paroles en désignant les paires mal assorties sur les anneaux de la chaîne, puis soulignant les lettres de code incorrectes dans la séquence maternelle du génome de Holly.

CAT-ACG-TAG-GAC, pouvait-on lire, les déficiences soulignées clairement visibles.

– Qu'est-ce que fait donc le gène P53 ? interrogea Jasmine avec angoisse : elle connaissait mieux le fonctionnement de DAN que ses résultats.

– Il aide à réparer l'ADN endommagé. Un gène P53 qui a muté est le principal précurseur d'une évolution clonale. Le processus qui aboutit au cancer. Mais ce gène seul ne signifie pas nécessairement que Holly contractera la maladie. Un grand nombre de gènes sont impliqués dans ce cancer : c'est pourquoi il est si fichtrement difficile à traiter. Pour être définitivement frappée par le mal, elle doit avoir hérité une combinaison particulière de gènes défectueux aussi bien de ses chromosomes paternels que maternels.

– Elle pourrait donc encore être OK ? C'est ça ?

Avant que Tom ait pu répondre, l'écran montra une autre section de l'échelle en spirale. L'en-tête cette fois annonçait : « Chromosome 9. »

– *Groupe de gènes vulnérables sur chromosome 9. Gènes paternels altérés. Gènes maternels manquants. CER 6 et CER 14 présentent des risques. INF 19 et INF 27 contiennent code inversé.*

Jasmine n'avait pas besoin de regarder le visage

blême de Tom pour savoir que ça n'était pas bon. Elle n'eut pas le temps d'envisager les implications que DAN changeait de nouveau l'image sur l'écran. On pouvait lire maintenant « Chromosome 10 ». Le génescope, sans faire preuve du moindre tact dans ses révélations, était impitoyable dans son diagnostic.

– *Quatre gènes TAS du chromosome 10 présentent des coupures dans les séquences. Mutation inévitable,* ronronna DAN comme s'il donnait les prévisions météo.

– Seigneur, murmura Jasmine.

Tom, le regard figé sur l'écran, resta un moment silencieux.

– C'est pire que je ne pensais, dit-il d'un ton calme. Un seul défaut global est d'ordinaire inoffensif. On peut même se débrouiller avec des aberrations sur trois chromosomes si le sujet a hérité un jeu sain d'un parent. Mais Holly a la pire combinaison qui soit. Tous les accidents génétiques susceptibles de se produire sont inscrits.

On lisait dans les yeux bleus de Tom plus de colère que de tristesse.

Jasmine se contenta de se mordre les lèvres et de poser une main sur son épaule. Elle ne pouvait rien dire.

Tom questionna à nouveau le cygne noir impassible.

– Alors, DAN, espèce de salaud, quel est ton pronostic ? Qu'est-ce qui va lui arriver ?

Jasmine sentait que Tom entretenait sa fureur, mieux valait sans doute cela qu'un désespoir inutile.

– *Il existe une probabilité de 99 % que la combinaison de défauts génétiques dans le génome du sujet Holly Carter finisse par aboutir à un glioblastome multiforme.*

Les deux mots avaient une résonance bien plus terrifiante que « cancer » ou que « tumeur » : on aurait dit le nom latin d'une rose exotique. Jasmine n'était pas dupe. Comme le lui avait dit Tom, le glioblastome multiforme était la forme la plus virulente de tumeur du cerveau.

Elle pensa à Holly s'éloignant si bravement de la tombe de sa mère, avec son manteau rouge et sa capuche noire, et elle éprouva alors une haine irrationnelle pour DAN. Comme s'il était responsable de la terrible nouvelle.

Elle se tourna vers Tom assis là, ses yeux brûlant d'un feu glacé.

– Mon Dieu, Tom, je suis désolée.

– Ce n'est pas encore fini, dit-il avec son entêtement coutumier. Il y a encore une question à lui poser.

Bien sûr, pensa-t-elle, la perspective dans le temps.

Malgré sa colère, elle sentait que Tom était presque paralysé par l'appréhension. Il lui fallut quelques secondes pour se maîtriser avant de demander d'une voix forte :

– DAN, bougre d'enfant de salaud, en supposant les facteurs d'environnement les plus optimistes ou les meilleures thérapies dont on puisse disposer, quand va commencer l'évolution clonale ? Et quand le cancer de Holly atteindra-t-il son quatrième et dernier stade ?

Il y eut un bref silence, puis pendant quelques secondes le grondement du génescope se fit plus sourd.

Quand DAN rendit son verdict, Jasmine écouta l'accent métallique de ses paroles. Elle était fière de ce qu'elle avait accompli. Mais, en cet instant, en entendant le prophète annoncer la mort de sa filleule, elle eut presque honte de ce qu'elle avait contribué à créer.

3

Londres. Le même jour

« Je suis Némésis. Que mon épée de justice soit bien affilée ! »

La lame vint racler la peau du crâne.

« Que mon armure de vertu soit sans tache ! »

La caresse du rasoir.

« Et que le bouclier de ma foi soit inébranlable ! »

La fine lame, repoussant la mousse blanche, laissa dans son sillage une parcelle de peau lisse. À chaque passage, Maria Benariac psalmodiait un verset de son étrange psaume.

« Je suis Némésis. Que mon épée de justice soit bien affilée ! » répéta-t-elle en poursuivant son rituel.

Quand la peau lui parut assez douce sous la main, elle essuya la buée sur le miroir pour inspecter son travail. Il lui renvoya l'intense et surprenant regard : un œil bleu, l'autre marron. C'était le seul détail que le chirurgien n'avait pu modifier. Tournant la tête, elle repéra derrière ses oreilles les minuscules cicatrices vieilles de dix ans : dernières traces de l'opération qui avait rendu moins remarquable son visage jadis magnifique – trop magnifique.

Maria posa le rasoir près du lavabo, à côté des pots de crème. Ses doigts s'attardèrent une seconde sur la lame, tentés. Mais, jetant un coup d'œil aux cicatrices récentes qui sillonnaient sa cuisse droite, elle décida d'attendre avant de s'accorder cette détente.

Elle sortit, nue, de la petite salle de bains pour entrer dans le studio qui abritait tous ses trésors. Savourant sous ses pieds le contact du bois, elle jeta un coup d'œil par la grande baie vitrée. Trente mètres plus bas, la Tamise tourbillonnait, grise et froide. Elle se dirigea vers l'autre extrémité du loft et s'arrêta sous les agrès accrochés aux poutres.

Elle bondit, ses doigts nerveux se refermèrent autour des anneaux. Ses avant-bras musclés se tendirent sous le poids de son corps, le soulevant du sol jusqu'à ce qu'elle eût la taille au niveau de ses mains, coudes bloqués. Elle étendit alors ses jambes droit devant elle, formant un angle droit parfait avec son ventre nu.

« Un... deux... trois... », compta-t-elle, les yeux fixés sur le mur devant elle. Elle poursuivit ses exercices sans marquer une seconde de pause.

« ... Quinze... seize... dix-sept... »

À chaque mouvement, les seules marques d'effort se traduisaient par de petits filets de sueur qui ruisselaient le long de son dos sculptural et par un tremblement des mains à peine perceptible.

« ... Quarante-huit... quarante-neuf... cinquante. »

Elle s'accorda un sourire, triomphal, et relâcha son étreinte. Les jambes tendues, elle atterrit comme un chat sur le parquet ciré. Aussitôt, elle se dirigea vers le grand miroir.

Elle scruta avec soin sa haute silhouette : le crâne rasé, les épaules étonnamment larges, les bras puissants, la taille fine, les hanches de garçon et les longues jambes fuselées. Aucune vanité dans son regard : rien qu'une estimation objective, comme si elle vérifiait l'état d'un outil de précision ou d'une arme. Cette inspection au lever du jour n'était en rien différente de celle à laquelle elle se soumettait chaque matin, et comme presque tous les jours elle en était satisfaite. À trente-cinq ans, elle n'avait pas une once de graisse et ses muscles étaient aussi souples que puissants. Les seuls défauts, c'étaient les cicatrices : celles dissimulées derrière les oreilles, celle en forme de croix à l'avant-bras droit, le croisillon qu'elle avait inscrit sur sa cuisse droite et deux cicatrices enfin sous chaque aréole. Elles dataient de l'ablation de seins jadis plantureux. Sa poitrine désormais androgyne n'entravait en rien ses mouvements, pas plus qu'elle n'attirait des regards importuns.

Maria Benariac se retourna pour examiner son antre. Le loft se situait au dernier étage d'un vieil entrepôt. Les jeunes gens de la City avaient aménagé dans les années 1980 dans des entrepôts de ce qui était jadis l'East End, un quartier encore bon marché et proche de la City. Chez Maria l'on n'était cependant pas chez une yuppie. Un décorateur aurait pu qualifier le style de minimaliste : le mot « sobre » convenait mieux.

Elle se dirigea vers les quatre interrupteurs près de la fenêtre.

La première ampoule de cent watts qui pendait du plafond s'éteignit, puis se ralluma.

Même chose avec la seconde.

Puis la troisième et la quatrième.

Une fois assurée de leur fonctionnement, elle passa au stade suivant de son rituel. Faisant le tour de la pièce, elle alluma les projecteurs disposés en des points stratégiques. Puis elle s'avança jusqu'au centre de la pièce pour étudier leur faisceau et vérifier qu'aucun recoin de la pièce n'était dans l'ombre. Elle en régla deux et, quand elle fut enfin certaine qu'il ne restait plus le moindre coin obscur, elle inspecta le reste de son appartement pour vérifier que tout était en place.

Se dirigeant vers le petit lit face au matériel de gymnastique, elle redressa le crucifix accroché au mur au-dessus d'elle, puis s'agenouilla devant. C'était le Père qui le lui avait offert après l'avoir retirée de l'orphelinat. Il était la seule décoration sur les murs d'un blanc immaculé.

Son regard parcourut alors la bibliothèque. Il n'y avait qu'un seul livre sur le rayon du haut : la Bible. Sur l'étagère suivante, six cassettes audio et un walkman. Sur cinq des boîtiers, l'étiquette mentionnait une langue étrangère et sur la sixième, « exercices vocaux ». Le rayon du bas était occupé par un large assortiment de CD-Rom de référence. Tous bien rangés.

Son regard se porta sur la droite, vers la fenêtre. Un ordinateur portable et un téléphone étaient posés sur un bureau en bois, très simple, chacun relié aux prises fichées dans le mur blanc. Sur le bureau se trouvaient aussi une montre et une grosse enveloppe beige. Par terre, à côté, une pile bien ordonnée d'au moins soixante dossiers semblables, à la couleur un peu passée. Tous avaient un coin coupé, comme des passeports périmés. Tous sauf le premier de la pile et le dossier posé sur le bureau. Mais c'était celui qui dominait la pile qui lui arracha un soupir.

Elle fit alors demi-tour et laissa son regard balayer rapidement l'angle occupé par la modeste kitchenette, pour se diriger vers la porte de la salle de bains voisine de celle de l'entrée. D'un coup d'œil elle vérifia les quatre serrures de la porte blindée puis s'approcha du grand placard de chêne installé à côté. Elle l'ouvrit, révélant son double usage. Côté gauche, c'était une penderie. Là étaient soigneusement accrochés à une tringle des costumes d'homme et des robes. Au-dessus, une collection de magnifiques perruques en cheveux naturels : les unes à cheveux longs, les autres à cheveux courts. Sur le plancher, dans un alignement impeccable, six paires de chaussures d'homme et autant de chaussures de femme, de la même pointure.

Mais ce fut le côté droit du placard et son râtelier qu'elle détailla avec le plus de soin. Les outils qui y pendaient ne servaient pas au bricolage ni au jardinage.

Tout en haut, trois couteaux étaient suspendus à des chevilles spéciales. Comme des pièces de musée, ils étaient disposés en ordre croissant de taille. Bien propres, en bon état mais aux manches usés. À leur droite, un koukri, le traditionnel poignard incurvé utilisé par les soldats gurkhas du Népal. Elle les caressa tour à tour, fascinée par leurs lames bien affûtées.

Sous le koukri, un redoutable nunchaku : deux lattes de bois pâle longues chacune d'une trentaine de centimètres et reliées par une chaîne. L'extrémité de chacune était couverte de taches rouge sang. Un garrot était accroché au même clou comme une cravate abandonnée. Plus bas, trois pistolets : un Glock neuf millimètres semi-automatique en céramique, capable d'échapper aux détecteurs de métaux, un pistolet Sauer SIG et une mitraillette Heckler Koch. Tout en bas, accrochés horizontalement dans un berceau à leurs dimensions, un fusil de précision à longue portée et un fusil à pompe. Entre tous ces articles, des tiroirs soigneusement étiquetés et des étagères chargées de munitions.

Maria caressa d'un geste sensuel son arsenal, essuyant une tache sur le canon du Heckler Koch bien graissé, redressant un chargeur sous le SIG.

Quand elle eut vérifié que tout était en ordre, elle traversa la pièce en trottinant pour regagner la salle de bains. Elle resta sous le jet chaud et régulier de la douche. Elle prit le pain de savon au goudron et se frictionna la peau jusqu'à la mettre presque à vif. Elle couvrit de mousse son crâne rasé, clignant des paupières sous le ruissellement savonneux. Ses muscles se détendirent et elle s'abandonna à la colère et à la honte. Une fois de plus elle songea au savant dont la pensée l'obsédait depuis Stockholm.

Par quelle ironie du sort avait-elle commis sa toute première erreur sur la cible qu'elle considérait comme la plus dangereuse ? Tous les autres étaient d'incontestables démons : trafiquants d'armes et producteurs de cinéma blasphémateurs, canailles qui prêchaient à la télé, avocats pourris qui défendaient les gangsters et barons de la drogue. Avec eux, le visage de Satan était clairement visible et facile à éradiquer. Mais depuis que le Père lui avait donné l'enveloppe beige contenant tous les détails sur Tom Carter, elle avait su qu'il était différent. Ce qu'il y avait de maléfique en lui était bien plus puissant et plus insidieux que chez aucun des autres. La société considérait comme utile sa science blasphématoire. Elle jugeait même bon de l'honorer comme un sauveur. Et Maria savait qu'il ne saurait y avoir de mal plus redoutable que celui qui endossait sans effort les atours de la vertu.

Maria sentit la rage monter en elle. Elle était Némésis. Elle ne commettait pas d'erreur. Elle avait voulu que le meurtre ait lieu le soir même du plus grand triomphe du docteur Carter, pour montrer au monde la vanité de ses exploits. Ce devait être aussi précis qu'une ablation chirurgicale et elle aurait disparu avant même que le corps de cet athée touche le sol. Au lieu de cela, sa cible avait été écartée.

Elle se frictionna plus fort. Elle aurait dû neutraliser Jack Nichols. L'homme avait été un héros quand il appartenait au FBI. C'était l'agent spécial Jack Nichols qui avait arrêté le Joyeux Sam, le tueur en série qui tailladait la bouche de ses victimes pour les faire sourire afin d'« immortaliser leur bonheur ». Tout cela, elle le savait. Elle croyait voir encore sur le visage de l'homme cette cicatrice en forme de croissant : la blessure même que le tueur avait infligée à Jack Nichols juste avant que l'autre ne lui brise le cou. Elle aurait dû tenir compte de la possibilité de voir l'ex-agent venir au secours de son ami. C'était de l'amateurisme. Impardonnable.

Maria décrocha une serviette rugueuse et se sécha sans ménagement. Quand elle eut terminé, toujours nue elle alla jusqu'au bureau prendre l'enveloppe beige. Elle l'ouvrit et jeta un coup d'œil à la photographie de la prochaine victime à purifier.

Elle se pencha vers la pile de dossiers auxquels manquait un coin – à tous, sauf à un – et qui s'étaient soldés par une réussite. Elle ouvrit le dossier de Tom Carter. Les yeux bleus au regard perçant semblaient la dévisager sous l'épaisse crinière de cheveux noirs en désordre. La mâchoire énergique donnait à son visage allongé un air entêté. Cela renforça son désir de l'arrêter net dans son parcours. Elle voulait désespérément finir ce qu'elle avait commencé, mais elle n'en avait pas reçu l'autorisation. Elle pourrait quand même rendre visite au docteur Carter et lui faire comprendre que son châtiment n'avait été que retardé – non pas annulé. Elle regarda sa montre. Il fallait qu'elle se dépêche si elle voulait prendre le Concorde.

À regret, elle reposa sur la pile le dossier qui avait remué toute ses vieilles angoisses et ses doigts caressèrent nerveusement les cicatrices sur sa cuisse. Son agitation s'accrut lorsqu'elle se rappela son humiliation quand frère Bernard et le Père avaient appris son échec : le *premier* échec de Némésis. Elle se rappela la réprimande de frère Bernard.

Elle tourna les talons, revint vers le crucifix et s'agenouilla. Sa brève prière était toute simple : qu'après la purification du mois prochain le Père lui donne une nouvelle chance d'en finir avec le savant.

4

Boston. Beacon Hill

Le lendemain, Tom Carter se réveilla tôt. Sa main, au travers du grand lit, chercha Olivia, mais la fraîcheur du drap lui rappela que sa femme était morte. C'était désormais chaque matin sa première pensée et il se demandait si cela cesserait jamais. Il ouvrit des yeux congestionnés sur la pendulette dont les chiffres luisaient : cinq heures seize. Puis son second cauchemar envahit sa conscience.

Combien ça faisait, une année ? cinquante-deux semaines ? trois cent soixante-cinq jours ? huit mille sept cent soixante heures ? Quelle que fût la façon dont il s'y prenait, il n'arriverait pas à la faire paraître plus longue qu'elle n'était. Mais, selon DAN, c'était le temps maximal dont disposait Holly. Si on ne la guérissait pas, elle aurait de la chance si elle atteignait son prochain anniversaire.

Quand DAN avait donné l'échéance, Tom avait presque ressenti un étrange soulagement. La date fatale était si proche qu'il n'y pouvait rien. Il avait toutes les excuses pour renoncer ; pour concentrer ses efforts sur le meurtrier d'Olivia et veiller à ce que les quelques derniers mois de Holly fussent aussi heureux que possible, et sans douleur. Mais, bien sûr, ça n'était pas son style. Il n'avait jamais rien su accepter passivement.

Il se redressa dans son lit et s'ébroua comme pour

expulser de son esprit le désordre de ses pensées et ses craintes. S'il lui fallait envisager ce qu'on *pourrait* faire pour Holly, il devrait regarder les choses sous un nouvel angle. Et il ne concevait qu'une façon d'y parvenir. Avant d'annoncer la nouvelle à son père et à Jack, il voulait en discuter avec la seule personne qui l'avait toujours écouté dans ses moments de crise et de doute.

Tom bascula ses jambes lourdes hors du lit et s'avança jusqu'à la salle de bains. La collection de flacons de shampooing et de parfum d'Olivia était là sur la tablette près de la baignoire : on n'y avait pas touché. Comme tant d'autres objets dans cette maison, ils rappelaient sa présence. Mais Tom n'était pas encore capable de supporter l'idée même de jeter le plus infime souvenir d'elle.

Il mit la douche à pleine puissance pour se réveiller jusqu'à avoir des picotements sur la peau. Baissant les yeux, il inspecta la vilaine cicatrice violacée au-dessus de son genou droit. Le médecin suédois avait dit qu'il avait eu de la chance. La balle avait seulement traversé la jambe en ne causant que de minimes lésions musculaires. Mais lui regrettait que chacune des balles qui avaient transpercé le corps d'Olivia ne l'eût pas frappé à sa place.

Dans la vaste penderie de leur chambre, les toilettes d'Olivia pendaient tristement aux cintres et son parfum flottait encore. Il tendit le bras, enfila ce qui lui tomba sous la main et ramassa sa canadienne qui traînait par terre.

Il s'arrêta devant la chambre de Holly et par la porte entrebâillée vit qu'elle dormait encore, recroquevillée dans son lit. Il s'approcha à pas de loup et déposa un baiser sur son front. Il regardait son visage paisible ; la sinistre prophétie de DAN semblait, ici, un cauchemar lointain, ridicule. S'il n'était pas là à son réveil, il était certain que Marcy Kelly, la gouvernante qui habitait le petit appartement aménagé au dernier étage, serait levée.

Il descendit sans bruit l'escalier encore sombre puis passa par la porte de derrière : il savait que la voiture de police était garée devant l'allée, un peu plus bas. La neige était tombée pendant la nuit, observa-t-il en se glissant discrètement par la portière latérale de sa Mercedes afin d'éviter ses anges gardiens. Il avait envie d'être seul et ne croyait vraiment pas, comme Jack, que l'individu qui avait tenté de le tuer l'avait suivi jusqu'aux États-Unis. Il était sans doute en fuite ! Tom aurait préféré que la police s'inquiète de le rechercher plutôt que de perdre son temps à veiller sur lui.

Les rues généralement encombrées de Boston étaient étrangement calmes. On était dimanche matin et il était à peine six heures. Tom ne croisa que quelques voitures durant le quart d'heure du trajet, dont une limousine qui le dépassa après le pont crêté de neige.

L'aube rosée commençait à poindre lorsqu'il arriva au cimetière. Les grilles en fer forgé étaient ouvertes et il roula jusqu'en haut du terrain. On distinguait encore le monticule de la tombe toute fraîche d'Olivia, sous le manteau blanc. Il gara la Mercedes et, soufflant dans ses mains glacées, avança jusqu'à l'endroit où elle reposait, ses pas faisant crisser la croûte de neige. Arrivé devant la tombe, il s'assit auprès d'Olivia, les genoux contre sa poitrine, et il lui raconta ce qui s'était passé.

Il commença par le début, sans rien omettre. C'était comme si Olivia était vraiment là à l'écouter, comme elle l'avait si souvent fait de son vivant.

« Alors, qu'est-ce que je devrais faire ? demanda-t-il tout haut. Est-ce que j'accepte l'inévitable et je tire au maximum le temps qu'il lui reste ? Ou bien est-ce que je prends le risque de manquer cette précieuse année en essayant de trouver un traitement accéléré ? »

Assis là, à regarder dans le silence le ciel d'hiver s'éclaircir, il se rappela le poème préféré d'Olivia et il sourit. Il n'arrivait pas à se souvenir de tous les vers que Dylan Thomas avait dédiés à son père mourant, mais assez cependant pour savoir qu'il avait la réponse d'Olivia. Il n'allait pas attendre que Holly s'en aille doucement dans la nuit. Il allait laisser sa rage éclater, user de tout son talent et de toutes ses ressources pour repousser ces ténèbres qui gagnaient du terrain.

Jasmine n'avait sûrement parlé à personne du verdict de DAN et Tom voulait garder le silence là-dessus. Holly ne devait rien savoir du mal qui la menaçait. Demain, il en parlerait à Alex et à Jack, ainsi qu'à ceux qui sauraient l'aider et rester discrets. Ensemble, ils mettraient au point le meilleur plan d'attaque : après tout, si eux ne pouvaient pas sauver Holly, alors qui le pourrait ?

Il remarqua tout à coup, près de la tombe, des empreintes de pas, toutes fraîches, que les premiers rayons faisaient scintiller. Elles traversaient la grande étendue neigeuse et s'arrêtaient devant une limousine marron, garée à l'entrée du cimetière. Auprès d'elle se tenait un homme à la stature athlétique dont la silhouette se découpait dans le soleil levant. Tom devina, à son attitude, qu'il le surveillait.

Il se leva et examina les empreintes profondes, les suivant jusqu'à la tombe. Là, derrière la pierre tombale, il vit la petite couronne de roses rouge sang en forme de croix. Il avait pourtant demandé à tous leurs amis de faire un don à des œuvres de charité plutôt que d'envoyer des fleurs, car c'est ce qu'Olivia aurait certainement voulu. Intrigué, il se pencha sur la stèle et ramassa la couronne. Une enveloppe s'en échappa.

Les doigts engourdis, il la décacheta et lut la carte : « Le salaire du péché, c'est la mort – Épître aux Romains 6, 23. » Et au-dessous des mots qui le glacèrent encore plus que le froid mordant : « Cette fois, c'est votre femme qui a payé pour vos péchés. Mais votre châtiment viendra. » Pas de signature.

Enfin, il éprouvait quelque chose. Toute la colère,

tout le chagrin qui lui avaient été refusés jaillissaient maintenant. Le sang lui martelant les oreilles, il cligna des yeux. Sans se soucier de la douleur qui vrillait sa cuisse, il courut dans la neige épaisse, aussi vite qu'il le pouvait, vers la silhouette solitaire, son souffle projetant dans l'air froid un nuage de vapeur. Mais avant même d'avoir parcouru vingt mètres, aveuglé par le soleil, il sut que l'homme avait déjà disparu.

Trois jours plus tard, Jasmine Washington retrouva Tom et Jack Nichols dans la salle du conseil de GENIUS tout en haut de la pyramide. Elle se remettait à peine de la prédiction de DAN. Au récit de Tom, elle réagit, incrédule :

– Ce que je ne comprends pas, dit-elle, c'est pourquoi les policiers qui te protègent n'ont pas essayé de l'attraper.

– Parce qu'ils n'étaient pas là, dit Jack, ses mains crispées sur la table noire devant lui. Notre petit Einstein avait décidé de leur fausser compagnie.

– Jack, épargne-moi tes foutaises à la Big Brother. D'accord ? gémit Tom. Tes petits copains du Bureau m'ont assez fait la leçon.

Le visage rude de Jack restait impassible. Malgré les fils gris qui parsemaient ses cheveux roux et sa cicatrice, il n'était pas mal pour ses cinquante ans. Jasmine le connaissait depuis presque aussi longtemps que Tom. L'ex-agent du FBI devenu docteur en gestion était non seulement le cerveau commercial de la société, mais aussi un « démerdard ». De plus, son esprit pragmatique et anxieux ramenait Tom et ses rêveries à la réalité. Jack avait expliqué un jour à Jasmine que son rôle, selon lui, était de protéger leurs fragiles idées des « hommes en complet-veston », ainsi qu'il appelait les investisseurs. Depuis le jour où Tom et lui s'étaient rencontrés voilà douze ans à une conférence sur le financement de la biotechnique à Manhattan, ç'avait été entre eux un « mariage de cerveaux ».

Même si GENIUS se révélait déjà à l'époque une réussite, Tom cherchait à attirer de nouveaux capitaux pour développer le génescope sans perdre le contrôle de la société. Jack, tout frais émoulu de l'école de commerce de Wharton, avec une brillante année à son actif chez Drax Venture Capital, cherchait désespérément une entreprise ayant besoin de capital-risque et, dans l'idéal, une entreprise qui allait révolutionner le monde ! Ils avaient discuté à bâtons rompus pendant trente-neuf heures, sans s'intéresser à aucun des autres participants de la conférence. Finalement, Jack avait démissionné de chez Drax pour rejoindre Tom. Au bout de trois semaines, il avait non seulement intéressé six gros bonnets de Wall Street au projet de Tom mais, en les jouant les uns contre les autres, il avait gracieusement permis à trois d'entre eux d'avancer les cent cinquante millions de dollars nécessaires – à condition qu'ils n'interviennent pas dans la gestion de la société pendant au moins dix ans.

– Alors, Tom, demanda Jasmine, qu'est-ce que pense le FBI ?

Tom s'approcha de la grande baie vitrée et s'y adossa. Derrière lui, Jasmine voyait les gratte-ciel du centre de Boston se dresser au loin.

– Ils pensent que ce pourrait être le Prédicateur, dit-il.

Elle ouvrit de grands yeux stupéfaits.

– Seigneur, murmura-t-elle. Vraiment ?

Jack Nichols caressa la cicatrice sur son visage comme il le faisait toujours quand il était intrigué ou surpris.

– Tu es sûr ? demanda-t-il.

– C'est ce que m'a dit un agent du nom de Karen Tanner, hier soir, à Federal Plaza. L'écriture et la citation biblique colleraient tout à fait avec le Prédicateur.

Jack émit un petit sifflement.

– Si Karen pense que c'est lui, alors c'est sans doute vrai.

Karen Tanner avait été la jeune équipière de Jack quand elle avait débuté voilà une quinzaine d'années. Elle l'avait aidé à arrêter le Joyeux Sam, le psychopathe qui tailladait la bouche de ses victimes. Susan, la femme de Jack, avait bien failli devenir l'une d'elles, mais Karen avait aidé Jack à la sauver. C'est après cela qu'il avait démissionné pour passer plus de temps avec sa femme et ses deux fils.

Voilà qu'aujourd'hui Karen Tanner disait qu'un tueur auprès duquel le Joyeux Sam n'était qu'un enfant de chœur en voulait à Tom. Jasmine ne l'aurait pas cru si elle n'avait pas vu la façon dont Olivia avait été abattue.

Comme tout le monde, elle avait lu les articles. Seigneur, il ne manquait que ça ! Le Prédicateur était censé être une sorte de maniaque de la religion embarqué dans une croisade perverse pour purifier le monde. Il était de notoriété publique que ses victimes étaient essentiellement des canailles en vue : des avocats de la pègre, des trafiquants de drogue, des parrains mafieux – en général toutes les ordures qui s'estimaient hors d'atteinte de la loi.

Jasmine se souvenait encore d'avoir lu un article à propos de la première victime du Prédicateur treize ans plus tôt. Bobby Dooley, un évangéliste douteux, avait été trouvé, flottant dans l'Hudson, la gorge tranchée d'une oreille à l'autre.

Gardez-vous des faux prophètes. Ils viennent à vous en vêtements de brebis, mais au-dedans ce sont des loups voraces, Saint Matthieu 8, 15, était le message qu'on lui avait enfoncé au fond de sa gorge dans un sac en plastique. La presse s'était déchaînée à son sujet en l'appelant « le Prédicateur de la mort ». Mais, avec le temps, l'intérêt s'était dissipé. La police était toujours incapable de l'identifier et de toute façon la plupart de ses victimes n'avaient guère de chances d'être couronnées par le prix Nobel de la paix. Aujourd'hui, avec un tableau de chasse d'une soixantaine de victimes, le seul angle qui intéressait les médias, c'était de savoir si la police avait *vraiment* envie de l'arrêter, ou bien si elle le laissait tranquille parce qu'il « ne tuait que des canailles ».

– Mais, Tom, pourquoi es-tu une cible ? interrogea Jasmine. On ne te considère pas exactement comme faisant partie de la pègre. À moins que le comité Nobel ne soit pas du tout dans le coup.

Tom eut un petit rire.

– J'ai posé la même question hier soir à Karen Tanner. Selon elle, le Prédicateur n'est pas d'accord avec ce que je fais. Un spécialiste du comportement a estimé que, pour un fanatique religieux comme lui, mes conceptions de la génétique font sans doute de moi une abominable canaille : dans son échelle de valeurs, je ne suis qu'à quelques barreaux du grand Satan. N'oublie pas que ses victimes n'ont pas toutes été des crapules. Tu te rappelles Max Heywood, le juge de la Cour suprême ?

Jasmine fit une grimace, elle s'en souvenait.

Le seul « péché » de Max Heywood avait été de dire que la Constitution américaine était aussi sacrée que la Bible. On l'avait retrouvé dans son cabinet, une pancarte clouée sur la poitrine, un verset de la Bible écrit avec son propre sang : *Craignez Dieu et observez ses commandements : car c'est là le devoir de l'homme.* Ecclésiaste 12, 13. Il avait été étranglé avant qu'on lui arrache la langue avec des pinces.

– Mais pourquoi s'en prend-il à toi maintenant ? demanda Jasmine. Ça fait des années que tu t'occupes de génétique.

– Qui sait ? Peut-être que la publicité autour du prix Nobel l'a fait basculer. En tout cas, peu m'importe qui est le Prédicateur. Si c'est lui qui a tué Olivia, je veux le liquider. Ce qui m'amène à l'objet de cette réunion. Je veux discuter de deux priorités. La première concerne Holly et la seconde notre aide au FBI pour arrêter ce meurtrier.

Jack tendit la main vers son téléphone.

– Je vais faire venir Paul et Jane.

Tom l'arrêta.

– Non. Pour le moment, je veux que le problème de Holly reste entre nous.

Paul Mandelson et Jane Naylor étaient les deux derniers membres du conseil d'administration. Jack avait la haute main sur les aspects financiers et commerciaux, Tom dirigeait le service de recherche et de développement et Jasmine l'informatique. Paul, le directeur des opérations, était chargé de tous les achats et de la production. Jane Naylor était le directeur des ressources humaines.

Jack lâcha le combiné et se renversa dans son fauteuil.

– Bon. Commençons par Holly. Il s'agit, je présume, de la prédiction de DAN.

Tom acquiesça.

– Notre politique a toujours été de nous concentrer sur les troubles génétiques les plus communs et nous avons négligé les affections plus rares, comme la tumeur au cerveau. Donc, pour avoir même le plus fragile espoir de soigner Holly, je confie à trois des principaux labos de recherche la mission de développer des protocoles de thérapie génique pour s'attaquer au problème de l'irrigation sanguine du cerveau, plus particulièrement au glioblastome multiforme. Ça veut dire qu'il faudra retarder certains de nos autres projets, et renoncer à leur profit immédiat. Cela entraînera aussi des appels de fonds supplémentaires, il faut que vous en ayez conscience. Mais sinon, rien ne devrait changer. D'accord ?

– Bien sûr, fit Jack en haussant les épaules. Tout ce qu'il te faut. Dis-moi simplement comment tu comptes ventiler l'argent pour que les comptables puissent prévoir les budgets.

Tom se tourna vers Jasmine.

– Jazz, j'ai parlé au FBI du logiciel Génie Gène : ils

ont hâte de l'essayer. Ils ne savent absolument pas de quoi a l'air ce mystérieux Prédicateur. Sur leur film on voit simplement un type enveloppé dans un grand manteau et qui se protège du froid. Mais ils sont convaincus que tôt ou tard il laissera une trace génétique sur le lieu d'un de ses crimes. Et, à ce moment-là, ils veulent utiliser Génie Gène pour établir son portrait-robot. Je veux les aider. Qu'est-ce que donne le dernier prototype ?

Le logiciel Génie Gène était un développement de la seconde génération du programme génescope. Les nouveaux génescopes pouvaient, à partir de son ADN, donner une bonne description physique d'un individu : couleur de peau, des cheveux et des yeux ainsi que le type ethnique, taille probable et stature. Le logiciel allait plus loin. En s'appuyant sur la technique des portraits-robots établis par ordinateur à partir des renseignements fournis par les témoins, Génie Gène, lui, était conçu pour créer à partir des gènes un hologramme du sujet, véritable image en trois dimensions.

Jasmine alluma son ordinateur portable et appela le dossier du projet.

– J'ai presque terminé, dit-elle. D'après les dernières prévisions, il devrait être prêt pour les essais dans dix semaines.

– Si tu en faisais une priorité absolue et que tu mettes plein de fric là-dedans, dans quels délais pourrais-tu avoir terminé ?

– Un mois... Cinq semaines. À supposer que nous n'ayons pas de gros pépins. Mais ça va coûter bonbon.

– Ça n'a pas d'importance, fit Tom. Dépense ce qu'il faut pour que le programme devienne opérationnel. Et ramène ça à quatre semaines.

Jack le regarda : il pensait sans doute aux millions qu'ils devraient débourser pour faire avancer le projet de quelques semaines.

– Pourquoi se bousculer, Tom ? Nous avons un monopole sur le logiciel. Et tu ne penses tout de même pas que ça va nous aider à arrêter le meurtrier d'Olivia, non ?

– En tout cas, on fera quelque chose.

Jack avait l'air sur le point de discuter, mais il se détendit.

– Bon. D'accord. Je ne sais pas qui est ce Prédicateur, mais il faudra plus qu'une machine à fabriquer des fantômes pour le pincer. Ça fait plus de treize ans qu'il est en circulation et personne n'a pu l'accrocher. Jack se pencha vers Tom et le regarda droit dans les yeux. Merde, Tom, ce type est déjà un fantôme.

5

Boston. Beacon Hill
Un mois plus tard : 2 février 2003

Tom Carter se versa une troisième tasse de café noir. Le tic-tac de la pendule retentissait dans le silence de la cuisine. Cinq heures cinquante-huit : même Marcy Kelly n'était pas encore levée.

Sept semaines, quatre jours et six heures s'étaient maintenant écoulés depuis la mort d'Olivia – il se demandait souvent quand il allait cesser de mesurer le temps avec une telle précision – mais la police n'avait toujours pas avancé. À part le logiciel de Génie Gène, maintenant presque au point, la seule lueur d'espoir de Tom, c'était la conviction des gens du FBI qu'il constituait toujours une cible. Alors, il y avait une chance pour que ce salaud se fasse prendre par les agents fédéraux et les policiers qui veillaient sur lui. L'idée d'être traqué par un tel meurtrier était terrifiante, mais ce n'était rien auprès de ses craintes concernant Holly. À chaque instant, il sentait la présence d'un autre tueur encore plus implacable. Aujourd'hui, après des semaines de travail, il allait savoir si l'une des expériences clés de son équipe avait réussi et s'il y avait au moins un espoir de découvrir un traitement à temps.

Il prit sa veste froissée au dossier de sa chaise et sortit de la cuisine. Foulant l'épais tapis chinois qui recouvrait la plus grande partie du vestibule, il se dirigea vers l'escalier de chêne. Arrivé en haut, il allongea sa jambe blessée et frictionna la région juste au-dessus du genou. Il faudrait une opération pour supprimer sa claudication, mais ce n'était vraiment pas une priorité. Il poussa doucement la porte de Holly, s'apprêtant à entrer à pas de loup, mais il fut surpris par la vive lumière d'une lampe de bureau braquée droit sur la porte.

– Bonjour, papa, fit Holly, ses cheveux blonds courts décoiffés par le sommeil. Vêtue d'un ample T-shirt vert proclamant QU'EST-CE QUE VOUS REGARDEZ COMME ÇA ?, elle était à son bureau, pianotant sur son ordinateur.

Ébloui, Tom cligna des yeux et lui passa une main dans les cheveux.

– Qu'est-ce que tu fais debout de si bonne heure ?

– Je n'arrivais pas à dormir. Alors je me suis dit que j'allais encore tenter ma chance avec la Colère de Zarg.

Il sourit et s'assit sur le lit de sa fille. C'était rare de la trouver éveillée d'aussi bon matin. Généralement, le retentissant et non moins joyeux « debout » lancé par Marcy Kelly la tirait du lit juste avant huit heures, à temps pour déjeuner et partir à l'école avec ses copines.

Il observa sur l'écran la reine guerrière dont Holly contrôlait les mouvements. D'un plafond, une pluie de briques brûlantes semblait se déverser sur la tête de la silhouette ridiculement musclée. Un dragon l'approchait par la gauche et un énorme lutin par la droite.

– Tu m'as l'air d'être dans le pétrin.

Holly se mit à rire.

– Bah, c'est du gâteau.

– Ah, vraiment ? Comment vas-tu éviter d'être grillée par les briques sans que le dragon te dévore ou que le lutin t'écrase ?

– Comme ça.

Holly aussitôt appuya sur deux touches et la reine

guerrière ramassa une pierre au sol, sous laquelle se dissimulait un petit flacon bleu. Puis Holly pianota sur quelques autres touches : la reine but le contenu du flacon bleu. Elle se mit soudain à rougeoyer, insensible aux briques qui pleuvaient sur elle. Un instant plus tard, elle utilisait son épée pour découper le dragon en tranches, embrocher le lutin, et passait au niveau suivant.

– Une potion magique, expliqua Holly avec un sourire entendu. Ça te rend invulnérable. Ça marche à tous les coups. Il faut simplement savoir où chercher.

Il regarda sa fille, oubliant le mal qui la menaçait.

– Une potion magique, tiens donc. Je suis impressionné.

Il aurait bien voulu que ce soit aussi facile pour lui. L'image sur l'écran changea.

– Niveau six ! s'exclama Holly d'un ton triomphant.

Tom était content que la fillette aime son nouvel ordinateur. C'était le cadeau de Noël qu'ils lui avaient fait avec Olivia. Jasmine les avait aidés à le choisir et cela avait été à peu près son seul amusement en ce Noël particulièrement sinistre. Bien sûr, Alex et d'autres parents étaient venus passer quelque temps avec eux, Jazz et tous leurs amis s'étaient montrés d'une gentillesse héroïque, mais rien ne pouvait leur faire oublier le vide de l'absence d'Olivia. La période des fêtes avait été comme une semaine de vacances en enfer.

D'un coup d'œil il inspecta la chambre de Holly. Sur un mur, une affiche de *Jurassic Park 3* rivalisait avec une photo grandeur nature d'un groupe de la police montée d'Internet. Un ballon de football trônait sur le rayonnage du milieu au-dessus du bureau, auprès d'un grand portrait d'Olivia riant dans le jardin. Il s'empressa de détourner les yeux vers la collection de jeux vidéo et de figurines représentant des personnages de feuilletons d'aventures. Il sourit en son for intérieur en songeant qu'il n'y avait pas un seul poster des Peanuts, pas un de ces personnages de Disney aux yeux de biche. Depuis qu'elle était toute petite, il avait toujours été évident que Holly n'était pas du genre à aimer les poupées Barbie. Autant pour la génétique, se dit-il.

Tout d'un coup, il imagina cette chambre vide. Cette peur l'envahit si vite et si brutalement qu'il lui fallut une seconde pour se maîtriser. Il prit une profonde inspiration et dut se répéter que le scanner du cerveau auquel on avait procédé n'avait révélé aucune trace de tumeur chez Holly. Il se dit une fois de plus qu'il avait bien le temps de trouver un traitement. Le temps. Il le trouverait.

– Papa ?

Holly regardait les pieds de son père.

– Oui ?

– Tu es déjà prêt à aller travailler ?

– Bien sûr. Pourquoi ?

– Tu as mis deux chaussettes différentes.

Il baissa les yeux et constata qu'elle avait raison. Il portait une chaussette bleue et une marron.

– C'est exprès, dit-il. C'est une paire spéciale.

Holly se contenta de hausser un sourcil.

– Mais oui, bien sûr.

Tom se leva et vint l'embrasser sur la joue.

– Je t'assure, Hol. Je peux te le prouver.

Holly plissa les yeux.

– Comment ?

Il ne put s'empêcher de sourire en s'éloignant vers la porte.

– Parce que j'ai une autre paire exactement pareille.

Il l'entendit s'exclamer « Oh, papa ! », mais Tom réussit à franchir le seuil avant que l'oreiller ne l'atteigne.

À six heures et demie, Tom franchissait les grilles du campus de GENIUS, suivi de près par la voiture de police qui l'escortait discrètement. D'ordinaire, il aimait être à son bureau avant six heures et quart, mais voir Holly éveillée avait agréablement perturbé son emploi du temps.

Il s'engagea dans le parking souterrain et remarqua qu'il était pratiquement vide. Il fut amusé de voir le cabriolet BMW vert clair garé à la première place disponible. C'était une vieille plaisanterie entre lui et Jazz : voir qui arriverait le plus tôt. Le vainqueur occupait invariablement cette place bien en vue. De temps en temps, Jack débarquait à une heure insensée et se mettait là, histoire de leur dire qu'il était capable de se lever aussi tôt qu'eux. En général, Tom gagnait, mais pas aujourd'hui.

Il descendit de voiture et gravit l'escalier qui donnait accès au grand hall d'entrée. Avant la fusillade, il le grimpait en courant. Par principe, il refusait de prendre l'ascenseur.

À part le bruit de ses pas sur le marbre, tout était silencieux. À sa gauche, derrière les parois aux vitres teintées, il apercevait Jasmine qui déambulait dans la grande salle des ordinateurs, qu'une porte en verre noir portant l'inscription *Département de Technologie de l'information – accès interdit* séparait du hall. Le département TI occupait avec l'atrium et le pavillon hospitalier tout le rez-de-chaussée de la pyramide de GENIUS.

Jazz lui rendit son petit salut et se dirigea vers le milieu du grand hall. Là, s'élevant jusqu'au sommet de la pyramide, se dressait un hologramme coloré d'une dizaine de mètres de la spirale de l'ADN pivotant sur un socle circulaire. Comme il le faisait souvent, Tom s'avança droit dans l'image à trois dimensions. Levant les yeux vers la spirale, il s'émerveilla du spectacle des séquences multicolores d'acides aminés. Cela l'inspirait toujours d'être planté là à l'intérieur de la double hélice qui symbolisait toute vie. Pour lui, c'était la véritable autoroute de l'information, celle qui permettrait de déchiffrer la plupart des secrets. En proie à un émerveillement renouvelé, il dépassa l'hologramme et se dirigea vers le pavillon hospitalier.

La petite salle d'attente était gaiement décorée. Devant lui, des portes battantes donnaient accès aux pavillons de traitement génétique expérimental ainsi qu'à la salle d'opérations parfaitement équipée. Approuvé par l'Institut national du cancer de Bethesda, Maryland, le pavillon comprenait dix lits. Entièrement financé par GENIUS, il fonctionnait avec quatre médecins et dix infirmières, une par lit. Deux des médecins étaient en congé ; les deux autres étaient chargés d'assurer les échanges d'idées et de protocoles médicaux. Ils veillaient aussi à ce que GENIUS obtînt de la FDA[1] et de l'Institut national du cancer leur approbation pour tous les traitements expérimentaux qu'on pratiquait sur des cobayes humains. Il appréciait la présence des médecins de l'Institut national du cancer et ne leur cachait rien. Enfin, presque rien. Il ne leur avait pas encore montré IGOR, la banque de données ADN. Il était convaincu que, malgré les motifs qui avaient inspiré sa création, l'Institut ne l'approuverait pas.

C'est une pièce chaleureuse et ensoleillée qui accueillit Tom. Cloisons jaunes, rideaux couleur bleuet, plantes d'appartement, lits en bois de pin dans des cabines semi-privées. Comme s'il ne s'agissait absolument pas d'une salle d'hôpital mais d'une vaste chambre à coucher. Ce n'était toutefois pas cela qui rendait l'endroit si particulier ni Tom si fier.

Cette salle n'était pas comme les autres car, ici, seuls pouvaient obtenir un lit les patients qui remplissaient une condition impérative : ils devaient avoir moins de trois mois à vivre, la chimiothérapie, la radiothérapie et tous les autres traitements ayant échoué. C'était littéralement leur dernier recours : ils venaient là pour faire reprogrammer leurs gènes.

1. Federal Drug Administration. (*N.d.T.*)

Tom avait créé ce service pour s'assurer que ses chercheurs verraient l'application directe de leurs travaux et n'oublieraient jamais que la recherche médicale ne rimait à rien si elle n'aidait pas à sauver des vies humaines. Un grand nombre des malades parvenus à ce stade terminal mourrait encore, mais un nombre non négligeable avait dépassé le terme et survécu. C'était dans les premiers mois de 1999 que la première guérison reconnue d'un cas de fibrose cystique par la thérapie génique avait été observée, tout comme, un an plus tard, la première tentative réussie pour une chorée de Huntington. Cette petite salle, au cours des neuf dernières années, avait vu plus de cinquante vies sauvées, sans compter bien d'autres à travers le monde grâce aux expériences tentées ici.

Il n'y avait pour l'instant que six lits d'occupés. Cinq des patients dormaient, mais il ne fut pas surpris de constater que Hank Polanski, assis dans son lit, bavardait avec une infirmière, Beth Lawrence. Aujourd'hui, c'était un grand jour pour ce fermier de vingt-trois ans de Caroline du Nord. La FDA avait enfin donné son approbation au nouveau traitement et, ce matin-là, on devait lui injecter le rétrovirus HIV, qui provoque le sida.

C'était tout simplement parce que ses recherches au laboratoire occupaient presque tout son temps que Tom laissait en général les autres médecins traiter les patients : mais il ne pouvait toujours pas s'empêcher de considérer que pour chacun d'eux sa responsabilité personnelle était engagée.

Beth, une grande femme à l'air un peu guindé avec un sourire étonnamment chaleureux, installait la perfusion intraveineuse. Levant les yeux, elle lança à Tom un cordial :

– Bonjour, docteur Carter.

– Bonjour, Beth. Bonjour, Hank. Comment vous sentez-vous aujourd'hui ?

Hank tourna vers lui son visage diaphane et lui adressa un grand sourire de défi.

– Je suis toujours là, doc.

Quand il parlait, on entendait son souffle court et un peu sifflant.

– Vous estimez que vous êtes prêt pour le traitement ?

Hank acquiesça nerveusement. Il s'était porté volontaire, mais Tom savait qu'il n'avait pas le choix. Hank était atteint d'un cancer du poumon et, sans un traitement radical, il allait mourir. Ce traitement consistait à insérer dans les cellules cancéreuses de Hank des gènes qui donneraient l'ordre au système immunitaire de tuer la tumeur. Les cellules cancéreuses sont des rebelles qui ont désobéi aux ordres génétiques et qui se développent de façon incontrôlée. Pour mater cette révolte, Tom devait s'assurer de tuer *toutes* ou pratiquement toutes les cellules cancéreuses. Pour ce faire, il avait besoin d'un véhicule pour amener les gènes tueurs au contact des cellules rebelles sans endommager les cellules saines. C'était là qu'intervenait le rétrovirus HIV.

Les rétrovirus pouvaient s'introduire dans une cellule du corps, prendre le contrôle de son ADN sain en lui donnant ses propres instructions génétiques. Comme des missiles de croisière, on pouvait reprogrammer les rétrovirus en laboratoire, annuler leur code nuisible et insérer de bons gènes. En neutralisant les gènes du rétrovirus HIV qui s'attaquaient au système immunitaire humain et en introduisant des gènes thérapeutiques spéciaux, on pouvait dompter le tueur qui provoquait le sida pour l'amener à guérir le cancer du poumon. Tom et son équipe avaient prouvé qu'ils avaient rendu le rétrovirus inoffensif et qu'ils l'avaient chargé de gènes capables de s'attaquer aux cellules cancéreuses du poumon. Il ne restait plus qu'à le tester chez un être humain.

– Dites-moi encore quels sont les risques ? interrogea Hank, s'efforçant de dissimuler son appréhension.

Tom posa sa main sur l'épaule de Hank. Comme toujours, il prenait grand soin d'être parfaitement sincère.

– Un risque, c'est que le rétrovirus échappe à notre contrôle, envahisse une cellule saine et insère alors les gènes dans la mauvaise partie de votre séquence génétique.

– Quel effet cela aurait-il ?

– Cela rendrait cancéreuses les cellules saines. Mais il y a très, très peu de chances pour que cela se produise.

– Est-ce que je pourrais attraper le sida ?

– Non, au cours des trois dernières années, nous avons testé le véhicule rétroviral – ou le vecteur, comme nous l'appelons – et nous avons démontré qu'il était inoffensif. C'est pourquoi la FDA a donné son accord. Franchement, Hank, le seul risque réel pour vous, c'est que ça ne marche pas.

Il sentit sous ses doigts l'épaule décharnée se soulever.

– Alors, fit Hank, je n'ai pas grand-chose à perdre ?

Tom resta un instant silencieux et le regarda droit dans les yeux. Il se rappelait son arrivée ici voilà trois semaines : cet homme autrefois en pleine forme, qui vivait au grand air, était déjà si faible qu'il pouvait à peine marcher.

« Ça ne me vaut rien d'être malade, avait-il expliqué alors. Alors tuez-moi ou guérissez-moi. Mais faites que je foute le camp d'ici. »

L'homme était prêt à essayer n'importe quoi pour quitter son lit et l'hôpital.

– Laissez-moi vous parler tout à fait franchement, Hank, reprit Tom. Les risques de voir le traitement échouer sont élevés : peut-être de l'ordre de quatre-vingt-cinq pour cent. Mais les possibilités de voir votre état empirer sont minimes. Et vos chances de survivre sans traitement sont nulles. Vous avez donc le choix : un, vous ne faites rien et vous laissez la maladie suivre son cours ; ou bien, deux, vous nous faites confiance et vous avez quinze chances sur cent d'être guéri.

Hank baissa les yeux comme s'il réfléchissait, puis murmura d'une voix sifflante :

– Quinze pour cent ?

Tom demeura impassible.

– Au mieux.

Hank eut un large sourire qui éclaira son visage amaigri et lui donna presque bonne mine.

– J'ai déjà connu des cotes moins bonnes.

Tom lui rendit son sourire.

– Moi aussi. J'ai vu des gens avec bien moins de chances que ça sortir d'ici sur leurs deux pieds. Alors ne me laissez pas tomber, pas encore.

Il faudrait des semaines, des mois, même des années pour qu'on puisse considérer les résultats comme concluants. Mais peu lui importait le temps que cela prenait pourvu qu'il puisse empêcher la mort de refermer si tôt ses mains avides sur ce jeune homme. Il se tourna vers l'infirmière qui fixait, au montant du lit, la poche de plastique où se trouvait le premier lot de sérum rétroviral obtenu par clonage dans le labo d'en haut.

– Bien, Beth, dit-il. Nous allons attendre que la mère de Hank arrive. Elle a dit qu'elle serait ici à sept heures. Alors vous pourrez aller chercher un des médecins de l'Institut pour qu'il contrôle ce que nous faisons. Je suggère Karl Lambert. Quand vous aurez fait ça, appelez-moi et nous lancerons la première perfusion. D'accord ?

Beth acquiesça et Tom put lire de l'excitation dans son regard. Il avait bon espoir de guérir Hank. Si seulement il pouvait éprouver la même confiance à propos du cancer infiniment plus complexe qui menaçait sa fille. Bob et Nora avaient dit qu'à neuf heures ils seraient prêts à vérifier le rétrovirus qu'ils avaient mis au point pour combattre le glioblastome multiforme. Il jeta un coup d'œil à sa montre. Plus que deux heures à attendre.

De son côté, Jasmine consacrait sa première demi-heure à inspecter son domaine. Bientôt, les plus assidus de ses collaborateurs allaient arriver : elle aimait bien rester un peu seule avec ses machines.

Elle parcourut les installations du génescope expérimental. C'étaient les mêmes que celles où l'on avait déchiffré le génome de Holly. Sauf qu'ici il n'y avait que quatre génescopes, tous des modèles expérimentaux perfectionnés. Ceux sur la droite étaient tous deux équipés du prototype du logiciel Génie Gène. Jasmine était convaincue que d'ici quelques jours il serait au point et en état de fonctionner.

Une fois de plus, elle se sentit en proie à des émotions contradictoires. Trois jours plus tôt, Larry et elle avaient emmené Holly voir un classique de Disney, *Le Roi Lion* : comme toujours, ils avaient ri et avaient échangé des plaisanteries, mais Jasmine n'avait pu s'empêcher de penser au verdict de DAN. Elle était fière que le génescope puisse prédire des maladies, surtout lorsqu'on pouvait les prévenir ou les guérir. Mais, si tout ce que leur invention parvenait à faire était de garantir le malheur sans offrir la moindre consolation, alors ça ne semblait pas si formidable.

Elle soupira et poursuivit son inspection, passant dans le grand bureau de TI sur sa droite, avec son poste de travail et ses terminaux silencieux. Elle ouvrit la porte en chrome et verre pour pénétrer dans une salle à l'éclairage éblouissant. Cette pièce était le cœur du département de Technologie de l'information et le cœur même des renseignements recueillis par GENIUS à travers le monde.

C'était dans cet espace froid et immaculé – qu'on appelait la salle Blanche – que Jasmine aimait à marcher et à réfléchir. Maintenue à une température constante de douze degrés, elle contenait quatre énormes caissons qui émettaient un bourdonnement continu. Deux des quatre grands compartiments abritaient « Maman », l'ordinateur ultra-puissant relié à tous les génescopes existants. Ce cerveau mère savait à tout moment à quels examens procédait sa « progéniture » n'importe où dans le monde. Et c'était « Maman » qui avait permis de créer la banque de données installée dans les deux autres coffres ; IGOR, l'Individual Genome Ordered Repositary, le Dépôt central de génomes.

Les principes éthiques régissant l'examen des gènes étaient rigoureux. On ne pouvait consulter un génome que si les patients étaient accompagnés de leur médecin, ou sur l'avis d'un professionnel. On utilisait une batterie de contrôles très stricts pour s'assurer qu'il n'était pas possible d'examiner le génome d'un individu à son insu. L'autre principe de base, c'était que tous ces examens génétiques devaient rester absolument confidentiels. Les compagnies d'assurance maladie et d'assurance sur la vie avaient fréquemment tenté de contester ce principe en affirmant que, si un individu découvrait qu'il allait être de façon imminente frappé d'un mal incurable, il pourrait contracter une excellente couverture d'assurance en ne payant que la prime habituelle. La loi était formelle : la protection de la vie privée de l'individu passait avant tout. Voilà pourquoi Jazz et Carter tenaient tellement à garder le secret. IGOR était strictement illégal.

IGOR avait été l'idée de Tom. Il avait demandé à Jasmine de programmer « Maman » pour sélectionner un examen génétique sur cinq parmi tous ceux pratiqués dans les laboratoires habilités par GENIUS à travers le monde, afin d'emmagasiner ces données avec le nom, l'adresse, le dossier familial et médical des intéressés. Il y avait maintenant plus de cent millions de personnes dans la mémoire d'IGOR et GENIUS en savait plus sur leur compte que les intéressés.

Le mobile de Tom n'avait rien de sordide : il voulait utiliser la banque de données sur une vaste échelle pour confirmer une grande partie de ses recherches génétiques : vérifier, par exemple, si une tendance à telle ou telle maladie dans une famille correspondait à la présence de marqueurs génétiques de cette affection. L'étude d'IGOR avait permis de mettre au point un traitement de la schizophrénie et avait fourni des indices essentiels pour soigner d'autres maladies. Pourtant, malgré ces respectables intentions, Jasmine était persuadée que, si l'un des sujets ou quelque autorité concernée découvraient l'existence d'IGOR, ils seraient horrifiés et la crédibilité de GENIUS s'en trouverait gravement compromise. Mais Tom avait estimé que les avantages l'emportaient sur la menace potentielle, il avait donc pris le risque.

Après avoir fait le tour de son domaine, Jasmine revint à son ordinateur et commença sa « cyberpatrouille » quotidienne. Elle cliqua sur l'ordinateur. Avec une fréquence de cent térahertz, six cents gigaoctets de capacité de disque et deux cents gigaoctets de mémoire vive, la machine était assez puissante pour emprunter la voie rapide des autoroutes encombrées de l'information. L'écran de l'ordinateur s'anima et une image virtuelle – le portrait tout craché de Jazz – apparut. Le visage au teint foncé et aux traits fins correspondait pratiquement à son reflet sur l'écran. L'image la salua d'un : *Salut, Terreur. Où vas-tu aujourd'hui ?* Même la voix synthétique ressemblait à la sienne. Elle ne l'utilisait plus que rarement, mais le surnom de Terreur remontait à Los Angeles, lorsqu'elle était un chef de réseau irresponsable aux idées bien arrêtées. Si ses parents, sévères, croyaient la mettre à l'abri des ennuis en l'empêchant de traîner pour la laisser vadrouiller sur le Web, alors, ils se trompaient. Elle avait choisi Terreur comme nom d'utilisateur car une bonne partie de ce qu'elle faisait en ce temps-là n'était pas strictement légal. Mais, légalité ou pas, elle était alors une sorte de personnage légendaire.

Elle parla dans le micro.

– Aujourd'hui, je suis en patrouille.

– *J'ai besoin du code avant que tu prennes la route*, dit la tête sur l'écran.

Jazz sourit. Le mot de passe qu'elle avait choisi cette semaine-là lui rappelait encore son adolescence. C'était le nom d'un boulot qui remontait aux mauvais jours de révolte avant qu'elle se décide à se ranger et à décrocher des bourses et des prix Nobel ; au temps où elle pouvait pirater tout et n'importe quoi. Ce boulot, ce n'était pas « comptable », ni « docteur », ni même « directeur de la technologie de l'information de GENIUS ». Non, ce boulot-là, c'était un boulot super.

« Cyberflic », tapa-t-elle sur le clavier, ravie de jouer le braconnier devenu garde-chasse.

La tête sur l'écran se coiffa soudain d'un casque, se redressa puis la salua.

– *Agent spécial Terreur, vous êtes maintenant libre de parcourir l'autoroute de l'info. Attention là-bas dans le cyberespace.*

Elle tendit le bras sur son bureau bien rangé pour attraper son verre de Coca light et réfléchit à sa destination. La plupart du temps, elle essayait de s'introduire dans un des systèmes techniques ou financiers de GENIUS. Deux de ses collaborateurs avaient pour tâche d'essayer de s'introduire par effraction dans leurs banques de données afin d'en souligner les points faibles et suggérer de meilleures mesures de protection. Ces types étaient bons, mais elle aimait quand même vérifier elle-même jusqu'à quel point ces défenses étaient vraiment solides. Aujourd'hui, elle allait tenter de pirater leur banque de données la plus sensible et la mieux protégée : IGOR.

Elle laissa tomber le Web, car GENIUS n'y apparaissait pas. Elle préféra taper le code de « Maman » avec l'intention de s'introduire dans la connexion utilisée par tous les génescopes pour alimenter en données le cerveau mère, puis IGOR. Presque aussitôt le logo apparut, réclamant un mot de passe. Elle tapa celui d'hier : elle avait fait exprès de ne pas regarder celui d'aujourd'hui.

Accès refusé s'afficha sur l'écran.

Bon. On avait changé le mot de passe. Elle ne pouvait pas accéder à la banque de données.

Du moins, elle ne devrait pas.

Il lui fallait trouver un autre moyen d'entrer. Elle pianota sur son clavier, en s'efforçant de contourner le logo qui ne donnait aucune information sur le contenu d'IGOR. Mais, une fois qu'elle aurait fait cela, elle ne serait toujours pas à l'intérieur du système : elle avait conçu deux niveaux de sécurité pour IGOR. L'un pour empêcher les rôdeurs de traîner devant le logo et l'autre pour en interdire l'accès. Mais du moins serait-ce un début. Elle essaya d'abord les trucs faciles, ceux que connaissaient tous les cyberpirates en culottes courtes. Elle interrogea d'abord le programme caché derrière le logo.

Rien à faire. Toutes les brèches simples étaient fermées.

Jusqu'à maintenant : pas mal.

Elle passa à la méthode suivante, en utilisant le langage de base de l'ordinateur pour reprogrammer les commandes du mot de passe. C'était plus difficile et cela demandait des années d'expérience. Si on introduisait le mauvais code, on pouvait endommager tous ses autres logiciels.

Elle le fit sans même réfléchir. Il lui fallut un peu plus de quatre secondes pour essayer cette technique. Il est vrai que Cyberflic était un crack, un seigneur du cyberespace.

Rien. Pas une brèche. Son équipe avait couvert cet angle-là.

Excellent.

Maintenant, la dernière méthode. Elle consistait à

rédiger son propre programme pour dire au système qui contrôlait le mot de passe ce qu'il devait faire. C'était un peu comme créer des ordres supérieurs auxquels le système devait obéir. Cela prit un peu plus de temps : c'était une méthode astucieuse.

Ses yeux virent alors le message s'afficher dans la partie inférieure droite de l'écran.

Programme déjà chargé... programme déjà chargé... programme déjà chargé...

Ça n'était encore jamais arrivé.

« Merde », fit-elle tout haut, tout à la fois impressionnée et nerveuse.

L'image sur l'écran se modifia et elle comprit qu'elle pénétrait le premier niveau d'IGOR : seul un dernier mot de passe de protection la séparait des données.

Pourtant elle n'avait pas terminé de rédiger son propre programme. Elle n'avait pu entrer que sur les pas de quelqu'un d'autre !

Quelqu'un d'autre qui avait rédigé le même programme qu'elle et l'avait laissé entrer par inadvertance. Sans s'occuper des gouttes de sueur qui perlaient sur son front, elle s'engouffra dans le sillage de l'intrus, pour voir jusqu'où il avait pénétré. Quelle que fût son identité, il avait infiltré les défenses du premier niveau et avait l'air de se balader devant les menus : faisant littéralement du lèche-vitrines, pour voir ce que contenait IGOR.

Sa main s'arrêta au-dessus de la touche rouge qui allait les expulser, elle et le pirate, hors de la banque de données, et resta suspendue.

Elle ne le stopperait que s'il semblait sur le point de réaliser l'impossible : franchir le second niveau imprenable des défenses. Avant cela, elle voulait découvrir son identité. Le traceur automatique PREDATOR se déclenchait immédiatement si l'intrus parvenait à dépasser le second niveau – à supposer qu'il y parvienne. Mais elle voulait que la traque commence maintenant.

Elle s'adressa à son ordinateur :

– J'ai besoin que tu déclenches une traque. Active PREDATOR.

Une petite icône Aide s'ouvrit dans le coin supérieur droit de l'écran, avec sa tête informatisée toujours coiffée du casque de policier.

La tête demanda :

– *En mode furtif ou mode alarme ?*

– Furtif. Je ne veux pas encore faire peur à notre visiteur.

Une autre petite icône apparut dans l'autre coin supérieur. Au-dessus, un minuteur égrenait les soixante secondes nécessaires pour effectuer un repérage complet. Au bas de l'icône, une rangée de neuf chiffres clignotait. Les chiffres défilaient à une vitesse frénétique, cherchant la bonne combinaison. Soudain celui de gauche se bloqua, n'en laissant clignoter que huit. Puis le second se figea. Quand ils se seraient immobilisés tous les neuf, Jasmine pourrait repérer l'origine de l'intrus.

25... 24... 23 s'inscrivirent successivement.

Le sixième chiffre se bloqua. Plus que trois.

Soudain l'intrus mit un terme à sa session et sa cyberpiste se volatilisa.

Envolé.

« Merde », murmura-t-elle au moment où un de ses collaborateurs pénétrait dans le bureau.

Jasmine vérifia si les six chiffres inscrits sur l'écran lui donnaient une indication. La seule certitude qu'elle pouvait avoir d'après les codes, c'était qu'il se trouvait entre l'Europe du Sud-Est et l'Inde. À son avis, au Moyen-Orient ou en Afrique du Nord. Mais qui donc, dans cette partie du monde, se donnerait la peine de pirater IGOR, un programme si assommant, en apparence ?

La grande femme blonde auprès d'elle brandissait une ampoule du nouvel holo-projecteur.

– Bonjour, Jazz, ça va ?

Elle leva les yeux et sourit à sa directrice technique.

– Oui, Debbie, merci.

– Je peux vous montrer quelque chose ?

– Bien sûr. Ce sera long ?

– Environ une demi-heure. Il faut juste que je vous parle des dernières modifications de Génie Gène. Nous estimons que nous avons résolu le problème de l'holo-image.

– Y compris la définition du visage ?

Debbie eut un grand sourire.

– Venez en juger par vous-même.

– Formidable ! Donnez-moi cinq minutes et j'arrive.

Malgré ses soucis, Jasmine était excitée par le nouveau logiciel d'imagerie génétique. Quant à IGOR, elle se rassura en se disant qu'au moins on n'avait pas pénétré dans la banque de données ; on n'avait fait qu'en découvrir les grandes lignes. Elle était convaincue que les dernières défenses tenaient toujours, mais elle allait quand même en parler à Tom. Il tiendrait sûrement à savoir que, pour la première fois depuis sa création, quelqu'un manifestait un intérêt malsain pour IGOR le clandestin.

6

Boston, plus tard ce matin-là. Laboratoire d'expériences animales de GENIUS

– Alors, Nora, comment ça va ? demanda Tom en pénétrant dans le laboratoire d'expériences animales, « la maison des Souris ».

Sitôt après que Hank Polanski eut reçu sa première injection, sans manifester de réactions au produit, Tom s'était précipité ici, anxieux de connaître les résultats de l'expérience qui allait peut-être décider de l'avenir de Holly.

Nora Lutz arrêta de pianoter sur son ordinateur. Son air généralement soucieux céda la place à un sourire de bienvenue. La quarantaine bien sonnée, Nora était petite et ronde, avec des cheveux bruns coupés au carré. De grosses lunettes à monture d'écaille lui donnaient l'air d'une chouette. C'était une technicienne de laboratoire dévouée et Tom savait que, malgré son air ronchon, elle adorait son travail : ne serait-ce que parce que cela la faisait sortir de chez elle. Célibataire, elle habitait Charlestown avec sa mère invalide – et exigeante – et leurs cinq chats. Se renversant contre le dossier de sa chaise, Nora remonta les manches de sa blouse blanche et désigna les huit cages vides derrière elle.

– Je viens de terminer, dit-elle. Les quarante-huit

souris ont maintenant été disséquées et on a fait le compte de leurs métastases.

Tom n'aimait pas utiliser des animaux pour des expériences et nombre des protocoles expérimentaux qu'il avait mis au point *in vitro* s'étaient faits sans leur secours. Mais parfois, notamment dans le domaine de la thérapie génique, c'était inévitable.

Pour cette expérience, on avait contaminé toutes les souris avec les cellules d'un cancer de l'astrocytome. On avait injecté à la moitié un rétrovirus obtenu par ingénierie génétique et conçu pour tuer les cellules d'une tumeur cérébrale. On avait traité l'autre moitié en leur injectant une simple solution saline. On avait alors procédé à la dissection de leur cerveau pour compter le nombre et la taille des tumeurs et des métastases. Si les souris traitées avec le rétrovirus avaient moins de tumeurs que le groupe de contrôle qui n'avait reçu que de l'eau salée, alors l'expérience avait réussi. Il était essentiel qu'elle réussisse. Sinon, les chances déjà infimes de trouver à temps un traitement pour Holly se réduiraient à néant.

– Aucune idée encore des résultats ?

Nora lui lança un regard qui voulait dire « vous devriez bien le savoir » et secoua la tête.

– Impossible de vous dire ça avant que Bob revienne avec l'enveloppe.

Bob Cooke était le patron de Nora.

On n'avait encore rien dit au sujet de Holly à aucune des trois équipes travaillant sur le nouveau projet concernant les tumeurs du cerveau. Tom avait agi ainsi pour un certain nombre de raisons. Plus il y aurait de gens à être au courant de la triste situation de Holly, plus le risque était grand qu'elle sache. Cela ne devait arriver à aucun prix. Quand le moment serait venu, et s'il venait, de prévenir les équipes, il le ferait mais, pour l'instant, tout ce qu'ils avaient besoin de savoir, c'était que ce projet avait priorité absolue.

Jusqu'à maintenant, seule l'équipe de Nora Lutz et

Bob Cooke avait presque réussi à développer le vecteur rétroviral complexe qu'il fallait pour franchir les membranes protégeant le cerveau. En un peu plus de cinq semaines, ils avaient progressé de façon spectaculaire, mais, en jetant un coup d'œil aux tableurs qui s'étalaient sur l'écran de Nora, Tom se sentit plus nerveux qu'excité à la vue des résultats. Les tableurs montraient dans la colonne de gauche le numéro attribué à chaque souris, dans la colonne suivante le nombre de tumeurs observées – des chiffres dont l'ampleur parut alarmante à Tom – et, à côté, la taille de ces tumeurs. Une colonne restait vide : celle qui indiquait quel traitement chaque souris avait reçu. Seul Bob Cooke possédait cette information.

Voilà des années, Tom avait découvert l'importance de ne pas laisser les préjugés personnels influencer les résultats et il avait imposé le principe que toutes les expériences conduites à GENIUS étaient pratiquées « en aveugle ». Il savait combien c'était tentant, même pour le savant le plus scrupuleux, de « trouver » les résultats qu'il espérait. Bob Cooke avait donc administré aux souris les injections en enregistrant sur une disquette d'ordinateur lesquelles avaient bénéficié du traitement et lesquelles n'avaient reçu qu'un placebo. Bob avait alors enfermé ces renseignements dans une enveloppe cachetée et n'avait pas participé au décompte des métastases.

– Où est Bob maintenant ? demanda Tom.

– Au pavillon Mendel. Vous voulez que je le fasse venir ?

– Non, je vais y aller. Terminez de reporter les chiffres.

Tom sortit de la maison des Souris, s'engagea dans le petit couloir et franchit les portes de verre coulissantes du grand laboratoire. Il examina l'étendue de carreaux blancs, de verre et de chrome, et aperçut aussitôt Bob Cooke. Tout dans son aspect et son attitude le distinguait des autres occupants du laboratoire. Les chercheurs étaient penchés sur leurs paillasses, mais le grand Californien avec ses cheveux blonds et son teint hâlé était affalé dans son fauteuil, brandissant à la lumière une lame de verre. On aurait plutôt dit un surfeur inspectant la prochaine vague qu'un scientifique. Son large sourire et ses manières détendues faisaient que certains le sous-estimaient. À bien des égards, l'irrévérence du jeune homme rappelait à Tom sa jeunesse.

Il apercevait déjà l'enveloppe cachetée sur le bureau de Bob et il dut maîtriser une brusque envie de se précipiter pour s'en emparer.

Bob le vit et sourit. Dans un mouvement aérien, il reposa la lame, prit l'enveloppe scellée et se leva.

– C'est ça que tu cherches ?

De retour au laboratoire animal, Carter se prit à scruter le visage de Nora pour y lire de nouveaux indices, maintenant qu'elle avait eu plus de temps pour examiner les résultats. S'ils étaient sans ambiguïté, alors pas besoin de la disquette. Si toutes les souris avaient le même nombre de tumeurs, c'est que l'expérience avait manifestement échoué et, si la moitié des souris n'en avait pas développé, alors elle avait presque à coup sûr réussi. Mais le visage de chouette de Nora ne révélait rien.

Bob se força à prendre un air grave.

– Les nominations pour le meilleur film sont..., annonça-t-il avant de décacheter l'enveloppe et de lui tendre la disquette.

Nora lança à son patron un sourire las, inséra la disquette et enclencha le logiciel. Le tableur se mit immédiatement à enregistrer les informations. Tom voyait les blancs de la colonne de droite s'emplir peu à peu de « oui » ou de « non » pour indiquer quelles souris avaient reçu le traitement au rétrovirus.

Allons, se dit-il, mon Dieu, faites qu'il y ait une différence entre les groupes. Mais avant que Tom ait pu même terminer sa prière silencieuse, l'écran afficha les conclusions et la voix déçue de Nora lui annonça le pire.

– Il n'y a pas de différence entre elles, lança brusquement la laborantine. Rien en tout cas qui ait une valeur statistique.

– Merde !

Il n'arrivait pas à le croire. Les résultats étaient pires encore que ce qu'il avait craint. La thérapie par les gènes n'avait eu aucun effet.

– Qu'est-ce qui a cloché ? demanda Nora.

Tom se croisa les bras, les doigts de sa main droite pianotant sur son bras gauche.

– Peut-être le virus n'a-t-il pas atteint les cellules cancéreuses ? Peut-être que la membrane protectrice l'a arrêté ?

– Mais les gènes marqueurs ont été modifiés pour surmonter cet obstacle, dit Bob d'une voix blanche qui ne lui ressemblait pas.

– Eh oui, peut-être que ça n'a pas marché. Peut-être alors que le virus a atteint sa cible mais que les gènes ne se sont pas manifestés comme il fallait dans les cellules, ou bien encore qu'ils n'ont pas produit de protéines en quantité suffisante pour faire la différence. Dans un cas comme dans l'autre, il va falloir analyser les cellules cancéreuses pour en être sûr. Mais la conclusion, c'est que cette fois-ci ce salaud n'a pas fait son travail.

La porte s'ouvrit sur sa droite et Jasmine entra. Son visage, d'habitude gai, semblait pensif.

– Tom, dit-elle, je peux te dire un mot ? C'est assez important.

Ce qu'elle voulait lui dire n'était manifestement pas pour toutes les oreilles : il s'excusa donc auprès de Bob et de Nora et suivit Jasmine dans le petit couloir.

– Désolée, fit Jasmine, mais j'ai de mauvaises nouvelles.

Il ne put s'empêcher de rire.

– Parfait ! Eh bien, tu as frappé à la bonne porte.

Voyons si tes mauvaises nouvelles peuvent battre les nôtres.

– J'ai surpris quelqu'un qui essayait de s'introduire dans IGOR.

Tom poussa un gémissement. Il ne manquait plus que ça.

– Est-ce qu'il est entré ?

– Non, mais à mon avis il sait ce que contient la banque de données – en principe.

– Qui était-ce ? Sais-tu d'où il venait ?

Jasmine secoua la tête.

– Pas du tout. C'est ce qu'il y a de bizarre. Ce n'était pas une des régions clés du piratage. Le signal ne venait ni d'Europe, ni d'Extrême-Orient, ni des États-Unis.

– Tu en es certaine ?

– Absolument.

– Peux-tu en découvrir davantage ?

– Pas vraiment. J'en ai parlé à Jack, mais il ne comprend pas non plus. Toutes les grandes compagnies d'assurances et les sociétés concurrentes de biotechnique qui pourraient venir rôder autour de nos banques de données sont dans cette triade. C'est incompréhensible.

Tom se frotta les tempes. Il ne voulait même pas penser aux conséquences si ces données tombaient entre les mains de compagnies d'assurances, de la presse ou bien...

– Et les autorités ?

Jasmine secoua la tête.

– Non. Ça s'est passé il y a trois heures. Si c'étaient les autorités, elles seraient déjà sur notre dos.

– Alors, à ton avis, qui cela pourrait-il bien être ?

– Je ne sais pas. Ça pourrait simplement être un pirate esseulé qui s'amuse. Mais ça ne m'a pas l'air d'être le cas. J'ai eu la nette impression qu'il s'agissait de gens sachant exactement ce qu'ils cherchaient. Quoi qu'il en soit, j'ai tout bouclé et je vais surveiller ça de plus près.

– Qu'est-ce qui se passe s'ils font une nouvelle tentative ?

– Ils n'entreront pas. Mais le problème n'est pas là. Le problème, c'est ce qu'ils pourraient faire d'autre maintenant qu'ils savent ce que nous avons... Mais il y a quand même de bonnes nouvelles. Le programme Génie Gène a l'air formidable.

Tom sourit en entendant cela.

– Excellent. Bien joué. Dès l'instant où vous avez la certitude que ça roule sans pépin, préviens Karen Tanner.

– Et tes mauvaises nouvelles à toi ? L'expérience n'a pas marché ?

Il fit revenir Jasmine dans le laboratoire d'expériences animales et d'un geste lui désigna l'ordinateur de Nora.

– Regarde toi-même.

Nora s'écarta pour que Jasmine puisse mieux voir l'écran.

– Ça a foiré, fit Bob Cooke.

Sans un mot, Tom regarda Jasmine faire défiler le tableau sur l'écran pour examiner les données.

– Qu'est-ce que c'est que ça ? fit-elle soudain, désignant un zéro dans la colonne du décompte des tumeurs.

Il se pencha pour regarder de plus près.

Nora examina l'endroit où le doigt de Jasmine s'était posé sur l'écran.

– La souris C370 n'avait pas de métastase. Parfaitement saine, fit la technicienne d'un ton intrigué.

– Ça a une signification ? demanda Jasmine.

– Peut être que les cellules cancéreuses originales n'ont pas fait souche, suggéra Bob Cooke.

Nora prit un air plus soucieux.

– Non, je me souviens de la C370 : elle avait bien

des métastases, mais elles étaient nécrosées. Elle regarda Jasmine. Mortes.

– Un hasard ? demanda Bob en se tournant vers Tom.

– Tu parles d'un hasard, dit Jasmine en désignant le « non » dans la colonne de droite. Cette souris faisait partie du groupe de contrôle. Elle n'a reçu qu'une seringue d'eau salée. Elle a pourtant réussi à se soigner toute seule.

Nora lança à Tom un regard interrogateur.

– Une rémission spontanée ?

Un frisson d'excitation ébranla le pessimisme de Tom. Jamais auparavant il n'avait rencontré de cas de totale rémission spontanée, que ce soit au laboratoire ou en salle. C'était extrêmement rare ; il y avait là-dessus toute une littérature, mais le phénomène était rare. Personne ne comprenait ni n'avait jamais expliqué de façon satisfaisante comment, sans raison apparente, le système immunitaire de certains sujets décidait soudain de se débarrasser d'un cancer. Il était prouvé que de pareilles guérisons existaient, mais on ne pouvait avancer aucune explication médicale.

Il se tourna vers Bob Cooke.

– As-tu par hasard fait un relevé d'ADN avant l'expérience ?

– Malheureusement pas. Ça ne fait pas partie du protocole. Pourquoi me demandes-tu ça ?

Tom ne savait pas très bien, mais il sentait qu'une idée germait en lui.

– Peut-être pourrons-nous trouver un indice sur les raisons qui ont amené cette souris-là à se rétablir. Si nous pouvions comparer ses cellules précancéreuses avec ses cellules cancéreuses ainsi qu'avec ses cellules « guéries » après le cancer, nous parviendrions peut-être à identifier la séquence du code génétique responsable de cette rémission naturelle. Jusqu'à maintenant nous avons passé tout notre temps à essayer d'imposer une solution théorique, « en éprouvette ». Pourquoi ne pas plutôt examiner cette solution rare qui existe déjà dans la nature et tenter de la reproduire ?

Il attendait une réaction de l'équipe : il vit Bob et Nora hocher la tête d'un air songeur.

Jasmine regarda Tom un moment, un pli se formant sur son front lisse.

– Mais comment peux-tu être sûr que la réponse soit même d'ordre scientifique ?

– Quelle autre explication pourrais-tu trouver ? La foi ? Le triomphe de l'esprit sur la matière ? Allons, Jazz.

– Pourquoi pas ? fit Jasmine. On attribue à la foi un grand nombre de guérisons inexpliquées. Quand j'étais gosse, les seules vacances que mes parents ont jamais prises en Europe, c'était pour aller à Lourdes avec ma tante Angela qui était malade.

Nora acquiesça.

– Il y a deux ans, j'ai emmené ma mère à Lourdes. Elle s'est sentie beaucoup mieux pendant quelque temps.

– Ma tante aussi, reprit Jasmine. Certaines des guérisons les plus célèbres et sur lesquelles on possède une documentation abondante se sont produites là-bas. Jasmine se mit à compter sur ses doigts. Il y a eu une certaine Rose Martin en avril 1947, qui a eu une rémission complète d'un cancer de l'utérus. Il y a eu en 1962 Vittorio Michelli, dont la tumeur à la cuisse a disparu quelques jours après un bain dans l'eau de la grotte. Et Klaus Kunst, qui a bu l'eau en 1966 et qui a guéri de son cancer du rein.

Tom sourit. Seule Jazz pouvait à la fois raisonner comme un ordinateur et admettre l'existence de Dieu.

– J'étais persuadé que les baptistes ne croyaient absolument pas à ces histoires de Lourdes. Je pensais que c'était pour les catholiques.

– Pas du tout. Quand tu as besoin d'un miracle, tu vas là où ça se passe.

– En tout cas, une chose est sûre, interrompit Bob

en désignant l'écran. Si c'était la foi, alors la souris C370 devait être une sacrée croyante.

Cela les fit tous éclater de rire, mais l'idée qui se développait dans la tête de Tom ne voulait pas s'en aller.

– Tout ce que je dis, c'est que quelque chose a dû changer dans la constitution génétique de cette souris. Et que vous appeliez ça un phénomène scientifique, naturel ou Dieu sait quoi, ça doit valoir la peine d'essayer de comprendre comment nous pourrions le reproduire. Il se tut et les regarda chacun droit dans les yeux. Je vous demande une seconde de patience, d'accord ? reprit-il. Nous sommes tous à peu près sûrs de savoir *comment* s'opère cette rémission spontanée, mais nous ne savons pas pourquoi. Au fond, les cellules cancéreuses sont des cellules de l'organisme qui ont trahi, alors le système immunitaire les laisse tranquilles. Mais ce qui se passe dans une rémission spontanée, c'est que pour une raison quelconque le système immunitaire du corps reconnaît soudain que ces cellules cancéreuses ne lui appartiennent pas : ce sont des corps étrangers qu'il bombarde, alors les tumeurs disparaissent. Exact ?

Il attendit pendant que les autres, Jasmine comprise, approuvaient.

– Maintenant, pour que cela arrive, il doit se produire quelque chose dans le code génétique de ces cellules mauvaises pour alerter les anticorps du système immunitaire et les prévenir qu'il s'agit d'éléments étrangers. C'est au fond ce que nous cherchions à faire avec cette expérience. Nous tentions d'utiliser un rétrovirus obtenu par ingénierie génétique pour changer l'ADN des cellules de la tumeur de façon qu'elles attirent l'attention du système immunitaire du corps.

– Alors ?

– Alors, et s'il y avait un rétrovirus *naturel* qui tuait les tumeurs ?

– Quoi ! s'exclama Bob.

Tom leva les mains pour le calmer.

– Écoute, un rétrovirus opère en envahissant une cellule du corps, puis en en transformant l'ADN pour le remplacer par le sien. C'est comme ça qu'il se reproduit et c'est pour ça qu'il est si dangereux. Il brouille notre code génétique naturel et se répand dans l'organisme. Regarde avec quelle efficacité le HIV fait ça. Imagine maintenant qu'il y ait un rétrovirus extrêmement rare qui, au lieu de brouiller l'ADN, le reconstitue. Le *répare* ?

– Et qu'on rencontre dans la nature ? demanda Nora, ouvrant de grands yeux.

– Mais oui. Un rétrovirus capable d'insérer un gène qui aurait tué des cellules cancéreuses ou réparé des cellules endommagées. Réfléchissez : de nombreux gènes réparent l'ADN. Nous le savons. Et autant donnent à des cellules l'ordre de mourir : nous le savons aussi. Alors, si on insérait les bons gènes dans les cellules qui correspondent, on pourrait rétablir l'ordre.

– Est-ce possible ? murmura Jasmine. Est-ce qu'un rétrovirus d'origine *naturelle* pourrait faire ça ?

– Je pense que oui, répondit Bob. C'est simplement que personne ne s'est jamais demandé auparavant s'il pouvait exister dans la nature des rétrovirus *positifs*. Regardez les micro-organismes. Nous avons toujours considéré les champignons et les bactéries comme des éléments nuisibles qu'il fallait contrôler et dont il fallait se protéger car ils risquaient de nous infecter. Là-dessus Fleming a découvert la pénicilline, issue d'une moisissure naturelle qui luttait *contre* l'infection, soignait la gangrène et la syphilis.

– Précisément, dit Tom. Et tout ce que je dis, c'est : vérifions.

– Je suis bien d'accord, Tom. Mais comment ? interrogea Nora.

Tom resta silencieux, en essayant de concevoir la meilleure approche. À sa grande surprise, ce fut Jasmine qui répondit à la question.

– Il faudrait se servir de DAN pour analyser l'ADN de quelqu'un ayant eu l'expérience d'une rémission spontanée, dit-elle. Nous pourrions effectuer un contrôle du matériel génétique du sujet prélevé avant le cancer, pendant le cancer et après la rémission. Voir ce qui avec le temps est arrivé à son ADN.

Tom vit une lueur d'excitation s'allumer dans l'œil de Jazz, comme si elle venait soudain de se rappeler quelque chose. La jeune femme se dirigea vers son ordinateur tout au fond de la pièce : contrairement à celui de Nora, le sien était en ligne, branché sur l'Internet.

– Mais tu dis que ces sujets sont rares, fit Jasmine comme si elle se parlait à elle-même.

– Oui, et il nous faudrait un patient *vivant*, lui souffla Tom.

Il regarda Jasmine allumer l'ordinateur et se brancher sur le serveur des Informations médicales globales du Web.

– Je suis sûre d'avoir vu quelque chose dans la *Revue médicale* il y a deux jours. Je jetais un coup d'œil et j'y ai reconnu un nom. Jasmine se tourna vers Carter. Jean-Luc Petit ?

Tom acquiesça. Jean-Luc Petit, le cancérologue français, s'était rendu plus d'une fois dans les installations de GENIUS pour voir en action les premiers génescopes et comment étaient installés les patients.

– Oui, je le connais bien. C'est quelqu'un de remarquable. Il dirige un service de cancérologie à Paris. Pourquoi ?

Jasmine déplaça sa souris pour sélectionner une icône sur l'écran.

– Eh bien, il a publié quelque chose dans la rubrique « Faits intéressants » de la *Revue médicale*.

Tom était intrigué.

– Il a quelqu'un dans son service qui a connu une rémission spontanée ? Un patient vivant ?

Jasmine cliqua sur une autre icône et appuya.

L'écran changea, affichant une base de texte en français.

– Voilà. Je savais bien que je l'avais vu.

Tom se pencha vers la machine, remerciant le ciel de ces mois passés dans le cadre d'un échange d'étudiants à l'Institut Pasteur à Paris. Mais ce qu'il lut était si étonnant qu'il décida de contrôler sur la traduction anglaise qui s'inscrivait au bas de l'écran.

– Alors ? demanda Bob derrière lui. Est-ce que ce toubib français en a un dans son service ?

– Non, le docteur Jean-Luc Petit n'en a pas un, fit Jasmine, un énorme sourire plissant son fin visage. Il en a *deux*.

Bob et Nora dévisagèrent Jasmine, l'air incrédule.

– C'est déjà assez étonnant d'en trouver un, dit Bob en passant ses mains dans ses cheveux blonds, mais les chances d'en dénicher deux, surtout dans le même service...

Il ne termina pas sa phrase : les mots lui manquaient.

– Ils n'auraient pas pu se procurer le remède de quelqu'un et se le passer, non ? demanda Nora.

Tom haussa les épaules : il était trop abasourdi pour parler, il essayait toujours d'assimiler tout ce que cela pouvait impliquer.

– Jazz, finit-il par dire, peux-tu répondre à une dernière question avant de terminer ?

Le sourire de Jasmine s'élargit encore tandis que ses doigts pianotaient sur le clavier.

– Laisse-moi deviner, Tom, dit-elle tandis qu'apparaissaient sur l'écran les horaires d'Air France. Tu veux savoir quel est le prochain vol pour Paris ?

7

Caverne de la Lumière sacrée. Jordanie du Sud

Le tuer ou bien travailler avec lui ?

À l'autre bout du monde, au pied des cinq rochers d'Asbaa el-Lah, Ézéchiel de la Croix frotta ses yeux fatigués : il sentit l'anneau jadis bien ajusté glisser sur ses vieux doigts noueux. Le dilemme était redoutable : s'il choisissait maintenant la mauvaise voie, il était certain de compromettre l'objectif fondamental de la Confrérie du Second Avènement.

Derrière lui, dans la caverne de la Lumière sacrée, la flamme continuait à brûler d'un feu blanc bleuté, comme elle le faisait depuis plus de trois décennies. Mais pour combien de temps encore ? Il redoutait de voir un jour la flamme reprendre sa couleur orangée ou bien de voir la mort le frapper avant qu'il ait trouvé le nouveau Messie. Un frisson secoua ses frêles épaules lorsqu'il songea qu'il était déjà dans sa dixième décennie. Le temps n'était pas de son côté.

Au bout de la grande table de chêne, il observait les cinq hommes qui discutaient avec lui. Chacun portait un costume sombre, une chemise blanche et une cravate rouge sang. Une écharpe de cérémonie en satin blanc frappée d'une croix cramoisie était drapée sur leurs épaules. Les chefs des trois régions étaient assis en face de lui : frère Haddad, avec ses yeux aux paupières tombantes, régnait sur la Terre sainte, le plus ancien et le plus prestigieux territoire de la confrérie, qui couvrait le Moyen-Orient et le Levant. En face de lui, la haute silhouette aux cheveux d'argent de frère Luciano, qui dirigeait la seconde région en importance de la chrétienté, celle qui comprenait l'Europe. Auprès de lui, le plus jeune des responsables de région, frère Olazabal, au teint cireux, qui contrôlait le Nouveau Monde. Tous les trois avaient plus de soixante-dix ans et, comme la plupart des hauts dignitaires de la confrérie, ils avaient de lointains liens de parenté avec les premiers disciples du fondateur, Lazare. Chacun occupait dans le monde une position importante et, en tant que membre du Conseil restreint, c'étaient des hommes puissants au sein de la confrérie. Mais ils obéissaient aux deux hommes assis de chaque côté d'Ézéchiel qui à leur tour n'obéissaient qu'à lui.

Ézéchiel se tourna vers le frère assis à sa gauche. Aujourd'hui septuagénaire, le frère Bernard Trier était le seul autre membre du Conseil restreint encore en vie à avoir été témoin de ce jour où la flamme sacrée avait changé de couleur. Corpulent, avec un petit bouc et des mèches de cheveux aujourd'hui grisonnants, il avait jadis été un officier de haut rang dans l'armée allemande. Mais, depuis qu'il avait été promu au rang de champion du Second Impératif de la confrérie, il était devenu le seul membre du Conseil restreint à abandonner tous ses engagements en dehors de la confrérie. Le Second Impératif avait des exigences rigoureuses : protéger la sécurité de l'organisation, recueillir des renseignements sur les personnes désignées pour les purifications, ainsi que contrôler les deux agents qui se chargeaient des exécutions, c'était une occupation à plein temps. Même frère Hélix Kirkham, plus haut placé dans la hiérarchie, qui, en tant que champion du Premier Impératif, avait pour charge d'atteindre l'objectif primordial de la confrérie – trouver le nouveau Messie – gardait encore sa chaire de professeur de physique à Oxford. Ézéchiel lui-même trouvait le temps, en plus d'assurer le commandement de la confrérie, de surveiller les énormes intérêts financiers de l'organisation à travers le monde.

Comme toujours, au cours de cette réunion mensuelle dans la caverne sacrée, frère Bernard et frère Hélix étaient en pleine discussion. C'était bien compréhensible : après tout, voilà cinq ans, Hélix avait succédé à frère Darius comme champion du Premier Impératif et Ézéchiel savait que Bernard jalousait son influence. Hélix Kirkham avait non seulement vingt ans de moins que frère Bernard, mais il était aussi le plus jeune champion du Premier Impératif qu'on eût jamais vu. Ce grand homme chauve aux lunettes rondes à monture métallique représentait le sang nouveau dont la confrérie avait si grand besoin. Hélix avait fréquenté les meilleures universités, il s'était imprégné de la science et de la technologie de l'époque : il était bien équipé pour guider l'antique confrérie dans le labyrinthe du monde moderne. Ézéchiel l'avait choisi pour apporter à leurs recherches des idées neuves, de nouvelles méthodes de pensée.

Mais cette idée qui justement provoquait un tel désaccord, n'était-elle pas trop excentrique ? trop radicale ?

Bernard lui lança un regard exaspéré avant de revenir à Hélix qui ne semblait pas à sa place dans cette grotte, à tripoter son ordinateur portable.

– Frère Hélix, dit Bernard, vous ne pouvez tout de même pas vous attendre sérieusement à nous voir suspendre les purifications pour ce... (il désignait l'ordinateur) ce fantasme que vous avez.

– Ce n'est pas un fantasme, répondit calmement Hélix. Ça pourrait nous aider à découvrir le nouveau Messie.

– Mais comment savez-vous que ça marchera ? demanda frère Luciano en passant une main nerveuse dans ses cheveux argentés.

Son interlocuteur soupira.

– Je n'en sais rien. Mais il faut que ça marche mieux que les vieilles méthodes. J'avais quinze ans quand la flamme a changé. Depuis lors, le réseau des frères fouille le monde à la recherche du nouveau Messie. Mais avec quel succès ?

Frère Haddad cligna ses lourdes paupières.

– Nous continuons à chercher.

– Mais qu'est-ce que nous avons *trouvé* ?

Un silence.

– Précisément ! au cours des trente dernières années, nous avons dépêché nos meilleurs yeux et nos plus fines oreilles pour aller enquêter sur tous ceux qui prétendent avoir des visions ou accomplir des exploits miraculeux. Mais nous avons eu beau dresser une liste très courte de candidats susceptibles de répondre aux antiques critères, aucun d'eux ne correspond parfaitement. Nous avons attendu deux mille ans pour que la flamme change de couleur et annonce le retour du Messie, chacun de nous espérant que l'honneur de le rechercher tomberait sur *ses* épaules, de *son* vivant. Eh bien, cet honneur nous incombe aujourd'hui. Voilà maintenant plus de trois décennies que le nouveau Messie évolue parmi nous et nous ne l'avons toujours pas trouvé.

Bernard Trier tirait avec agacement sur son bouc.

– Mais, frère Hélix, l'homme sur qui vous comptez pour nous aider dans notre recherche figure sur notre liste d'exécutions purificatrices. Le docteur Carter est un ennemi, pas un allié. Le robuste frère prit un ton plus calme, mais non moins menaçant. Frère Hélix, nous saluons tous la magie de votre technique. Et je suis certain qu'un jour elle ajoutera à notre organisation une valeur considérable. Mais ce jour n'est pas encore venu. Peut-être devrais-je vous rappeler les termes et l'objet du Second Impératif.

Sans laisser à Ézéchiel le temps de l'arrêter, frère

Bernard s'éclaircit bruyamment la gorge et d'un ton pompeux récita l'antique serment.

– *S'engager à pratiquer la juste purification afin de purger le monde de ceux qui sapent les valeurs, les buts et les croyances de la Confrérie du Second Avènement, qui menacent le juste salut de l'humanité.* Ce dangereux savant est presque tout en haut de notre liste. Avec ses manipulations génétiques, il croit que l'homme en saura bientôt assez pour rendre Notre-Seigneur inutile. Il joue à Dieu. C'est pourquoi nous tous – vous compris, frère Hélix – avons ordonné la purge de Stockholm. Le seul problème pour moi c'est de savoir *quand* nous exécuterons la mise à mort et si je fais de nouveau appel à Némésis, ou si je confie le travail à Gomorrhe.

Hélix hocha lentement la tête et sourit derrière les épaisses lentilles de ses lunettes. Comme toujours, Ézéchiel était impressionné par le refus du jeune frère de se laisser intimider par l'agressif Bernard.

– Merci de nous rappeler l'importance de votre rôle, frère Bernard, déclara Hélix sans la moindre trace d'ironie. Toutefois, je suis convaincu que je n'ai pas besoin de vous rappeler, à *vous*, que le Premier Impératif l'emporte sur tout le reste – surtout si cela risque de compromettre nos recherches.

Passer de la « purification » du docteur Carter à « travailler » avec lui, ce revirement si radical ne plaisait guère à Ézéchiel. Il répugnait tout autant à exécuter précipitamment le savant avant d'avoir bien compris en quoi il pourrait être utile.

– Frère Hélix, dit Ézéchiel avant que Bernard puisse répliquer, vous dites avoir besoin de la technologie du savant pour découvrir un équivalent génétique. Mais pourquoi avez-vous besoin de *lui* ?

– Pour deux raisons, répondit Hélix. Tout d'abord, nous ne pouvons pas pratiquer l'examen génétique en utilisant les voies normales. Les principes éthiques sont si stricts dans tous les laboratoires de GENIUS à travers le monde qu'on ne manquera pas de poser des questions. Et la seule façon de contourner ces contrôles rigoureux, c'est d'amener le docteur Carter lui-même à sanctionner cet examen. Deuxièmement, quand il s'agira de trouver l'analogie génétique, nous aurons besoin de son aide pour entrer dans la banque de données d'IGOR.

– On ne peut pas simplement payer pour utiliser la banque de données ? demanda frère Luciano.

– Non. Comme je l'ai déjà expliqué, IGOR n'est pas un service public. C'est une banque de données secrète. Je suis tombé dessus par hasard en recherchant la société du savant pour frère Bernard. Et depuis lors je n'ai réussi qu'à pirater le menu pour voir quelle en était la teneur...

– Frère Hélix, l'interrompit Ézéchiel, pourquoi ne piratez-vous pas tout simplement la banque de données ?

– Parce qu'elle est trop bien protégée. Ça a déjà été assez difficile de découvrir ce qu'elle contenait. Son architecte, un certain docteur Washington, est une des meilleures dans son domaine. Elle a rendu IGOR pratiquement imprenable.

– Il vous faut donc l'aide du docteur Carter pour procéder au contrôle initial et avoir accès à cet... IGOR ? conclut Ézéchiel, agacé par ce jargon.

Hélix acquiesça.

– Mais pourquoi le savant nous aiderait-il ? ricana Bernard. Comment pourrions-nous le contrôler ?

– Je ne sais pas encore, répondit Hélix. Mais tant qu'il est vivant, nous pouvons encore trouver un moyen. Hélix ôta ses lunettes, les essuya, puis se tourna vers lui. Père Ézéchiel, vous devez certainement comprendre l'importance que pourrait avoir le docteur Carter pour le Premier Impératif ? Il serait impardonnable de voir la flamme blanchir sans trouver le Messie et ce serait une folie de ne compter que sur nos guetteurs. Il faut sûrement tout tenter pour trouver l'élu, quoi que cela implique !

– Mais, mon père, s'empressa de répliquer frère Bernard Trier, il nous faut considérer également ce que cela impliquerait non seulement de ne pas s'en tenir au Second Impératif, mais de bel et bien coopérer avec une des cibles.

Ézéchiel garda un visage impassible, refusant de prendre une décision sur-le-champ. Évidemment, Hélix avait raison : il ne pouvait pas supporter l'idée de manquer l'élu. Mais en même temps il comprenait Bernard. Travailler avec ce dangereux blasphémateur le mettait mal à l'aise.

Au milieu de la grande table trônaient des victuailles. Ézéchiel versa du vin rouge épicé dans six coupes d'étain qu'il passa à la ronde. Les aînés se servirent alors en puisant dans les plats regorgeant de feuilles de vigne farcies, de figues et de viande. Mais Hélix continuait à pianoter sur son ordinateur tout en jetant des regards impatients à l'autel derrière Ézéchiel qui méditait sa décision : les cierges et les torches qui éclairaient la grotte se reflétaient dans ses lunettes.

Ézéchiel admirait la passion de son cadet. Mais il avait aussi douloureusement conscience que la confrérie n'existait pas depuis plus de deux mille ans pour qu'on aille tout risquer sur un projet conçu dans la précipitation.

Il regarda par-dessus son épaule, au-delà de la flamme sacrée et de l'autel, fixant la porte de pierre scellée du caveau du Souvenir – et il songea à ce qui se dissimulait derrière elle. Il se sentit soudain accablé par la responsabilité qui pesait sur ses vieilles épaules : il se représenta Lazare, le fondateur de la confrérie, s'adressant ici même à ses premiers disciples. Il songeait aussi à la nuit de la crucifixion, lorsque Lazare avait rêvé d'une flamme brûlant dans les entrailles de la terre, sous une dalle rocheuse perdue dans l'immensité du désert. Sans la moindre carte, Lazare avait entraîné jusqu'ici ses disciples : ils avaient taillé et creusé les grottes pour aboutir à la flamme. Il les avait réunis dans cette cachette où ils pourraient organiser et préparer le retour du Christ, s'assurer que jamais ne se répéterait la tragédie du Golgotha. Puis il leur avait parlé de la prophétie qui lui était venue en rêve.

Le prochain Messie ne serait pas au courant de sa vocation et pour que les justes s'assurent de leur salut, il leur faudrait le trouver. Il n'y aurait pas d'étoile de Bethléem pour les guider, rien que ce feu sacré brûlant dans les profondeurs de la terre. Quand cette flamme deviendrait blanche, alors le nouveau Messie circulerait dans le monde. Mais il faudrait le sacrer devant la flamme blanche avant qu'elle ne redevienne orange, avant que le Jugement dernier ne vienne frapper l'humanité. Ils étaient les seuls à avoir accès à la flamme sacrée, cette responsabilité reposait sur la Confrérie du Second Avènement. C'était de ces hommes que dépendait le salut de l'humanité.

Ézéchiel enviait à Lazare sa foi sans faille. Quand Jésus-Christ vous avait ramené d'entre les morts, alors sûrement on ne pouvait douter dans son cœur que l'homme était d'essence divine, et qu'il méritait un total dévouement.

Il eut un hochement de tête respectueux. Durant le premier millénaire, les frères avaient étendu leur influence occulte sur la Terre sainte, recrutant indifféremment chrétiens et juifs messianiques. Tous unis derrière le Premier Impératif.

Tout en regardant les frères se rassasier, il songea au Second Impératif. À l'époque des croisades, au XIIe siècle, les chevaliers du Temple avaient quitté l'Europe pour la Terre sainte, bien décidés à arracher Jérusalem aux mains des Sarrasins, et ils s'étaient intéressés à la confrérie. Lorsqu'ils avaient regagné les grandes cours d'Europe, ces moines soldats avaient répandu l'influence de la secte à travers la chrétienté. Mais ils avaient aussi poussé le Conseil restreint de l'époque à adopter une politique plus agressive pour mettre en œuvre le Premier Impératif. Au lieu de guetter et d'attendre l'arrivée du Sauveur, estimaient-ils, la confrérie devrait se consacrer en attendant à purger le monde des impies.

Ainsi était né le Second Impératif, mais seuls les membres du Conseil restreint et les deux purificateurs, qu'on n'avait jamais connus que sous les noms de Némésis et de Gomorrhe, avaient été informés de son existence. Les frères, de plus en plus nombreux et secrètement disséminés à travers le monde, ne connurent jamais que le Premier Impératif. Le Second avait inévitablement causé des problèmes dans le passé, mais pas de ceux que pourrait soulever l'exécution du docteur Carter. Ézéchiel savait que jamais encore le sujet d'une purification n'avait peut-être eu aussi en main la clé pour satisfaire au Premier Impératif. Il est vrai que jamais auparavant la flamme n'avait brûlé d'un éclat blanc.

Frère Hélix lui pressa, avec déférence, le bras.

– Père Ézéchiel, quelle est votre décision ?

Ézéchiel avait un air soucieux. Le docteur Carter était une menace et son pouvoir augmentait chaque jour. Il fallait l'arrêter.

– Tant que je n'aurai pas la conviction que le docteur Carter est prêt à nous aider, je ne pourrai prendre qu'une seule décision : le tuer.

– Mais si on parvenait à le persuader ? suggéra Hélix. Ajourneriez-vous alors l'exécution ?

– Cela est possible, répondit Ézéchiel en se tournant vers frère Bernard. Quand pourriez-vous, au plus tôt et sans risque, purifier le savant ?

– Eh bien, on a renforcé les mesures de sécurité autour de lui, mais elles ne sont que superficielles. Gomorrhe sera trop occupé mais, après l'exécution de Manhattan, Némésis devrait être disponible d'ici à deux semaines.

Ézéchiel resta un moment songeur, puis se tourna vers son champion du Premier Impératif.

– Frère Hélix, nous ajournerons pour deux semaines encore. Vous avez donc un mois pour me convaincre que nous pouvons travailler avec le docteur Carter efficacement et sans danger. Mais, après cela, je convoquerai personnellement Némésis pour décréter la mise à mort. Est-ce clair ?

Hélix sourit à Bernard, qui se rembrunit, et son ordinateur se ferma avec un petit claquement de triomphe.

– Parfaitement clair, père Ézéchiel, parfaitement clair.

8

Manhattan

L'étonnant personnage aux cheveux longs et aux yeux couleur de ciel sifflotait « Frère Jacques » en descendant la Cinquième Avenue. Le pâle soleil de l'après-midi allumait des reflets dans ses cheveux d'un blond presque blanc si bien que sa tête semblait entourée d'un halo. Sa longue veste noire qui ressemblait à une soutane soulignait encore son air angélique. Seules les roses rouge sang qui émergeaient du fourre-tout qu'il tenait dans sa main droite et son pantalon de cuir noir moulant évoquaient des passions plus terrestres. Son visage aux traits fins arborait un sourire serein et si les passants l'admiraient, ils n'avaient aucun moyen de savoir que celui qu'ils prenaient pour un homme était une femme. Et ils ne se doutaient assurément pas non plus que cette femme était sur le point d'accomplir une exécution purificatrice.

Maria Benariac cligna des yeux, dissimulant un instant ses verres de contact colorés, et essaya de maîtriser la folle envie qu'elle avait de se gratter le crâne. En général elle portait l'une de ses perruques, mais elle avait dû « emprunter » celle-ci. Elle savait pertinemment que les autres « professionnels » préféraient le plus souvent adopter un déguisement passe-partout, et se faire aussi discrets que possible. C'était très bien pour certaines missions et d'ordinaire elle avait horreur d'attirer inopportunément l'attention. D'autres fois elle aimait à utiliser son visage et son corps sculptés par la chirurgie esthétique comme une toile pour y peindre une image forte mais trompeuse dont les témoins se souviendraient ensuite. C'était le cas aujourd'hui. D'ailleurs, en l'occurrence, son aspect même l'aiderait à avoir accès à sa proie.

Maria apercevait maintenant l'immeuble de Sly Fontana, dominant le parc. Très impressionnant. À en croire le contenu de l'enveloppe que lui avait confiée frère Bernard, Fontana utilisait cet appartement comme résidence sur la côte est : il venait là chaque fois qu'il avait besoin de fuir Los Angeles ou de passer quelque temps avec Babe, un top model prostitué masculin pour lequel il avait une passion. Maria ne voyait aucune ironie du sort dans le fait que Sly Fontana, notoirement connu comme producteur de films pornos hétéros, fût homosexuel. Ses recherches personnelles lui avaient appris qu'il s'adonnait à toutes sortes de perversions sexuelles. Ayant remporté huit Hots d'or au festival du film porno de Cannes, Fontana contrôlait une énorme part de l'industrie internationale du film classé X. Toutefois, ce qu'il aimait vraiment, c'étaient les films sadomaso : une vidéo montrant les victimes, en général des femmes, en train de faire l'amour avant d'être sadiquement assassinées au moment de l'orgasme. Pour prouver que leur mort était « vraie », on entaillait devant la caméra la gorge des victimes : toujours en gros plan et souvent avec une telle brutalité qu'elles étaient pratiquement décapitées. Maria avait vu un de ces films. C'était une des nombreuses copies granuleuses, rayées, mais les images étaient encore assez nettes. Un film qui valait des milliers de dollars.

La copie appartenait à Babe, et Maria l'avait vue la veille au soir lorsqu'elle s'était rendue dans son appartement somptueusement meublé de Greenwich Village. Elle avait trouvé son adresse dans le dossier remis par frère Bernard et ç'avait été un jeu d'enfant de s'introduire dans la place et de l'« interroger ». Un poignard et six minutes, ce fut tout ce qu'il lui fallut pour convaincre le culturiste de lui dire tout sur Fontana et d'organiser pour aujourd'hui un rendez-vous avec lui. Après lui avoir brisé le cou, elle avait fouillé dans la garde-robe de Babe et choisi l'ensemble noir que Fontana aimait voir porté par son amant favori.

Ç'avait été plus difficile qu'elle ne l'avait cru de scalper Babe : un peu comme essayer de peler une orange d'un seul coup sans abîmer l'écorce. Finalement, après bien des efforts, elle y était parvenue. Elle avait laissé le scalp sécher toute la nuit et, ce matin, elle avait utilisé du talc et des bandes de ruban adhésif pour l'appliquer sur son crâne rasé. C'était très réussi, mais ça la démangeait horriblement.

Elle prit les Ray-Ban dans le fourre-tout de cuir noir et les ajusta sur son nez. Elle n'était maintenant qu'à quelques pas de la tour. L'excitation familière et une vertueuse impatience envahissaient son ventre en une vague tiède et délicieuse.

Le portier était planté sous la marquise de l'immeuble. Il avait l'air énorme dans son uniforme, mais il ne représentait aucune menace. Il se détourna aussitôt quand elle approcha : Babe avait bien dit qu'il fermerait les yeux, en effet, les portiers connaissaient toutes les call-girls et tous les travestis qui venaient assouvir les désirs des riches résidents de la tour. Et sans jamais se tromper, ils savaient ne pas les remarquer. Maria s'autorisa un mince sourire. L'idée que Sly Fontana glisse un billet à l'homme chargé de sa protection pour laisser son meurtrier accéder à son appartement l'amusait.

Lui jetant à peine un coup d'œil, Maria s'avança d'un pas assuré dans la pénombre du hall dallé de marbre et se dirigea droit vers les ascenseurs. Une fois à l'intérieur, elle consulta sa montre. Quatorze heures cinquante-deux. Fontana attendait Babe à quinze heures précises. Elle avait largement le temps.

Elle s'arrêta au septième étage et se dirigea vers la cage d'escalier pour attendre. Il faisait sombre ici, noir comme dans un four, et, comme toujours, cela la mettait mal à l'aise. Elle prit une profonde inspiration en se rappelant que cette obscurité n'était que provisoire. Sur sa droite un bouton de minuterie luisait comme une balise. Elle appuya dessus et la lumière chassa alors ses démons. Fouillant dans son fourre-tout de cuir, elle en tira une paire de gants de chirurgie, les enfila d'une main experte puis revint au contenu du sac. Elle inspecta d'abord la caméra vidéo : pas de cassette compromettante, bien sûr. Au fond du sac, à côté de la caméra, reposait son fidèle koukri. Elle fouilla sous les roses rouges, cherchant trois autres objets plus petits : un rouleau de solide ruban adhésif, un garrot et un stylo noir. Elle fourra les deux premiers dans les poches de son blouson. Le stylo avait l'air parfaitement normal jusqu'au moment où elle retira le capuchon, révélant une plume anormalement longue : presque comme une aiguille hypodermique. Elle souffla dessus, s'assurant qu'elle n'était pas bouchée, puis rangea le stylo dans le fourre-tout. Tout était prêt.

Elle sentit un frisson lui parcourir la poitrine. Elle était l'ange de la vengeance, le fléau de Dieu. Aujourd'hui, l'infecte marée du mal allait être provisoirement arrêtée et l'une des nombreuses têtes de l'hydre tranchée.

Elle ouvrit la porte du septième étage et examina le couloir. Elle apercevait la porte de bois sombre tout au fond. Le numéro 70 en cuivre rutilait. Derrière, Sly Fontana devait être seul, attendant qu'on frappe trois coups et qu'on dépose le bouquet de roses rouges sur le paillasson : la signature de Babe. C'était touchant, se dit Maria sans que l'ombre d'un sourire n'affleure sur ses lèvres.

Sa montre palpitait sans bruit contre son poignet. Quatorze heures cinquante-neuf. C'était le moment.

Elle parcourut le couloir à la moquette moelleuse,

déposa la gerbe de roses, puis se plaqua à la gauche du seuil. Sa main droite jouait dans sa poche avec le garrot, comme si c'était un chapelet. Dès qu'elle eut contrôlé sa respiration, elle toqua à la porte.

Il y eut un mouvement. Des pas traînants se dirigeaient vers la porte.

Elle entendit qu'on tirait un verrou, qu'on soulevait une chaîne. La clé tourna, puis encore une fois. Quel sens de la sécurité ! se dit Maria avec un humour macabre. La porte s'ouvrit, elle perçut un subtil changement dans la température ambiante. Il faisait chaud dans l'appartement. Un souffle court, puis un gloussement d'excitation. Un homme se penchait pour ramasser les roses.

Ajustant ses lunettes de soleil et baissant la tête pour masquer son visage avec les longs cheveux blonds de Babe, Maria s'avança devant Sly Fontana, l'entrejambe de son pantalon moulant à quelques centimètres de la tête de celui-ci. Même si Fontana était penché, elle devinait que le producteur de films pornos était petit : à peine un mètre soixante-cinq. Il avait des cheveux noirs décoiffés et clairsemés, un corps flasque que même son ample chemise de soie n'arrivait pas à masquer.

Il se redressa lentement, les roses dans les bras, et braqua sur elle des petits yeux avides, cherchant à la deviner sous le rideau de cheveux. Cela lui rappela le temps de l'orphelinat, une époque qu'elle préférait oublier.

– Salut, Babe, dit Fontana, tout excité. Machinalement, il se frottait l'entrejambe. Mon Dieu, je suis content que tu sois là. J'étais prêt à exploser depuis que nous nous sommes parlé au téléphone.

Il recula dans l'appartement en lui faisant signe de le suivre.

Les mains derrière son dos, Maria préparait le garrot. Elle poussa du pied le fourre-tout et entra, laissant la porte se refermer. Fontana jeta un coup d'œil au sac et s'humecta les lèvres.

– Tu as apporté des joujoux pour qu'on s'amuse ?

– On pourrait dire ça, répondit Maria, reproduisant assez bien le zozotement de Babe.

Mais peut-être l'imitation n'était-elle pas assez bonne ou bien les cheveux ne la dissimulaient-ils plus assez : Fontana la regarda plus attentivement.

– Tu as grandi ou quoi ? demanda-t-il.

Maria fit un pas en avant et sourit, tendant les mains comme pour le serrer dans ses bras.

– Pas vraiment. Ça fait des années que j'ai cette taille-là.

Fontana s'était rembruni, le désir dans ses yeux remplacé par la méfiance et la crainte. Il se rendait compte que quelque chose clochait. Mais Maria ne s'en souciait guère : il était déjà trop tard, elle était dans la place. Alors même qu'elle regardait ses lèvres esquisser un « Qui diable êtes-vous ? » scandalisé, Maria lui entoura le cou du garrot, étouffant sa question avec l'habileté d'un chirurgien chevronné. Fontana lâcha aussitôt les roses, haletant et se tordant comme un poisson à l'air libre, ses doigts se crispant sur le fil métallique qui s'enfonçait dans la chair de son cou.

Pourquoi faisaient-ils toujours ça ? se demanda Maria en regardant ses yeux exorbités. Personne n'avait jamais le réflexe de se concentrer sur ses doigts à elle, et de les briser l'un après l'autre jusqu'à ce qu'elle lâche prise. Ils s'attaquaient toujours au fil qui déjà leur entaillait le cou. C'était si stupide, si inutile.

Maria inspecta rapidement l'appartement et son regard se posa sur les fauteuils de cuir beige et sur l'imposant poste de télévision trônant dans le salon. Tirant Fontana comme un chien gémissant au bout de sa laisse, elle le fit passer devant une prétentieuse cheminée de marbre rose et le poussa dans un fauteuil juste en face du magnifique téléviseur. Énorme et noir comme du jais soigneusement poli, le poste était exactement l'autel qui convenait.

Elle relâcha le garrot mais, sans même laisser à Fontana le temps de reprendre son souffle, elle prit sur la table basse auprès d'elle un petit œuf de marbre rose et le lui enfonça dans la bouche. Puis elle tira de sa poche le rouleau de ruban adhésif, en déchira un morceau pour lui en sceller les lèvres. Sans s'arrêter, elle passa le ruban autour du corps et du fauteuil de Fontana. Puis elle releva ses paupières et les lui colla de façon que seuls ses yeux affolés puissent bouger. Elle tira de son sac la caméra vidéo. Elle pouvait maintenant prendre son temps pour préparer sa mise en scène.

Une fois qu'elle eut repéré les panneaux coulissants du téléviseur, il lui fallut quelques instants pour en comprendre le fonctionnement. Après avoir fait les branchements nécessaires, elle disposa la caméra sur le dessus du poste, braquant l'objectif sur l'homme bâillonné. Puis elle mit en marche les deux appareils. Au bout d'une seconde, la partie supérieure du front de Sly Fontana vint occuper toute la surface de l'écran. La définition était parfaite : Maria distinguait chaque goutte de sueur qui perlait sur son front dégarni.

– Tu as l'air nerveux, Sly, dit-elle. J'aurais cru que maintenant tu avais l'habitude des auditions ?

Elle régla la caméra et le zoom : l'écran montrait à présent Fontana jusqu'à la taille et l'image était parfaitement nette. Son regard halluciné la suppliait, des auréoles de sueur se formaient sous ses aisselles à travers la chemise de soie crème. Chacun de ses muscles semblait se crisper pour tenter de se libérer du ruban adhésif. Souriant, elle arracha sa perruque. Les yeux encore plus exorbités, Sly Fontana fixa son crâne rasé et ils faillirent sortir de leurs orbites quand elle fouilla dans le fourre-tout pour en tirer le koukri.

– Bon, fit-elle. Elle vint se placer derrière lui, sa main gauche tenant la télécommande de la caméra et la droite le poignard incurvé. Que le spectacle commence !

Elle se pencha pour amener son visage auprès de celui de Sly, tous deux bien visibles à l'écran. La bouche collée contre l'oreille de son prisonnier, elle lui murmura d'un ton complice :

– J'ai vu certaines de tes œuvres et, même si je ne peux pas espérer égaler ton talent, j'aimerais que tu considères ceci comme une sorte d'hommage. Souviens-toi de la Bible : tous ceux qui se servent de l'épée périront par l'épée.

Actionnant la télécommande, elle fit un zoom sur son cou jusqu'au moment où l'écran tout entier fut pratiquement occupé par sa pomme d'Adam couverte de sueur et qui s'agitait nerveusement de haut en bas. Puis elle passa son bras droit autour du cou de sa victime et plaça le tranchant du poignard contre sa gorge. Sur l'écran, l'argent sans tache de sa lame incurvée contrastait avec sa peau hâlée. Elle sentit que Sly essayait de tourner la tête, mais entre le ruban adhésif et son bras à elle il ne pouvait pas faire un geste.

Lentement, elle enfonça dans sa chair le koukri affûté comme un rasoir, et dirigea l'objectif de sa caméra sur ses yeux jusqu'au moment où seuls leurs globes emplir l'écran. Sly essayait désespérément de baisser les paupières et de détourner son regard de l'écran, mais le ruban adhésif les maintenait ouvertes. La main droite de la jeune femme promenait doucement la lame en travers de sa gorge, tranchant muscles et tissus. Sly Fontana devait contempler les fenêtres même de son âme : il était à la fois la vedette terrifiée et le spectateur de son propre film sado-maso. Les yeux tremblants étaient contraints d'être témoins de sa propre agonie, obligés de regarder l'instant parfait que Maria guettait toujours : le vacillement des pupilles dilatées qui marquait le départ d'une âme damnée vers un autre lieu où le jugement serait sévère et le châtiment éternel.

Juste avant que la lame atteigne la veine jugulaire, elle s'écarta pour éviter le sang qui jaillissait déjà et lui murmura à l'oreille :

– Tu vas mourir maintenant et être damné à jamais.

Convaincue désormais que l'homme savait que ses péchés l'avaient rattrapé, elle enfonça la lame. Avec Sly, elle regarda le sang de sa veine rompue envahir l'écran. Puis, au bout d'une seconde ou deux, les immenses pupilles ne reflétèrent plus que le vide.

Maria poussa un léger soupir. La mise à mort avait été exécutée. Elle devrait partir maintenant. Elle était Némésis, et venait de procéder à une nouvelle et parfaite exécution. Mais elle ne pouvait pas s'en aller. Pas encore.

Il lui fallait signer son œuvre, prouver qu'elle avait accompli sa mission. Elle tira le stylo du fourre-tout, s'approcha du cadavre et, après avoir repéré la jugulaire, elle plongea la longue plume dans l'artère, pour emplir de sang le réservoir du stylo.

Puis elle retira le bec et se mit à écrire sur le revers intact du col de la chemise couleur crème.

Tous ceux qui prendront l'épée périront par l'épée.
Matthieu 26, 52.

Elle revissa ensuite le capuchon et remit le stylo et le reste de son équipement dans son sac. Puis elle rajusta sur sa tête les boucles blondes de Babe, ramassa les roses qui gisaient sur le sol du vestibule et les jeta dans le vide-ordures de la cuisine. Peu lui importa la piqûre qu'elle ressentit quand l'une des épines traversa son gant et perça la tendre chair de son pouce droit. Et, suçant la petite plaie, ce fut à peine si elle remarqua sur sa langue le goût métallique et salé. Enfin, elle s'assura qu'il n'y avait personne dans le couloir et quitta tranquillement l'appartement.

Pas d'erreur cette fois-ci. Mise à mort parfaite.

Ézéchiel de la Croix passa devant les orangers du jardin pour gagner l'oliveraie qui descendait en pente douce jusqu'à la limite de son terrain. Il contempla Damas qu'on apercevait à trois kilomètres au sud. L'air était frais, mais la lumière de fin d'après-midi baignait d'une lueur dorée les troncs tourmentés des oliviers et la ville au loin. Il avait passé sa vie à parcourir le monde, mais la grande et vieille bâtisse avait toujours été son foyer, comme pour les six générations qui l'avaient précédé, et il était triste à la pensée que nul héritier ne lui succéderait. Il aimait cet endroit, surtout à cette heure de la journée. Cela lui rappelait leurs promenades à sa femme et à lui, quand chacun apaisait l'autre.

Son ulcère se réveilla et il prit un comprimé anti-acide qui fit s'estomper la douleur. Il songeait au plan de frère Hélix. La nuit dernière, de retour du Conseil restreint, Ézéchiel avait eu ce cauchemar qui l'obsédait périodiquement. Et, comme toujours, dans son rêve, non seulement il n'avait pas réussi à sauver le nouveau Messie, mais il avait aidé à le crucifier. Cela réveillait en lui la crainte d'échouer dans la mission de sa vie et l'amenait à envisager plus sérieusement la proposition de Hélix. Chaque jour qui passait sans qu'ils découvrent le Messie faisait pencher la balance vers l'adoption du plan audacieux du frère. À supposer, bien sûr, que Hélix parvienne à convaincre ce savant impie de collaborer avec eux.

Il tourna les talons et remonta la colline. Et si Hélix amenait effectivement le docteur Carter à coopérer ? Est-ce que lui, chef de la Confrérie du Second Avènement, allait vraiment conclure une coupable alliance avec cet athée ?

Il débattait les conséquences de ce geste quand il aperçut son serviteur qui lui faisait signe depuis la cour de la maison. La haute silhouette de David s'avançait vers lui, traversant les pelouses impeccablement tondues. L'homme brandissait quelque chose et, en plissant les yeux, Ézéchiel réalisa qu'il s'agissait d'un téléphone.

– Qui est-ce, David ?

– On a simplement dit que c'était Némésis.

Il soupira, le message serait codé digitalement mais pourtant il n'encourageait pas Maria à l'appeler directement, surtout chez lui.

– Némésis, qu'y a-t-il ?

Elle avait un ton contrit.

– Père, il fallait que je vous appelle. Vous ne m'avez pas contactée depuis Stockholm. J'avais besoin d'expliquer mon erreur. De vous dire que ça ne se renouvellera pas et que je tiens à la corriger.

– C'est à frère Bernard que tu devrais parler, pas à moi. Si tu veux t'expliquer ou présenter tes excuses à quelqu'un, ce devrait être à lui.

– Mais, père, j'ai besoin de savoir si *vous* me pardonnez pour Stockholm.

Il se sentit exaspéré. Maria avait toujours été comme ça, depuis le jour où il l'avait trouvée voilà vingt ans. Elle pouvait être tout à la fois l'enfant vulnérable qui avait besoin de l'amour d'un parent et l'agent le plus impitoyable que leur camp d'entraînement eût jamais produit. Il ne lui en voulait pas pour Stockholm, pas vraiment. C'était sa première et sa seule erreur.

– Némésis, Stockholm, c'est fini. C'est du passé : maintenant il nous faut aller de l'avant.

– Vous me pardonnez, alors ?

Il entendait l'angoisse dans sa voix. Il se la rappela à l'orphelinat, si abîmée, cherchant si désespérément à trouver sa place. La tentation l'avait pris alors de la considérer comme l'enfant que sa femme ne pourrait jamais lui donner. Même aujourd'hui il devait reconnaître qu'il avait pour elle de l'affection.

– Oui, Maria, mon enfant, je te pardonne. À présent qu'est-ce que...

– Alors, je peux liquider le savant ?

Il hésita.

– Attends, tu as d'autres priorités. Manhattan...

– C'est fait. J'ai exécuté avec succès la mise à mort de Manhattan. Je mérite une autre chance avec le docteur Carter.

Ézéchiel choisit avec soin ses mots. Il savait avec quelle passion Maria prenait ses responsabilités.

– Némésis, tu ne décides pas qui doit être purifié. Tu es un excellent agent mais, comme je l'ai déjà dit, ton rôle est d'exécuter les mises à mort que te confie frère Bernard.

– Mais...

– Némésis ! Son ton désormais était plus ferme. Il n'avait pas encore décidé quoi faire à propos du docteur Carter. Quand et si le savant doit être purifié, nous te le dirons, à supposer évidemment que Bernard te choisisse pour exécuter l'opération.

– Mais comment ça, si ? Qu'est-ce qui a changé ? Si le docteur Carter était une cible il y a deux mois, alors il l'est sûrement encore. Et si on ne me charge pas de la mission, qui le fera ?... Gomorrhe ?

– Némésis, écoute-moi !

Il perdait patience, son ulcère recommençait à le faire souffrir. En général il était d'avis de laisser à Maria la bride sur le cou. Cela contribuait à ce qu'elle reste motivée, et même son besoin obsessionnel de laisser les messages sur le théâtre de ses exécutions n'avait causé aucun mal à la confrérie. Mais Bernard avait sans doute raison : peut-être lui laissait-il une trop grande liberté.

– Némésis, c'est au champion du Second Impératif que tu devrais t'adresser, pas à moi. Et n'oublie pas ! c'est *lui* qui te donne des ordres. Ce n'est pas *toi* qui les donnes. Est-ce clair ?

– Oui, mais...

– *Est-ce clair ?*

Elle répondit d'un ton soumis, mais froid.

– Oui, mon père.

Il raccrocha. Ézéchiel voyait demain frère Bernard Trier et il lui ferait part de cette conversation. Il fallait qu'il empêche Maria de s'attarder sur son échec avant que cela affecte son travail.

Il regagna la maison baignée par le soleil couchant. Pensant à Maria et au docteur Carter, il chercha dans sa poche un autre comprimé blanc. Il était trop vieux pour tout ça : quatre-vingt-seize ans. Était-ce juste que le salut de l'humanité repose sur ses épaules voûtées ? N'importe qui d'autre devrait maintenant se détendre au crépuscule de sa vie. Ou être mort.

Il eut un soupir las et, l'espace d'un instant, il songea avec soulagement au repos que promettait la mort. Mais au moment où il s'avançait sur les dalles en terre cuite de la cour, son cauchemar envahit de nouveau sa conscience, rallumant le feu qui brûlait dans son cœur. Il savait qu'il ne pourrait jamais mourir en paix. Pas avant que la prophétie se soit accomplie. Pas avant qu'on ait trouvé le nouveau Messie et qu'il ait reçu la consécration de la flamme sacrée.

9

Hôpital Saint-Louis, Paris

Jean-Luc Petit était toujours aussi plein d'énergie, tel que Tom Carter en avait gardé le souvenir. Tom avait beau être plus grand, sa claudication l'obligeait à allonger le pas pour suivre l'allure du Français tandis qu'ils se hâtaient dans les couloirs de l'hôpital Saint-Louis.

Tom était encore un peu hébété, mais cela n'avait rien à voir avec le voyage. Quand l'expérience sur la souris avait connu un échec si désastreux, il s'était résigné à repartir de zéro, même en sachant qu'il n'avait aucun espoir de trouver à temps une solution reposant sur l'ingénierie génétique. Et puis, presque aussitôt, l'idée lui était venue de chercher l'origine virale de rémissions spontanées. Et voilà que Jasmine avait découvert non pas un seul mais deux cas de ce phénomène rarissime – et dans le *même* hôpital le galvanisait. S'il avait été un esprit religieux, Tom aurait pu être tenté d'appeler ça une intervention divine.

– Jean-Luc, s'il vous plaît, vous marchez trop vite ! fit Tom, un peu essoufflé.

Son confrère français prit un air apitoyé, il évita deux infirmières sans ralentir le pas et s'excusa.

– Je suis absolument désolé. Je ne sais pas comment marcher plus lentement sans m'arrêter.

Jean-Luc était plutôt frêle, mais il se tenait les

épaules un peu affaissées, comme quelqu'un de beaucoup plus grand. Ses jambes courtes s'agitaient comme des pistons tandis que ses pas résonnaient le long des couloirs, lançant de temps en temps un « bonjour » et un « ça va ? » à ceux qui se trouvaient pris dans son sillage. Deux dossiers coincés sous son bras gauche, il entraînait Tom vers la salle de cancérologie François-Mitterrand où s'étaient produits les prétendus « miracles ».

– Jean-Luc, vous êtes certain de ne pas avoir la moindre idée des raisons pour lesquelles leur état s'est amélioré ?

Un sourire éclaira ses yeux sombres de chien battu.

– Peut-être que c'est un miracle. Tout le monde le dit.

– Il doit bien y avoir une raison, insista Tom, en évitant un infirmier qui poussait un patient sur un chariot dans le couloir. Quelque chose qui explique ce qui s'est passé. Quelque chose dont nous pouvons tirer une leçon. Certainement, non ? Qu'est-ce qu'ont montré vos tests ?

– Vous pourrez les voir par vous-même plus tard, mais rien, vraiment, rien ne peut expliquer *pourquoi* ni comment leur organisme s'est guéri tout seul. Seulement le fait qu'il y est parvenu. Le sourire de Jean-Luc s'élargit et son nez imposant se plissa. Cher ami, pourquoi la science devrait-elle tout expliquer ? C'est si rare qu'il arrive quelque chose de bien qui dépasse notre compréhension. Nous devrions en être reconnaissants. Non ?

Ce fut à peine si le docteur Petit ralentit le pas en arrivant à l'entrée de la salle de cancérologie. La pièce était étonnamment gaie : dans les mêmes tons bleu clair et jaune que la salle de GENIUS. Carter ne savait pas si on l'avait copiée, mais la décoration avait été refaite depuis la dernière visite de Jean-Luc à Boston. Il y avait deux rangées de dix lits, chacun séparé par un espace qui offrait au malade un minimum d'intimité. Certains avaient tiré les rideaux pour s'isoler.

Fonçant toujours à toute vitesse, le docteur Petit inspecta les lits, le nez en avant comme un appareil de détection. Puis il repéra son objectif.

– Voilà. Nous allons d'abord rendre visite à Mlle Dubois.

Tout en suivant son confrère, Tom fut frappé par l'ambiance particulière. On sentait une sorte de bourdonnement palpable qui montait des malades et du personnel. Il n'avait jamais rien rencontré de pareil dans un grand hôpital. Les salles de cancérologie étaient en général des endroits où l'on parlait peu, des lieux où les gens s'efforçaient de s'accommoder de leur existence de malades et éventuellement de leur fin. Dans cette salle, on sentait plus l'impatience que la méditation. Le lit vers lequel il se dirigeait était entouré de fleurs. Non pas des gerbes solennelles mais un bouquet exubérant qui proclamait avec assurance « prompt rétablissement ». Tom devina que c'était le lit de quelqu'un qui allait sortir d'ici. Par la grande porte. Sur ses deux pieds.

Quand le docteur Petit présenta Tom à Valérie Dubois, la première chose qu'il remarqua chez elle, ce fut le calme de ses yeux violets. Ils rayonnaient d'une sérénité pleine d'une assurance qui frisait l'arrogance. Ces yeux-là avaient vu ce que peu de mortels avaient contemplé. Ils avaient regardé la mort dans les yeux et l'avaient vue céder. Rien qu'à la voir, Tom pouvait dire qu'elle allait bien. Elle était mince si ce n'est maigre, un bonnet dissimulait son crâne chauve, mais il n'y avait rien chez elle de fragile. Ses pommettes saillantes n'avaient rien de la pâleur crayeuse qui va de paire avec la maladie. Leur rosissement annonçait la convalescence et l'aube d'une vie nouvelle.

Radieux, le docteur Petit lui tapota fièrement l'épaule.

– Valérie est une étudiante en droit de vingt-cinq

ans qui est inscrite à la Sorbonne. Je suis donc content qu'elle aille mieux : sans cela, elle aurait pu me faire un procès.

Il se mit à rire et, à chaque gloussement, ses épaules s'agitaient.

Valérie semblait enchantée, comme si l'émerveillement qu'inspirait au médecin l'état de sa patiente confirmait sa rémission. Tom se dit que cela devait la changer du temps où chaque docteur qu'elle voyait n'avait que de mauvaises nouvelles à lui annoncer.

Le docteur Petit ouvrit un de ses deux dossiers.

– Elle avait des tumeurs primaires à l'estomac et aux reins. Des métastases dans tout le corps, y compris deux sur les méninges du cerveau.

Il tendit à Tom les deux radiographies.

Tom les brandit vers la lumière. Sur le cliché qu'il avait dans sa main gauche, les ombres des tumeurs de l'estomac et des reins étaient nettement visibles. Et sur l'autre cliché, on reconnaissait des ombres petites mais distinctes sur le cerveau. Cette femme avait bien un cancer : un cancer galopant et incurable parvenu à l'ultime stade de son évolution.

Mais plus maintenant.

– Nous allions commencer sur elle une immunothérapie avec des cellules de gènes modifiées, poursuivit le docteur Petit, quand elle nous a annoncé que ses migraines avaient cessé et que les grosseurs qu'elle sentait sur le côté étaient en train de diminuer de taille.

Les yeux sombres au regard intelligent se tournèrent vers Valérie qui leva la tête en souriant.

– Valérie, demanda Tom, avec quelle soudaineté cela s'est-il passé ?

– C'était sensible en un jour. J'ai d'abord cru que je me faisais des idées. Mais, le soir, j'ai décidé d'en parler au docteur Petit. Valérie avait les yeux brillants. Et puis je me sentais mieux. Je *savais* que j'allais mieux.

Il hocha la tête en regardant ses yeux pleins de

confiance. Quelle était donc cette citation galvaudée de Nietzsche ? « Ce qui ne nous détruit pas nous rend plus forts. » Il comprenait ce que le philosophe avait vraiment voulu dire et il ressentit une bouffée d'envie. Plus jamais cette femme n'aurait peur de la mort.

– C'est arrivé il y a combien de temps ?

Le docteur Petit consulta son dossier.

– Aujourd'hui, nous sommes mardi. Valérie nous a alertés jeudi soir. Et dimanche en fin de journée, nous avions déjà constaté cette amélioration.

Il lui tendit deux autres radios.

Tom les prit et les examina. La différence était remarquable. On aurait dit des clichés pris sur un autre patient. Les grosses tumeurs à l'estomac et aux reins n'étaient plus qu'une tache, et au cerveau plus de trace de tumeur.

– Nous avons pratiqué également une chirurgie exploratoire pour vérifier, expliqua le médecin. Le pathologiste a confirmé d'après les prélèvements effectués sur la tumeur qu'elle était maintenant nécrosée. Le tissu de la tumeur est mort, tué par les anticorps de l'organisme.

Tom examina côte à côte les deux jeux de radiographies.

– Absolument rien n'indique comment ni pourquoi ça s'est passé ?

– Rien. À part l'analyse d'ADN que nous avons obtenue de GENIUS à Paris.

– Vous avez déjà fait une analyse d'ADN ? demanda-t-il avec un mélange d'excitation et de déception. Et vous n'avez rien trouvé ?

– Bien au contraire. Le docteur Petit désigna de l'autre côté de la salle un second lit lui aussi entouré de fleurs. Nous avons fait appel au laboratoire d'analyse de GENIUS à Paris pour examiner au scanner le sang des deux patients, Valérie que voici et M. Corbasson là-bas. L'examen des gènes au scanner a montré qu'avant la rémission leur sang était porteur des défauts génétiques qui ont provoqué leur maladie. Mais, après la rémission, leur génome a changé, il a été altéré...

– La séquence génétique de leur génome s'est corrigée toute seule ? L'*ensemble* du génome ? Pas simplement les cellules touchées ?

– Exactement, répondit le Français. Seulement, nous ne savons pas comment. Le seul lien entre les deux patients, c'est qu'ils ont le même groupe sanguin et qu'ils auraient pu avoir des transfusions sanguines provenant du même lot. Mais il ne reste aucun échantillon du lot utilisé.

– Ils ont subi la même transfusion sanguine, mais rien d'autre ? Il n'y a pas d'autre lien ? demanda Tom.

Le docteur Petit secoua la tête. Aucun.

– Y a-t-il eu d'autres patients transfusés avec le même lot ?

– Pas de patient atteint de cancer. Non. C'est du sang d'un type rare. AB. Le regard éternellement triste de Jean-Luc s'éclaira de nouveau. Venez ! allons voir le second patient miraculé. À bientôt, Valérie.

Tom remercia Valérie et lui dit au revoir. Le temps de se retourner pour suivre le docteur Petit, son confrère était déjà arrivé au fond de la salle, et il lui faisait des signes impatients.

Le second miraculé était un fermier de quarante-cinq ans des environs de Toulouse, Guillaume Corbasson. Tom lui serra la main et le salua en français.

Le docteur Petit prit dans le second dossier qu'il avait sous le bras une photographie et expliqua :

– M. Corbasson avait un important sarcome à la cuisse et un certain nombre de métastases dans tout le corps.

Il montra la photo à Tom qui examina la grosseur qui distendait la peau sur la cuisse droite du malade. Une tumeur de la taille d'un pamplemousse qui menaçait de percer la peau.

Tom demanda :

– Quand cette photo a-t-elle été prise ?

– Il y a exactement une semaine. En près de huit semaines, le sarcome avait doublé de volume. Nous désespérions de le maîtriser. Le docteur Petit leva les yeux de son dossier. Là encore, nous allions le mettre en thérapie génique quand la tumeur a commencé à diminuer.

– À peu près au même moment où l'état de Valérie s'est mis à s'améliorer ?

– À un ou deux jours près, répondit le docteur Petit.

Puis il demanda à son patient s'ils pouvaient voir sa jambe.

– Mais bien sûr, répondit Guillaume, s'empressant de repousser les couvertures pour montrer la preuve de sa victoire.

Tom se pencha et passa les mains sur la cuisse de l'homme. Elle était pratiquement plate. En appuyant, il pouvait encore sentir une petite boule de tissu induré mais minuscule, de la taille d'un petit pois.

– Incroyable !

– Oui. Incroyable ! renchérit le patient avec un joyeux sourire qui révéla deux dents manquantes.

Tom sourit à son tour puis se tourna vers le médecin.

– Et les métastases ?

– Toutes nécrosées, absolument mortes. Je vous propose maintenant de retourner dans mon bureau, nous pourrons discuter plus longuement.

Tom remercia Corbasson et suivit le médecin. En traversant le couloir, il continua de bombarder son confrère de questions.

– Jean-Luc, il ne peut pas s'agir d'une simple coïncidence. Vous avez deux patients au stade terminal, à quelques mois de la mort, et puis voilà que tout d'un coup ils sont tous les deux guéris. Et le seul lien entre eux, à part le fait d'être dans la même salle et traités par le même médecin, c'est d'avoir le même groupe sanguin rare, ce qui signifie qu'ils ont peut-être été transfusés avec un lot provenant du même donneur.

Peut-être y avait-il quelque chose dans les transfusions ?

– Quoi, par exemple ? interrogea le docteur Petit.

Tom se sentait impuissant.

– Un nouveau virus, peut-être. Un rare virus positif porteur d'une séquence génétique correctrice. Ça pourrait arriver, Jean-Luc.

Le docteur Petit soupira et leva au ciel un regard dubitatif.

– Oui, ça *pourrait* arriver. Mais les chances sont minces, non ? On a fait aux deux patients des examens minutieux et on n'a rien trouvé. N'oubliez pas que tous les échantillons de sang subissent un certain nombre de traitements à la chaleur qui tuent tous les agents viraux.

– Oui, mais seulement les agents viraux *connus*.

– Il n'y avait trace d'*aucun* virus pas plus dans le sang de Valérie Dubois que dans celui de Guillaume Corbasson. Aucun agent de changement non plus.

Le docteur Petit s'arrêta devant son bureau, puis entra. Il fit signe à Tom de prendre un fauteuil et se dirigea vers la machine à café pour emplir deux tasses.

Tom saisit la tasse de café que lui tendait son hôte.

– Mais il y a eu un changement, insista-t-il. C'est la preuve que quelque chose s'est passé. Peut-être y avait-il un élément dans la constitution génétique du sang transfusé qui a modifié leur propre ADN ? des instructions qui ont effacé les erreurs de leur propre programme pour les remplacer par le code correct du donneur ?

– Peut-être, reconnut le docteur Petit. Il vint s'asseoir et but une gorgée de café. Par-dessus le bord de sa tasse fumante, ses yeux bruns étaient fixés sur Tom. Écoutez, je tiens autant que vous à en découvrir la raison, parce qu'alors nous pourrions peut-être reproduire cet effet. Mais nous n'arrivons pas à trouver la raison. Comme vous le savez, la transfusion sanguine provenait d'un lot composite où se trouvait le sang de nombreux individus anonymes. Et comme il ne nous reste aucun échantillon de ce lot-là, nous ne pouvons pas analyser le sang. Bien sûr, vous pouvez toujours analyser celui des patients guéris et étudier tous les examens de gènes au scanner. Mais ça ne vous apprendra rien. Autant se servir d'une allumette grillée pour recréer un feu. Le catalyseur a disparu. D'ailleurs, Tom, si votre fameuse souche miracle existe bien, pourquoi n'avons-nous pas tous contracté le virus ?

Tom plissa le front. C'était justement la question qu'il avait hésité à se poser parce qu'il n'arrivait pas à trouver une réponse assez convaincante. La plupart des virus contagieux ne se répandaient pas à travers toute la population humaine parce qu'ils se consumaient d'eux-mêmes en tuant leurs hôtes avant de pouvoir transmettre la maladie. Mais une souche miracle comme celle sur laquelle il fondait ses espoirs devrait en fait prolonger la vie de son hôte. À supposer donc que le virus positif ait été en circulation depuis même quelques décennies, la logique imposerait alors qu'il ait contaminé presque toute la population du monde d'aujourd'hui.

– Je ne sais pas, Jean-Luc, reconnut-il après un bref silence. Mais tout a une cause et un effet.

– D'accord. Alors, votre souche miracle pourrait-elle être d'essence chimique plutôt que virale ?

– Chimique ? Comment ça ? Comme les phéromones ?

Nouveau haussement d'épaules de Jean Luc.

– Mais oui. Pourquoi pas ? Si des insectes peuvent sécréter des produits chimiques, alors pourquoi pas nous ?

Tom sentait que maintenant il se raccrochait à des fétus de paille. Pourtant, certains insectes sécrétaient effectivement des phéromones pour exciter des partenaires éventuels et on avait longtemps cru que les humains sécrétaient des produits chimiques analogues dans leur sueur et dans leur sang. On savait, par exemple, que, quand deux femmes ou plus habitaient la même maison, avec le temps leurs cycles menstruels finiraient par coïncider. Personne ne savait encore exactement comment cela se produisait, mais on soupçonnait que le phénomène était dû à quelque stimulus chimique qu'elles se transmettaient entre elles. Un agent chimique plutôt que viral, cause de la guérison, en expliquerait aussi la rareté. Le guérisseur pourrait posséder dans son ADN des gènes rares lui permettant de sécréter des produits chimiques curatifs par contact ou par l'intermédiaire de fluides corporels, sans transmettre ni « disséminer » ce don.

– Ça m'a quand même l'air un peu mince, non ? dit-il.

– Peut-être que les guérisons n'avaient absolument rien de scientifique, mais que c'était la volonté de Dieu, répondit Jean-Luc en souriant. Tom, si vous étiez un chrétien comme moi, vous pourriez comprendre. Noël n'est pas si loin. Peut-être Dieu a-t-Il eu simplement pitié de deux malheureux ? Il a décidé d'intervenir dans la nature pour commémorer la naissance, la mort et la résurrection de Son fils ?

Tom eut un sourire narquois et pensa tout de suite à Jasmine. Il enviait sa foi et celle de Jean-Luc. Chaque fois qu'ils ne comprenaient pas quelque chose, il leur suffisait de dire : « Oh, ce doit être encore une des voies mystérieuses de Dieu. » Plus de question, plus de doute, plus de migraine. C'est difficile à expliquer ? Alors il fallait mettre ça sur le compte de Dieu. Facile.

– Bon, Jean-Luc, demanda-t-il avec un soupir las, aidez-moi à comprendre. Comment s'y serait pris votre Dieu pour les sauver ?

Jean-Luc sourit et son regard compatissant scruta le visage de Tom. De toute évidence le Français ne savait pas trop à quel point il était sérieux.

– Eh bien, Dieu peut faire n'importe quoi. Il est tout-puissant, vous savez. Le docteur tendit les mains dans un geste large en lançant à Tom un sourire malicieux. Peut-être a-t-Il simplement décrété qu'ils allaient tous les deux mieux se porter. Ou peut-être a-t-Il fait comme vous dites. Il a tripatouillé leur sang... Le Français tout à coup se mit à rire à l'idée qui venait de lui traverser l'esprit. Mais oui, Tom, peut-être qu'Il a changé le sang de la transfusion en le remplaçant par du sang de Jésus. Dans quelques mois, ce sera Pâques, alors il serait bien que le sang de Son fils vienne une nouvelle fois sauver l'humanité. Non ?

Jean-Luc Petit se remit à rire, un rire innocent : manifestement il se réjouissait de l'heureuse guérison de ses deux patients.

Mais Tom n'y fit pas écho.

Jean-Luc s'arrêta soudain, l'air soucieux, comme s'il avait blessé son interlocuteur.

– Je plaisante, mon ami. Je suis médecin, pas philosophe, et je ne sais toujours pas.

Tom ne réagit pas, car il avait l'esprit ailleurs : il établissait un rapport entre deux idées apparemment sans lien, la notion de virus ou de phéromones guérisseurs et d'autres choses que Jean-Luc avait dites. Le rapprochement des deux faisait germer une idée absurde. Il essaya de se rappeler l'article qu'il avait lu dans un magazine voilà quelques semaines. Où donc cela s'était-il passé ? Quelque part en Sardaigne ? Il allait appeler son père. Alex saurait. Et il lui demanderait de lui donner des explications sur toute cette histoire aussi.

Il se tourna vers son confrère soucieux.

– Jean-Luc ?

– Oui, mon ami.

Tom se leva de son fauteuil et vint donner une tape sur l'épaule de son compagnon.

– Merci pour tout, mais est-ce que je pourrais encore vous demander deux services ?

– Tout ce que vous voudrez.

– Tout d'abord, est-ce que je peux utiliser un téléphone ?

– Bien sûr.

– Et est-ce que votre secrétaire peut modifier mon vol de retour pour que je fasse un crochet par la Sardaigne ?

– La Sardaigne ? Avec un sourire perplexe, Jean-Luc se leva pour emmener Tom dans le bureau voisin. Certainement, mon vieux. Quelque chose qui ne va pas ?

– Mais non, Jean-Luc, dit-il en essayant de préciser dans son esprit cette idée farfelue. Rien du tout. Absolument rien.

10

Boston. Département de Technologie de l'information de GENIUS

Jasmine Washington observait la réaction de l'agent spécial Karen Tanner et ne fut pas déçue. Sous ses cheveux châtains, les yeux verts de l'agent du FBI s'ouvrirent tout grands et un mince « Comment diable avez-vous fait ça ? » s'échappa de ses lèvres entrouvertes.

Jasmine échangea un sourire complice avec Debbie, la grande fille blonde qui lui servait d'assistante. Le programme de mise en image était pratiquement à l'abri de tout pépin et l'hologramme avait une excellente définition. Même Jack Nichols, qui avait horreur de la technique, semblait impressionné.

Tous quatre se tenaient dans le département TI. Depuis que Tom était parti en coup de vent pour Paris trois jours plus tôt, Jasmine travaillait vingt-quatre heures sur vingt-quatre avec son équipe pour mettre au point le logiciel. C'était aussi bien : voilà que, quelques heures plus tôt, Jack Nichols, encore furieux de l'escapade de Tom, avait reçu un coup de téléphone d'une Karen au comble de l'excitation. Un autre meurtre avait été commis à Manhattan et portait la signature du Prédicateur, mais, cette fois, le tueur avait apparemment laissé derrière lui quelque chose qui permettrait de l'identifier.

– Alors, comment ça marche ? redemanda Karen Tanner en contemplant l'hologramme grandeur nature de sa tête qui flottait au-dessus de la plate-forme auprès du génescope le plus éloigné.

Jasmine étudia encore un moment l'image en trois dimensions avant de répondre. Quel dommage que Tom ne soit pas rentré de Paris, de Sardaigne, ou de Dieu sait où ! Il n'avait pas encore vu de démonstration de la nouvelle technologie mais celle-ci était parfaite. L'hologramme avait l'air si vivant que ça vous faisait froid dans le dos : les mêmes cheveux châtains et les yeux verts identiques. Peut-être avait-elle l'air un peu plus jeune que l'original, mais on pouvait modifier cela en affinant les données environnementales.

– En déchiffrant vos gènes, on calcule les paramètres de votre apparence physique, répondit enfin Jasmine. Quand vous êtes venue ce matin, j'ai pris un cheveu sur l'épaule de votre blouson. Il a fallu que je vérifie s'il avait encore sa racine, mais ensuite le reste était facile.

Karen tendit le bras et passa la main à travers sa tête fantôme.

– C'est vraiment mon portrait tout craché. C'est incroyable. Vous ne pouvez faire que la tête ?

– Non, nous pouvons faire le corps entier. Mais nous avons décidé de ménager votre pudeur devant Jack ici présent.

Karen lui lança un regard intrigué.

– Les vêtements n'ont pas de gènes, expliqua Debbie avec un grand sourire.

D'un air pensif, Jack caressa sa cicatrice.

– Quel dommage, Karen ! Toi et moi avons connu quelques coups durs ensemble, mais je ne t'ai encore jamais vue « au naturel ». Je me suis souvent posé des questions à ce propos.

– Eh bien, Jack, fit Karen en riant, tu peux continuer à t'en poser. À moins, évidemment, que tu ne veuilles me faire une démonstration d'abord.

– Alors vous avez obtenu ça à partir de l'ADN contenu dans un bulbe capillaire ?

– Eh oui. Le génescope a toujours été capable de définir les caractéristiques physiques du génotype d'un individu, mais ce nouveau logiciel fait un pas de plus. Il construit une image informatique en trois dimensions d'un individu à partir de ses gènes et puis la transforme en hologramme.

Elle désigna la tête flottant dans l'air.

– Nous n'avons utilisé qu'un seul de vos cheveux pour vous montrer à quel point c'est précis.

– J'en suis convaincue. Mais alors, et l'ADN du suspect ? J'ai hâte de jeter un coup d'œil à ce salaud.

Jasmine se retourna vers le génescope et appuya sur quatre touches du clavier. Ce prototype n'avait pas encore de commande vocale, mais ça viendrait. Un jour, elle réussirait même à faire parler les hologrammes. Elle pressa une dernière touche et la tête grandeur nature de Karen Tanner se volatilisa.

Les collègues de Karen au service de médecine légale avaient retrouvé du sang frais sur les épines d'une rose des roses coincées dans le vide-ordures de la victime : les mêmes roses que des témoins avaient vues dans le fourre-tout du suspect aux cheveux blonds.

– Bon, nous avons analysé l'échantillon de sang découvert dans l'appartement de Fontana.

L'agent du FBI hocha la tête, une lueur d'impatience brillant dans ses yeux verts.

– Et ?

Jasmine regarda Debbie vérifier les lampes de l'holographe puis leva les pouces dans un geste affirmatif.

– Alors, qu'est-ce que vous voulez ? Juste la tête du Prédicateur ou le corps tout entier ?

Karen sourit.

– Faites-moi le grand jeu.

– D'accord, c'est le moment de faire appel au Génie.

Jasmine pressa la touche Entrée.

Le ronronnement du génescope céda la place à un crépitement de parasites puis les lampes de l'holographe entourant le plateau circulaire s'allumèrent et une silhouette fantomatique apparut devant eux. L'apparition prit peu à peu plus de consistance à mesure que les lumières des quatre lampes de couleur – une rouge violacé, une bleue, une jaune et une blanche – se fondaient. Il fallait que la définition fournie par le bio-ordinateur du génescope se nuance.

Le « portrait » se dessina à partir des pieds en remontant et, en quelques secondes, la silhouette était complète. Parfaitement vivante, à l'exception d'un détail qui clochait : c'était une femme.

Jasmine se tourna vers l'agent du FBI abasourdi, qui regardait bouche bée l'hologramme, et dit :

– Je croyais que le Prédicateur était un homme ?

Karen acquiesça d'un air absent.

– Moi aussi.

– Elle est magnifique, dit Jack.

C'était vrai. Elle avait des cheveux d'un somptueux châtain cuivré, le grand corps athlétique aux seins généreux, les longues jambes bien galbées étaient superbes. Le plus frappant, c'étaient les yeux, immenses : leur ovale de félin était déjà assez remarquable, mais c'était leur couleur insolite, le gauche bleu, le droit marron, qui lui donnait vraiment une physionomie peu ordinaire.

– Ce devrait être un homme, dit Karen Tanner. Nous savons que le Prédicateur a tué un prostitué mâle du nom de Babe et a pris sa place pour s'approcher de Fontana. Mais quand on a interrogé le portier, il a décrit un *homme* blond. Seigneur, il n'y a que la taille qui corresponde au signalement qu'il a donné.

– Tu es bien sûre que le sang venait du Prédicateur ? demanda Jack. Tu as peut-être un tueur qui est un imitateur.

– Pas question. Le sang était frais et ce n'était pas celui de Fontana : ce devait donc être celui du meurtrier, qui a non seulement laissé le message biblique habituel mais qui a utilisé son stylo aussi.

– Son stylo ? demanda Jasmine.

– Oui, le Prédicateur rédige presque toujours ses messages en utilisant le sang de la victime : il se sert d'une plume spéciale pour aspirer le sang d'une des artères – en général la fémorale. Mais dans ce cas il – ou plutôt elle – a utilisé la jugulaire béante de la victime. L'écriture correspond aussi à celle qu'on a retrouvée dans les autres homicides. Non, c'était sans aucun doute l'œuvre du Prédicateur.

– Alors, tu sais maintenant que le Prédicateur est une femme douée pour le déguisement, conclut Jack.

– Vraiment douée, murmura l'agent du FBI en tirant de sa poche un portrait-robot. Une foule de gens ont vu ce type approcher de l'appartement. Malgré ce déguisement, nous avons ce que nous estimons être une assez bonne idée de la structure de son visage. Mais le nez, le menton, les pommettes, rien ne colle. Même les yeux du type étaient d'une couleur différente. Elle désigna l'hologramme. Et regardez-moi ces seins. Même en les bandant, on ne peut pas cacher une poitrine pareille. C'est une belle femme et, croyez-moi, certains des témoins que j'ai interrogés étaient le genre de types à remarquer une nana bien foutue. Et pourtant ils jurent tous qu'ils ont vu un *homme*.

Jasmine haussa les épaules.

– Les gens peuvent modifier leur apparence physique. Tout ce que Génie fait, c'est de reproduire l'aspect physique d'une personne à partir des gènes, en considérant qu'elle mène une vie « normale » ; ce qui suppose un régime moyen et un peu d'exercice. Il ne peut pas faire entrer là-dedans les soins de beauté ni les opérations chirurgicales.

Karen Tanner eut une grimace déçue. De toute évidence, elle s'était attendue à voir l'enquête faire un bond en avant.

– En tout cas, tu sais maintenant que c'est une

femme, dit Jack. Ça doit sûrement donner une orientation tout à fait nouvelle à l'affaire. Je parie que tu vas dénicher de nouvelles pistes quand tu examineras les meurtres à la lumière de ce fait. Et tu sais en gros de quoi elle a l'air à présent.

Karen se retourna et le foudroya du regard.

– Ah oui, Jack ? Bon Dieu, pour autant que je sache, elle pourrait désormais aussi bien ressembler à Marilyn Monroe qu'à Arnold Schwarzenegger.

Cittavecchia, Sardaigne

Penchée sur son volant pour examiner l'homme qui sortait de la petite église blanche de Cittavecchia, Maria Benariac n'était le portrait ni de Marilyn ni de Schwarzenegger. Le docteur Carter semblait détendu et, malgré son léger boitillement, il avançait à pas décidés dans la rue baignée de soleil. Il tenait un porte-documents dans sa main droite et, dans la gauche, un petit objet qui pouvait être un tube de verre.

Elle régla le zoom de son Olympus et se rencogna sur son siège en le voyant s'approcher d'une voiture blanche garée un peu plus loin.

Le discret ronronnement du moteur de l'appareil se déclencha, elle prit deux photos.

Le docteur Carter était resté près de deux heures dans l'église à s'entretenir avec les prêtres. Elle n'y comprenait rien : c'était un athée. Que pouvait-il bien avoir à faire là ?

Après sa récente conversation, peu satisfaisante, avec le Père, elle avait décidé de filer le savant. Il lui semblait que pour on ne sait quelle raison le Conseil restreint n'avait ni le courage ni la volonté de terminer ce qu'il avait commencé, et elle détestait l'idée que les méfaits de cet homme resteraient peut-être impunis.

Ça n'avait pas été difficile de suivre sa trace

jusqu'en Sardaigne. Un coup de fil à GENIUS lui avait appris où il se trouvait à Paris, puis un autre appel d'un ton inquiet à l'hôpital Saint-Louis avait suffi pour le retrouver. Elle avait d'abord cherché à se persuader qu'elle n'avait aucun besoin de le suivre. Mais elle savait que sa répugnance tenait au fait que la Corse, avec son cortège de souvenirs, n'était qu'à quelques heures de bateau de là.

Encore deux clichés. Si l'appareil était un fusil, songea-t-elle, le savant serait mort à l'heure qu'il est. Si seulement...

Elle le regarda ouvrir la portière de sa voiture et courber sa haute silhouette. Quand il fut bien installé, elle le vit poser son attaché-case sur le tableau de bord, l'ouvrir puis, après un dernier coup d'œil au tube de verre, le glisser dans la mallette.

Elle l'entendit démarrer et le vit prendre la direction de l'aéroport. Un instant, elle envisagea de le suivre, mais se retint. Elle avait largement le temps avant le prochain vol vers l'Italie, puis Boston.

Elle lança un dernier coup d'œil à la voiture du docteur Carter qui s'éloignait, et descendit de sa petite Fiat, en s'assurant que sa robe ne s'accrochait pas à la portière, puis elle se dirigea vers l'église. À l'intérieur, elle s'adressa en italien au premier prêtre qu'elle rencontra, en expliquant qu'elle cherchait son beau-frère : un grand Américain qui boitait un peu. Un autre prêtre vint et ils écoutèrent cette femme bien habillée à l'accent romain raffiné. Ils lui expliquèrent respectueusement que son beau-frère venait de partir pour l'aéroport, mais qu'elle ne devrait pas s'inquiéter car il avait trouvé ce qu'il était venu chercher.

Elle n'eut même pas à leur demander ce que c'était : ils l'entraînèrent jusqu'à la statue de la Madone au fond de l'église. Ne comprenant toujours pas ce que le savant avait emporté, elle demanda carrément aux ecclésiastiques de le lui dire. Leur réponse la fit quitter l'église tout à la fois déconcertée et furieuse.

Ce fut sur le chemin de l'aéroport que l'idée lui vint. Elle tenait toujours à examiner les mobiles et les méthodes de ceux qu'elle épurait. Savoir ce que faisaient les cibles et pourquoi lui permettait encore mieux de rendre la justice. Elle voulait après tout s'assurer que leur mort était bien nécessaire avant de les éliminer. Le docteur Carter n'avait pas fait exception à la règle. Quand elle avait reçu son dossier, elle avait lu de nombreux ouvrages de génétique. Même si elle n'avait acquis là que des connaissances superficielles sur ce que la science pouvait et ne pouvait pas faire, c'en avait été assez pour la convaincre que le docteur Carter jouait à Dieu.

Elle essayait maintenant de deviner pourquoi il s'était rendu ici et, ce faisant, elle ne pouvait chasser la redoutable idée qui se formait dans sa tête. Si elle ne se trompait pas, alors le savant était encore plus dangereux qu'elle ne le redoutait.

Mais elle n'allait pas agir tout de suite. Elle allait rassembler d'autres preuves et obtenir confirmation des faits. Alors seulement elle alerterait frère Bernard et le Père.

Si scandalisée qu'elle fût, elle sourit. Au moins, si ses soupçons se révélaient justifiés, le Père et Bernard n'auraient pas le choix. Ils seraient bien obligés de la laisser terminer ce qu'elle avait commencé à Stockholm.

Boston, Back Bay

Jasmine Washington n'avait jamais vu autant d'armes de sa vie : elle était terrifiée.

– Larry, qu'est-ce que tu fabriques avec cet arsenal ?

– Détends-toi, veux-tu ? Elles sont factices.

Larry sourit et posa le grand carton sur le plancher du vaste salon.

– Factices ?

– Oui, factices. Ce sont des accessoires. C'est pour le polar que nous tournons à Los Angeles. J'ai seulement demandé au conseiller technique de les faire envoyer ici parce que j'ai rendez-vous avec la réalisatrice lundi de bonne heure. Elle voulait voir le genre d'armes que le héros et le traître pourraient utiliser.

Jasmine avait horreur des armes, et ce n'était pas seulement à cause de ce qui était arrivé à Olivia. Pendant toute son enfance à South Central L.A., les pistolets faisaient partie de la vie quotidienne, comme les fusillades et les meurtres dans les cours de récréation.

– En attendant, dit-elle, range-les.

Larry leva les mains et, d'un geste conciliant, il dit :

– Allons, Jazz, tu ne les reverras pas. Mais tu devrais peut-être au moins envisager d'en regarder un. Rien que pour voir comment ça marche.

Elle se souvenait que son frère aîné lui avait dit la même chose juste avant de se faire tuer par une balle perdue tirée d'une voiture : elle avait dix ans. Après cela, ses parents lui avaient interdit de sortir seule dans la rue.

– Range ça, Larry. D'accord ?

Larry poussa le carton sous le canapé.

– Voilà, fit-il d'un ton d'excuse, ils ont disparu. Bon. Je suis désolé.

Il s'approcha d'elle et la prit dans ses bras. C'était un grand gaillard, bâti comme un athlète, au visage doux. Et Jasmine aimait par-dessus tout ses bras robustes. Elle se vantait de sa farouche indépendance, si durement gagnée, mais il était parfois rassurant de l'oublier pour se réfugier dans ces bras. La mort d'Olivia, la maladie de Holly lui avaient fait comprendre à quel point tout était fragile. Le personnage du Prédicateur n'avait rien fait pour restaurer sa foi dans l'humanité. L'étreinte protectrice de Larry lui semblait en cet instant particulièrement réconfortante. Elle savait que c'était ridicule, mais elle était persuadée que, quand il la tenait comme ça, rien de vraiment grave ne pouvait lui arriver. Sans offrir de résistance, elle se laissa entraîner doucement jusqu'au canapé tandis qu'il l'embrassait.

Contrairement à ses habitudes, elle était rentrée de son travail de bonne heure et, malgré le carton d'armes, elle avait été ravie de trouver Larry à la maison. Ils ne s'étaient pas beaucoup vus ces temps-ci. Il avait passé la moitié de la semaine à Los Angeles à préparer le tournage de son nouveau film et elle avait travaillé sans arrêt pour mettre au point le logiciel de Génie. Que c'était bon d'être chez soi à six heures et demie un vendredi soir avec toute la soirée et tout le week-end devant eux !

Elle se blottit contre lui et sentit ses bras se resserrer autour d'elle, son souffle chaud lui caresser la nuque. Bien entendu, ce fut au moment où il glissait la main à l'intérieur de son corsage de soie et commençait à lui caresser le sein gauche que le téléphone se mit à sonner.

À sonner encore.

À sonner toujours.

– Merde, murmura-t-elle.

– Détends-toi ! laisse tomber, murmura-t-il, tandis qu'il dégrafait son soutien-gorge et que ses doigts se déplaçaient pour se refermer sur son autre sein. Le répondeur prendra le message.

Elle soupira, s'abandonnant aux délicieux frissons qui parcouraient tout son corps.

– Tu devrais partir en voyage plus souvent, souffla-t-elle.

Le téléphone continuait à sonner.

– Merde, répéta-t-elle.

Larry, lui, caressait toujours ses seins, puis sa main descendit sur son ventre et elle sentit une chaude sensation l'envahir là – et plus bas.

Il lui murmura à l'oreille :

– Ne t'inquiète pas, le répondeur va bientôt se déclencher.

Mais elle s'inquiétait, et le répondeur ne se déclenchait pas. Depuis le jour où elle avait failli ne pas décrocher alors qu'on l'appelait de Stanford pour lui annoncer qu'elle avait une bourse, elle était incapable de résister à une sonnerie de téléphone. Persuadée qu'elle était que chaque appel pourrait être *le* coup de téléphone important, celui qu'il ne fallait pas négliger.

Elle s'arracha aux bras de Larry et se dirigea vers l'appareil.

– J'ai dû débrancher ce répondeur.

– Eh bien, rebranche-le.

Mais elle ne pouvait pas. Maintenant qu'elle était devant le combiné, il lui fallait décrocher.

– Jasmine Washington.

Elle reconnut immédiatement la voix. Il avait l'air plus excité que d'habitude.

– Jazz, c'est Tom.

– Salut, où es-tu ?

– Rentré.

– C'était comment, Paris ?

– Très intéressant.

– Et la Sardaigne ? Elle jeta un coup d'œil à Larry qui la regardait d'un air furibond en lui faisant signe d'en finir rapidement. Elle aussi avait envie de venir le retrouver, mais elle était curieuse du voyage de Tom. Jean-Luc m'a appelée il y a trois semaines pour me demander si je savais pourquoi tu étais parti en coup de vent. Pourquoi, Tom ? Est-ce que ça avait un rapport avec les rémissions spontanées ?

Il y eut un silence.

– Un peu. Tom alors prononça les paroles qu'elle avait si souvent entendues déjà, des mots qui d'ordinaire la faisaient complètement réviser l'idée qu'elle se faisait de ce qui était ou de ce qui n'était pas possible. J'ai une idée.

Elle retint son souffle.

– Ah oui ?

– Ça n'est pas dans la poche, mais je crois avoir peut-être trouvé un moyen d'aider Holly.

– C'est vrai ? Comment ?

Il y avait dans la voix de Tom un accent presque suppliant quand il répondit :

– C'est de ça que je voulais te parler. Tu fais quelque chose maintenant ? Tu peux passer ? C'est important, Jazz. Alex et Jack seront là aussi.

– Venir *maintenant* ?

Elle lança un regard interrogateur à Larry qui secoua la tête, exaspéré.

– Seulement si ça ne te dérange pas, bien sûr...

Larry avait l'air furieux, il la mettait au défi de le lâcher comme ça. Elle lui fit donc le plus charmant de ses sourires, puis murmura dans le combiné :

– Bien sûr, Tom, j'arrive.

11

Boston. Beacon Hill

Il était près de huit heures quand Jasmine gara son cabriolet devant la maison de Tom : ça lui avait pris quelques minutes pour calmer Larry et elle avait promis qu'elle lui revaudrait ça dès son retour.

La Saab d'Alex, la Jaguar de Jack étaient déjà là. Que pouvait bien être l'idée de Tom ? Il avait seulement dit que c'était « un peu » en rapport avec les rémissions spontanées. Et d'expérience, quand Tom Carter disait « un peu », cela voulait généralement dire « pas du tout ».

La gouvernante vint ouvrir et l'emmena dans la cuisine. Jasmine traversa le grand vestibule. Pas trace de Holly : elle devait être couchée ! Devant la porte de la cuisine, elle s'arrêta. À travers l'épaisseur du chêne, elle entendait les éclats de la voix furieuse de Jack.

– Tom, il y a quelqu'un qui essaie tout bonnement de te tuer, putain ! Bon sang, juste avant ton départ, le Prédicateur a ouvert la gorge d'une vieille tante à Manhattan.

– Je sais, tu me l'as déjà dit, répliqua Tom.

Elle devinait à sa voix qu'il était à bout de patience.

– Eh bien, tu ne peux tout simplement pas t'envoler où bon te semble sans dire où tu vas. Ce n'est pas pour rien que tu as une protection, bon Dieu ! D'ailleurs, qu'est-ce que tu es allé foutre en Europe ?

– Tu veux bien te calmer juste un peu, maman poule, je vais te le dire.

Jasmine ouvrit la porte et s'arrêta sur le seuil, hésitant à intervenir dans leur discussion. Tous les trois, Tom, Jack et Alex, étaient autour de la vieille table en pin au fond de la vaste cuisine. Tom, les cheveux encore plus ébouriffés que d'habitude, tenait dans sa main droite ce qui ressemblait à une petite ampoule en verre. À sa gauche était assis son père. Aussi calme que d'habitude, il versait du café fumant. Devant lui, un dossier et une pile de livres. Jack Nichols était assis face à lui, en survêtement. De toute évidence, Tom l'avait arraché à une soirée de détente. Jack n'avait pas l'air content et Jasmine imaginait sa femme et ses deux enfants lui faisant le même genre de scène que Larry. Elle avait rarement senti, dans leur petit groupe généralement soudé, une atmosphère aussi explosive.

Tom dit, avec un sourire de soulagement :

– Jazz, merci d'être venue... et prends un siège.

Elle s'assit. Alex sourit à son tour, plissant des yeux presque aussi bleus que ceux de son fils, et poussa vers elle une tasse.

– Bonsoir, Jasmine. Je crois que vous avez manqué le plus beau du feu d'artifice.

– L'histoire de ma vie, Alex, répondit-elle avec un grand sourire en jetant un coup d'œil à la pile de livres posée devant lui.

Les titres l'étonnèrent. S'ils avaient un rapport avec l'idée de Tom, alors celle-ci allait clairement au-delà de la thérapie génique habituelle.

Jack arbora un sourire désabusé quand il s'assit.

– Salut, Jazz, je pense que nous aurons tous besoin d'être assis quand nous apprendrons ce que Tom a à nous dire. Ce doit être important : ce connard a risqué sa peau pour le trouver.

– C'est important, Jack. Tom brandissait l'ampoule qu'il avait à la main. Si je ne me trompe pas, ce petit tube pourrait contenir le remède pour toutes les maladies génétiques – peut-être pour d'autres aussi.

– Comment peux-tu dire ça, Tom ? ricana Jack, les bras croisés sur la poitrine. Manifestement, il était encore furieux contre son associé. Tu disparais pour aller en Sardaigne sans donner la moindre explication à aucun de nous... Il lança un coup d'œil à Alex. La plupart d'entre nous en tout cas. Puis tu reviens, nous annonçant que tu as trouvé un remède miraculeux. Arrête ton char !

– Je suis sérieux.

– Qu'est-ce qu'il y a de si spécial dans cette ampoule, Tom ? interrogea Jasmine.

– Du sang et, si le produit est authentique, alors il pourrait contenir des gènes curatifs.

Elle se pencha en avant.

– Comment ça ? Ce sont les gènes de qui ? De quelqu'un porteur de ton virus positif ?

– En quelque sorte. Si c'est authentique.

– C'est lui qui est à l'origine des deux rémissions spontanées à Paris ?

Tom secoua la tête.

– J'en doute.

– Alors c'est le sang de qui ? demanda Jack.

Jasmine voyait qu'il essayait de deviner où Tom voulait en venir. Pour sa part, elle n'en avait aucune idée.

Tom ne dit rien. Il se contenta de les regarder, une lueur bizarre dans ses yeux bleus.

– Ça doit être quelqu'un d'intéressant, dit-elle lentement.

– Fichtrement intéressant, renchérit Jack. Jasmine le sentait maintenant intrigué malgré lui. Qui est-ce ? demanda-t-il une nouvelle fois.

Tom les regarda tous les deux, amusé, et secoua l'ampoule.

– Et si je disais que cette ampoule contenait l'ADN d'un homme qui est mort il y a quelque deux mille ans ? D'un homme qui était un artisan, un charpentier, pour être exact. Un charpentier de Nazareth.

Jasmine resta pétrifiée, bouche ouverte. Jack était aussi secoué.

Elle l'entendit murmurer :

– Doux Jésus...

– Exactement, dit Tom en posant l'ampoule sur la table devant un Alex silencieux. Ça donne à réfléchir, non ?...

Le silence parut durer plusieurs minutes.

– Mais il ne date pas de cette époque, n'est-ce pas ? fit Jack. Il finit par tendre la main vers l'ampoule, en regardant le liquide rouge brun. Ça ne peut pas être du sang vieux de deux mille ans.

Alex se redressa et dit :

– Tu as raison, ça n'en est pas. Il vient de la statue de la Madone pleureuse de Cittavecchia en Sardaigne. Les gens du pays prétendent que la statue pleure du sang : le sang du Christ. Depuis 1995, ils essaient d'obtenir du Vatican une reconnaissance officielle affirmant qu'il s'agit d'un miracle. Ils n'y sont jamais parvenus. Du sang humain, d'accord. Mais les tests pratiqués à l'époque ont montré qu'il correspondait à celui d'un des hommes du village. Malgré tout, la statue continue à pleurer et les touristes affluent. Vous avez peut-être lu un article là-dessus dans les journaux il y a quelques semaines.

– Alors, ça n'est qu'une supercherie ? demanda Jasmine, surprise d'en éprouver un tel soulagement.

– Oui, dit Tom, mais ça donne quand même à réfléchir, non ? Et si c'était vraiment *son* sang ? Qu'est-ce qu'il pourrait contenir ? Tom se tourna vers Jack. Et, avant de rejeter cette idée, laissez donc Alex vous parler des recherches.

– Attends, Tom, fit Jasmine. Donne-moi une seconde pour comprendre ça.

Un long moment, elle dévisagea Alex et Tom Carter. L'ancien professeur de théologie de Harvard et le généticien ne semblaient nullement démontés par cette idée insensée. Elle jeta un coup d'œil aux livres d'Alex. *Les Manuscrits de la mer Morte et le mythe chrétien,* pouvait-on lire en lettres d'or au dos du gros volume relié de cuir en haut de la pile. Dessous, un volume plus épais, à la jaquette déchirée : *Les Textes de Nag Hammadi*. Les trois autres ouvrages avaient des titres du même genre : *Edgar J. Goodspeed : une vie de Jésus ; Le Nouveau Testament apocryphe ; Les Dits de Jésus.*

Levant les yeux vers Alex, elle sentit un vague malaise lui serrer le ventre.

– Vous êtes vraiment sérieux ?

Alex haussa les épaules et eut un petit sourire.

– Bien sûr, Jazz. Pourquoi pas ? dit-il, comme s'il n'y avait pas de quoi faire un plat de la bombe que venait de lancer Tom.

C'était bien leur genre à tous les deux, se dit Jasmine. Ils adoraient les idées nouvelles : plus elles étaient farfelues et dérangeantes, mieux c'était.

Avec elle, ce n'était pas tout à fait la même chose. Même si elle se vantait d'avoir l'esprit ouvert, il lui fallait du temps pour accepter les hypothèses bizarres, surtout celles qui allaient à l'encontre de ce à quoi elle croyait. En voyant l'air sombre de Jack, qui restait sur la défensive, les bras croisés sur la poitrine, elle sentit que le pragmatisme de ce dernier était lui aussi mis à rude épreuve. C'était une idée qui allait bien au-delà d'Orville Wright disant à son frère : « Dis donc, Wilbur, si on essayait de faire voler ce machin[1]. »

Elle s'éclaircit la voix.

– Laisse-moi juste m'assurer que j'ai bien compris... Elle marqua une pause, ne sachant pas très bien comment s'exprimer sans avoir l'air ridicule. Vous voulez trouver un échantillon de matériel génétique contenant l'ADN de Jésus. Vous le passeriez au génescope pour

1. Précurseurs de l'aviation, les frères Wright font décoller le 17 décembre 1903 un avion à hélices. *(N.d.T.)*

analyser ses gènes et libérer ses dons de guérisseur. Et vous voulez utiliser ces dons pour sauver Holly. En gros, c'est ça ?

Tom hocha calmement la tête.

– En gros, oui. Indirectement, c'est Jean-Luc Petit qui m'en a donné l'idée.

Tom raconta brièvement ce qui s'était passé à Paris.

Jack reposa sa tasse, l'air soucieux.

– Mais pourquoi le Christ ?

– Parce que nous n'avons pas le temps de chercher des gens qui peuvent posséder ces gènes guérisseurs – si tant est qu'il y en ait. C'est une remarque lancée par Jean-Luc qui m'a fait me concentrer plutôt sur le seul individu ayant un dossier solide comme guérisseur.

– Mais, Tom, tu es athée, bon sang ! Tu ne crois même pas au Christ.

– Mais, Jack, je suis tout à fait disposé à croire qu'en tant qu'homme il a existé. Tom désigna la pile de livres d'Alex. J'en ai assez de preuves. Je suis même prêt à croire qu'il avait certains dons. Ce que je ne gobe pas là-dedans, c'est qu'il soit prétendument le fils de Dieu. S'il était capable de faire ce que rapportent les Écritures, alors, pour moi, son don doit être inscrit dans sa combinaison génétique. Jack, imagine un peu ce que nous pourrions trouver là : des gènes intelligents capables de réparer l'ADN, des codes de protéines ayant des vertus curatives encore inconnues. Qu'importe que cet homme ait tenu ces dons de Dieu ou de la loterie de la nature, il se peut que ses gènes détiennent la clé permettant de corriger tous nos défauts génétiques.

Ce fut alors que la gêne qu'éprouvait Jasmine se précisa. Tom Carter, l'homme qu'elle admirait plus que la plupart de ses semblables, avait l'air de suggérer quelque chose qui se rapprochait dangereusement du blasphème. Elle pensa à ses parents, baptistes, aux valeurs strictes qu'ils lui avaient inculquées et à la foi qu'ils lui avaient transmise. Elle ne pratiquait plus au sens strict la religion et ne se considérait certes pas comme dévote, mais elle avait quand même la foi. Dieu pouvait suivre des voies mystérieuses et impénétrables, dans son esprit pourtant Il existait bien. Ce projet la dérangeait : même pour Tom, elle le trouvait simplement trop ambitieux.

Jack en revanche parut séduit par cette idée.

– Tom, demanda-t-il, crois-tu sérieusement que tu vas trouver des gènes spéciaux dans son ADN ?

– Je n'en sais rien, mais il ne peut y avoir que trois options. Un, ce type était un imposteur ; deux, il avait des pouvoirs divins ; ou bien trois, il était une rareté génétique, ayant le bonheur – ou le malheur, selon ta façon de voir les choses – de posséder des dons surnaturels. Naturellement, je ne crois pas à la deuxième option.

– Et si c'est la première ? demanda Jack.

– Alors, évidemment, ça ne marchera pas. Mais, comme je ne vois pas d'autre moyen de sauver Holly à temps, je suis prêt à prendre ce risque. Les malades de Paris qui ont connu cette rémission spontanée ont simplement vu leurs génomes changés grâce à quelques lettres de code : juste assez pour anéantir leur cancer. Nous ne savons pas comment ni pourquoi c'est arrivé, mais à mon avis l'agent qui a modifié leur ADN est venu de l'extérieur, sans doute par leur transfusion sanguine. Je ne sais pas quelle forme a prise le catalyseur. C'est peut-être un virus, une sécrétion chimique ou autre chose. Il n'en reste pas moins que leur ADN a bel et bien changé : un catalyseur doit donc exister. Et je n'imagine alors pas de meilleur endroit pour chercher que dans l'ADN de Jésus-Christ.

Jack caressa sa cicatrice d'un air songeur.

– D'accord, c'est toi le génie. Si tu crois pouvoir découvrir un correcteur de gènes ou des protéines intelligentes dans l'ADN du Christ, pourquoi est-ce que moi, j'irais discuter ? Mais, même si ton idée pouvait être réalisable, elle reste purement théorique si tu ne peux pas répondre à une simple question. Jack tendit le bras, ramassa l'ampoule de sang et la posa dans la paume de sa main droite. Comment diable vas-tu trouver un spécimen *authentique* de son ADN ? Ce type est mort depuis plus de deux mille ans. Où vas-tu découvrir ce qui reste de lui, si tant est qu'il reste quelque chose ?

Jack se redressa sur sa chaise ; les bras croisés, il dévisageait Tom et Alex. Tout dans son attitude semblait dire : « Très bien, maintenant des faits. Des preuves. » Instinctivement, Jack et Jasmine se tournèrent vers Tom, mais ce fut Alex qui chaussa ses lunettes et sans rien dire ouvrit le dossier devant lui. Il leva les yeux vers Jack et lui fit un petit clin d'œil.

– C'est tout ce que tu veux savoir ? Il avait l'air déçu tout en feuilletant les liasses de documents contenues dans le dossier. Tu ne demandes pas la preuve établie des dons de guérisseur du Christ ? Tu ne t'intéresses pas aux débats, à savoir si même il a été crucifié ou si ses prétendus « signes » n'étaient pas que des symboles politiques ? Tu ne veux rien connaître des preuves historiques provenant des manuscrits de la mer Morte et des textes de Nag Hammadi ? Ni voir une liste de ses miracles ? Ni te pencher non plus sur le fait qu'il est présent dans le Coran aussi bien que dans la Bible car même les musulmans estimaient qu'il avait des pouvoirs ?

Alex marqua une pause et regarda Jack droit dans les yeux.

– Tu veux simplement savoir où il nous faut chercher ?

– Ça ira pour commencer, dit Jack d'un ton bourru.

Alex haussa les épaules et revint à son dossier. Il en tira trois feuillets couverts d'une écriture sans rature. Ce n'était pas Alexandre Carter qui utilisait un instrument sans âme comme le traitement de texte. Alex tendit les pages à Jack. Jasmine devait en convenir : malgré ses réserves, elle était intriguée. Toujours sans rien dire, elle se redressa et regarda les documents étalés devant Jack.

C'étaient des listes. Trois listes. Une à l'encre verte, une à l'encre noire et une à l'encre rouge. Chacune comportait quatre colonnes intitulées : « Source », « Emplacement », « Origine », « Authenticité ». Dans la colonne « Authenticité », chaque article était accompagné d'une, deux ou trois étoiles. Il parcourut la liste. Certains mots lui sautèrent aux yeux... *Suaire de Turin... Statue pleureuse... Stigmates... Prépuce du Christ... Saint-Jacques-de-Compostelle... Eucharistie de Lanciano... Reliques du Christ.*

– Pourquoi trois listes ? demanda Jack.

– C'est un peu mon interprétation personnelle des sources possibles du matériel génétique provenant du Christ. La liste rouge, c'est l'inventaire pur et simple des sites à travers le monde où l'on prétend détenir des reliques du Christ. Tu sais : des églises, des cathédrales, des lieux saints qui disent posséder soit du sang, soit son prépuce, soit une autre partie de son corps.

– Son prépuce ?

– Oui, c'était une relique fort commune au Moyen Âge. À l'époque, cinq églises de l'Europe médiévale en revendiquaient la possession. Quoi qu'il en soit, la liste verte énumère tous les phénomènes connus où on a pu observer la présence du « sang du Christ ». Par exemple, la statue de notre Madone pleureuse de Cittavecchia en Sardaigne. Il y a d'autres exemples qui valent peut-être la peine d'être examinés. Le Christ qui saigne de Mirebeau en France. Le crucifix de Maria Horta au Portugal...

Alex se rendit compte qu'il se laissait emporter.

– D'ailleurs, ils sont tous sur la liste. Il désigna la troisième feuille. Celle à l'encre noire recense tous les stigmates enregistrés. Vous savez : les gens qui portent apparemment sur leur corps les marques de la crucifixion du Christ. Des plaies inexpliquées aux mains, aux pieds et au flanc. Je me suis dit qu'il pourrait être intéressant d'analyser des échantillons du sang de leurs « plaies » dans le génescope.

Jack parcourait la liste d'un air concentré. Les notes d'Alex étaient précises. Voire crédibles. Jack était manifestement fasciné et Jasmine devait reconnaître aussi son propre intérêt. Alex connaissait son sujet, et sa discrète excitation était de plus contagieuse.

– Et les étoiles dans la colonne de droite ? interrogea Jack. Trois étoiles pour « prometteur », une seule pour « à vérifier » ?

– Exactement.

– Pas beaucoup de trois étoiles, fit Jack en feuilletant les pages. En fait, elles n'en ont presque toutes qu'une seule.

Alex eut une moue désabusée.

– Je n'ai pas dit que ce serait facile. Mais, comme nous avons peu de temps, je ne m'occuperai que des trois étoiles. Les autres sont à n'en pas douter des supercheries. Je ne les ai mentionnées que pour montrer le nombre de sites prétendant détenir ce genre de reliques.

– Quelles sont à votre avis les plus prometteuses des trois étoiles alors ? Vous avez mis une bonne note à l'Eucharistie de Lanciano qui affirme détenir un échantillon authentique du sang du Christ. Et le Christ qui saigne de Mirebeau.

Alex se pencha sur la table et indiqua à Jack d'autres articles de la liste.

– L'autel du Saint-Sang, à Jérusalem, a l'air bien. Enfin, relativement. Et ça vaut la peine de vérifier l'échantillon de cheveux de Saint-Jacques-de-Compostelle, en Espagne. Le prépuce observé à Calcata *était* très prometteur : mais il a été volé voilà quelques années. Je ne m'embarrasserais pas de la plupart des autres phénomènes ni reliques.

Jack poursuivait sa lecture.

– Le saint suaire de Turin ? Je croyais que c'était du solide ?

– Tom a besoin de restes biologiques. Pas de tissus.

Jack hocha la tête.

– Je vois. Et les stigmates ?

– Qui sait ? Michelle Picard à Paris et Roberto Zuccato à Turin paraissent les plus authentiques. Pour les autres, c'est assez douteux. De tous les cas figurant sur les trois listes, je dirais qu'au moins cinq ou six méritent vraiment un examen.

À mesure qu'il interrogeait Alex, Jack semblait de plus en plus séduit. Et Jasmine de plus en plus troublée. D'un côté, elle se rappelait avoir vu mentionner certains de ces noms dans *Time*, ce qui rendait l'idée soudain moins fantaisiste. D'un autre côté, elle ne pouvait s'empêcher de penser que tout cela était du blasphème. Elle avait toujours accordé ses croyances chrétiennes avec sa recherche scientifique en se disant qu'elle sauvait des vies et que le péché de laisser mourir des gens devait être plus grand que toute accusation d'intervention dans l'œuvre divine. Dieu, après tout, avait jugé bon de donner à l'humanité l'intelligence de découvrir les secrets de sa propre existence. Et ça, c'était différent, n'est-ce pas ?

Jack, insensible à son trouble, était manifestement plus préoccupé par les considérations pratiques.

– Bon, Tom, peut-être – je dis bien peut-être – que tu auras un coup de chance. Tu trouves un échantillon authentique, soit, mais, après deux mille ans, ne sera-t-il pas dans un état qui empêche d'en faire quoi que ce soit ?

Tom secoua la tête.

– Ça ne devrait pas être un problème. Dans les années 1960, les savants analysaient l'ADN de pharaons égyptiens vieux de plus de trois mille ans. On a même réussi à pratiquer une analyse d'ADN sur les restes, vieux de cinq mille ans, d'Indiens d'Amérique du Sud. Dès l'instant que les spécimens sont restés au sec, ça devrait marcher. En fait, si nous trouvons l'ADN, nous devrions pouvoir l'utiliser.

Tom semblait si confiant, si certain que c'était la chose à faire pour Holly que, pour la première fois dans leur relation, Jasmine se surprit à éviter son regard. Malgré cela, la scientifique en elle la contraignait à envisager les implications de ce que proposait son ami. Et s'ils parvenaient à analyser les gènes de l'homme qui avait fondé la plus grande religion que le monde ait jamais connue ? Le faiseur de miracles dont beaucoup croyaient qu'il était le fils de Dieu, Dieu incarné ? Que découvriraient-ils dans son ADN ?

Elle sentit ses cheveux se hérisser sur sa nuque. Oui, c'était totalement différent de la génétique normale. Il ne s'agissait plus simplement de jouer avec les gènes de l'homme : c'était bien plus ambitieux – et plus dangereux. C'était jouer avec les gènes de Dieu.

Tom se tourna vers elle et elle perçut son inquiétude quand il la questionna :

– Jazz, tu es bien silencieuse. Qu'est-ce que tu penses de tout ça ?

Elle ne le savait pas encore très bien. Sauf qu'elle se sentait profondément mal à l'aise.

– Je n'aime pas. Ça ne me paraît pas bien, s'empressa-t-elle de répondre.

Les mots qui sortaient de ses lèvres lui semblaient maladroits. Mais Tom se contenta de hocher la tête, pour montrer qu'il l'écoutait.

Elle poursuivit :

– Tu ne comprends pas ce que tu dis. Tu ne trouveras pas ce que tu cherches dans les gènes du Christ. Tu ne peux tout simplement pas disséquer ce qui en a fait un être divin et examiner ça au microscope. Le pouvoir du Christ venait de Dieu. Il était d'ordre spirituel et non pas physique. Et en tentant de retrouver son ADN, tu affirmes que le Christ n'a pas ressuscité et qu'il n'est pas monté au ciel. Tu supposes que c'était simplement un homme normal dont les ossements gisent quelque part. Ça va à l'encontre de tout ce qu'on m'a transmis.

Tom se passa la main dans les cheveux.

– Tu crois que je cherche à attaquer le christianisme, mais pas du tout. J'ai trop besoin de ton aide pour me moquer de ce que tu considères comme important. Il se tourna ensuite vers Jack qui avait pris un air songeur. J'ai besoin de votre aide à tous. Sans cela, je n'ai aucune chance.

Tom se tourna de nouveau vers Jasmine, son regard sincère semblait la percer jusqu'à l'âme. Elle était contente qu'il n'eût pas utilisé le chantage de la guérison de Holly. Elle était prête à tout pour aider sa filleule. Enfin, presque tout.

Alex s'éclaircit la voix. Le vieil homme semblait pensif, comme s'il cherchait à résoudre un problème.

– Ça n'est pas nécessairement en conflit avec tes croyances, Jasmine, fit-il doucement.

Elle tapotait distraitement l'anse de sa tasse à café.

– Pourquoi donc ?

Le vieil homme se leva et se mit à arpenter la cuisine, les mains derrière le dos comme s'il donnait un de ses cours de théologie.

– Tout d'abord, la résurrection et l'Ascension sont au cœur de ta religion. Sans elles, pas de christianisme, exact ?

Elle acquiesça.

Alex désigna les papiers étalés sur la table.

– Mais si tu regardes les listes, tu ne verras mentionnée aucune partie physique de Jésus susceptible de jeter le doute sur la résurrection et sur l'Ascension. Tous les échantillons énumérés auraient pu provenir de son corps avant sa mort : cheveux, sang et même le fameux prépuce. En fait, je n'ai pu trouver qu'une trace de relique qui viendrait nier ce dogme essentiel du christianisme. Même l'ossuaire découvert à Jérusalem en 1996, qui était censé contenir les ossements du Christ, était vide. Alors même si nous voulions menacer ta foi, nous ne pourrions trouver aucun élément pour le faire.

Jasmine eut un petit haussement d'épaules et attendit qu'Alex continue.

– Tu crois aussi que le Christ est Dieu incarné, n'est-ce pas ? Le fils de Dieu fait homme ?

– Oui, je le crois.

– Il n'y a rien dans ta religion qui te dise comment ton Dieu a transmis Ses pouvoirs à Son fils, n'est-ce pas ?

– Pas vraiment, non.

– Dieu aurait donc pu transmettre Sa force par la voie de l'esprit – c'est ce que nous ignorons –, le Christ était peut-être *littéralement* Dieu incarné, Dieu fait homme. De telle sorte qu'en communiant avec son père par la prière il aurait pu, peut-être, recevoir dans ses gènes quelque chose qui lui donnait ses pouvoirs : l'étincelle du divin, si tu veux. Le vieil homme s'arrêta et la regarda. Est-ce possible, Jazz ?

– C'est possible, mais...

– Mais tu n'aimerais pas le découvrir ?

Comme toujours, Alex l'avait fait réfléchir. La scientifique défiait la chrétienne et posait la grande question : *et s'il était possible de trouver des gènes divins dans l'ADN de Jésus ?*

Alex regagna son siège et se carra contre le dossier, détendu.

– Tu pourrais très bien, reprit-il, avoir raison de penser que Jésus a obtenu son pouvoir par des moyens purement spirituels. Mais si ce n'est pas le cas et si sa divinité, comme tu l'appelles, réside dans ses gènes, tu n'auras pas pour autant compromis tes croyances. Dans un cas comme dans l'autre, ta foi est indemne. Les yeux bleus du vieil homme pétillaient d'un enthousiasme juvénile. Mais imagine un instant que nous parvenions à isoler ce qui fait de lui un être à part et que nous l'utilisions pour aider l'humanité. Pas simplement Holly, mais tout le monde. Comment ton Dieu pourrait-Il être hostile à cela ? N'est-ce pas la première raison pour laquelle Il a envoyé Son fils dans le monde ? Qui sait ? Cela pourrait même être ce qu'Il voulait faire.

Jasmine détourna les yeux à nouveau vers Tom. Elle vit un homme qui ne partageait pas sa foi mais qui croyait aux mêmes valeurs qu'elle. Un homme plus « chrétien » que la plupart de ceux qu'elle avait jamais rencontrés. Puis elle pensa à sa filleule, une courageuse et brillante petite fille qui méritait toutes les chances du monde.

Quand son regard croisa les yeux bleus de Tom, elle sut qu'elle ne pouvait faire qu'un seul choix.

– Je pense que tu as tort, dit-elle. Et je ne crois pas que tu trouveras ce que tu cherches. Jasmine les regardait tous autour de la table : Jack, Alex et Tom. C'étaient ses amis, presque sa famille. Elle soupira. Il faut que j'y réfléchisse avant de prendre une décision, mais, si tous les autres s'engagent dans ce projet, alors vous pouvez aussi bien me considérer tout de suite comme partante.

Elle essaya de sourire, mais au fond d'elle-même elle n'arrivait pas à étouffer une petite voix qui n'était pas d'accord et qui refusait de se taire.

Tom Carter éprouvait à la fois de la gratitude et du soulagement. Le seul fait de révéler cette idée folle à ses proches avait été un réconfort. Ces derniers jours, il tournait et retournait cette idée dans sa tête et son humeur n'avait cessé d'osciller entre l'assurance qu'elle donnerait des résultats et l'horreur qu'il éprouvait de même l'envisager. Son père, comme toujours, avait été d'un grand secours : pas seulement en faisant des recherches, mais aussi en jouant le rôle qu'Olivia avait toujours tenu : en lui posant des questions et en l'aidant à mettre de l'ordre dans ses pensées. Au bout du compte, tout cela s'était ramené à trois « *si* » et à un « *alors* » : *si* il parvenait à trouver un échantillon de l'ADN du Christ ; *si* il arrivait à découvrir dans son ADN les gènes uniques ayant des vertus curatives et *si* il réussissait à exploiter ces gènes ou leurs protéines codées, *alors* il pourrait soigner Holly et bien d'autres encore.

Ça semblait si simple.

Il avait été d'une importance vitale d'avoir les autres de son côté. Jack, comme toujours, s'était davantage préoccupé des problèmes pratiques. En revanche, Tom s'était gravement mépris sur Jasmine : il avait bêtement pensé qu'étant chrétienne elle applaudirait au désir qu'il avait de se tourner vers Jésus pour lui demander le salut. Il avait tout de suite compris à quel point il s'était trompé en voyant son expression. Heureusement qu'Alex était intervenu.

– Bon, fit-il, comme Jack l'a déjà expliqué, la première tâche consiste à trouver l'ADN. Car, à moins d'y parvenir, tout ce projet n'est rien de plus qu'une idée. Je vais essayer de me procurer des échantillons du sang des stigmatisés.

Il se tourna vers Jasmine.

– Jazz, est-ce que tu peux isoler un des génescopes améliorés et lui adapter le plus récent logiciel ? Il faudra aussi le calibrer pour traiter de l'ADN ancien ou peut-être altéré. Peux-tu aussi vérifier IGOR pour voir si un des sujets enregistrés a dans son dossier un passé de guérisseur ? Et, dans ce cas, s'il possède des gènes inhabituels. C'est un peu tiré par les cheveux, mais ça vaut la peine d'essayer.

– D'accord mais pourquoi veux-tu « isoler » un des génescopes ?

– Tout ça doit rester secret, même au sein de la société, et n'y participera que du personnel de confiance et seulement quand nous en aurons besoin. Il nous faut donc mettre hors circuit une partie du pavillon Mendel où nous brancherons ce génescope.

– De combien d'espace auras-tu besoin ? demanda Jack, l'air soucieux.

– Pas beaucoup. Environ un cinquième du second

étage. Nous pourrions utiliser le labo Crick et la salle de conférences. Ça devrait suffire.

– Ça ne va pas perturber les autres projets ?

– Nous devrions pouvoir nous en tirer. Je crois vraiment qu'il faut être très discret. Qu'aucun de nos collègues du NIH ait vent de ça. Nous n'avons pas le temps d'obtenir une approbation morale.

Jack se rembrunit de nouveau.

– J'imagine. Seigneur, si Jazz se sent mal à l'aise devant ce projet, imagine un peu comment eux pourraient réagir. Je ne crois pas non plus que nos actionnaires comprendront. Il va nous falloir un camouflage.

Tom y avait déjà pensé.

– Nous pourrions lancer le projet sous le couvert d'une annexe de ces recherches sur le gène du mal. Tu sais ? Cette ridicule histoire pour laquelle le président essaie d'avoir notre aide.

– Tu veux dire le projet Crime 2000 auquel nous avons toujours évité de participer ? fit Jasmine.

– Oui, celui-là. Si les gens commencent à fureter, nous dirons que nous estimons aujourd'hui qu'il pourrait bien y avoir des gènes responsables d'un comportement criminel. Et qu'il s'agit là d'une étude de faisabilité pour tenter de répondre à cette question... Tom marqua un temps puis reprit : Mais c'est un camouflage que nous n'utiliserons que si nous y sommes obligés – ce qui ne devrait pas être le cas.

Jack acquiesça.

– Bon, je vais m'occuper d'isoler un labo. Et il va falloir des codes comptables pour le financement. Qu'est-ce que tu veux que je fasse d'autre ?

Tom hésita. Ça n'allait pas être facile.

– J'ai besoin de ton avis sur les quatre ou cinq échantillons que nous voulons choisir sur la liste d'Alex. Il tendit la main, prit les papiers et les parcourut du regard. L'Eucharistie de Lanciano, les reliques de Saint-Jacques-de-Compostelle, le Christ qui saigne de Mirebeau, l'autel du Saint-Sang à Jérusalem.

– Quel genre d'avis ?
– Du genre « comment mettre la main dessus ».
Jack avait compris.
– Je suppose donc que tu ne comptes pas demander la permission ?
– Nous n'avons pas assez de temps. Et rien ne dit que nous l'obtiendrions. Il nous suffit d'un frottis. Personne ne remarquera rien.
– Tu veux donc que je te recommande des gens qui peuvent nous aider à *libérer* ces reliques ?
– Exactement.
Jack eut un sourire de vieux bandit. Tout comme Tom l'avait espéré, l'ancien agent du FBI était ravi à l'idée de faire appel à ses contacts d'autrefois.
– Quand te faut-il tout ça ?
– Dès que possible. Nous sommes maintenant à la mi-février : disons fin mars au plus tard. Le regard de Tom fit le tour de la table. D'accord ?
Il eut l'impression d'être le roi Arthur en les voyant tour à tour acquiescer, chevaliers de la Table ronde prêts à se lancer dans leur quête du Saint-Graal.
Jack prit l'enveloppe posée devant Alex et fit glisser jusqu'à lui le dossier.
– Projet Cana ? fit Jack en lisant le titre sur la couverture. C'est comme ça que nous devons appeler cette affaire entre nous ?
Tom se tourna vers son père.
– C'est l'idée d'Alex. Pourquoi pas ?
Jack acquiesça et remit le dossier à sa place.
– Bon. Mais pourquoi Cana, Alex ?
– Les noces de Cana, repartit Jasmine sans laisser à Alex le temps de répondre, où l'eau a été changée en vin.
Jack haussa les épaules.
– Je sais, et alors ?
– C'était le *premier* miracle du Christ, expliqua Jasmine. Le premier d'une longue série.

Deuxième partie

Le projet Cana

12

Paris. Trois semaines plus tard

Maria Benariac buvait à petites gorgées son thé au lait dans un bistrot enfumé de la rue de Castiglione. Elle jeta un coup d'œil à la pendule au-dessus du bar où le patron ventripotent tentait sa chance avec une blonde vieillissante. Presque deux heures de l'après-midi. Cela faisait près de trois heures maintenant que Maria surveillait la clinique de l'autre côté de la rue balayée par la pluie, mais personne encore n'y était entré. Pourquoi le docteur Carter avait-il loué cet établissement ?

Depuis le voyage en Sardaigne Maria ne le lâchait pas, malgré ce qu'avait dit frère Bernard. C'était exaspérant : la dernière fois qu'elle avait pris contact avec le champion du Second Impératif pour connaître ses projets pour le savant, il lui avait déclaré sans ambages de ne pas s'occuper de lui. Quand elle avait demandé pourquoi on laissait tomber, il l'avait enjointe de ne pas se laisser obséder par cet homme.

Obséder ? Elle n'était pas obsédée, simplement préoccupée. Bernard Trier n'avait pas l'air de s'en soucier mais son rôle à elle, c'était de procéder aux purifications ; c'était à cela qu'on l'avait formée. Alors, si on avait considéré le savant comme un candidat de choix à Stockholm, pourquoi ne l'était-il plus aujourd'hui ? Qu'est-ce qui avait changé ?

Qui était donc frère Bernard pour dire à Maria de qui elle devrait ou ne devrait pas s'occuper ? Le seul souvenir de l'empressement avec lequel il lui avait annoncé qu'elle n'était qu'une « exécutante » suffisait à l'exaspérer. Comme si elle n'était pas un membre de la confrérie mais une obscure employée à qui on donnait des ordres. Elle prit une profonde inspiration. Dès que ses soupçons concernant le docteur Carter seraient confirmés, alors le Père et frère Bernard seraient bien obligés de l'écouter.

Elle avait filé Carter sans mal. La protection policière se limitait à une discrète voiture de patrouille surveillant de temps en temps son domicile et le suivant jusqu'à son laboratoire. Mais, en dehors du territoire américain, il était livré à lui-même, à l'exception de Jack Nichols qui l'accompagnait de temps en temps. Elle l'avait déjà pisté à Turin, à Francfort, et maintenant à Paris.

– Vous voulez autre chose ?

Le patron se planta soudain devant elle. Elle leva les yeux et le surprit à la lorgner. La lueur de convoitise dans ses petits yeux porcins lui rappela Sly Fontana. Cela évoqua aussitôt des souvenirs plus anciens. Un sentiment de panique la saisit. Elle regretta de ne pas être venue déguisée en homme et lui lança son regard le plus glacial.

– Non, merci.

Quelque chose dans son expression avait dû le faire réfléchir. Il cessa de la dévisager et s'éloigna.

La grosse limousine noire s'arrêta en face et le chauffeur vint ouvrir la portière arrière droite. Maria tout d'abord n'y prêta pas attention, encore troublée par des souvenirs qu'avait éveillés en elle l'attitude du cafetier. La porte de la clinique s'ouvrit et la haute silhouette du docteur Carter s'avança sous la pluie. Il tenait un parapluie et une enveloppe. Quand il était allé voir cet homme à la clinique de Turin, il avait aussi une enveloppe. Ensuite, l'homme était parti en serrant sous son bras la même enveloppe. S'agissait-il d'un paiement ? Et dans ce cas, en contrepartie de quoi ?

Maria se pencha sur son siège. Le docteur Carter s'approchait de la voiture et proposait au passager de s'abriter. Maria aperçut une petite femme d'un certain âge qui s'appuyait à son bras. Ils se dirigèrent vers la clinique, la vieille femme boitillant, comme si ses pieds la faisaient souffrir. Maria sentit son estomac se serrer : ses soupçons se confirmaient bel et bien. Elle porta à son œil le petit Olympus et examina au téléobjectif les mains de la femme.

Elle prit trois clichés, le bruit du moteur troublant à peine le calme du café.

Oui, se dit-elle, tout comme l'homme de Turin, la vieille femme avait les mains enveloppées d'épais pansements.

Tom offrit un café à la vieille dame au dos voûté avant de la faire entrer dans le service chirurgical privé que lui louait un médecin ami de Jean-Luc. L'endroit ressemblait étonnamment, mais en plus élégant, aux petites salles blanches qu'il avait louées dans toutes les villes d'Europe où il s'était rendu ces dernières semaines. Un lavabo, un divan en cuir marron, une chaise, un classeur et une table d'acier inoxydable constituaient le seul ameublement. Ici, il y avait aussi un mini-labo dans le fond.

Il se rendait bien compte que ce qu'il faisait était aux extrêmes limites de la science : le projet Cana ne reposait que sur une fragile base scientifique, la plus folle des hypothèses. Il lui fallait un miracle et, comme l'avait dit Jasmine à propos des pèlerinages à Lourdes, il fallait aller là où il se passait quelque chose.

Il installa Michelle Picard sur le canapé.

– Depuis combien de temps avez-vous ces plaies ? demanda-t-il dans son français hésitant, tout en commençant à dérouler les bandages qui lui entouraient les mains.

– Sept ans. Elles sont apparues pour la première fois quand j'avais soixante-cinq ans. À la mort de mon mari.

– Sont-elles là tout le temps ?

– Non, juste du vendredi au dimanche. Elles cicatrisent le lundi. Et du mardi au vendredi après-midi, les plaies disparaissent.

Tom hocha la tête. Ce rythme était caractéristique de certains des autres stigmates qu'il avait observés, mais il ne voyait rien là de particulièrement encourageant ni décourageant. Il n'avait que trop conscience de s'aventurer ici sur des océans inexplorés : il était bien décidé à ne pas se fier à son scepticisme naturel et à se contenter d'examiner les faits qui se présentaient. Il ôta doucement la dernière couche de pansements. Une marque était visible aussi bien sur les paumes qu'au dos des mains. Comme d'habitude, le sang était frais, il n'y avait aucun signe d'infection ni d'inflammation. Mais il n'avait jamais vu de plaies aussi profondes ni aussi larges.

Il dévoila alors celles que Michelle Picard avait aux pieds et les trouva dans un état comparable : béantes et luisantes. Il en allait de même pour celle que la femme avait au flanc. Il tressaillit en examinant les lésions.

– C'est très douloureux ?

Les petits yeux souriants de la vieille femme l'observaient.

– Ma souffrance est mon réconfort.

Il n'avait pas de réponse à cela. Il pratiqua un prélèvement au fond de chacune de ses cinq plaies et déposa chaque frottis dans une éprouvette étiquetée et scellée. Puis il préleva un échantillon du sang de Michelle Picard à partir d'une veine de son bras et le versa dans une sixième éprouvette. Après avoir posé quelques ultimes questions à la vieille dame, il refit ses pansements. Puis, quand il eut terminé, il la remercia, s'assura qu'elle prenait bien l'enveloppe contenant l'argent et la raccompagna jusqu'à la voiture.

Michelle Picard semblait déçue que tout cela eût été aussi rapide : elle aurait sans doute voulu lui en dire plus sur ses stigmates. Mais Tom était fatigué et il connaissait bien tous ces cas. Tout ce qu'il voulait pour l'instant, c'étaient les prélèvements : eux racontaient leur propre histoire. Tous les autres stigmatisés qu'il avait contrôlés jusque-là ne lui avaient rien apporté de vraiment intéressant. Deux d'entre eux étaient manifestement des imposteurs, poussés à se mutiler par quelque désir pervers d'attirer l'attention et de gagner de l'argent. Les autres, dont Roberto Zuccato de Turin, avaient simplement un sang qui n'avait rien d'extraordinaire sur le plan génétique. Michelle Picard avait l'air plus sincère, mais seuls les prélèvements comptaient car eux ne mentaient pas.

Après l'avoir raccompagnée, il regagna le mini-labo derrière le cabinet de consultation. Il emballa les prélèvements, impatient de repartir. Cela faisait plus d'une semaine qu'il n'avait pas vu Holly et il ne la retrouverait enfin qu'après avoir rejoint Jack le lendemain en Italie. Alex s'occupait d'elle et elle était habituée aux absences de son père. Qu'est-ce que je fais ici ? se demanda-t-il une nouvelle fois. Et, comme toujours, il ne trouvait qu'une seule réponse : essayer de donner une chance à Holly.

Il examina les prélèvements de stigmates dans sa mallette, recueillis au cours des dernières semaines. Presque tous les compartiments étaient pleins : il décida donc de procéder à un examen préliminaire des six échantillons de sang de Michelle Picard. Il n'emporterait alors avec lui en Italie, puis à Boston, que ceux représentant un vague intérêt.

Utilisant le microscope du petit laboratoire, il commença par du sang prélevé sur la main gauche de la vieille dame, puis dans la veine de son bras, le seul à ne pas provenir de ses plaies. Sa première réaction en regardant le second frottis, ce fut qu'il avait dû faire une erreur. Il vérifia une nouvelle fois les éprouvettes pour s'assurer qu'il ne s'était pas trompé de sang. Mais pas du tout.

Il fronça les sourcils et sentit un frisson d'excitation le traverser.

« C'est bizarre, s'entendit-il murmurer. Comme c'est bizarre. »

La côte adriatique italienne

La nuit suivante, sur le pont d'un bateau de pêche au large de la côte italienne, Tom Carter n'avait toujours pas éclairci le mystère des plaies de Michelle Picard. Il en avait parlé à Jack deux heures plus tôt, quand ils avaient embarqué à Pescara. « Ce doit être une arnaque », telle avait été sa première réaction avant d'appeler quelques « amis » pour se renseigner sur la vieille dame.

Le bateau tanguait et Tom était au bord de la nausée. L'énigme lui parut soudain de bien peu d'importance. Geignant, les jambes en coton, il essayait de suivre les mouvements de la houle tandis que l'équipage s'efforçait de mouiller aussi près que possible de la côte. La traversée depuis Pescara avait été relativement courte, mais Tom n'avait guère le pied marin.

Au vif agacement de Tom, Jack ne semblait nullement gêné par le roulis. La nuit était claire et étonnamment douce pour un début mars. Tom distinguait la plage devant eux, pâle croissant d'argent luisant sous la lune. Il sentit sur son épaule la main de son ami et l'entendit lui demander en riant :

– Ça va ? Tu es plutôt verdâtre.

– Je me sens liquéfié, riposta-t-il.

Les deux hommes avec qui Jack avait rendez-vous étaient déjà en retard, des contacts d'autrefois, simplement connus sous le nom du Hollandais et de l'Irlandais. Il les avait choisis pour se rendre sur les sites qu'Alex avait sélectionnés. Tom avait fourni aux cambrioleurs professionnels l'équipement adéquat, les instructions sur la façon de conserver les prélèvements, et tout s'était passé sans qu'on puisse établir le moindre lien avec GENIUS. Et comme leur dernière mission s'achevait ce soir – les deux hommes avaient dû se rendre à l'église de Lanciano – il avait décidé de se joindre à Jack pour prendre livraison de tous les prélèvements recueillis. C'était un risque nécessaire afin de leur assurer un retour sans dommage. Il devait reconnaître aussi que, sur le moment, ça lui avait paru excitant. Mais maintenant, si Jack était manifestement ravi de se retrouver sur le terrain, lui regrettait de ne pas être rentré directement.

– Oh non, ça ne va pas recommencer, grommela-t-il en sentant un nouveau spasme lui tordre l'estomac.

Jack lui passa les jumelles à infrarouge.

– Regarde là-dedans. Ça te fera oublier le bateau.

Avec un gémissement, Tom scruta la plage qui baignait dans une lumière verte. Tout semblait plus net. Il distinguait un petit canot en caoutchouc échoué sur le sable, mais toujours pas trace de l'Irlandais ni du Hollandais.

Ah, mais, qu'est-ce que c'était que ça ?

Il aurait juré avoir vu un reflet du clair de lune sur du métal ou sur du verre à droite, du côté de la falaise. Un frisson lui parcourut le dos. Est-ce qu'on les surveillait ?

Il vit alors deux silhouettes se diriger en courant vers l'embarcation. Il posa la main sur le bras de Jack.

– Voilà.

Le plus grand des deux, le Hollandais, jeta un sac dans le canot et aida l'Irlandais à pousser l'embarcation dans le clapotis des vagues. Les deux hommes se mirent à ramer en direction du bateau de pêche. Avec ses jumelles, Tom balaya la plage. Rien. Il avait dû imaginer cette étrange lumière.

Dix minutes plus tard, les deux hommes rejoignaient le flanc du bateau : Tom et Jack les aidèrent à se hisser à bord.

– Pas de problème ? interrogea Jack.

Le Hollandais sourit, découvrant de robustes dents blanches.

– Non, c'est calme comme dans une église.

L'homme plongea une main dans le gros sac posé sur le pont aux pieds de son complice. Il en tira une mallette en aluminium et une liste aux pages cornées.

– Je crois que vous trouverez tout ce qu'il vous faut là-dedans. Rangé comme vous vouliez.

Tom vérifia la liste. Chacun des cinq noms avait été barré et, lorsqu'il entrebâilla la mallette réfrigérée pour jeter un coup d'œil à l'intérieur, il constata que les cinq casiers étaient occupés par des tubes à essai soigneusement étiquetés. Il la referma, la serrant contre lui.

– Beau travail. Vous les avez tous.

Le Hollandais acquiesça.

– Oui. On a eu quelques problèmes avec le prélèvement de Saint-Jacques-de-Compostelle en Espagne. Un petit malin avait mis le sang dans un récipient programmé pour s'autodétruire si on en forçait l'ouverture.

– Alors ? demanda Jack.

– Ne vous en faites pas ! L'Irlandais a trouvé un moyen.

– Et le prélèvement de ce soir ? demanda Tom.

C'était celui qui l'intéressait le plus. Le sang de l'Eucharistie de Lanciano avait déjà subi un datage au carbone effectué par des chercheurs d'Oxford voilà plus d'une décennie et les résultats avaient été particulièrement prometteurs.

– Je vous l'ai dit. Facile. Pas la moindre sécurité. Et, ne vous inquiétez pas : dans tous les cas, personne ne saura qu'on a pris quoi que ce soit.

Jack tira une enveloppe de la poche de son blouson et la tendit au Hollandais.

– Des yens... tout ce qu'il y a de plus anonyme.

– Merci, monsieur Nichols. Comme au bon vieux temps. Au plaisir de faire des affaires avec vous.

Le Hollandais fourra l'argent dans son sac sans compter les billets.

– On va vous déposer à Pescara comme convenu, annonça Jack. Ensuite, vous vous débrouillez.

Les deux hommes descendirent dans la cabine. Tom ouvrit de nouveau la mallette et inspecta l'alignement des cinq tubes. Chaque étiquette mentionnait une date et une adresse. Sur la dernière on lisait : *Eucharistie de Lanciano, Italie, 6 mars 2003.* Il sortit le tube de son casier et le brandit à la faible lumière. La poudre rouge sombre brillait comme des rubis broyés.

– C'est celui-là ? demanda Jack, tandis que l'équipage levait l'ancre.

Tom se sentit parcouru d'un frisson qui n'avait rien à voir avec la brise glacée qui soufflait sur l'Adriatique : quand le bateau mit le cap sur Pescara, il s'aperçut que son mal de mer s'était dissipé.

Il se tourna vers Jack et murmura :

– D'après les expériences effectuées à Oxford, ce sang est vieux de deux mille ans, et il provient d'un être humain de sexe masculin... Il marqua un temps et sourit. Ça augmente les chances, non ?

À l'abri des rochers de la plage, Maria Benariac, munie de son appareil photo à vision infrarouge, vit le bateau appareiller. Elle avait le corps engourdi de froid mais, à l'intérieur, elle brûlait d'un mélange de colère et de vertueuse vengeance.

C'était donc vrai : plus de doute. Elle avait vu le docteur Carter examiner les stigmatisés, et maintenant ces deux voleurs qui venaient d'emporter leur prélèvement de l'église de Lanciano ! Et, comme si ce n'était pas suffisant, Jack Nichols avait payé pour la relique que Carter examinait ouvertement à la lueur de la lune.

C'était incroyable. Non seulement le docteur Carter ne se souciait pas de ses menaces, mais il la narguait, poussant son blasphème jusqu'à d'incroyables limites. Le démon était même prêt à sacrifier les reliques sacrées du Christ sur le sombre autel de la génétique. Elle savait aujourd'hui que le docteur Carter constituait bien plus qu'une simple menace. Pour quelle autre raison un mortel se mettrait-il en quête des gènes de Dieu, sinon pour devenir Dieu lui-même ?

Lycée de Boston-Sud.
Le lendemain matin

À onze heures neuf du matin le vendredi 7 mars 2003, la première cellule du tissu glial refusa d'obéir à ses instructions génétiques.

À cet instant Holly était assise entre ses deux meilleures amies, Jennifer et Megane, au deuxième rang de sa classe de français. Quand elle s'empressa de lever la main pour répondre en français à la question de Mlle Brennan « *Comment allez-vous ?* », c'était une petite fille en bonne santé que quelques semaines seulement séparaient de son anniversaire. Mais, une poignée de secondes plus tard, le temps de répondre : « *Je vais bien, mademoiselle Brennan* », et de reposer sa main, elle était atteinte d'un cancer et quelques mois seulement la séparaient du jour de sa mort.

Durant cette fraction de seconde, la cellule du tissu interstitiel de son cerveau s'était révoltée et la première mutation qui aboutirait inexorablement au cancer avait commencé. Aussi simplement qu'on allume une lampe, la petite fille en bonne santé était maintenant atteinte d'un mal incurable.

Chaque cellule du corps humain est soumise à un contrôle strict : sa mort, son renouveau et sa prolifération étroitement surveillés par les instructions génétiques contenues dans son ADN. Pendant cette fraction de seconde, le gène P53 perdu dans la cellule gliale atteinte de Holly cessa d'assurer ce sévère contrôle : la cellule commença à se diviser, produisant d'autres cellules à l'ADN altéré.

Il existe quatre stades dans l'évolution clonale et, dans ce premier stade, la cellule atteinte de Holly avait commencé à obéir à de nouvelles instructions erronées. Ces instructions desserrent les freins du noyau de la cellule qui continue alors à se diviser et à proliférer indéfiniment. La cellule paraît normale mais, avec cette prolifération excessive, elle fournit un clone de son propre ADN révolté, créant d'autres cellules rebelles qui à leur tour viennent envahir leurs voisines saines. Et, comme les anticorps de l'organisme ne reconnaissent pas ces cellules rebelles comme étrangères, elles sont libres de se multiplier sans entrave.

La deuxième mutation se produit quand les cellules rebelles encore normales commencent à proliférer à un rythme accéléré, provoquant une pression sur la zone environnante et à son tour dans le crâne de Holly.

La troisième mutation de l'évolution clonale voit les cellules proliférer encore plus rapidement et certaines d'entre elles subissent des changements structurels. Lorsqu'on en arrivera à ce stade, tout un groupe de gènes clés du chromosome 9 de Holly aura été anéanti.

La quatrième mutation, fatale, voit d'ordinaire les cellules devenir malignes, cancéreuses. Une séquence entière du chromosome 10 est maintenant perdue avec toutes les instructions génétiques qu'elle contenait. Les cellules n'obéissent alors qu'à leurs propres instructions égoïstes : survivre et se multiplier, sans se soucier du fait que cela va tuer leur hôte – Holly.

Ultime ironie du phénomène, le cancer, c'est la tentative d'une cellule pour devenir immortelle et qui pour cela va tuer le reste de l'organisme, mais naturellement elle mourra avec lui.

Holly ne savait rien de tout cela. Elle ignorait fort heureusement la présence en elle d'une cellule traîtresse. Il faudrait peut-être des semaines, voire des mois avant qu'elle éprouve le moindre malaise. Son père serait le premier à le savoir dès le prochain examen au scanner. Alors apparaîtrait la trace infime d'une tumeur. Bien sûr, même à ce moment, Holly pourrait fort bien l'ignorer encore. Quand son père aurait l'air plus soucieux que d'habitude lors de leur visite suivante à l'hôpital, Holly se dirait simplement qu'il était de mauvaise humeur.

Elle n'aurait même pas la moindre idée de ce que son père saurait alors : la prophétie faite par le génescope trois mois auparavant avait fini par se réaliser ; l'ennemi qui sommeillait dans son corps s'était non seulement éveillé mais il avait déjà commencé sa vaine et fatale quête d'immortalité.

13

Genève

Trois jours s'étaient écoulés depuis que Maria Benariac avait espionné le docteur Carter et Jack Nichols. Dans le somptueux salon de l'Hôtel de la Cigogne, elle admirait les boiseries luisantes, l'élégance du marbre, tout en attendant qu'on vienne la chercher. Ce n'était pas la première fois qu'elle se rendait dans ce discret hôtel genevois. Toujours pour rencontrer le Père. Elle savait que le père Ézéchiel de la Croix aimait cet établissement car on accueillait toujours ici les clients avec une courtoisie sans défaut, un bon goût discret, et sans jamais poser de question. Il avait là une suite à l'année. Et il venait régulièrement contrôler les intérêts financiers de la confrérie à Genève.

Maria jeta un coup d'œil à l'horloge de la réception. Cela faisait maintenant près de vingt minutes qu'elle attendait. D'habitude le Père était ponctuel : sans doute avait-il de nombreuses décisions à prendre aujourd'hui. Les photographies et les notes qu'elle avait adressées à frère Bernard avaient dû lui donner à réfléchir. Elle croisa les jambes, lissa sa jupe bleu marine toute simple et but une gorgée d'eau minérale. Elle n'était pas particulièrement pressée.

Un bruit de pas lui fit tourner la tête vers les ascenseurs. Elle prit son petit porte-documents et se leva en voyant approcher la silhouette ventripotente de frère

Bernard. Il était vêtu d'un costume sombre de coupe sévère. Son bouc lui parut plus hirsute que dans son souvenir, mais un ricanement familier retroussait toujours ses grosses lèvres boudeuses. Sans s'embarrasser de salutations, il lui lança un bref « Venez ! ».

Ils n'échangèrent pas un mot dans l'ascenseur ni durant les quelques mètres parcourus dans le couloir lambrissé jusqu'à la suite 310. Maria fut bien tentée de lui demander ce qu'il avait fait des photographies, ou ce qu'il pensait du docteur Carter. Mais elle garda le silence. Quant à des félicitations pour avoir découvert le plan du savant, elle avait depuis longtemps renoncé à en attendre de Bernard. Seule l'approbation du Père comptait à ses yeux.

Elle suivit Bernard dans la suite. Sur sa droite elle aperçut une vaste salle de bains en marbre et sur sa gauche une luxueuse chambre à coucher. Devant elle, sous un éclairage tamisé, un grand canapé crème et deux fauteuils assortis occupaient le salon. Un homme était assis au bout du divan. Elle inspecta rapidement le reste de la pièce et ne chercha même pas à dissimuler sa déception :

– Où est le Père ?

Quand l'homme de haute taille se leva, elle reconnut frère Hélix Kirkham. Maria l'avait déjà rencontré à deux reprises quelques années auparavant mais elle n'arrivait pas à comprendre ce qu'il faisait ici. Il était champion du Premier Impératif et il s'agissait ici d'un problème concernant le Second Impératif.

Frère Hélix lui adressa un sourire.

– Agent Némésis, le père Ézéchiel n'assistera pas à la réunion. Mais il nous a demandé de vous féliciter de votre vigilance. Il lui tendit sa main droite. Puisse-t-il être sauvé.

Elle fit la salutation rituelle et jeta un coup d'œil à la table basse sur laquelle se trouvaient ses notes et ses photographies.

– Les découvertes n'étaient pas assez importantes ?

Hélix sourit encore.

– Bien au contraire. Elles étaient si importantes que le père Ézéchiel a été retenu pour mettre en place certains projets annexes.

D'un geste il désigna un des fauteuils ; elle s'assit à contrecœur.

Frère Bernard prit place sur le divan auprès de Hélix.

– Avez-vous bien apporté les originaux et les négatifs des photos ?

Elle prit dans son porte-documents le dossier en plastique contenant toutes les « preuves » et le lui remit.

– Cela devrait suffire à vous convaincre qu'il faut mettre un terme dès que possible aux activités du savant. Je suis prête à agir dès que vous en aurez besoin.

Elle regarda Bernard et Hélix consulter ses notes et examiner les divers clichés. À plusieurs reprises, elle surprit les deux frères en train d'échanger un bref coup d'œil, de discrets hochements de tête.

Ce fut Hélix qui finit par relever la tête en demandant :

– À votre avis, que fait le docteur Carter ?

– Il essaie de manipuler l'ADN de Dieu.

– Quels sont ses mobiles ?

Hélix posa la question comme s'il connaissait déjà la réponse.

Maria avait réfléchi à cela et s'était même replongée dans ses livres pour tenter de deviner le but qu'il poursuivait. Assise derrière le docteur Carter et Jack Nichols quand ils avaient repris l'avion en Italie, elle avait eu l'espoir de les entendre discuter de leurs plans. Mais tout ce qu'elle avait glané, c'était le nom de projet Cana.

– Je ne sais pas exactement quels sont ses mobiles. Peut-être veut-il discréditer la religion en prouvant que Jésus n'était qu'un mortel ? Ou peut-être veut-il d'une façon ou d'une autre domestiquer le pouvoir du

Christ ?... Elle resta un moment silencieuse et se signa. Peut-être qu'il cherche à faire un clone de Jésus ?

Hélix secoua la tête.

– Non, ce n'est pas possible. Le docteur Carter n'en est pas capable.

Elle attendit de connaître l'opinion de Hélix. Il était de notoriété publique que le relativement jeune champion du Premier Impératif était profondément imprégné de la technologie de l'époque. Mais le frère resta silencieux.

– Alors pourquoi, à votre avis, fait-il ça ? finit-elle par demander.

Hélix détourna les yeux et son regard vint se poser sur la table devant lui.

– Je ne sais pas trop. Ça a probablement un rapport avec les tentatives pour isoler les gènes du Christ. Il estime sans doute que, s'il peut découvrir et exploiter ces gènes, il pourrait créer la panacée et guérir tous les maux. Cela ferait de lui un homme très riche, plus riche encore qu'il n'est aujourd'hui. Et, plus important, cela le rendrait suprêmement puissant. Hélix soupira. Mais vous n'avez plus à vous en préoccuper.

Elle était horrifiée.

– Comment ça, je n'ai plus à m'en préoccuper ?

Frère Bernard se pencha en avant.

– Némésis, laissez-moi vous expliquer ce que nous voulons que vous fassiez en ce qui concerne le docteur Carter : ce que *je* veux que vous fassiez. Vous m'écoutez ?

– Oui, bien sûr.

– Bon. C'est très simple. Elle remarqua l'enveloppe beige qu'il tenait à la main. Je veux que vous ne fassiez rien. Vous devez le laisser tranquille jusqu'à ce que je vous donne d'autres instructions. Vous avez maintenant d'autres priorités. D'autres justes purifications pour lesquelles on a besoin de vos talents : tout est dans cette enveloppe.

Maria sentit le froid l'envahir, puis une brusque chaleur monter en elle.

– C'est à cause de Stockholm, n'est-ce pas ?

Bernard secoua la tête.

– Non, ça n'a rien à voir avec Stockholm. Nous avons simplement d'autres projets pour le docteur Carter.

– Quels projets ? Allez-vous faire appel à Gomorrhe ? Il n'a aucune imagination. Jamais il n'aurait découvert ce que le savant est en train de faire. Je devrais...

– Némésis ! l'interrompit Bernard en élevant la voix. La juste purification du docteur Carter est remise à plus tard. Je vous ai donné vos ordres. Maintenant, exécutez-les.

Elle n'en croyait pas ses oreilles.

– Remise ? Pourquoi ? Je demande à parler au Père. Lui...

Ce fut Hélix cette fois qui lui coupa la parole, d'un ton ferme mais raisonnable.

– C'est décidé, Némésis. Le père Ézéchiel lui-même a approuvé cette décision. Je vous en prie, ne discutez pas.

Elle vit Bernard lancer un regard noir à Hélix, furieux de voir son collègue essayer de calmer *sa* protégée. Puis Bernard se tourna vers elle, fou de rage à l'idée qu'elle ait pu contester son autorité devant Hélix.

– Némésis, nous avons déjà fait montre à votre égard de trop d'indulgence. Vous êtes un agent. Vous recevez des ordres stratégiques du Conseil restreint, de *moi.* Si vous me contestez encore, vous serez suspendue, ou même remplacée. Gomorrhe n'est peut-être pas aussi inventif que vous, mais lui au moins fait exactement ce qu'on lui dit. Vous n'êtes pas indispensable. Vous me comprenez ?

Sans se soucier de lui, Maria se tourna vers Hélix qui, semblait-il, avait l'air un peu gêné.

– Frère Hélix, êtes-vous certain que le Père a sanctionné cette décision ?

– Vous avez entendu ce qu'a dit frère Bernard.

– Pouvez-vous me dire *pourquoi* il l'a fait ?

Hélix allait parler quand Bernard se leva, rouge de colère, et désigna la porte.

– Némésis, cet entretien est terminé. Vous allez nous laisser vos notes et vos photographies, puis sortir.

Maria se tourna alors vers le champion du Second Impératif et croisa son regard. Baissant sa garde, elle laissa tout le mépris qu'il lui inspirait briller dans son regard glacé. Elle ne se leva pour prendre congé que quand elle le vit cligner ses petits yeux porcins et les détourner.

– Frère Hélix.

Elle le salua. La haute silhouette du frère s'inclina brièvement.

– Agent Némésis.

Là-dessus, elle passa, raide, devant Bernard et franchit la porte.

Londres. Plus tard

Cette nuit-là, allongée nue sur le petit lit de son appartement londonien, Maria Benariac n'arrivait pas à trouver le sommeil. Elle se sentait comme une bête blessée et ne se souvenait pas de s'être sentie si abandonnée, si isolée. Depuis la Corse. Comme toujours, elle dormait avec la lumière allumée mais ce soir, malgré les quatre ampoules au plafond et les six spots lumineux qui dissipaient l'obscurité, elle ne parvenait pas à chasser les ombres de son esprit.

Avant que le docteur Carter ait échappé à sa vengeance, Ézéchiel l'avait toujours impliquée dans ses projets, il l'avait traitée avec respect et affection. C'était sa préférée : l'élue. Et voilà maintenant que le

Père prenait ses distances avec elle, laissant à frère Bernard qui ne la comprenait pas plus qu'il ne l'estimait le soin de la contacter. Tout cela, c'était la faute du docteur Carter et ce ne serait qu'en l'anéantissant que tout pourrait redevenir normal. Elle en était certaine. Alors seulement elle pourrait de nouveau baigner dans l'amour du Père ; redevenir un membre apprécié et chéri de sa famille.

Elle tendit la main vers la petite table près du lit et palpa le froid de la lame d'acier. Cela fit passer en elle un frisson de peur et d'excitation, un frisson qui perçait son angoisse et promettait le soulagement. Ses mains se refermèrent autour du manche.

Sa main saisit le poignard sur la table et le brandit au-dessus de sa tête. Elle examina la lame incurvée du koukri dont la silhouette se découpait dans la lumière crue et, de l'autre main, passa le pouce sur son tranchant. Une légère pression suffit, il pénétra la peau, libérant une goutte de sang qui se forma au-dessus de son œil gauche. Elle vit la gouttelette devenir de plus en plus grosse, prenant soin de ne pas ciller quand le sang chaud finit par se répandre dans son œil ouvert.

Puis, d'une main ferme, elle dirigea la lame là où les récentes cicatrices étaient à peine refermées. Sans regarder, elle posa la lame incurvée, le tranchant vers le bas, contre sa cuisse droite. Lentement elle se mit à balancer la lame jusqu'au moment où, dans une exquise douleur, la peau se rompit et le sang se mit à couler.

C'est la veille de son quinzième anniversaire que Maria est convoquée par la mère supérieure qui dirige l'orphelinat proche de Calvi. Cette femme qui mène la communauté d'une main sévère ne cherche même pas à dissimuler son antipathie pour Maria quand celle-ci, nerveuse, arrive en traînant les pieds et se plante devant l'imposant bureau. Mère Clemenza est une grosse femme avec de grandes lunettes en forme de losange qui semblent reposer sur ses joues rebondies, et donnent l'impression que ses yeux aux lourdes paupières sont bridés. Pour Maria, dans son ample robe, elle ressemble à un gros crapaud qui attend, accroupi derrière sa table, le passage des mouches. Et quand le crapaud la fixe d'un regard sinistre et lui adresse la parole, on dirait que sa langue rose et pointue pourrait à tout moment jaillir.

– Maria, comme tu le sais, le père Angelo est ici, en visite. Quand il aura terminé sa tournée, il a demandé qu'une des filles vienne lui faire la lecture dans la bibliothèque de la tour. Franchement, il y a bien d'autres filles que j'aurais préféré voir nous représenter. Mais, pour je ne sais quelle raison, c'est toi qu'il a expressément demandée. Sache bien, Maria, que c'est un honneur et qu'il est très important que tu fasses bonne impression sur le père Angelo, alors tiens-toi bien. Sinon, on me le rapportera : et tu sais ce qui arrivera.

Maria acquiesce. Elle ne connaît que trop bien ses châtiments. On les lui a tous infligés depuis qu'elle a été abandonnée ici à l'âge de trois jours.

Les lèvres minces du crapaud se retroussent dans une tentative de sourire, mais ses yeux ne s'en donnent même pas la peine.

– Bon. Maintenant, file : il t'attend.

Tout en gravissant l'escalier de la tour centrale qui domine le vieil orphelinat, Maria se demande pourquoi elle a été choisie. Bien sûr, elle sait qui est le père Angelo : il occupe un des rangs les plus élevés dans la hiérarchie de l'ordre, mais il ne l'a vue qu'une fois auparavant. Et c'était seulement parce qu'il l'avait épiée alors qu'elle travaillait dans la lingerie au moment où il furetait – où « il faisait sa tournée », comme disait mère Clemenza. C'était donc par accident. Contrairement aux autres filles, elle est d'ordinaire bien trop occupée pour qu'on la présente à des visiteurs importants.

Voilà longtemps que Maria n'essaie plus de comprendre pourquoi les religieuses la détestent, et n'ont de cesse de s'acharner sur elle. Elle sait que son physique y est pour quelque chose, certaines l'appellent la « fille du diable » à cause de ses yeux, et on lui coupe ses cheveux si court qu'on voit son cuir chevelu. « Ne t'imagine pas qu'être belle veut dire que tu es spéciale », n'a-t-on cessé de lui répéter aussi loin que remontent ses souvenirs. Maria ne cherche même plus à comprendre. Tout ce qu'elle sait, c'est qu'elle a horreur de son apparence : elle voudrait être plus banale. Comme ça, elle ne serait plus une gêne pour l'orphelinat et elle aurait des amies.

En approchant de la porte de bois fermée de la petite bibliothèque, Maria se demande une nouvelle fois pourquoi c'est elle qu'a choisie le père Angelo et, loin d'en être fière, elle sent son estomac se nouer. Après tout, le père Angelo a une place si importante dans l'Église qu'il doit s'adresser personnellement à Dieu : même le crapaud semble nerveux quand il est dans les parages.

Devant la porte, elle hésite un moment : qu'arriverait-il si elle faisait tout simplement demi-tour et regagnait la lingerie ? Mais elle sait qu'on la mettra dans le redoutable cachot. Alors, elle prend une profonde inspiration et frappe trois coups timides.

– Entre ! répond une voix sonore.

Sa main tremble un peu quand elle tourne le loquet et pousse la lourde porte. Le père Angelo est seul, assis sur le canapé auprès de la fenêtre. Il a un gros livre sur ses genoux. De chaque côté du canapé, les murs sont couverts de rayonnages de livres aux reliures de cuir. Elle est bien souvent venue dans cette pièce, mais être ici, seule avec lui, donne à la bibliothèque un air bizarre, étrange.

Le père Angelo est si maigre que sa soutane semble pendre sur sa carcasse décharnée. Il a le visage allongé avec le nez de travers et les yeux trop rapprochés. Mais ce que Maria trouve de plus affreux chez lui, c'est sa peau : grêlée et jaunâtre, elle lui donne un air maladif. Quand il lui sourit, ses dents sont jaunes. Maria est pétrifiée. Elle voudrait désespérément tourner les talons et s'enfuir d'ici en courant, mais voilà qu'il tapote la place libre sur le canapé.

– Viens, mon enfant. Viens t'asseoir auprès de moi. C'est Maria, n'est-ce pas ?

Serrant les poings si fort que ses ongles s'enfoncent dans ses paumes, elle se force à s'approcher.

– Oui, père Angelo.

Elle s'assied aussi loin que possible mais, même à distance, elle sent son haleine qui lui rappelle les choux pourris qu'on jette dans les poubelles à la cuisine. Il lui tend le livre : la Bible. Puis il se lève. Elle se détend lorsqu'il s'éloigne : sa seule présence lui donne la chair de poule. Mais elle se crispe de nouveau quand elle le voit pousser le verrou de la porte.

– Bon, dit-il, souriant de toutes ses dents jaunes. Maintenant, on ne nous dérangera pas. Et je peux t'écouter en paix me faire la lecture.

Il revient jusqu'au divan et s'assied si près d'elle cette fois qu'elle sent sa cuisse contre la sienne. Elle essaie de s'éloigner mais elle est déjà tout au bord du canapé.

– Que voudriez-vous que je lise ? demande-t-elle, essayant de garder une voix posée.

– À toi de choisir, mon enfant. Mais ne t'assieds pas si loin. De sa main osseuse, il lui tapote la cuisse. Elle remarque ses ongles soignés. Viens sur mes genoux.

Elle a le cœur qui bat si fort maintenant, c'est à peine si elle peut respirer.

– Merci, mon père. Mais je suis bien ici.

La main tapote sa cuisse avec plus d'insistance.

– Allons donc. Viens t'asseoir ici.

Elle tourne la tête et voit dans les yeux qui la dévisagent briller un désir qui lui fait peur. Un désir plus bestial qu'humain. Le front du prêtre et le dessus de sa lèvre supérieure luisent de transpiration.

Puis il lui sourit et c'est le spectacle le plus terrifiant qu'elle ait jamais vu. Alors, de ses mains tremblantes, elle ouvre la Bible et se met à lire. « Et l'ange dit à... »

La main du père Angelo se pose sur le renflement de son sein gauche et le serre si fort que ça fait mal. Maria n'en croit pas ses yeux. Elle essaie d'ignorer son geste, elle espère qu'il va s'arrêter. Elle continue à lire, concentrant toute son attention sur les mots qui dansent sur la page.

L'autre main du prêtre défait maintenant les boutons du corsage de Maria et se glisse dans son soutien-gorge pour toucher son autre sein. Il a le souffle rauque, comme s'il avait couru. Elle ne peut pas faire plus longtemps semblant que rien ne se passe : elle repose la Bible et essaie de repousser ses mains.

– Non, je vous en prie, père Angelo. Je vous en prie, laissez-moi tranquille.

– Mais ce n'est pas ma faute, mon enfant. Tu es si belle. C'est toi la tentatrice, pas moi. Il y a maintenant dans ses yeux sombres une lueur fiévreuse. Reste tranquille et tu ne seras pas punie.

Elle se débat, mais soudain il se met sur elle. Il a beau être maigre, il est assez fort pour la maintenir. Elle se met à crier, mais il plaque contre la sienne sa bouche qui sent si mauvais. Elle a presque la nausée lorsqu'elle sent sa langue sur la sienne. Son visage est si proche qu'elle distingue toutes les taches sur sa peau grêlée, tous les points noirs sur son nez tordu. Puis elle sent la main droite du père fourrager sous sa jupe, lui arrachant sa culotte : des doigts osseux qui la pincent, qui la palpent. Elle se débat davantage, mais il pèse maintenant de tout son poids sur elle et elle a du mal à respirer. Les doigts du père lui font mal et puis, pendant une seconde bénie, ils s'écartent. Il fouille dans les plis de sa robe et elle sent maintenant quelque chose d'autre qui pousse avec insistance entre ses jambes, quelque chose de plus gros et qui lui fait mal. Il se met à pousser des gémissements comme une bête. Elle s'affole, mais elle est incapable de faire un geste ou de pousser un cri et les larmes ruissellent sur ses joues.

Puis il s'enfonce en elle et une douleur brûlante lui traverse tout le corps. Elle ne se serait jamais doutée qu'une telle souffrance puisse exister. Elle a l'impression qu'on la déchire. De nouveau, elle veut crier, hurler, mais elle n'arrive même pas à bouger. Elle croit que la douleur va la rendre folle jusqu'au moment où peu à peu son esprit se recroqueville comme si tout cela n'arrivait pas vraiment et qu'elle n'était qu'une spectatrice de cet acte abominable, et non pas la victime.

Elle a vaguement conscience que ses coups de boutoir et ses gémissements se précipitent, puis il lui murmure : « Mon petit ange du mal », tandis qu'un frisson lui parcourt le corps. Elle sent quelque chose d'humide entre ses jambes et puis il roule sur le côté. Sans même lui laisser le temps de retrouver ses esprits, le père Angelo se dresse devant elle, l'oblige à se relever, l'entraîne vers les toilettes auprès de la bibliothèque.

– Cesse de pleurer et va te laver, enfant, ordonne-t-il d'un ton sec. Ne parle pas de ça. C'était *ton* péché. Si tu le dis à qui que ce soit, tu seras punie. Cela doit rester notre secret.

Les jambes tremblantes, Maria entre dans les toilettes. Baissant les yeux, elle voit deux taches sombres sur le linoléum du sol, puis elle retrousse sa jupe et regarde le sang couler le long de sa jambe. Assommée, terrifiée, elle se sert de la serviette accrochée au lavabo pour se laver avant de remettre sa culotte. Elle regarde dans la glace ses yeux gonflés et elle s'asperge le visage d'eau froide en s'efforçant de ne plus pleurer. Elle n'arrive pas à croire ce qui vient de se passer. Comment le père Angelo, un des plus éminents serviteurs de l'Église de Dieu, a-t-il pu faire ça ? Et pourquoi à elle ? Est-ce qu'au fond elle était coupable ? Elle regarde son visage dans le miroir, elle rassemble son courage et décide de tout raconter à la mère supérieure.

Lorsqu'elle sort, elle constate que le père Angelo a disparu, aucune trace ne subsiste sur le canapé de ce qui vient de se passer. À pas douloureux, elle redescend l'escalier.

Mais, lorsqu'elle arrive devant la porte ouverte du bureau, elle voit que le père Angelo est déjà là, en grande conversation avec mère Clemenza. Le crapaud rit même aux éclats.

Un instant, Maria reste plantée sur le seuil, ne sachant que faire. Qu'a pu dire le prêtre à mère Clemenza ? Pourquoi rit-elle ? Puis, pour la première fois, le crapaud au visage de pierre se tourne vers elle en souriant, un sourire radieux et bienveillant.

– Le père Angelo dit que tu lis très joliment. Que tu t'es très bien conduite. Il recommande qu'on te laisse aller demain au pique-nique.

Le prêtre se tourne vers elle et lui fait un clin d'œil. Pose une main sur sa tête et lui ébouriffe les cheveux.

– Brave petite, dit-il.

Maria est incapable de parler : elle a la gorge si serrée que c'est à peine si elle peut respirer. Elle ressent une telle colère que les larmes jaillissent de nouveau.

Le crapaud se rembrunit.

– Ne pleure pas, Maria.

– Mais il m'a attaquée, réussit à articuler Maria entre ses sanglots de désarroi et de rage. À travers le devant de sa jupe, elle se tapote l'entrejambe. Ma mère, le père Angelo m'a fait mal ici.

Silence. Le crapaud se tourne vers le père Angelo qui paraît bouleversé, puis son regard revient à Maria. Le crapaud s'approche d'elle en se dandinant. Son visage n'exprime rien.

– Qu'est-ce que tu as dit ?

Des sanglots secouent les épaules de Maria.

– Il m'a fait mal ici. Il m'a attaquée.

Mère Clemenza tend le bras droit vers elle et instinctivement Maria se penche à sa rencontre : elle attend l'étreinte, elle a besoin que cette grosse vieille dame la serre contre elle en lui disant que tout va s'arranger.

Quand la gifle arrive, c'est un tel choc que, bien que la main du crapaud l'ait frappée à toute volée, Maria ne sent rien. Elle est totalement anesthésiée.

Le crapaud maintenant a le visage sombre comme une nuée d'orage.

– Comment peux-tu dire une chose pareille à propos du père Angelo – *devant* le père Angelo ? Maria, depuis que tu es toute petite, nous avons supporté tes histoires à dormir debout et tes mensonges, mais cette fois... c'en est trop. Tu vas tout de suite présenter tes excuses au père Angelo, et après tu seras punie.

– Mais c'est la vérité.

Le crapaud a maintenant le visage cramoisi.

– Tu vas t'excuser tout de suite, ou bien ta punition sera pire.

Maria ne dit rien. Rien au monde ne la poussera à faire des excuses.

Alors, c'est le père Angelo qui parle. Son visage arbore un sourire peiné.

– La pauvre fille est manifestement dérangée, elle a besoin de notre aide. Je devrais peut-être la voir lors de ma prochaine visite ?

– Vous êtes trop indulgent, père Angelo. Maria

a toujours été une menteuse. Je crains que même vous ne puissiez rien pour la faire changer.

– Nous pouvons toujours essayer.

Maria est en état de choc quand on la fait descendre dans les vieilles caves. Sûrement, d'un moment à l'autre maintenant, une des religieuses qui l'accompagnent va lui dire qu'on la croit et que c'est le père Angelo qui doit être puni. Quand elle aperçoit la porte d'acier au pied des escaliers, elle sait que c'est elle qu'on va jeter au cachot, et pas lui.

Elle a perdu le compte du nombre de fois où elle a dû subir le cachot, mais la première, c'est lorsqu'elle avait quatre ans. C'était quand, d'après les religieuses, elle a commencé à raconter ses « mensonges ». Mais ce n'étaient pas des mensonges, pas vraiment, même si elle n'en est plus très sûre. Les années ont passé, mais elle garde toujours la crainte d'être enfermée dans cette pièce silencieuse, plongée dans une obscurité totale. La terreur a même plutôt augmenté. Le châtiment a beau ne durer que quelques heures, les démons qui se déchaînent dans le noir restent avec elle longtemps après qu'on l'a libérée.

Cette fois, quand la porte se referme sur elle et que Maria entend la clé tourner dans la serrure, elle sait qu'elle sera ici toute la nuit. Jamais encore elle n'est restée au cachot plus de cinq heures. Luttant contre sa panique, elle s'avance à tâtons sur le sol de pierre jusqu'au coin où se trouve le petit lit de camp. Elle s'allonge et se recroqueville là, les genoux serrés contre sa poitrine, elle se balance d'un côté à l'autre. Les yeux grands ouverts, elle scrute les ténèbres étouffantes en quête du moindre rai de lumière.

À son vif étonnement, elle n'a pas aussi peur que d'ordinaire. Elle est si furieuse de l'injustice dont elle est victime que ses pensées ne prennent pas comme d'habitude une aussi sombre tournure. Elle accueille avec plaisir la colère qui monte en elle, même la haine lui donne des forces et l'impression de pouvoir maîtriser les événements. Elle décide alors que Dieu doit sûrement exiger le châtiment pour quelqu'un d'aussi mauvais que le père Angelo, qui prétend agir en Son nom. Et elle passe le reste de la nuit à mettre au point la punition qu'elle va lui infliger de la part de Dieu.

La douleur qu'elle ressent à la quatrième entaille a tiré Maria de sa rêverie. Elle regarde le sang répandu sur les serviettes sous sa cuisse et soupire. Elle se sent mieux maintenant. Cette saignée l'a vidée d'un peu de l'angoisse et des horreurs enfermées en elle.

Elle essuie avec soin le poignard sur une des serviettes blanches rugueuses empilées sous son lit et tamponne d'alcool les coupures bien nettes sur sa cuisse. La brûlure renforce sa concentration, sa maîtrise d'elle-même. Elle remet le koukri dans sa gaine, se rallonge sur le lit, récapitule calmement dans sa tête son rendez-vous avec Bernard et Hélix. Maintenant qu'elle a une vue plus claire des choses, ce qu'il lui reste à faire lui apparaît avec évidence.

Elle ira rendre visite au Père pour régler ce problème en face. Elle pourra alors s'en libérer une fois pour toutes.

Oui, songe-t-elle, laissant maintenant ses paupières se baisser, elle ira voir le Père et ensemble ils arrangeront tout. Là-dessus, tout en pensant combien ce sera merveilleux, elle sombre dans un sommeil profond et sans rêve.

14

Boston.
Direction générale de GENIUS

Jasmine n'était pas aussi désappointée que les autres : c'est vrai, comme le lui disait toujours sa mère, c'est quand on s'y attend le moins que la déception est la plus rude.

Depuis le lancement du projet Cana, trois semaines auparavant, elle avait fait, malgré ses réserves, tout ce qu'on attendait d'elle. Le génescope était maintenant pleinement opérationnel dans la salle de conférences Crick qui, avec le laboratoire voisin, avait été séparée du pavillon Mendel. Elle avait également fouillé toute la banque de données d'IGOR pour y retrouver des individus porteurs de gènes insolites ou impliqués dans des guérisons miraculeuses. Elle avait repéré un certain nombre de noms, mais un seul possédait un dossier intéressant et elle avait donc poursuivi : au cours des deux dernières décennies, M. Keith Anderson, de Guildford, dans le Surrey, en Angleterre, avait apparemment soulagé des personnes souffrant de polyarthrite rhumatoïde. On ne lui attribuait aucune guérison, pas plus qu'il n'en revendiquait, mais d'innombrables témoignages de médecins et de patients attestaient que, par simple imposition des mains sur les articulations enflammées, il pouvait procurer un mieux-être immédiat. À tous égards, il semblait être exactement ce qu'on cherchait, mais il y avait deux problèmes : primo, Jasmine ne parvenait pas à découvrir quoi que ce soit d'insolite dans ses gènes ; et secundo, il était mort dans un accident de voiture en juin dernier et avait été incinéré. Ce n'était pourtant pas à cause de Keith Anderson que Tom et les autres étaient déçus.

Trois jours plus tôt, Carter et Jack étaient revenus d'Europe avec leurs échantillons : ils étaient enthousiastes, voire triomphants.

« Ne t'inquiète pas, avait dit Tom quand Jasmine lui avait raconté ce qu'elle avait découvert. Fouiller IGOR, de toute façon, ça n'avait que peu de chances de donner des résultats. »

Oui, se dit Jasmine. Comme si traîner ses guêtres à travers le monde en essayant de retrouver les traces d'un cadavre vieux de deux mille ans offrait des perspectives plus sûres.

Maintenant on avait les résultats de l'analyse des prélèvements. Et Jasmine sentait que Tom était terriblement dépité. Son euphorie s'était évaporée comme la rosée du matin.

Jasmine jeta un coup d'œil autour de la table de conférence. Jack et Alex étaient assis de l'autre côté, Bob Cooke et Nora Lutz l'entouraient. On n'avait encore rien dit au blond Californien ni à la technicienne à propos de Holly mais, trois jours auparavant, on leur avait remis une note confidentielle sur le projet Cana. Tous deux s'étaient montrés d'une aide précieuse dans la préparation des échantillons. Mais désormais, comme tous les autres autour de la table, ils gardaient le silence en suivant des yeux Tom qui marchait de long en large.

Tous les trois pas, Tom levait la tête et lançait un regard accusateur au génescope qui se dressait dans le coin, il ouvrait la bouche, prêt à dire quelque chose, puis il se remettait à marcher.

Si Jasmine était sincère avec elle-même, leur incapacité à découvrir des gènes rares dans les prélèvements lui inspirait des sentiments contradictoires. Naturellement, elle voulait sauver Holly mais, lorsqu'elle avait vu pour la première fois ces fameuses reliques du Christ, elle avait eu l'impression de participer à un acte sacrilège. Elle avait redouté que la thèse de Tom ne se révèle exacte. Aussi, ces résultats négatifs, si désastreux qu'ils fussent, lui inspiraient un coupable soulagement.

Tom finit par prendre la parole.

– D'accord. Je veux bien admettre que les prélèvements de sang de Michelle Picard soient du pipeau. Avoir dans ses veines du sang AB et dans ses plaies un sang différent de type O était de toute façon trop bizarre. Mais à présent que Jack a découvert qu'elle a monté une arnaque en utilisant le sang de cette amie infirmière, nous pouvons laisser tomber. Les autres prélèvements et échantillons, je peux l'admettre aussi. Merde, j'y suis bien obligé. Il poussa un soupir puis son regard se tourna de nouveau vers le génescope, comme s'il voulait que DAN reconnaisse qu'il avait tort. Mais sommes-nous absolument certains en ce qui concerne le prélèvement de Lanciano ? N'aurions-nous pas pu commettre la moindre erreur ?

– Nous l'avons passé trois fois au scanner, fit Jasmine.

– Mais, Jazz, ça collait pour l'âge ; pour le sexe aussi. L'échantillon doit bien être authentique. Peut-être que quelque chose a échappé à DAN ?

Jasmine regarda Bob et Nora. Tous deux se contentèrent de faire une mimique ennuyée.

– Je suis désolée, Tom, dit-elle, mais il n'y a pas d'erreur. L'examen au scanner était parfait. Ça tient à l'échantillon. Il n'y a tout simplement aucun gène remarquable dedans. En tout cas rien que nous n'ayons déjà vu dans la banque de données d'IGOR.

– Alors, ce doit être un faux, déclara Tom d'un ton catégorique.

Jasmine se redressa et dit tout haut ce que Tom ne voulait pas entendre :

– À moins évidemment que l'échantillon n'ait été authentique mais que, pour commencer, le pouvoir de guérison n'ait pas été dans ses gènes ?

Tom redressa la tête et croisa ses bras sur sa poitrine.

– Non, Jazz. S'il possédait ces pouvoirs, alors, d'où qu'il les tienne, on les retrouverait dans ses gènes.

Jasmine décida de ne pas insister et se rencogna dans son fauteuil tandis que Tom examinait son équipe d'un regard obstiné. Il semblait mettre au défi chacun d'eux de le contredire, mais ils restaient tous silencieux. Ils commençaient sans doute à se dire qu'ils étaient actuellement beaucoup moins sûrs que Tom de découvrir et d'utiliser les gènes du Christ. Même Alex paraissait mal à l'aise.

Ils avaient tous l'air de rejeter le projet Cana comme une idée insensée et de passer à une autre piste. Mais Tom, de toute évidence, estimait qu'il n'y en avait aucune autre. C'était comme s'il avait maintenant mis tous ses espoirs dans Cana, comme s'il était persuadé que, s'il ne parvenait pas à faire aboutir le projet, alors Holly mourrait. Dès l'instant où Tom avait fait ce simple rapprochement, Jasmine se rendait compte qu'il n'avait d'autre choix que de déclarer que l'échantillon de Lanciano était un faux.

Elle se sentait déchirée entre le besoin de lui faire entendre raison et l'envie de le soutenir dans sa quête vouée à l'échec – même si elle n'était pas d'accord.

– Mais qu'est-ce qu'on peut faire, Tom ? dit-elle. Qu'y a-t-il d'autre ? Dis-le et je le ferai.

Tom la dévisagea un long moment, le regard soudain vulnérable.

– J'ai juste besoin d'une microscopique cellule du corps qui était celui de Jésus-Christ. C'est tout.

Jack se pencha et dit avec une étonnante tendresse :

– Mais, Tom, même s'il existe encore un tel échantillon, où et quand vas-tu le trouver ?

Jasmine vit Tom se tourner vers Alex, mais celui-ci se contenta de baisser la tête. Elle le plaignait de tout son cœur. Pour la première fois depuis qu'elle le connaissait, son ami avait l'air de ne pas savoir quoi faire.

Beacon Hill. Samedi

Le lendemain matin était un de ces jours parfaits : un ciel bleu printanier, mais Tom n'y trouvait guère de réconfort. Cette journée lui semblait au contraire une insulte à son désespoir, comme si la nature voulait lui dire que le sort d'une seule petite fille, sa petite fille à lui, s'inscrivait simplement dans le passage du temps et des saisons.

Assis dans la véranda avec Jack, il sentait le pâle soleil chauffer à travers la vitre. Son ami était passé prendre le petit déjeuner. Ils observaient maintenant Holly qui, dans le jardin, faisait des bulles de savon géantes avec deux de ses camarades de classe.

Il repensait aux résultats de la veille et la même impression d'impuissance revint lui serrer l'estomac. Par une ironie du sort, quand il avait examiné Hank Polanski dans la salle ce soir-là, le jeune homme semblait progresser grâce à la thérapie génique. Mais, même si cela le galvanisait en tant que médecin, le père en lui se sentait frustré. Si seulement il pouvait trouver un traitement analogue pour Holly : un traitement qui offrirait au moins les mêmes quinze pour cent de chances de guérison.

Toute la nuit, allongé dans le noir, il avait supplié Olivia de lui dire quoi faire. Mais il était tout seul. Il avait relu toute la littérature concernant les tumeurs du cerveau. À part les travaux de pionnier de Blaese vers le milieu des années 1990, qui utilisait une chimiothérapie pour ralentir la progression des glioblastomes, il n'y avait toujours pas de traitement en vue avant au moins cinq ans. En fait, rien n'avait changé depuis que DAN avait rendu son verdict trois mois plus tôt, en décembre, et le temps s'écoulait rapidement.

Il se tourna vers Jack :

– Je devrais peut-être essayer d'accepter l'inévitable. Profiter au maximum du temps qu'il me reste avec Holly. C'est simplement que j'ai l'impression que ce serait renoncer.

Jack suivit des yeux une bulle dans sa tremblante ascension et poussa un soupir.

– Tom, la question n'est pas de savoir si tu renonces ou pas. Il s'agit de faire ce qui est le mieux pour Holly, et non pas ce qui est le mieux pour toi. Si tu préfères continuer tes recherches, pour ne pas avoir à penser à l'état de Holly, très bien. Mais si ça veut dire que tu as à peine le temps de la voir, alors ça n'est bon ni pour l'un ni pour l'autre.

Jack avait raison et Tom commençait à se rendre compte que de toute façon il n'avait guère le choix.

– Même si l'échantillon de Lanciano est un faux, alors trouver un échantillon authentique de l'ADN du Christ – à supposer contre toute évidence qu'il en existe même un – pourrait me prendre plus de temps que n'en prendront les essais et les expériences sur lesquels travaillent nos équipes.

Jack se détourna de la fenêtre et le regarda.

– Le moment est peut-être venu maintenant d'essayer d'accepter comme inévitable ce qui va arriver. Et de tâcher de s'en accommoder.

– Mais c'est si fichtrement dur.

– Vois-tu, Tom, il n'y a personne au monde qui désire plus passionnément sauver Holly ou qui soit mieux équipé pour cela que toi. Et si tu ne le peux pas, alors personne ne le peut. Quant au projet Cana, si nous n'arrivons pas à trouver un échantillon, cela ne sera qu'un exercice académique. La décision est donc prise pour toi. Tout ce que tu vas faire à présent, c'est essayer d'accélérer les traitements conventionnels et de profiter, avec elle, du temps qui reste.

Tom regarda tristement Holly, qui riait aux éclats et manipulait habilement l'anneau pour fabriquer une bulle encore plus grosse que celle de son amie. Il restait assis là sans rien dire tandis que les fillettes couraient en poussant des cris de joie. Holly tout d'un coup se tourna vers la maison et se précipita vers la porte de la véranda pour taper à la vitre.

– Papa, oncle Jack, regardez ! La plus grosse ! cria-t-elle, les yeux brillants d'excitation.

Tom lui sourit en levant les pouces. Jack et lui se levèrent et s'approchèrent de la vitre pour mieux voir. Holly leur fit de grands gestes, puis tourna les talons pour revenir vers ses camarades. Sous le soleil, la surface de la bulle jouait le rôle d'un prisme, imprimant sur la sphère un véritable arc-en-ciel. Malgré son humeur sombre, Tom sentit un sourire pâle mais sincère faire craquer le vernis de son désespoir. Il était si absorbé par le spectacle qu'il ne vit pas Marcy Kelly entrer, le courrier de fin de matinée à la main. Ce fut seulement quand elle ressortit qu'il aperçut la pile d'enveloppes auprès du yucca.

Machinalement, il les prit, tout en regardant les petites jouer dans le jardin, et ouvrit distraitement son courrier. Deux enveloppes beiges contenant des factures ; quelques invitations à des séminaires ; une lettre de son cousin de Sydney ; une petite enveloppe noire libellée à l'encre rouge. Cette dernière portait un cachet de cire rouge frappé d'une croix.

Il retourna l'enveloppe et la montra à Jack. Son ami l'observa mais ne dit rien. Tom brisa le cachet : l'enveloppe contenait une carte noire, un billet d'avion et deux photographies. Des photos de lui.

La carte était manifestement une invitation qu'il lut

avec une stupéfaction grandissante. Quand il eut terminé, il était si incrédule qu'il dut la relire.

– Qu'est-ce que c'est ? fit Jack, le voyant bouleversé. On dirait que tu as été frappé par la foudre.

Tom acquiesça d'un air vague. C'était en effet l'impression qu'il avait. S'efforçant de garder un ton posé, il lut tout haut :

– *Cher docteur Carter, nous avons des preuves photographiques de vos recherches pour retrouver un échantillon de l'ADN du Christ, y compris du vol de certains objets dans diverses églises. Vous avez baptisé cette recherche projet Cana et votre objectif à n'en pas douter est de libérer le pouvoir contenu dans les gènes de Notre-Seigneur. Nous sommes convaincus qu'à cette date vos efforts n'ont pas été couronnés de succès. Notre conviction vient d'un simple fait : nous seuls possédons ce que vous cherchez. Nous seuls avons un échantillon biologique authentique de Jésus-Christ. Nous connaissons aussi l'existence de votre banque illégale de données ADN, IGOR, mais, pour vous prouver notre bonne foi, nous n'avons aucunement l'intention d'en révéler l'existence aux autorités. Vous n'avez pas besoin à ce stade de savoir qui nous sommes, mais je vous assure que nous pouvons nous aider mutuellement. Nous poursuivons des objectifs différents mais liés et, si votre assistance nous permet de l'atteindre, alors nous vous donnerons ce que vous cherchez.*

« Il vous suffit d'utiliser le billet ci-inclus pour vous rendre à l'aéroport de Tel-Aviv où l'on viendra vous accueillir à quatorze heures, heure locale, le 13 mars, après-demain. Vous devez naturellement venir seul. Notre proposition n'est pas négociable et tout manquement à ces instructions mettrait un terme à nos relations. Nous serions également dans l'obligation de reconsidérer notre décision de ne pas informer les

autorités concernées aussi bien du vol qualifié de reliques sacrées que de l'existence d'IGOR.

« Dans l'esprit des noces de Cana, en souvenir desquelles vous avez baptisé votre projet, j'espère que nous pourrons procéder à une union qui se révélera fructueuse pour nous tous.

– Ce sont donc eux les salopards qui sont venus tourner autour d'IGOR, dit Jack en lui prenant le carton. Je ne pense pas que ce soit signé ?

– Rien n'indique l'expéditeur ; le sceau n'a rien d'unique.

Tom examina les photographies : lui en train de quitter la petite église blanche de Cittavecchia et une photo au grain plus marqué sur le bateau avec le Hollandais et l'Irlandais. Il prit le billet d'avion : une place en classe affaires pour Tel-Aviv.

– Évidemment, tu n'y vas pas, dit Jack en inspectant le cachet de cire sur l'enveloppe.

– Bien sûr que si.

Jack leva la tête, l'air soucieux.

– Et si c'est un piège du Prédicateur ? Réfléchis, Tom. Peut-être qu'elle t'observe depuis Stockholm. Elle a deviné ce que tu cherchais et t'a tendu cette embuscade.

– Ça m'est égal. C'est la chance que j'attendais. Si ça peut sauver Holly, alors il faut que je prenne le risque.

– Mais tu pourrais te faire tuer. Ce n'est pas en rendant Holly orpheline que tu vas l'aider.

Tom désigna le carton d'invitation.

– Dans une occasion comme celle-ci, elle ne sera pas orpheline longtemps.

– Voyons, Tom, qu'est-ce que tu fais si c'est le Prédicateur ?

Tom sentit la colère bouillir en lui : il se remémora l'hologramme du Prédicateur qu'il avait découvert à son retour.

– Franchement, j'en serais ravi.

– Quoi ?

– À part sauver Holly, il n'y a qu'une chose à laquelle je pense sans arrêt : mettre la main sur cette sorcière et la faire payer.

– D'accord. Mais alors tendons un piège nous-mêmes. Seul contre elle, tu n'as pas une chance. Karen Tanner connaît son métier. Nous pourrions la mettre au courant et, avec la collaboration du Bureau, liquider définitivement cette femme.

Tom regardait sa fille rire avec ses amies sur la pelouse. Il réfléchit un moment.

– Mais si ce n'est pas le Prédicateur ? Et si cette proposition est sincère ? Alors, je perds la seule chance que je pourrais avoir de la sauver.

Jack poussa un gémissement.

– Tom, examine un peu les chances. Ce doit être le Prédicateur. Vérifions au moins avec le FBI.

Tom regarda Jack droit dans les yeux.

– Jack, c'est décidé. Je ne veux pas qu'ils s'en mêlent. Ils pourraient tout faire capoter. Je préfère mourir en essayant de sauver Holly que de vivre pour la voir mourir. Surtout si je peux venger Olivia. Tu ne comprends donc pas que, pour moi, c'est une situation où je n'ai rien à perdre ?

– Maintenant, tu dérailles complètement.

– Je m'en fiche, Jack. Tu vas m'aider ou non ?

Jack secoua la tête et poussa un soupir résigné.

– J'imagine que je ne peux pas te persuader de prendre une arme. Je t'apprendrais à t'en servir.

– Pas question. Si l'auteur de cette lettre est sincère, alors une arme pourrait tout gâcher.

Jack eut un grognement et resta silencieux.

Par la fenêtre, Tom vit la bulle éclater au-dessus des trois fillettes qui hurlaient de joie. Malgré les réserves de Jack, il éprouvait soudain une folle excitation. Envolé le désespoir qu'il ressentait voilà seulement quelques instants. De nouveau, il avait quelque chose sur quoi travailler, une raison d'espérer.

Il entendit Jack dire :

– Laisse-moi au moins te suivre à la trace de façon que, si quelque chose tourne mal, je sache où te trouver.

– Tu peux faire ça sans qu'ils s'en aperçoivent ?

– Non, fit Jack avec un sourire las. Mais je connais un type qui sait le faire.

15

Tel-Aviv

Tom Carter régla sa montre : treize heures cinquante-huit heure locale, et poussa un soupir de soulagement quand le 747 d'El Al freina sur la piste brûlée de soleil de l'aéroport Ben-Gourion. Il était à peine plus à son aise en avion qu'en bateau. Après avoir semé sa protection policière, il avait embrassé Holly à l'aéroport Logan et passé tout le vol dans un état d'appréhension grandissante, ce qui n'avait rien fait pour calmer son mal de l'air. Il était toujours inquiet à l'idée que, s'il était malade, il allait rendre l'émetteur à basse fréquence que Jack avait insisté pour lui faire avaler. Jack avait déjà fait le voyage avant lui afin de donner ses instructions à un « ami » chargé de suivre Tom à la trace, là où ses hôtes décideraient de l'emmener.

« ... N'oubliez pas de prendre toutes vos affaires personnelles en débarquant de l'appareil... »

Sans écouter l'hôtesse de l'air, Tom ôta sa ceinture. Il n'avait pour tout bagage qu'un petit sac en bandoulière. À la sortie de l'appareil, les hôtesses saluaient les passagers qui gagnaient le terminal principal. Tom ressentait un picotement nerveux à la nuque. Il essaya de desserrer le col déjà ouvert de sa chemise. Comme il arrivait dans le hall, un homme de haute taille surgit à ses côtés.

– Docteur Carter, bienvenue. Mon nom est Hélix, Hélix Kirkham. Voudriez-vous, je vous prie, venir par ici.

L'inconnu, d'une cinquantaine d'années, était bel homme. Avec ses lunettes rondes aux verres épais et son regard intelligent, il ressemblait plus à un universitaire qu'à un tueur.

Hélix sourit et lui tendit une main frêle à la poigne énergique.

– J'espère que vous avez fait un bon vol. Si vous voulez bien nous donner votre passeport, nous pouvons vous éviter toutes les assommantes formalités d'immigration.

Il avait un accent anglais, mais quelque chose laissait entendre que ses origines n'étaient pas britanniques.

Encore un peu sonné, Tom prit dans sa veste de coton son passeport.

– Où allons-nous ? demanda-t-il.

Hélix saisit son passeport et le remit aussitôt à l'un des deux grands gaillards qui étaient apparus derrière lui. Hélix lança des ordres dans une langue que Tom ne comprenait pas et l'homme s'éloigna précipitamment pour rejoindre la foule des autres passagers.

Hélix se retourna vers lui en souriant.

– Vous n'avez pas besoin de savoir où nous allons. Ne vous inquiétez pas. Vous ne resterez pas là longtemps : juste le temps de régler notre affaire.

Là-dessus, sans laisser à Tom le temps de poser d'autres questions, Hélix tourna les talons, passa en coup de vent devant deux gardes armés de la sécurité de l'aéroport qui surveillaient l'escalier descendant à la piste et s'avança sur le tarmac pour gagner un hélicoptère Chinook.

– Venez ! fit Hélix. Nous répondrons à toutes vos questions quand nous serons là-bas.

Le deuxième homme marchait auprès de Tom tandis que celui-ci emboîtait le pas à Hélix. On ne fit pas de présentations, mais Tom sentit qu'ils étaient là pour s'assurer qu'il n'allait pas changer d'avis et essayer de s'en aller. L'homme qui avait pris son passeport était de taille moyenne et avait un visage anodin, mais celui-ci arborait un air important et était manifestement plus qu'un simple garde du corps. Il était presque aussi grand que Tom et solidement bâti. Les cheveux d'un noir de jais étaient coupés court, et sur son visage aux traits fins on remarquait les yeux gris-vert. Si Tom n'avait pas su que le Prédicateur était une femme, c'était cet homme-là qu'il aurait désigné comme candidat probable. Il y avait quelque chose de manifestement inquiétant chez lui. Même le nom que Tom entendit Hélix employer pour lui parler était étrangement troublant : Gomorrhe n'était guère un prénom courant.

Le temps qu'ils arrivent à l'hélicoptère, tout en bout de piste, le premier homme était revenu avec son passeport. Hélix le lui rendit, puis le fit monter dans le Chinook. Une fois embarqué, il entendit les portes claquer.

Il se souvint des conseils de prudence de Jack. Puis il pensa à Holly. La veille au soir, quand il lui avait dit au revoir, elle avait on ne sait comment compris que ce voyage-là n'était pas comme les autres. Elle lui avait même demandé où il allait et pourquoi, ce que d'habitude elle ne faisait jamais. Il lui avait répondu qu'il allait essayer d'aider quelqu'un qui était malade, et elle avait tout de suite compris. Pour Holly, c'était ce qu'il faisait. Il se rappela comment un jour, à l'école, Mme Hoyt, le professeur d'anglais, avait demandé aux élèves de dire en une phrase ce que faisaient leurs parents. La réponse de Holly avait été simple :

« Mon papa empêche les gens de mourir. »

Tout en inspectant l'habitacle peu avenant de l'hélicoptère, Carter ne cessait de se répéter que c'était ce qu'il était en train de faire. Il s'était lancé dans ce voyage dans l'inconnu pour empêcher Holly de mourir.

Il avait bien fait de ne pas écouter Jack car cela aurait compromis l'unique chance qui se présentait. Il n'avait tout simplement pas le choix, se dit-il encore. Ça n'était pas plus compliqué ni plus sinistre que ça.

Il ne put quand même pas s'empêcher d'avaler nerveusement sa salive quand il entendit le rugissement des rotors et que, quelques secondes plus tard, il sentit l'appareil décoller. Il était engagé maintenant, pas question de reculer. Un spasme lui comprima l'estomac : il espérait qu'il n'allait pas être malade. Il aurait voulu avoir Jack avec lui pour pouvoir puiser dans son courage physique.

Surtout quand Gomorrhe se pencha vers lui.

L'homme tenait à la main un objet qui ressemblait à un rasoir électrique avec toute une série de clignotants rouges sur un côté. Tom resta immobile tandis que l'homme inspectait avec cet engin son sac, ses chaussures et ses vêtements. Tom poussa un soupir de soulagement en comprenant qu'on vérifiait qu'il n'avait pas d'émetteur sur lui. Il n'avait accepté d'avaler l'appareil que parce que Jack lui avait dit que c'était « le dernier cri » en électronique : indétectable. Mais ça n'était pas la peine de s'inquiéter, au bout de quelques instants, le regard de l'homme aux yeux gris-vert se radoucit et celui-ci se tourna vers Hélix, l'air satisfait.

– Pardonnez-moi toutes ces précautions, s'excusa Hélix, mais elles sont nécessaires.

Tom acquiesça, bien décidé à ne pas montrer sa peur. Mais, juste au moment où il commençait à se détendre, Gomorrhe tira de sa poche un bandeau. S'il ne pouvait pas voir, il était sûr qu'il allait être malade : outre qu'il risquait de perdre son émetteur, il avait horreur de montrer sa faiblesse. Quand Gomorrhe lui demanda dans un anglais sans accent de se pencher en avant, Tom songea à se débattre. Mais il se contenta de serrer les dents et de laisser l'homme lui nouer autour de la tête un chiffon gras et malodorant : pense à Holly, se dit-il une nouvelle fois.

Passer de la pénombre à l'obscurité totale lui donna le vertige. Et, comme pour compenser cette brusque cécité, ses sens de l'ouïe et de l'odorat devinrent plus aigus, comme sa sensibilité au moindre mouvement de l'hélico. Il devint extrêmement conscient de l'odeur de sueur et d'huile qui flottait dans la cabine. Et maintenant qu'il avait les yeux bandés, les hommes qui l'escortaient se mirent à discuter comme s'ils estimaient que le bandeau le rendait également sourd ou inexistant.

Leurs voix gutturales et les mots inintelligibles tranchaient sur le grondement des moteurs. La peur lui comprimait la poitrine et il sentit la nausée monter. Il avait l'impression de suffoquer dans une épaisse couverture. Il aurait voulu arracher le bandeau, ouvrir toutes grandes les portes et faire pénétrer l'air et la lumière. Mais il ne fit rien de tout cela. Il se contenta de joindre les mains devant sa bouche, d'emplir ses poumons de l'air qu'il venait d'exhaler et de se forcer à penser à son laboratoire lumineux et spacieux. Et à s'imaginer qu'il était sur la terre ferme, avec Holly. Au moins, tu agis, se répéta-t-il. C'est quand même mieux que de ne rien faire, de laisser les choses suivre leur cours.

De laisser les choses suivre leur cours.

En écoutant le rythme du moteur, le frottement des pales, il sentit son esprit se replier sur lui-même. La vibration du moteur lui rappelait ce jour-là. L'été 1974, peu après son douzième anniversaire.

Les rideaux sont tirés dans la chambre. Il fait noir et le climatiseur cassé ronronne sur un rythme saccadé. La chambre est vide et il ne remarque pas la lettre posée sur le lit : il se précipite vers la porte de la salle de bains voisine. Elle est bloquée. Il frappe, naturellement, mais il est énervé et il sait que, si on fait tourner deux fois la poignée, alors la vieille serrure lâche. Aussi, sans attendre de réponse, il pousse le battant.

La vapeur du bain brûlant l'empêche tout d'abord de distinguer quoi que ce soit. Puis il entend sa mère dire d'une voix qui n'a pas l'air d'être la sienne :

– Ressors, mon chéri, et laisse-moi seule un moment.

– Qu'est-ce qui ne va pas, maman ? Quelque chose dans le ton de sa voix calme son excitation et vient remplacer une angoisse qui lui broie l'estomac. Papa dit que nous devrions bientôt partir. Le film va commencer.

Là-dessus, il se retourne après avoir fermé la porte et voit un spectacle qui le hantera jusqu'à la fin de ses jours.

Tom sait déjà que sa mère est malade. Les visites à l'hôpital le lui ont fait comprendre. Il a entendu le mot « cancer » chuchoté tard le soir, mais il ne s'est pas vraiment rendu compte. Et il ne sait certainement pas que voilà des mois qu'elle lutte contre la tumeur qui se développe dans son cerveau, qui a déjà modifié sa personnalité et provoqué chez elle des souffrances indicibles.

Quand la buée se dissipe, il voit sa mère allongée nue dans le bain. Elle a le visage d'une mortelle pâleur et l'eau est teintée de rose. Sur chacun de ses poignets on distingue des coupures d'un rouge sinistre.

Sur le moment, il ne comprend tout bonnement pas ce qu'il voit.

– Maman, tu saignes. Qu'est-ce qui s'est passé ? a-t-il crié, éperdu d'horreur. Tu es tombée ? Ça va ?

– Je suis désolée, chéri. Je ne voulais pas que tu me voies comme ça.

Son premier réflexe est de partir en courant pour aller chercher son père.

Mais sa mère dit :

– Tom, mon chéri, je vais bien. Franchement. N'aie pas peur. Ça ne fait pas mal du tout.

Il se retourne vers la porte.

– Je vais chercher papa.

Il a la gorge trop étranglée par les sanglots pour crier, mais quelque chose dans la voix de sa mère l'empêche d'ouvrir la porte. Il perçoit un ton suppliant qu'il n'a jamais entendu.

– Non, ne va pas chercher papa. Pas encore.

– Mais pourquoi, maman ? Pourquoi ?

Sa lèvre inférieure se met à trembler. Peu à peu son jeune esprit comprend que c'est sa maman qui s'est fait ça.

– J'ai besoin de me reposer, mon chéri. Mon corps s'est retourné contre moi. Mais je vous aime tant, oh tant, papa et toi. Tu lui diras, n'est-ce pas ? Mais plus tard. D'accord ?

Il a désespérément envie de sortir de cette pièce, mais le regard de sa mère est si douloureux. S'il va chercher papa, celui-ci ne fera que l'empêcher de partir. Et même s'il désire plus que tout au monde voir sa mère rester avec eux, ça n'a pas l'air bien de l'y obliger.

– Assieds-toi, mon chéri. Reste avec moi et montre-moi que tu comptes bien comme autrefois.

Il a l'étrange sensation de s'observer de l'extérieur de son propre corps. Il se voit s'avancer d'un pas d'automate jusqu'à la chaise auprès du panier de linge. Il retire la montre, le bracelet et le collier de sa mère posés dessus avec soin, puis il s'assied.

– Compte pour moi comme tu le faisais quand tu étais petit, l'entend-il lui dire. Des nombres premiers. En allant aussi loin que tu peux.

Elle a un regard si triste que ça lui fait mal au ventre. Il se penche et s'agenouille auprès de la baignoire, puis doucement lui caresse le front comme il se souvient qu'elle le faisait pour lui lorsqu'il était malade. Malgré la vapeur, la peau de sa mère lui paraît glacée : alors il pose sur le front de celle-ci ses deux petites mains, dans l'espoir que sa chaleur à lui va la réchauffer, la remettre d'aplomb. Puis il se met à compter, comme sa mère le lui a demandé :

– Un, deux, trois, cinq, sept, onze, treize, dix-sept, dix-neuf, vingt-trois...

Ce ne fut qu'en arrivant à deux cent soixante-neuf – le même nombre que celui qu'il avait atteint quand elle était morte – que Tom Carter revint brutalement au présent. Le bruit du moteur de l'hélicoptère ne ressemblait plus du tout à celui du climatiseur dans la chambre de ses parents voilà tant d'années. Il devait tendre l'oreille pour trouver une vague ressemblance.

Aujourd'hui encore, Tom ne savait toujours pas s'il avait été complice du suicide de sa mère. Le sentiment de culpabilité persistait. Son père avait bien essayé de le convaincre qu'il avait fait le bon choix. Mais Tom savait qu'Alex devait amèrement regretter que son fils ne l'eût pas alerté : il n'avait même pas pu dire adieu à la femme qu'il aimait à tel point qu'il ne s'était jamais remarié.

En devenant plus vieux et plus sage, Tom n'avait retiré de cette expérience que deux certitudes. La première, c'était que, si une femme sans reproche comme sa mère pouvait être frappée par le cancer, alors un Dieu méritant qu'on croie en lui – sans parler de l'adorer – ne pouvait absolument pas exister. Si un quelconque pouvoir présidait bien aux destinées du cosmos, alors c'était une dame Chance cruelle et arbitraire, qui se faisait passer pour mère Nature. Et seule la science offrait une possibilité de faire pencher la balance du bon côté.

La seconde certitude, c'était que, la première fois que quelqu'un aurait besoin de son aide, il s'assurerait d'avoir tout l'équipement possible pour la lui accorder. Même lorsqu'il était adolescent, ses héros étaient en blouse blanche, maniant des scalpels ou penchés sur des microscopes, luttant contre la maladie et sauvant des vies. Il savait depuis toujours qu'il avait besoin d'être plus qu'un docteur ou qu'un « mécanicien des corps » pour remporter cette guerre. Il était donc devenu généticien. Et il n'avait pas consacré toute son existence à cette croisade pour rester sans rien faire maintenant que sa propre fille avait besoin de lui.

Les turbulences qui secouaient l'hélicoptère ébranlaient son estomac déjà mal en point. Il mit quelques minutes à se rendre compte que la soudaine perte d'altitude signifiait que l'appareil s'apprêtait à atterrir. Avec un mélange d'excitation et d'appréhension il comprit qu'il était presque arrivé à destination.

Tout en se calant dans son siège, il essaya de calculer le temps qui s'était écoulé mais, dans l'obscurité, plongé qu'il était dans ses pensées, il avait perdu toute notion du temps. Ça aurait pu être une heure ou quatre. Il y eut soudain une accélération marquée dans le régime du moteur, une ultime vibration, puis il sentit l'appareil se poser.

La voix de Hélix lui parvint à sa droite.

– Nous y sommes.

Le soulagement l'envahit lorsqu'il perçut la lumière à travers l'épais bandeau et sentit l'air chaud et sec s'engouffrer dans la cabine, tourbillonnant autour de lui et dissipant sa nausée. Il huma une odeur de poussière, de sable et des relents d'épices. Il respira à fond et ses muscles se détendirent l'un après l'autre.

– Je peux retirer le bandeau maintenant ?

– Pas encore, dit Hélix. Il le prit par le bras et l'aida à descendre de l'appareil. Bientôt.

À l'aveuglette, Tom négocia les marches branlantes. Une pluie de grains de sable brassés par les pales vint lui cingler le visage. Le soleil lui chauffait la nuque, il se sentait la bouche sèche. On l'entraîna. Sous ses pas le sol était inégal et sablonneux.

L'absence de tout bruit le frappa ; à part le murmure du vent sec et quelques mots échangés entre les hommes qui l'escortaient, pas le moindre son. Pas de circulation. Pas de voix au loin. Rien. Rien que le souffle de sa propre respiration et ses pas traînant sur le sable où il avançait à l'aveuglette. Il se sentait très seul, mais l'air brûlant et le soupçon de lumière qui traversait son bandeau l'encourageaient.

Très vite, le sable céda la place à un terrain plus solide et la chaleur s'estompa. Au bruit nouveau de ses pas, il sut qu'il pénétrait dans un bâtiment. Des bras le tirèrent en avant, vers une atmosphère fraîche. Puis, soudain, on l'arrêta.

– Attention : il y a des marches, lança la voix de Hélix sur sa droite.

À tâtons, prenant appui sur sa jambe valide, il tendit son pied droit dans le vide puis l'abaissa. La marche suivante était si loin que, pendant un horrible instant, il se crut au bord d'un précipice. Puis, alors qu'il vacillait, son pied finit par se poser sur la pierre dure. Il n'avait jamais rencontré auparavant de marches aussi hautes. Il descendit encore plus bas, se cramponnant à la rampe en corde pour éviter de tomber.

Tout d'un coup l'évidence envahit son esprit : *Si tu es encore en vie, alors ils doivent être sincères. Ils pourraient bien avoir ce que tu cherches.*

L'excitation déferla en lui : à mesure qu'il descendait de plus en plus profondément l'interminable escalier en spirale, la peur se dissipait, cédant la place à une impatience presque impossible à supporter.

En bas de l'escalier, on l'entraîna d'un pas vif dans ce qui avait l'air d'être un étroit corridor. À une ou deux reprises il se cogna la tête au plafond, l'écho de ses pas retentissant sur le sol l'assourdissait.

Puis, comme le bruissement d'un fleuve impétueux venant se perdre dans un grand lac, leurs pas s'amortirent tandis que l'étroit couloir s'élargissait en un espace plus vaste.

Brusquement, on le tira en arrière pour qu'il ralentisse l'allure. L'odeur. Ce lieu sentait comme les églises de son enfance : tout n'était que poussière sèche et vieille religion. Les relents d'encens n'étaient pas suffocants, mais ils se mélangeaient à l'âcre fumée des cierges. Toutefois, c'était du point de vue acoustique que l'endroit l'étonnait le plus. Ce silence avait quelque chose de palpable, de vivant. Il se prit à marcher doucement, pour éviter qu'aucun bruit intempestif ne revienne en écho à ses oreilles trop sensibles.

On l'arrêta enfin et il commençait à se détendre quand une main robuste lui étreignit soudain l'épaule. Il sentit alors la caresse glacée de l'acier lui effleurer la nuque.

16

Jordanie du Sud

Maria Benariac souriait. L'immense paysage désertique qui l'entourait était silencieux, aucune trace de vie ne venait le souiller. Traversant cet océan de sable dans son cocon climatisé, elle éprouvait un profond sentiment de paix. Dans le lointain, elle distinguait à peine les cinq piliers rocheux se dressant au-dessus du désert comme la proue de navires échoués. Depuis cette sombre nuit voilà trois jours où elle avait décidé de rendre visite au Père, elle se sentait si sûre d'elle. Elle se demandait maintenant pourquoi elle n'y avait pas pensé plus tôt.

Elle s'était rendue à plusieurs reprises à la caverne de la Lumière sacrée mais jamais sans être annoncée. Comme aujourd'hui était jour de réunion pour Ézéchiel et ses deux principaux lieutenants, il serait là. Et elle savait qu'elle pourrait le faire revenir sur sa décision.

Le soleil était haut dans un ciel d'un bleu cobalt et, tandis que la Range Rover filait à travers la plaine, elle laissait ses pensées vagabonder. Dans son esprit, elle était la fille prodigue retournant auprès du Père et elle se rendait compte à quel point elle était impatiente ; elle ne l'avait pas vu depuis près de cinq mois. Elle était sûre qu'il serait heureux de sa visite-surprise et qu'il lui accorderait le droit de terminer sa tâche. Ne lui avait-il pas toujours dit qu'elle était une Némésis naturelle : que personne n'avait son talent ni son dévouement pour les justes purifications ? Elle sourit en repensant à sa première exécution, celle qui avait attiré sur elle l'attention du Père.

À quinze ans, Maria Benariac ne prend pas d'un cœur léger la décision de tuer le père Angelo, mais elle est étonnée de voir avec quelle rapidité se présente l'occasion rêvée.

Deux événements l'amènent à prendre sa décision. L'un est le suicide de sœur Delphine, une jeune novice de l'orphelinat, et l'autre, c'est que le père Angelo la viole pour la troisième fois.

Dès le premier viol, il insiste pour avoir avec elle des séances de lecture chaque fois qu'il rend visite à l'orphelinat. Aveuglée par sa flagornerie qui lui met des œillères, mère Clemenza oblige évidemment Maria à le suivre, en lui disant qu'elle devrait remercier le ciel de tout le temps que consacre le grand homme à son éducation.

À sa deuxième visite, Maria essaie de se cacher, mais il finit par la trouver et, au cours de la séance, il la viole de nouveau, cette fois avec plus de violence encore. Elle songe à montrer ensuite ses meurtrissures à mère Clemenza, mais elle sait que cela ne l'avancera à rien.

La troisième fois, il la ligote quand elle se débat, puis il lui fait pratiquer une fellation avant de la sodomiser. Et, tout en la pénétrant brutalement, il lui recommande de ne jamais oublier que contre lui elle est impuissante : qu'elle est son esclave et qu'elle doit l'accepter. Il se vante après cela qu'elle ne soit pas la seule : il affirme qu'il utilise même pour son plaisir certaines des plus jeunes religieuses.

Dix jours plus tard, on retrouve sœur Delphine pendue à la poutre au-dessus de son lit. Enceinte de quatre mois, elle ne supporte pas de vivre avec sa honte. Personne n'a la moindre idée de qui pourrait être le père.

Sauf Maria.

Elle se rend compte alors que, si elle ne veut pas connaître la même fin, elle va devoir tuer le père Angelo. Elle n'a nulle part où aller. Et elle devra s'y prendre d'une façon qui ne la compromette en rien. Elle en a assez d'être punie.

Quand deux semaines plus tard le père Angelo se rend à l'orphelinat, elle feint une totale soumission : comme une enfant qui se plie à sa volonté. Et lorsqu'il lui confie discrètement que cette nuit-là il la passe à Calvi et qu'il s'est arrangé pour qu'elle vienne secrètement le rejoindre dans sa chambre d'hôtel, elle accepte sans discussion.

Sa docilité nouvelle le rend affable et, en partant, il lui remet une clé de son hôtel et cent francs.

– Si tu pars après minuit et que tu prennes un taxi pour aller en ville, personne n'en saura rien. Passe par la porte de service de l'hôtel pour ne pas te faire voir. Je veillerai à ce que tu sois de retour ici avant l'aube.

Maria empoche l'argent, mais elle n'a aucune intention de prendre un taxi. Cet après-midi-là, elle se rend à la cuisine pour vider les poubelles comme d'habitude et repart, avec le plus grand couteau qu'elle puisse trouver, caché sous ses jupes. Puis elle va à la lingerie prendre des vêtements dans le grand tas de linge sale qu'elle doit laver le lendemain matin. Elle gagne ensuite l'abri des bicyclettes, sort celle de mère Clemenza et la cache dans les épais buissons auprès de la grille d'entrée.

Le reste de la journée, elle vaque à ses occupations en essayant de ne pas penser à ce qu'elle a projeté de faire. Elle voudrait avoir des amies à qui parler, mais les autres filles l'ont toujours considérée comme difficile et on l'a toujours traitée en paria. Quand elle finit par se coucher, elle reste allongée là à trembler de peur et d'excitation. Pas de danger qu'elle s'endorme avant l'heure prévue.

Le père Angelo mérite de mourir, elle en est certaine. Il faut l'arrêter avant qu'il fasse du mal à quelqu'un d'autre ou avant qu'il la tue. Il porte les vêtements de Dieu, mais il se conduit comme un serviteur du diable. Dieu veut qu'elle le tue. Elle est l'instrument de Dieu et elle vengera son Seigneur aussi bien qu'elle se vengera. Ce qu'elle envisage de faire est bien et juste.

Elle attend jusqu'à minuit et demi avant de bouger. Tout le bâtiment est profondément endormi quand elle sort furtivement de son dortoir enveloppée de vêtements sales et portant une toilette propre dans un sac en plastique. Elle se glisse sans difficulté dehors et va prendre la bicyclette dans sa cachette. L'air pur de la nuit est frais, mais, lorsqu'elle arrive près de la marina, elle est en nage. Elle laisse la bicyclette en bas de la route de l'hôtel et, dissimulant son visage derrière un foulard, elle traverse le parking. Grâce à sa clé, elle entre par la porte de service.

La chambre du père est au premier étage, mais elle ne rencontre aucun autre client en chemin. Elle est étonnée du calme qu'elle éprouve maintenant qu'elle est ici et qu'elle sait qu'il n'est plus question de revenir en arrière. Arrivée devant la porte de la chambre du père Angelo, elle frappe doucement. Presque aussitôt le visage grêlé apparaît, les yeux brillants de convoitise. Un rapide coup d'œil à droite et à gauche, puis il l'entraîne dans la chambre et referme la porte.

– Je suis heureux que tu sois venue, mon enfant, dit-il.

C'est à peine si elle a le temps d'examiner la belle chambre : il s'est déjà dépouillé de sa robe et se plante devant elle, le sexe dressé et menaçant.

Sans se donner la peine de la déshabiller, il

l'oblige à s'agenouiller et, avec un grognement, approche le visage de Maria de son membre gonflé.

– Rends-moi hommage, dit-il.

Une fois de plus, elle est stupéfaite du calme qu'elle éprouve. Finie la terreur qu'elle a connue pendant les viols. Maintenant elle se sent maîtresse de la situation, elle se sent forte. Levant la tête vers lui, elle ouvre la bouche et s'approche. Elle le regarde baisser les yeux en souriant dans sa posture altière : dans le même temps elle porte la main à sa ceinture et brandit le couteau.

Elle a pensé au sang et au bruit. Elle veut réduire les risques au minimum, alors, elle agit rapidement. Au même instant où de sa main droite elle lui tranche le sexe, sa main gauche s'empare de l'oreiller sur le lit et le plaque contre le visage du père Angelo pour étouffer ses hurlements. Mais les cris ne viennent pas tout de suite. Son visage d'abord semble exprimer plutôt la surprise que la douleur : comme s'il n'arrivait pas à croire qu'on puisse lui faire ça.

Mais, là-dessus, ses jambes se dérobent sous lui et, comme il porte les mains à son entrejambe, elle le repousse sur le lit. Il la dévisage avec horreur, sans comprendre. Il essaie de se débattre et de crier maintenant, mais elle saute sur lui, elle lui enfonce plus profondément dans la bouche le coton de la taie d'oreiller pour le bâillonner. Puis elle lui attache solidement les mains avec les draps de lit rouges de sang. Il y a du sang partout, mais, loin d'en éprouver du dégoût, elle sent déferler en elle une grisante exultation.

Elle le laisse se balancer sur le lit, réduit au silence, impuissant, supplicié, et elle cherche à tâtons sur le tapis poisseux de sang jusqu'au moment où elle trouve ce qu'elle cherche. Elle grimpe alors sur le lit et regarde en souriant les yeux de son bourreau.

– Dis-moi, demande-t-elle. Sœur Delphine était-elle une de tes esclaves aussi ? Si tu me réponds sincèrement, j'appellerai le docteur. Grisée par son pouvoir, elle agite son sexe sectionné sous son regard horrifié. Tu peux encore sauver ça. Tu l'as violée, elle aussi ?

Il contemple l'espèce de limace ensanglantée blottie au creux de sa main.

– Dis-moi ! Hoche la tête si c'est oui.

Lentement, il hoche la tête.

– Bon. Elle ôte de sa bouche la taie d'oreiller mais, au moment où il entrouvre les lèvres pour hurler, elle lui pousse dans la bouche son membre sectionné et enfonce à nouveau la taie d'oreiller. Qui est l'esclave maintenant ? demande-t-elle en regardant ses yeux exorbités, en l'entendant haleter et suffoquer dans ses efforts pour respirer.

Calmement, elle assiste à son agonie : elle éprouve une immense satisfaction quand ses paupières battent pour la dernière fois. Puis elle descend du lit et, avec la lame rougie du couteau, elle écrit sur la partie encore blanche des draps : *Œil pour œil, dent pour dent.* Puis elle se dépouille de ses vêtements lourds de sang, va prendre une douche dans la salle de bains, nettoie la lame et passe ses vêtements propres. Elle fourre ceux qui sont ensanglantés dans le sac en plastique.

Maria jette un dernier regard au carnage : justice a été faite. Puis, sans prendre la peine de fermer les yeux fixes du père Angelo, elle s'en va.

C'est seulement lorsqu'elle s'engage dans le couloir qu'elle aperçoit la silhouette d'un homme qui attend dans l'ombre de la chambre du père Angelo. Elle enroule le foulard autour de son visage et, s'efforçant d'ignorer sa présence, elle s'enfuit de l'hôtel. Mais, sur le trajet du retour, elle a le sentiment d'être suivie.

Rentrée à l'orphelinat, elle se sent de nouveau en

sécurité. Elle a remis en place le couteau et la bicyclette, caché les vêtements trempés tout en dessous de la pile de linge sale, et s'est glissée dans son lit. Elle croit même que l'homme de l'ombre est le fruit de son imagination. Elle a été à peine une heure hors de son lit. Personne ne peut savoir que c'est elle qui a tué le père Angelo.

Mais, une semaine plus tard, quand mère Clemenza la convoque, Maria découvre qu'elle s'est trompée. Le crapaud est en état de choc depuis le suicide de sœur Delphine et la découverte du corps du père Angelo. Mais cela n'explique pas son comportement bizarre lorsque Maria pénètre dans son bureau. Le crapaud se montre chaleureux, presque maternel. Maria suppose que la présence de l'homme grisonnant, aux yeux noirs, en costume sombre, assis en face d'elle, y est pour quelque chose. Le crapaud sourit et désigne d'un geste obséquieux le petit homme.

– Bonjour, Maria. Tu as un visiteur. Elle dit cela comme si Maria était si populaire qu'elle a tout le temps des visiteurs. Ce monsieur veut te parler.

Maria sent son cœur se glacer. Elle se doute ce que l'homme veut lui dire. Mais quel indice aurait-elle pu laisser sur place qui le conduise jusqu'à elle ? Comment cet homme pourrait-il savoir qu'elle a tué le père Angelo ?

Le crapaud soudain se lève et se dirige vers la porte de son bureau.

– Bon, je suis certaine que vous avez des tas de choses à vous dire. Je vais vous laisser.

L'homme se lève poliment et dit :

– Je préférerais qu'on ne nous dérange pas.

Au ton de sa voix, ces mots sonnent comme un ordre.

Mère Clemenza s'essuie les paumes sur sa robe et a un sourire nerveux.

– Comme vous voudrez.

Maria est abasourdie. Jamais mère Clemenza n'a quitté son bureau pour qui que ce soit, pas même pour le père Angelo.

Quand le crapaud a refermé la porte derrière lui, l'homme se présente et lui fait signe de s'asseoir derrière le bureau.

– Mais c'est le fauteuil de la mère supérieure.

Les yeux noirs brillent d'une lueur malicieuse.

– Si tu ne lui dis pas, ce n'est pas moi qui le lui dirai.

Elle lui sourit et commence à se détendre. Peut-être est-il venu pour une tout autre raison ? Là-dessus, au moment où elle s'assied, il prononce les paroles qui font que ses genoux se dérobent sous elle.

– Maria, je sais que tu as tué le père Angelo. Un de mes amis t'a vue sortir de sa chambre.

Elle s'effondre dans le fauteuil du crapaud et baisse les yeux. Inutile manifestement de nier.

– C'était un être mauvais. Dieu a voulu que je me venge de lui. Il m'a violée trois fois et a poussé sœur Delphine au suicide.

Elle dit ces mots machinalement, en sachant qu'on ne la croira pas.

– Je sais, l'entend-elle dire. Le père Angelo était en effet un homme mauvais qui méritait de mourir.

Stupéfaite, elle lève les yeux et elle le voit qui la regarde en souriant. C'est un sourire affectueux et compréhensif, comme un père pourrait en adresser à une fille dévoyée. Elle est étonnée de sentir une boule dans sa gorge et les larmes qui lui piquent les yeux.

– Sais-tu pourquoi tu as souffert, Maria ? demande-t-il, comme s'il savait tout d'elle.

N'osant pas parler, elle se contente de secouer la tête.

– Parce que tu es spéciale.

– Spéciale ?

– Élue.

– Je ne comprends pas.

– Dieu t'a choisie pour Le servir. Il t'a donné de grandes qualités : l'intelligence, la beauté et le courage. Mais Il t'a imposé de grandes souffrances pour t'éprouver. Maintenant que tu as surmonté cette épreuve, il est temps de te préparer à de plus grandes tâches encore. Comprends-tu ?

Maria regarde ses yeux sombres et acquiesce lentement. C'est vrai qu'elle comprend. Tout soudain se met en place. On l'éprouvait pour des actions plus nobles. Son Dieu l'a distinguée et maintenant cet homme va la guider vers son destin.

– Tu as le talent, tu as la passion, dit-il. Son sourire plisse sa peau parcheminée. Et, si tu es d'accord, je me suis arrangé pour t'emmener loin de cet endroit.

Maria sourit. C'est la décision la plus facile de sa vie.

Le seul fait de se rappeler le sourire d'Ézéchiel encourageait Maria tandis que la voiture approchait des cinq piliers. À l'époque, bien sûr, elle ne savait pas que sœur Delphine était la nièce de frère Culas, qui occupait un rang élevé dans la hiérarchie de la confrérie. Ni que la novice avait écrit à son oncle pour tout lui raconter avant de se donner la mort. C'était la précédente Némésis qui avait été envoyée par la confrérie pour perpétrer ce que Maria avait déjà accompli et qui l'avait vue quitter la chambre du père Angelo. C'était Némésis aussi, approchant de la retraite, qui venait de recommander pour lui succéder cette meurtrière de quinze ans. Avant de l'approcher, Ézéchiel s'était penché sur les secrets de sa jeunesse.

Dès cet instant, la vie de Maria avait changé. Cinq ans au centre de formation dirigé par frère Bernard avaient suivi : là, on lui avait tout appris depuis les langues étrangères jusqu'à la « juste purification », et toute l'histoire de la confrérie. Pour la première fois de sa vie, elle avait le sentiment d'appartenir à une famille et elle croyait vraiment à ce qu'elle faisait. Elle se rappelait encore sa fierté quand, au bout de cinq ans, on l'avait emmenée à la caverne de la Lumière sacrée pour le rituel du sang. Lorsque Ézéchiel lui avait incisé l'avant-bras avec le poignard de cérémonie, elle n'avait ressenti aucune douleur. Plus tard ce jour-là, il avait chanté ses louanges, proclamant qu'elle était la recrue la plus convaincue dont il ait gardé le souvenir.

Deux ans plus tard, elle devenait la nouvelle Némésis. Et, au cours des treize années suivantes, elle avait connu une carrière incomparable.

Jusqu'à Stockholm.

Jusqu'au docteur Carter.

Elle serra les dents en se rappelant aussitôt qu'elle n'allait pas tarder à mettre bon ordre à cela. Elle apercevait déjà un hélicoptère et deux Land Rover garés près du plus haut rocher. Elle roula jusqu'à l'entrée de la caverne. Deux hommes attendaient là qui l'observèrent attentivement lorsqu'elle coiffa son crâne rasé d'une casquette de base-ball. Arrêtant le moteur, elle ouvrit la portière et, dans la fournaise, se dirigea droit vers les deux hommes.

À l'instant où le premier ouvrait la bouche pour l'interpeller, elle tendit la main droite.

– Puisse-t-il être sauvé.

Le visage de l'homme se détendit, il lui fit un petit signe de tête et lui serra la main. Puis il tendit son autre main pour lui prendre la gauche, leurs deux mains réunies formant maintenant une croix.

– Pour qu'il puisse sauver les justes.

Soixante mètres plus bas, Tom Carter passa de la peur au soulagement quand la pression de la lame ne pesa plus sur son cou mais vint trancher son bandeau. Il se retourna et, comme ses yeux s'habituaient à la lumière dorée, il reconnut Hélix, le poignard à la main et un petit sourire aux lèvres. D'un large geste, il désigna la vaste salle souterraine.

– Docteur Carter, bienvenue dans la caverne de la Lumière sacrée. Le sanctuaire de la Confrérie du Second Avènement.

Tom admira les hautes voûtes, qui soutenaient des piliers massifs comme des chênes. La douce lumière venait d'innombrables cierges brûlant sur une étroite corniche, à mi-hauteur des parois qui s'élevaient jusqu'à près de vingt mètres. Leur flamme éclairait d'une lueur dansante le plafond de pierre rouge sculptée. Des lampes à essence et des torches disposées dans des supports métalliques sur chacun des piliers complétaient l'éclairage. Sur les côtés de la salle pendaient des tapisseries apparemment anciennes accrochées à des rails de fer comme les voiles d'un petit navire. Chacune représentait une scène religieuse et, aux yeux de Tom, semblait prendre vie dans la lumière vacillante des cierges.

Au fond de la salle, un autel orné d'une nappe blanche décorée d'une croix rouge sang. Son regard fut attiré par la flamme éblouissante, d'une blancheur extraordinaire, au pied de l'autel. Elle semblait jaillir du sol rocheux, sa lumière aveuglante éclairait une grande porte de pierre scellée dans la paroi derrière l'autel.

Au milieu de la salle, sur la mosaïque usée, une énorme table à l'échelle de la caverne. Des coupes et des plats de nourriture étaient posés sur l'épais plateau de bois soutenu par des pieds robustes, en forme de serres d'aigle. Autour de cette table, six sièges tout aussi magnifiques. Tous inoccupés.

Même Tom était sensible à la puissance qui émanait de ce lieu et cela le mettait mal à l'aise. On aurait dit un énorme mausolée contenant la somme des croyances périmées de l'homme.

– Bienvenue, docteur Carter. Nous sommes heureux que vous soyez venu.

L'homme parlait d'une voix forte qui surprit Tom. C'est à peine s'il avait remarqué les deux silhouettes plantées au pied des piliers à l'autre extrémité de la caverne, tant le décor les faisait paraître minuscules. L'homme qui s'était adressé à lui était particulièrement petit, pas du tout à l'échelle de la grotte.

– Docteur Carter, dit Hélix, permettez-moi de vous présenter le père Ézéchiel de la Croix, chef de la Confrérie du Second Avènement, et frère Bernard.

Ézéchiel s'avança vers lui.

– Je vous prie d'accepter mes excuses pour la façon dont on vous a amené jusqu'ici. Mais voilà deux mille ans que nous nous protégeons des regards indiscrets.

– Je les accepte, fit Tom, dès l'instant que cela veut dire que votre proposition était sincère et que je n'ai pas fait ce voyage pour rien...

– Je crois pouvoir vous en assurer.

Tom n'arrivait pas à situer l'accent de cet homme : un bizarre mélange d'accent français et moyen-oriental. Comme Ézéchiel s'approchait, Carter remarqua le sourire de bienvenue, que contredisait le regard sombre et intense. Avec son visage parcheminé et ses fins cheveux blancs, l'homme paraissait âgé. Tom estima qu'il ne mesurait sans doute pas plus d'un mètre soixante-cinq, près de vingt centimètres de moins que lui. Il avait pourtant une telle présence que, Tom en était certain, sa taille à lui ne l'intimiderait pas.

Ézéchiel tendit une main décharnée. À son doigt noueux brillait une lourde bague couronnée du plus gros rubis que Tom eût jamais vu. Il reconnut aussitôt la croix du cachet de cire de l'enveloppe. Lorsqu'il prit dans la sienne la main d'Ézéchiel, sa peau lui parut desséchée. Son visage n'était guère différent : un fin parchemin tendu sur des traits osseux. Tom avait l'impression que, s'il la frottait assez fort, elle s'effriterait sous ses doigts. Tom présumait que, de la frêle silhouette, sous la tenue sombre à large ceinture, émanait encore une force peu commune. La véritable énergie du personnage résidait dans ses yeux noirs, brillants d'intelligence. Sans âge, ils étincelaient de ruse. Ce n'était pas là un homme à sous-estimer ni à qui se fier trop facilement.

– Vous avez déjà rencontré frère Hélix, dit Ézéchiel : c'est un savant comme vous, docteur Carter. Il défend notre Premier Impératif et il nous tient au courant des progrès les plus récents. Ézéchiel se tourna vers le troisième personnage. Frère Bernard ici présent est chargé de nos... (il marqua un temps comme s'il cherchait la formule correcte) dispositions de sécurité.

Carter serra la main de frère Bernard. Avec ses fins cheveux gris et une barbiche grisonnante, il avait l'air plus vieux que Hélix : sans doute dans les soixante-dix ans. C'était un grand gaillard, un mètre quatre-vingts, et plutôt fort. Sa lèvre inférieure charnue lui donnait l'expression boudeuse d'un collégien cruel. Carter le trouva tout de suite antipathique.

– Qui êtes-vous ? Qu'est-ce que le Premier Impératif ? interrogea-t-il.

Ézéchiel eut un autre de ses sourires.

– Chaque chose en son temps, docteur Carter, chaque chose en son temps. Il désigna la table somptueusement dressée. Venez, discutons un peu de l'alliance de nos ressources. L'union des trésors du passé avec votre technologie de l'avenir.

Sans que Tom puisse lui demander davantage d'explications, le vieil homme tourna les talons avec une étonnante agilité et se dirigea à petits pas précis vers la table.

– Nous avons tout ce qu'il faut. Vous devez avoir besoin de vous restaurer après votre long voyage.

Tom en effet avait soif et, tandis que frère Hélix lui désignait sa place, il consulta sa montre. Près de trois heures s'étaient écoulées depuis qu'il avait atterri à Tel-Aviv. Il se demanda quelle heure il était à Boston et calcula que Holly devait déjà être en classe.

Ézéchiel présidait en bout de table, dos à l'autel et

à la flamme éblouissante. Les deux frères l'entouraient, Tom se trouvait à côté de Hélix. Ils n'utilisaient, observa-t-il, qu'une partie de l'immense table. Il essaya d'estimer combien de gens pouvaient y prendre place : assurément trois fois plus que les six convives qui y avaient leur fauteuil.

– Servez-vous, je vous en prie, dit le vieil homme en désignant l'abondance de victuailles.

C'est ainsi que Tom s'était toujours imaginé un banquet médiéval. Des grands plateaux d'étain emplis de dattes, de figues, de grenades et de fromages ; plateaux où s'entassaient des viandes d'agneau, de bœuf, de poulet ; des saladiers regorgeant de cornichons et de feuilles de vigne farcies. Un peu plus loin, des jarres de vin et d'eau étaient posées auprès de coupes ciselées avec un raffinement d'un autre âge. Hélix souleva une des jarres et versa un vin sombre et aromatisé dans la coupe de Tom tandis que frère Bernard rapprochait les plats. Il avait beau être nerveux, toute cette nourriture rappelait à Tom qu'il n'avait rien mangé depuis des heures. Jack, avec son tempérament de mère poule paranoïaque, lui avait enjoint de ne toucher à rien. Mais l'accueil qu'il avait reçu jusque-là ne présumait guère un danger. Si ces gens lui avaient voulu du mal, ils auraient déjà agi.

Quand Ézéchiel reprit la parole, l'acoustique du lieu amplifia sa voix.

– Puisque c'est nous qui vous avons invité ici, pendant que vous vous restaurez, je vais tout d'abord vous parler un peu de notre organisation. Ensuite, nous discuterons de notre accord.

Tom acquiesça, comme s'il avait le choix, et porta à ses lèvres desséchées le vin capiteux et pourtant étrangement rafraîchissant. S'efforçant de maîtriser l'excitation qui montait en lui, il commençait à savourer cette rencontre insolite.

Ézéchiel de la Croix se leva, sa mince silhouette projetant une ombre immense sur le pilier le plus proche, et il examina longuement son invité avant de commencer. Il était ravi que le docteur Carter eût accepté leur invitation et il ne pouvait s'empêcher d'être impressionné par l'attitude du médecin. Le savant ressemblait si peu à l'iconoclaste effronté auquel il s'attendait. Traverser la moitié du monde comme il venait de le faire montrait à quel point il estimait leur relique. Ézéchiel n'arrivait pas à croire qu'il agissait poussé par des motifs d'ordre purement commercial. Le savant gagnait déjà plus d'argent qu'il n'en faut. Mais quelles que fussent ses raisons, les manières et l'enthousiasme du docteur Carter confortaient Ézéchiel dans l'idée que celui-ci accueillerait volontiers leur marché.

– Permettez-moi de commencer par le début, dit Ézéchiel. Il y a deux mille ans, Lazare, l'homme que le Christ a ramené d'entre les morts, fut témoin de l'horrible spectacle de la crucifixion du Christ et fit le vœu que plus jamais une religion corrompue ne pourrait commettre le même crime. La nuit qui suivit l'épisode du Golgotha, Lazare eut un rêve dans lequel il vit cette antique caverne et la lumière qui brûlait ici. Le lendemain, il entraîna ses disciples jusqu'à ce lieu sacré : un lieu qui resterait à jamais à l'abri des persécutions. La Confrérie du Second Avènement avait un but primordial : attendre et guetter le retour du Messie afin de l'identifier et de le bénir dans la flamme sacrée. Ce simple objectif – ce que nous appelons le Premier Impératif – est ce qui nous guide encore. Ézéchiel se tourna vers la flamme blanche. C'est la lumière sacrée qui donne son nom à cette caverne. C'est ici qu'eut lieu la première réunion du Conseil restreint de la confrérie, c'est là que les frères célébraient leur culte devant l'autel du feu sacré. Ézéchiel regarda Carter, satisfait de voir que celui-ci écoutait avec attention. Dans son rêve, Lazare vit la flamme passer du blanc pur à l'orange lorsque le Christ mourut pour nos péchés. Mais, lui dit-on, la flamme blanche réapparaîtrait à la venue du nouveau Messie. Ce feu sacré n'a brûlé que deux fois en deux mille ans... Il s'interrompit et s'approcha de la flamme. Une fois quand Jésus de Nazareth est venu sur terre. Et maintenant. Aujourd'hui. Depuis trente-cinq ans le nouveau Messie est parmi nous et nous devons le trouver.

Carter prit un air gêné.

– Comment avez-vous la certitude que votre Messie est maintenant sur la terre ? Est-ce que la flamme ne pourrait pas être seulement une coïncidence ? Une modification d'ordre géologique qui laisse s'échapper un gaz différent ?

– Nous *savons*, dit Ézéchiel avec impatience.

Carter se servit de poulet.

– Comment comptez-vous retrouver votre nouveau Messie ?

– Avec votre aide, docteur Carter.

Il regagna sa place et fit signe à frère Hélix.

Aussitôt Hélix chaussa ses lunettes à monture métallique et pencha son crâne chauve vers Carter.

– Nous comptons trouver notre Messie grâce à votre projet Cana, dit-il.

– Je ne comprends pas.

– Nous vous avons observés, vous et votre équipe. Nous savons que vous avez cherché à localiser un échantillon de l'ADN du Seigneur.

Carter resta silencieux.

Hélix joignit le bout de ses doigts et examina ses ongles.

– Rechercher l'ADN du Christ semble un passe-temps bien inhabituel pour un athée. Mais peut-être vos mobiles sont-ils d'ordre commercial ? Peut-être croyez-vous pouvoir extraire des gènes de Notre-Seigneur un remède miracle ? Voilà qui serait extrêmement précieux : avoir l'exclusivité des droits d'un médicament qui pourrait tout guérir.

Carter ne disait toujours rien.

– Mais, reprit frère Bernard, vous n'avez pas eu la

chance de découvrir l'échantillon authentique, n'est-ce pas ?

Tom but calmement une gorgée de vin.

– Non. C'est pourquoi je suis ici.

Bernard eut son sourire cruel.

– D'abord, il nous faudrait avoir accès à votre banque de données d'ADN. Celle que vous n'êtes pas censé avoir.

– Dans quel but voulez-vous y avoir accès ?

La question surprit Ézéchiel tout autant que les deux autres frères. Ils s'étaient imaginé que le docteur Carter devait savoir maintenant pourquoi ils avaient besoin d'accéder à cette banque de données couvrant plus de cent millions de personnes.

– Voyons, pour trouver une analogie, bien sûr, expliqua frère Hélix.

Ézéchiel voyait la vérité se révéler aux yeux du docteur Carter. L'idée n'était jamais venue à celui-ci que quelqu'un de vivant aujourd'hui pouvait posséder les gènes divins du Christ. Carter resta un moment sans rien dire. Il jouait avec sa coupe de vin et semblait réfléchir aux conséquences. Puis il se rembrunit et demanda à frère Hélix :

– Si ce nouveau Messie est sur terre, n'aurait-il pas déjà attiré votre attention ?

Hélix secoua la tête.

– Pas nécessairement. Il a pu être conscient de ses dons étant enfant mais « apprendre » ensuite qu'il ne devait pas s'en servir. Il pourrait réprimer son talent pour être conforme. Pour ne pas avoir l'air différent de ses amis. Ses dons pourraient alors rester en sommeil, peut-être à jamais.

Carter hocha la tête d'un air songeur.

– Ou bien, poursuivit Hélix, il peut ne pas avoir conscience de ses possibilités génétiques. Ou simplement ne pas en faire usage. Au fond, tout don a besoin d'être développé par l'usage et la pratique.

Un bref silence. Ézéchiel vit les deux frères lui lancer un rapide coup d'œil. Il s'éclaircit la voix.

– Alors, docteur Carter, si vous aviez l'ADN du Christ, croyez-vous que vous pourriez utiliser votre génescope et IGOR pour nous trouver un équivalent de notre Messie ?

Un léger temps.

– S'il en existe, dit Carter. Et s'il se trouve dans la banque de données, alors oui. J'imagine que oui.

Bernard et Hélix lancèrent tous deux à Ézéchiel un bref sourire de triomphe. Peut-être cette alliance impie pouvait-elle donner des résultats.

– Docteur Carter, si nous vous confions un échantillon authentique, alors vous devez remplir votre rôle dans ce marché et mettre toutes vos ressources en œuvre pour chercher une analogie. Sinon, nous serons forcés de... réagir.

Le regard d'Ézéchiel plongea dans celui du savant. Carter devait absolument se rendre compte que le châtiment serait immédiat s'il revenait sur sa promesse. Carter sourit.

– Ne vous inquiétez pas. Je m'intéresse autant que vous à le trouver. Toutefois, n'oubliez pas un petit détail. Il nous faut un échantillon *authentique.* Sans cela, toute cette histoire de marché n'est que du vent.

Ézéchiel resta un moment silencieux et regarda ses mains ; son rubis luisait comme un charbon ardent sur son doigt noueux. C'était maintenant l'heure de vérité.

– À notre échange, dit-il en se levant une nouvelle fois. Il se tourna vers l'autel. Venez, docteur Carter. Il y a quelque chose que j'aimerais vous montrer.

17

Le caveau du Souvenir

Tom Carter, encore étourdi de tout ce qu'il venait d'entendre, suivit Ézéchiel de la Croix jusqu'à l'autel. L'idée que quelqu'un de vivant puisse posséder les mêmes gènes que le Christ était si simple que c'en était génial. Cela ouvrait toute une voie nouvelle pour venir au secours de Holly. Une fois que DAN aurait analysé le génome du Christ, il pourrait rechercher dans n'importe quelle banque de données d'ADN quelqu'un de vivant porteur des mêmes gènes.

Ézéchiel passa devant la flamme blanche qui jaillissait d'un trou bordé d'argent et s'avança jusqu'à une porte découpée dans la paroi rocheuse derrière l'autel. À gauche de la porte, un pieu en bois jaillissait verticalement de la roche à la hauteur de la ceinture, un nœud de grosse corde en pendait. Tom le tapota.

– Je vous conseille de ne pas toucher à ça, dit Ézéchiel d'un ton ferme.

– Pourquoi ? Qu'est-ce que c'est ?

Ézéchiel lui fit un étrange sourire.

– C'est ce qu'on pourrait appeler une ultime précaution. Je vous en prie, laissez-le.

Tom retira sa main. Ézéchiel tira alors un autre levier en bois dissimulé dans le sol derrière l'autel.

Tom entendit un sourd grondement : la porte glissa sur un côté. Il y avait tout juste assez de place pour passer en file indienne. Ézéchiel s'avança. Tom attendit Hélix et Bernard, mais ils ne bougeaient pas. Manifestement, Ézéchiel et lui allaient là, seuls.

Derrière la porte flottait dans l'air un parfum différent, une odeur de renfermé, une très vieille odeur. Le petit espace nu était éclairé par deux ampoules électriques ; un petit générateur à essence fournissait le courant. Cette pièce haute et étroite devait contenir un peu d'oxygène. Il aperçut alors une autre porte devant lui et comprit aussitôt qu'il n'était pas dans une salle mais dans un sas. D'ailleurs Ézéchiel se retourna pour tirer un autre levier, refermant derrière eux la porte qu'il venait de franchir.

Tom regarda le vieil homme s'approcher de l'autre porte et actionner un nouveau levier. La porte glissa elle aussi, s'ouvrant sur des ténèbres. Ézéchiel s'y engouffra, Tom entendit un déclic et la salle fut soudain baignée d'une brillante lumière.

– C'est notre caveau du Souvenir, annonça Ézéchiel sans autre explication.

La première impression de Tom lorsque ses yeux eurent accommodé fut décevante. Il n'espérait pas découvrir un monceau d'or et de pierres précieuses, mais, quand même, il s'attendait à mieux que ça. La salle, plutôt modeste, tenait autant du réduit de concierge que d'un petit musée poussiéreux. De longues étagères branlantes, abritant des boîtes, des documents et des objets insolites, bordaient les murs. Cinq coffres anciens reposaient sur le sol de pierre brute. Et, tout au fond, une échelle de corde pendait d'une étroite fissure dans la voûte grossièrement taillée. Une brise presque imperceptible soufflait par cette fine ouverture et Tom supposa que si on en avait l'énergie, si on le voulait vraiment, on pouvait accéder à la surface en grimpant. Auprès de l'échelle de corde, un recoin d'à peu près un mètre de hauteur, creusé dans la paroi du fond, était protégé par un rideau. Rien dans la pièce ne *paraissait* avoir la moindre valeur : pas à première vue en tout cas.

S'approchant d'une étagère, il regarda à l'intérieur d'une des boîtes. Il aperçut des rouleaux de parchemins bien conservés, vieux de centaines – voire de milliers – d'années, et d'anciens grimoires écrits dans des langues qui lui étaient totalement inconnues. Il inspecta l'étagère et reconnut ce qui devait être des armes, et d'autres objets façonnés par d'antiques civilisations. Il examina alors la petite pièce d'un autre œil et sentit son excitation se raviver. Même son regard de néophyte devinait que les trésors amassés dans ce reliquaire n'étaient pas seulement précieux : ils n'avaient pas de prix.

Tom fut particulièrement attiré par un manuscrit posé au bord d'une corniche. Quelque chose dans le graphisme à demi effacé qu'on devinait sur le parchemin craquelé le fascinait. Il se pencha pour l'examiner de plus près mais sans faire un geste pour toucher le fragile document. Il remarqua qu'Ézéchiel ne le quittait pas des yeux.

– C'est le récit du rêve de Lazare, écrit de sa propre main, expliqua le vieil homme. Il décrit cet endroit et la prophétie de la flamme sacrée : tout cela est noté à partir de sa vision. Il fixe aussi les objectifs et les lois de la confrérie, lesquels sont demeurés pratiquement inchangés depuis vingt siècles.

Tom hocha lentement la tête : il essayait d'assimiler tout cela, son regard parcourant les étagères jusqu'au moment où il se posa sur une pièce de tissu pliée et usée jusqu'à la corde. Elle avait l'air tachée et était vaguement dissimulée sous une couverture de cuir destinée à la protéger.

Toujours sans le quitter des yeux, Ézéchiel demanda :

– Savez-vous ce que c'est ?

Il secoua la tête. Mais il était certain que son père

saurait. Alex donnerait n'importe quoi pour voir un seul de ces trésors.

Le vieil homme baissa respectueusement la voix.

– C'est le suaire de Notre-Seigneur.

Ce fut plus fort que lui : malgré son athéisme, Tom sentit un frisson le parcourir.

– Mais je croyais qu'il était à Turin.

Un petit rire sec et méprisant.

– Ce n'est qu'un canular pour duper les gens crédules, s'assurer leur fidélité – et leur argent.

Tom ne dit rien. Que pouvait-il répondre ? Pour la première fois de sa vie, il voyait ce qui semblait être *la* preuve. Et il avait refusé d'admettre presque toute sa vie cette religion. La signification historique des objets était indéniable, mais il n'était toujours pas convaincu de leur importance spirituelle.

Du coin de l'œil, il aperçut un casque à visière patiné. Et à côté, posée contre le mur comme une batte de base-ball dans le placard d'un enfant, la plus grande épée que Tom eût jamais vue. Sa magnifique lame était d'un épais acier trempé, sa lourde garde soigneusement ciselée et la poignée entourée d'un tissu usé. À sa base, enchâssé dans le métal, un gros rubis, deux fois plus gros que celui d'Ézéchiel. L'épée semblait aussi pesante qu'une poutre métallique, il ne voyait pas comment quiconque aurait pu la soulever, encore moins la manier.

Ézéchiel précisa avec un orgueil évident :

– Cette cape et cette épée appartenaient à sire Antoine de la Croix, un croisé, chevalier de l'ordre du Temple qui était en garnison au krak des Chevaliers en Syrie. Il devint chef de la confrérie voilà près de mille ans. Je suis de sa lignée.

– Cette épée est remarquable. Mais comment pouvait-il s'en servir ? Elle est gigantesque.

Un petit haussement d'épaules. Un soupir nostalgique.

– Les hommes étaient beaucoup plus disciplinés en ce temps-là.

Tom regarda les autres manuscrits puis remarqua une impressionnante tablette en pierre, gravée ; il ne déchiffrait pas l'origine des caractères du texte.

– Où avez-vous trouvé tous ces trésors ? Et pourquoi les cachez-vous au reste du monde ?

Ézéchiel le regarda droit dans les yeux.

– Notre fondateur et les disciples qui lui ont succédé ont récupéré, sauvé tous ces objets, ils les ont transmis de génération en génération au cours des deux derniers millénaires. Le vieil homme avait l'air songeur. Docteur Carter, l'histoire n'est pas une science. Ce n'est que de la mémoire. La mémoire sélective d'hommes puissants. Si les puissants choisissent d'oublier quelque chose du passé ou de le modifier, ils en ont le pouvoir. Mais ils ne peuvent pas discuter avec les preuves. L'Histoire, c'est comme la foi : elle dépend de ce que vous croyez. Mais, contrairement à la foi, l'opinion ou le souvenir qu'on a de l'Histoire peut s'appuyer sur des preuves. Les mains décharnées désignèrent la salle. Et ces objets, ce sont nos preuves : ils nous aident à conserver la foi. Tant qu'ils survivent et qu'on les garde à l'abri des puissants qui veulent anéantir la religion, alors nous aurons toujours la preuve de ce que nous croyons. De ce que nous *savons* au fond de notre cœur.

Tom éprouva soudain un certain malaise. Ézéchiel, il le savait, devait le considérer, en tant qu'athée et scientifique, comme un de ces puissants déterminés à nier le besoin de religion : un de ceux qui s'appuyaient sur les promesses de l'avenir pour effacer la valeur du passé.

– Pensez-vous qu'en voyant ces preuves je vais croire ce que vous croyez ?

Le vieil homme eut un haussement d'épaules.

– Peut-être.

– Mais l'Histoire *n'est pas* la religion. Je crois que

Kennedy a existé et qu'il était un grand homme. Mais je ne le vénère pas pour autant.

– Songez à une chose, docteur Carter. Si nous n'avions pas cru à la divinité du Christ, si nous n'avions pas cherché à confirmer notre foi en lui en recueillant les objets que vous voyez autour de vous, si nous avions choisi au contraire d'ignorer le passé et d'avancer à l'aveuglette vers un avenir stupéfiant sur le plan technologique mais qui nous conduirait tout droit à une faillite spirituelle, si c'était cela que nous avions fait, posséderions-nous encore la chose même que vous cherchez ?

Tom haussa les épaules. Cette façon qu'avait la confrérie d'avoir recours à des souvenirs pour justifier sa foi, tout comme le mépris évident d'Ézéchiel devant le désir qui hantait l'humanité de prendre en charge sa propre destinée, tout cela provoquait en lui de violentes réactions, mais ce n'était pas le moment d'en discuter.

Ézéchiel le dévisagea un moment, puis tourna brusquement les talons.

– Assez parlé. Commençons.

Il prit une petite clé en or attachée à son cou et s'approcha du recoin. Il écarta le rideau, révélant une cage en or, travaillée, haute d'environ un mètre, avec un toit à pignon et des parois en treillage : un véritable chef-d'œuvre d'orfèvrerie.

Le vieil homme se pencha lentement et ouvrit la porte en treillage, qui grinça sur ses gonds – ils ne devaient pas servir souvent – tandis qu'il prenait quelque chose à l'intérieur. Au bout de ce qui parut à Tom un très long moment, il finit par se redresser. Ézéchiel tenait entre ses mains ce qui semblait être un coffret de métal précieux incrusté de pierreries. Tom tendit le cou tandis qu'Ézéchiel soulevait le couvercle.

Ézéchiel se tourna vers lui.

– C'est Lazare, notre fondateur, qui a apporté cela ici avec le suaire. Pour nous rappeler ce qui s'est passé le jour où l'humanité a crucifié son sauveur.

Tom restait sans voix. Ézéchiel se dirigea vers lui en serrant contre sa poitrine le coffret ouvert. Tom aperçut ainsi ce qui lui parut être des rubis sur une monture d'argent formant une croix. Quatre émeraudes ornaient l'or battu de chaque coin.

– On n'a jamais laissé cela sortir de ce caveau, dit Ézéchiel. Pas depuis deux mille ans.

Les yeux noirs fixaient Tom tandis que les bras décharnés se tendaient vers lui. Le coffret délicatement ouvragé n'était plus maintenant qu'à quelques centimètres. Les mains de chirurgien de Tom, sûres et précises, tremblaient lorsqu'il prit le petit coffre et qu'il souleva le couvercle. Des objets y étaient blottis, en partie enfouis dans un capitonnage de soie pourpre. Il comprit alors ce que c'était, du moins il crut le comprendre. Il se tourna vers Ézéchiel, il essaya de parler.

Le vieil homme sentit à quel point il était bouleversé.

– Si vous doutez, touchez-les, murmura-t-il.

Tom posa le coffret sur sa paume gauche puis, d'une main délicate, prit avec soin les deux objets. Maintenant qu'ils reposaient au creux de sa main droite, il savait sans équivoque de quoi il s'agissait.

Un clou rouillé d'une quinzaine de centimètres, une dent humaine jaunie.

De son poste d'observation, devant le seuil de la caverne de la Lumière sacrée, Maria Benariac vit que la réunion touchait à sa fin. Les hommes de la Garde sainte qui protégeaient le sanctuaire de la confrérie l'avaient laissée approcher sans être annoncée dès l'instant qu'elle ne pénétrait pas dans la caverne et qu'elle ne dérangeait pas le Père. Voilà près d'une heure qu'elle attendait : elle était impatiente de le surprendre.

Par la porte entrouverte, au-delà des piliers, elle pouvait distinguer le Père entouré de frère Bernard et de frère Hélix. Ils avaient un invité avec eux. Elle allait devoir maîtriser son impatience. Le visiteur était dissimulé par l'ombre des piliers. De là où elle se trouvait, elle n'arrivait pas à comprendre leurs propos qui résonnaient sous la voûte mais, à en juger par leurs mouvements et par le ton de leur conversation, ils s'apprêtaient manifestement à partir.

Hélix se pencha vers leur hôte pour lui tendre la main et, comme le visiteur allait la serrer, Maria remarqua sa haute silhouette. Quelque chose dans son attitude lui parut familier.

Le petit groupe, traversant la vaste salle, venait dans sa direction. Tapie dans l'ombre, elle put les observer de plus près. Leur attitude détendue et leur démarche tranquille étaient celles de gens qui viennent de conclure un accord important. Bernard à son tour vint serrer la main du visiteur invisible. La poignée de main semblait sincère. La confrérie devait tenir cet homme en haute estime pour que le champion du Second Impératif le traite avec un tel respect. À elle, jamais il n'avait manifesté une telle déférence.

Les quatre hommes s'arrêtèrent maintenant à une trentaine de mètres, poursuivant leur discussion, leurs voix se fondant dans un murmure confus. Le visiteur tenait dans sa main gauche un petit paquet, mais les colonnes le dissimulaient toujours au regard de Maria. Elle vit Bernard caresser sa ridicule barbichette, Hélix acquiescer à quelque chose que venait de dire le Père. Ce dernier semblait encore plus petit que d'habitude auprès de Hélix et de la haute stature de leur visiteur.

Elle entendit soudain des pas sur sa droite et vit un homme émerger de l'ombre. De toute évidence, il attendait silencieusement de l'autre côté de la porte, peut-être en gardait-il l'accès. L'homme s'avança jusqu'au centre de la caverne pour rejoindre les autres et, comme il passait devant la première torche, elle le reconnut.

Gomorrhe.

Que faisait-il ici ? Pourquoi l'avait-on invité, lui, à entrer dans la caverne de la Lumière sacrée pour surveiller cette réunion manifestement importante ? Gomorrhe n'était que le second agent. Le premier, c'était elle. Et pourtant c'est lui qui était là, admis, concerné, apprécié.

La rancœur la brûla lorsqu'elle vit le Père accueillir son rival. Puis le Père se retourna pour saluer l'invité. Peut-être n'était-ce que son imagination enflammée par la stupéfaction de voir Gomorrhe ici, mais quelque chose dans la ferme poignée de main du Père exprimait un lien qui excita sa jalousie. Le visiteur devait être vraiment puissant. Et puis, à cet instant précis, il bougea et la lumière vint effleurer son visage.

Le docteur Carter.

Elle ne voulait pas, elle ne pouvait pas le croire. Comment ce blasphémateur pouvait-il se trouver dans la caverne sacrée de la confrérie ? Elle s'ébroua, comme pour s'éclaircir les idées, retrouver le contrôle. Elle avait appris cela au camp d'entraînement : se contrôler, c'était essentiel. Sa vue resta un instant comme brouillée, mais, au bout de quelques profondes inspirations, tout redevint clair. Elle ne s'était pas trompée. Le docteur Carter était bien là et non en prisonnier ou en ennemi, mais en hôte d'honneur. Mais quel tour avait-il bien pu jouer au Père ?

Elle sentit sa gorge se nouer tandis que le groupe se remettait en marche, vers le seuil où elle attendait. Elle battit en retraite dans l'ombre, derrière la porte, et lutta pour garder son calme en voyant Gomorrhe et Bernard, puis les autres passer à moins d'un mètre d'elle. Le docteur Carter était si proche qu'en tendant la main elle aurait pu toucher ses cheveux noirs. Maintenant elle ne perdait plus un mot de leurs propos.

– Alors, nous sommes bien d'accord ?

Le père Ézéchiel lui tendit la main pour un dernier adieu.

– Oui, répondit Carter. Je vous préviendrai dès que nous aurons trouvé un gène unique dans les échantillons. Et, évidemment, je vous alerterai quand – et si – nous trouvons un porteur équivalent à votre Messie.

Maria n'en croyait pas ses oreilles.

Ils travaillaient ensemble.

Le savant avait convaincu le Père de travailler avec lui. Une alliance, si impie que Maria en restait le souffle coupé, avait été conclue. Pas étonnant qu'on l'eût prévenue de ne pas toucher au généticien et qu'on eût gelé tous ses plans. Le Père, l'homme qui prêchait la vertu sans compromis, s'était laissé duper dans son désespoir : il avait signé un pacte avec le diable. Elle vit Bernard nouer un bandeau en s'excusant sur les yeux du docteur Carter et le guider par l'étroit corridor vers le grand escalier. Le Père resta en arrière avec Hélix, Gomorrhe auprès d'eux pour les protéger.

– J'espère que nous avons pris la bonne décision, frère Hélix, l'entendit-elle dire. Ça me met quand même mal à l'aise de collaborer avec lui.

– Ne vous inquiétez pas, dit Hélix d'un ton apaisant. Vous avez fait le bon choix. Vous verrez.

C'en était trop : voilà que le champion du Premier Impératif en personne égarait le Père. Maria jaillit de l'ombre, les prenant tous par surprise, y compris Gomorrhe. Elle ne chercha pas à dissimuler sa rage.

– Père, ne l'écoutez pas. Comment pouvez-vous traiter avec l'athée ?

Tendu, Gomorrhe guettait ses moindres mouvements, prêt à riposter.

Ézéchiel mit un moment à retrouver son sang-froid. Ses yeux noirs brillaient de colère.

– Némésis ? Que fais-tu ici ?

Elle eut un rire amer.

– J'étais venue pour vous convaincre de me laisser liquider le savant. Mais je vois bien que frère Hélix préférerait que je lui serre la main.

– Ce sont des choses, dit Ézéchiel, que tu ne comprends pas.

– Que je ne comprends pas ? Oh, je ne les comprends que trop bien. Vous avez je ne sais comment décidé d'utiliser les blasphèmes du docteur Carter pour vous aider dans votre sainte quête. C'est absurde : autant utiliser la lumière de Lucifer pour vous guider jusqu'au paradis.

Elle vit les mâchoires du Père se serrer : il s'efforçait de maîtriser sa colère.

– Laisse-moi t'expliquer une chose, dit Hélix. La génétique du docteur Carter nous offre l'occasion unique de retrouver le Messie. Une occasion que nous ne pouvons pas saisir sans son aide. Il nous le faut vivant et dans notre camp tant qu'il n'a pas découvert qui nous cherchons. C'est la seule raison qui nous a fait reculer la juste purification.

Sans l'écouter, elle gardait le regard fixé sur le Père.

– Mais le docteur Carter va intervenir sur l'essence même de Dieu. Comment pouvez-vous permettre ça, quelles qu'en soient les raisons ?

– Découvrir le nouveau Messie, c'est tout ce qui compte. Tout le reste est sans importance. Le Premier Impératif va bien au-delà du simple choix entre le bien et le mal. Il ne faut tenir compte que du bien ultime, même si cela implique de traiter avec le mal en chemin.

– Mais, quand il s'agit du bien et de Dieu, on parle d'idéaux, et non pas de marchés. C'est vous qui m'avez enseigné ça. Ce savant vous a corrompu et frère Hélix le laisse...

– Némésis, lança le Père, perdant patience. Peu m'importe ce que tu penses. L'accord est conclu. Tu n'as plus rien à voir là-dedans. Maintenant, laisse Gomorrhe te raccompagner, rentre chez toi et calme-toi. Frère Bernard ou moi te contacterons prochainement.

Là-dessus, le Père et Hélix tournèrent les talons et regagnèrent la caverne de la Lumière sacrée. On l'avait congédiée.

Furieuse, elle voulut suivre le père Ézéchiel, mais Gomorrhe lui barra le chemin. Elle sentit la fureur l'envahir. Elle aurait voulu se battre avec Gomorrhe et le blesser, rien que pour étancher sa déception. Et, lorsqu'elle vit approcher deux membres de la Garde sainte, elle songea un instant à s'attaquer à eux tous.

Mais elle savait qu'elle n'arriverait à rien – et il y avait tant à faire.

Prenant une profonde inspiration, elle fit demi-tour et s'engagea dans le couloir qui menait au grand escalier. Elle hâta le pas, s'efforçant de ne plus penser à la faiblesse du Père. Jusqu'alors elle l'avait toujours tenu pour un modèle, le mélange parfait de bonté et de vertu, sans compromis. Le grand homme devenait vieux. Il avait laissé frère Hélix se faire duper par le savant. Peu à peu elle maîtrisa sa colère qui céda la place à une détermination inébranlable.

Elle se concentra sur une seule pensée, son premier impératif à elle : *Le docteur Carter paiera pour ce qu'il a fait. Et c'est moi, la Némésis vengeresse, qui le ferai payer.*

Au fond d'elle-même, elle était convaincue que le père Ézéchiel ne voulait pas vraiment de cet accord avec le docteur Carter. Comment aurait-il pu ?

Tandis qu'elle gravissait le grand escalier, cette certitude se précisa. L'heure d'attendre des ordres de frère Bernard et du Père avait passé. Le moment était venu de prendre elle-même les choses en main.

18

Boston. Laboratoire Crick

Jasmine Washington regardait DAN dérouler la séquence du génome et réprima un frisson. Elle savait que le cerveau complexe du génescope ne comprenait pas ce qu'il était en train de faire. Même si son regard suprêmement puissant pouvait voir, il était incapable de *reconnaître* ce qu'il voyait. Et même si son esprit brillant savait lire, il était incapable d'*appréhender* ce qu'il lisait. DAN balayait simplement à l'aveuglette le code génétique inscrit dans l'ADN qui défilait sous son « œil ».

Le génescope ne s'intéressait pas à l'identité des sujets qu'il analysait : il se contentait de distinguer les gènes qui les constituaient. Pour DAN, le tout n'était pas plus grand que la somme des parties. Bien au contraire, il estimait que c'étaient les parties qui composaient le tout et que rien d'autre ne comptait. Contrairement à Jasmine, le génescope ne se souciait pas de savoir si l'ADN qu'il analysait contenait peut-être l'esquisse génétique d'un charpentier qui avait vécu voilà deux mille ans : un homme que le monde connaissait sous le nom de Jésus-Christ.

Cela faisait deux jours que Tom était rentré et elle était extrêmement soulagée que tout se fût bien passé. Mais, lorsqu'il lui avait pour la première fois montré la dent et le clou qu'il avait rapportés avec lui, elle n'avait pas pu manifester le même enthousiasme débridé que les autres.

Aucun des deux objets ne venait contester sa croyance dans la résurrection du Christ : mais la simple idée qu'ils pourraient être authentiques suffisait à la troubler. Elle n'arrivait pas à se débarrasser de ce doute harcelant et bien peu scientifique qui lui soufflait que les secrets qu'ils pourraient détenir devraient peut-être rester cachés.

Elle leva les yeux vers Bob Cooke. Le hâle du Californien avait viré au gris. Il était anormalement tendu. Sa paillasse carrelée, tout comme celle de Nora Lutz, était jonchée de pipettes, de colloïdes et de rangées de tubes à essai emplis d'ADN teinté.

– Il n'y en a plus pour bien longtemps maintenant, dit-elle.

– Ouais, fit Bob avec un sourire crispé. Sept minutes. Le temps qu'il faut pour faire cuire un bon steak.

– Tom ferait mieux de se dépêcher, fit Nora. Sinon, il va manquer le résultat.

– Ne t'en fais pas pour lui, dit Jasmine. (Tom avait disparu une heure plus tôt pour faire sa visite, mais il savait quand il devrait revenir.) Il sera là.

Quand Tom l'avait persuadée de se lancer dans le projet Cana, elle l'avait fait avant tout par loyauté à son égard et parce qu'elle s'inquiétait pour Holly. Elle n'avait jamais vraiment cru qu'ils trouveraient un échantillon authentique ni que, s'ils en découvraient un, il contiendrait quoi que ce soit. Mais maintenant, elle n'en était plus si sûre. Depuis deux jours, elle aidait Tom, avec Bob et Nora, à préparer ce qu'on appelait les « prélèvements de Nazareth ». Elle avait regardé la roulette s'enfoncer dans ce qui pourrait être une dent provenant de la bouche de Jésus-Christ et extraire l'ADN de ses profondeurs. Et elle avait personnellement gratté les restes de sang sur un clou qui avait peut-être bel et bien servi à crucifier le Christ.

Elle prit une profonde inspiration. Tout ça lui faisait peur et elle avait l'impression que les choses lui échappaient. Bientôt, très bientôt, elle saurait de façon certaine si les prélèvements de Nazareth étaient authentiques et s'ils contenaient les gènes de Dieu.

– Comment ça se passe ? dit Tom, arrivant en trombe dans le labo. Il était hors d'haleine et ses yeux bleus brillaient d'excitation. On y est presque ?

Elle acquiesça.

– Oui, ça se rapproche. Encore quelques minutes.

La porte du labo s'ouvrit une nouvelle fois et Jack entra, suivi d'Alex. Personne ne voulait manquer le moment où DAN allait révéler ce qui rendait le Christ différent des autres hommes.

Le grondement du génescope changea soudain de tonalité. Des lumières clignotèrent sur le long col noir.

– Ça y est, dit-elle.

Et chacun resta silencieux.

Cela faisait presque trois jours que Tom Carter n'avait pas dormi, mais il était dans une forme incroyable et toujours sous le coup de la décharge d'adrénaline qu'avait provoquée chez lui sa visite au caveau de la confrérie. Tout ce qu'il voulait maintenant, c'était découvrir l'analyse des prélèvements par DAN.

Il vit Jasmine se lever.

– Avant que DAN commence, il y a quelques détails que vous devriez tous connaître, dit-elle. Tout d'abord, le génescope a été programmé pour nous donner une vue d'ensemble des prélèvements effectués tout à la fois sur le clou et sur la dent. Les résultats du clou apparaîtront les premiers. Et l'échantillon était si abîmé que nous aurons de la chance si nous pouvons déchiffrer plus d'un tiers du génome. Alors, ne soyez pas déçus. Le prélèvement sur la dent devrait être bien meilleur. La vue d'ensemble fournie par les deux apparaîtra sur l'écran de contrôle et sera présentée par le système vocal de DAN.

Tom vit le grand écran placé auprès du génescope s'allumer soudain et le logo de GENIUS s'y afficher.

Jasmine ajouta :

– Dès l'instant où nous aurons trouvé quelque chose d'intéressant, nous activerons le casque de réalité virtuelle pour nous permettre de voir un gène en gros plan et en trois dimensions. Le grand cygne noir émit un sourd grondement. Pouvons-nous avoir le silence, je vous prie. DAN, tu es prêt ?

Silence immédiat. On n'entendait qu'un sourd piétinement : tout le monde s'approchait de l'écran de contrôle. DAN annonça alors :

– *Balayage terminé sur le prélèvement du clou de Nazareth. Résultats disponibles. Veuillez choisir entre les options affichées sur l'écran : Résultats globaux, Analyse par chromosome, Recherche détaillée des gènes.*

– Recherche détaillée des gènes, je t'en prie, DAN, demanda Jasmine.

L'écran soudain se modifia : des lettres s'y déroulèrent, trop rapidement pour qu'on puisse les lire. De temps en temps, le défilé s'arrêtait momentanément, l'écran était empli d'innombrables lettres par groupes de trois. Chacun de ces groupes était un codon, un élément de la molécule d'ADN commandant la synthèse d'un acide aminé déterminé :

ATG AAC GAT ACG CTA TCA...

Chaque fois que l'image s'immobilisait, un chiffre apparaissait sur l'écran, signalant laquelle des vingt-trois paires de chromosomes du code d'ADN était concernée. À côté, un pourcentage indiquant quelle partie du génome total avait été analysée. Puis le déroulement reprenait jusqu'à la fin du génome : le pourcentage final était de trente-deux pour cent. L'image changea une dernière fois : un tableau montrait dans la colonne de gauche les vingt-trois paires de chromosomes, dans la colonne de droite le pourcentage d'ADN lisible dans chacune d'elles.

– *Tous les chromosomes sont altérés,* annonça DAN. *Aucun gène exceptionnel découvert dans les séquences déchiffrables. Supplément d'information nécessaire pour extrapoler les segments manquants.*

– Ce n'est pas bon ? demanda Alex.

– Non, fit Tom. Mais, comme nous n'avons pu déchiffrer qu'un tiers d'échantillon, ça ne nous dit pas grand-chose. L'ADN est un matériau assez robuste, mais, en raison de la corrosion du clou et de la décomposition des cellules sanguines avec les années, de grandes sections du code génétique sont soit illisibles, soit détruites. Ce que nous savons avec certitude, c'est que dans le tiers que nous pouvons lire il n'y a pas de gène inhabituel.

– Et maintenant ?

– Nous attendons l'ADN de la dent. Il a été protégé par la surface émaillée : ce devrait donc être bon. Les études sur l'ADN des pharaons égyptiens, parfois de mille ans plus vieux que cet échantillon, nous ont montré que le matériel prélevé à l'intérieur d'une dent ou d'un os présente la forme d'ADN la plus robuste qui existe.

Comme d'habitude, Alex voulut en savoir davantage.

– Mais comment est-on *certain* qu'il n'y a rien là ?

Son père aimait les mots, pas les chiffres qui ne disent rien, et il n'avait pas l'habitude d'être le seul de la classe à ne pas comprendre ce qu'il y avait au tableau noir. Tom arracha donc une feuille de l'imprimante installée à côté de DAN.

– Bien, je vais te montrer, dit-il en étalant le papier. C'est plus facile de voir les données brutes sur une sortie imprimante.

Jack s'approcha d'eux.

Tom brandit la feuille pour qu'ils puissent la voir tous les deux.

– Ceci devrait être plus clair.

– Ce sont les chromosomes ? demanda Alex.

Il chaussa ses lunettes et désigna les en-têtes numérotés.

– Oui, imagine que ce soit une carte des États-Unis où il n'y a que vingt-trois États. Les vingt-trois paires de chromosomes sont les États et les gènes sont comme les villes situées dans ces États. À l'intérieur des gènes, on a les lettres de base qui représentent les citoyens individuels. L'ordre de ces lettres détermine les protéines produites par chaque gène. Ces protéines assurent l'entretien et le développement de ton corps. Elles font pousser tes cheveux. Digèrent tes aliments. Font cicatriser les coupures, etc. Cette feuille de données ne concerne que des gènes et encore des gènes inhabituels. Tu sais ? des gènes qui sont à l'extérieur ou à l'extrême bord du génome sain standard. Il désigna la case des « gènes anormaux » sous le numéro 20. S'il y avait quoi que ce soit d'inhabituel ici, on verrait les gènes mis en valeur. Mais, comme tu peux le voir, tous les gènes de ce chromosome sont dans les limites de la normalité. Ceux en tout cas qui n'ont pas été endommagés par la corrosion. Il indiqua le haut de la feuille. Si tu regardes ici, on peut constater pour l'ensemble du génome, pour la partie intacte que nous avons pu balayer, qu'il n'y a pas vraiment de gène inhabituel. Rien.

– Tu espères donc que les gènes uniques se trouvent dans les soixante-dix pour cent que tu n'as pas pu étudier ? demanda Jack.

– Oui.

Jack retourna vers le génescope où Jasmine et Bob examinaient l'analyse de la dent.

– Et, à ton avis, l'ADN plus complet prélevé sur la dent nous permettra de voir ça ?

– Peut-être.

Alex se pencha sur la feuille.

– Comment DAN sait-il où se trouvent les gènes au milieu de toutes ces lettres ?

– Seul un faible pourcentage des trois milliards de lettres de l'ADN humain représente en fait la codification de gènes en fonctionnement. Les autres, notamment ceux qu'on appelle les introns, ont l'air de ne rien faire du tout. Chaque gène est encadré par une combinaison particulière de lettres appelée codon. Ce sont les codons qui disent à DAN où regarder. La plupart des gènes, par exemple, commencent par l'acide aminé appelé méthionine : c'est ATG. Chaque fois donc que DAN lit ATG, il sait que ça marque le commencement d'un gène. En revanche, TAG indique à DAN la fin d'un gène. Il ne se donne la peine que de lire les lettres entre ces marqueurs, dans ce qu'on appelle le cadre de lecture. En ignorant le reste...

– *Balayage de la dent de Nazareth terminé. Résultats disponibles. Option choisie : Recherche détaillée des gènes,* lança DAN, l'interrompant.

– Nous avons une bonne lecture, dit Jasmine d'un ton excité. Pratiquement parfaite.

Avec les autres, Tom se retourna vers l'écran de contrôle.

– *En bordure du génome humain standard,* annonça brutalement DAN.

– Quoi ? fit Tom, abasourdi.

Il n'en croyait pas ses oreilles.

Jasmine poussa un gros soupir, mais il n'aurait pu dire si c'était de soulagement ou de regret.

Jack marmonna un « merde » discret mais perceptible.

Bob et Nora, debout, fixaient l'écran.

Alex se contentait de secouer la tête, le front barré d'un pli soucieux.

Tom vérifia l'analyse préliminaire. Le balayage du génome ne montrait la présence d'aucun gène insolite. Rien. Ça n'était pas possible. Ce qu'il y avait de plus remarquable dans le génome de la dent, c'est qu'il était trop parfait. Il correspondait presque exactement au génome sain standard fictif auquel on comparait chaque individu et dont chacun différait toujours quelque peu. Le génome du Christ, si c'était bien le sien, ne présentait qu'une seule anomalie réelle : il était trop normal. Absolument aucun défaut n'apparaissait dans sa constitution génétique. Mais, à cela près, rien.

La voix doctorale d'Alex vint rompre le silence embarrassé.

– C'est sans doute une question stupide. Mais les gènes que vous recherchez ne pourraient-ils pas avoir des codons de début et de fin différents – que DAN ne saurait pas reconnaître ?

Tom regarda Jasmine. Il vit qu'elle pensait comme lui. C'était en effet une question stupide : aucun généticien qui se respecte et qui connaissait un peu le tout-puissant génescope ne la poserait. C'était précisément pourquoi Tom ne l'écarta pas d'emblée.

– Et comment pouvons-nous découvrir les nouveaux codons ? demanda Jasmine, comme si elle lisait dans ses pensées.

– Nous pourrions essayer l'homologie, dit Bob Cooke. Il nous faudrait un autre filet d'ADN contenant les mêmes gènes.

– L'homologie ? interrogea Alex.

– Oui, fit Tom. DAN peut analyser deux filaments d'ADN et essayer de trouver une longue séquence de lettres identiques dans chacun d'eux. Les chances pour que cette séquence représente un gène sont très élevées. Nous prenons alors la première et la dernière combinaison de lettres et bingo ! nous avons trouvé un nouveau codon.

– Il faut en effet un sccond filet d'ADN différent qui contienne un ou plus de ces gènes, lui rappela Jasmine.

– Et ce génome que tu as trouvé sur IGOR quand tu cherchais les gènes des guérisseurs ? demanda Tom, se raccrochant à n'importe quoi. Comment s'appelait cet homme ? L'Anglais qui a été incinéré l'année dernière :

celui qui pouvait apaiser les douleurs de l'arthrite rhumatoïde par imposition des mains ?

Jasmine se tourna vers l'ordinateur du poste de travail voisin de DAN et ses doigts agiles pianotèrent sur le clavier.

– Anderson, c'est ça ?

– Oui, c'est lui. Fais-moi une étude accélérée d'homologie sur lui et sur le génome du Christ.

Les doigts de Jasmine se remirent en mouvement.

– C'est fait. J'ai fourni toutes les données à DAN et nous devrions avoir une réponse dans les minutes qui suivent.

Il ne fallut que quatre minutes et demie à DAN pour annoncer que les deux génomes avaient en commun une séquence identique de cinquante-sept mille lettres de base et que les codons de début et de fin avaient chacun neuf lettres : GCCTGACCG pour ouvrir le cadre de lecture et TCGAGGTAC pour le refermer. Il fallut moins de trente secondes à Jasmine pour recalibrer DAN afin qu'il examine l'ensemble du génome du Christ pour y rechercher des gènes s'inscrivant dans ces nouveaux cadres.

Il y eut un silence de quelques minutes durant lesquelles Tom n'entendit pas un bruit, même pas une respiration.

Puis DAN reprit :

– *Un gène supplémentaire découvert en dehors du génome humain sur la séquence paternelle du chromosome 7.*

Les chiffres dansèrent en travers de l'écran et Tom cette fois les suivit des yeux. Il voyait enfin la preuve de ce que jusqu'à maintenant il n'avait qu'espéré.

– *Un gène supplémentaire découvert en dehors du génome humain sur la séquence paternelle du chromosome 10.*

Deux gènes. Il y avait deux gènes. Il avait hâte de demander à DAN pour quelle tâche ils étaient codés mais il n'eut pas le temps de parler que le génescope se mit à gronder, comme s'il essayait de résoudre un problème particulièrement difficile. Et, quand il reprit la parole, Tom crut percevoir de la surprise dans les accents métalliques de sa voix monocorde.

– Troisième gène découvert dans la séquence paternelle du chromosome 18. Pas d'autre gène en dehors du génome humain.

Tom éprouva un brusque déferlement de soulagement et d'exaltation : il avait oublié sa déception. Le propriétaire de la dent possédait trois gènes que la plupart sinon la totalité des autres humains n'avaient pas. Il regarda autour de lui et surprit l'expression qui se lisait sur le visage de Jasmine. Les autres exprimaient la même stupéfaction silencieuse.

Ce fut Jack qui parla le premier.

– Qu'est-ce que font ces gènes ? demanda-t-il. Est-ce qu'ils valent la peine qu'on s'excite à leur propos ?

– On va le savoir. Tom se tourna vers le génescope et dit : DAN, peux-tu estimer la fonction de ces nouveaux gènes.

Le grondement du génescope baissa d'un ton et les voyants se mirent à clignoter sur le corps ovoïde. Puis le grondement reprit son niveau normal.

– L'extrapolation initiale d'acides aminés codés indique que le gène du chromosome 7 devrait coder les acides aminés ayant la faculté de réparer l'ADN et les cellules. Le gène du chromosome 10 a une fonction de contrôle des cellules. Le troisième gène du chromosome 18 est trop complexe pour qu'on puisse donner une première indication de sa fonction. Il ne s'agit là que d'estimations fondées sur les données fournies. Confirmation en laboratoire nécessaire.

Bob Cooke regarda Tom, ouvrant de grands yeux.

– Incroyable. Le premier gène peut créer ou réparer l'ADN. Le second peut contrôler la croissance des cellules. Ce sont peut-être des gènes intelligents, l'un agissant comme accélérateur de cellules et l'autre comme frein sur la prolifération. Ensemble ils pourraient contrôler les fluctuations dans le reste du génome.

– Si l'extrapolation de DAN est exacte, fit Jasmine, prudente.

– Évidemment, fit Tom, écartant d'un geste ses réserves. Il faut vérifier ces découvertes au labo et il nous reste encore à découvrir ce que fait le troisième gène. Mais si ce sont des gènes intelligents contrôlant le reste de son ADN, cela expliquerait pourquoi le génome de Jésus était si sain. Peut-être lui ont-ils donné un système immunitaire supérieur ?

– Qu'il pourrait transmettre à autrui ? lança Bob avec un sourire tout excité.

Tom sourit à son tour.

– Ah, ça, c'est la question à soixante-quatre mille dollars. Voilà ce qu'il faut découvrir au labo. Tout d'un coup il pensa à Ézéchiel. Jazz, serions-nous capables de trouver une analogie de séquences dans IGOR avec ces gènes ?

Jasmine haussa les épaules.

– On devrait pouvoir. Ça prendra du temps pour recalibrer les banques de données sur les nouveaux codons, mais nous savons déjà que Keith Anderson possédait un de ces gènes. Alors, bien sûr, s'il existe une analogie de séquences sur IGOR, nous pourrions finir par trouver un être vivant qui possède les trois.

Tom s'approcha du casque à réalité virtuelle qui dépassait du bec du génescope.

– Voyons de plus près les gènes. DAN, fais-moi une présentation visuelle.

Il sentit les autres se grouper autour de lui tandis qu'il coiffait le casque. Il eut tôt fait de les oublier, concentré sur son voyage. D'abord il ne vit que les ténèbres, puis la cellule tout entière apparut sous et autour de lui. Tous les chromosomes, comme des continents aux formes diverses, étincelaient dans leurs splendides couleurs. Il savait que ces couleurs provenaient des colorants magnétisés, mais elles rendaient encore plus réel le spectacle.

– Montre-moi le chromosome 7, ordonna-t-il à DAN, et emmène-moi au niveau de résolution du chromosome.

Aussitôt se déploya un spectre de couleurs encore plus vaste. Il se concentrait maintenant sur un seul chromosome et sur le filament de vie qu'il contenait. C'était magnifique. Son regard suivit la spirale en arc-en-ciel de la double hélice. Les colorants magnétisés mirent en valeur les différentes paires de nucléotides, faisant ressortir en trois dimensions les parcelles d'ADN. Un nouveau gène s'étirait devant lui. Sa poitrine se crispa d'émotion. C'était un élément du programme responsable du développement de l'homme le plus célèbre et le plus prestigieux qui ait jamais vécu, Jésus-Christ. Et lui, un athée, était le premier homme vivant à observer l'« anomalie » génétique qui avait contribué à déterminer son destin.

– DAN, montre-moi l'autre gène du chromosome 10.

Les images autour de lui se brouillèrent puis se reformèrent. Il était maintenant à l'intérieur de la double hélice, il en examinait la longueur fluorescente et multicolore, il descendait un boulevard incandescent de gènes. Une paire de nucléotides du second gène entourait toute la longueur de la double hélice. Il était à l'intérieur d'un des gènes qui avaient rendu le Christ différent des autres hommes. Il était sincèrement impressionné. Et c'était au caprice de la nature qu'il rendait hommage pour avoir créé cette exception à ses règles.

C'est toutefois le troisième gène du chromosome 18 qui vraiment lui coupa le souffle. Pas étonnant que DAN l'eût qualifié de complexe : il était long de centaines de milliers de paires de base, beaucoup plus long qu'aucun gène qu'il eût jamais vu. Il ne pouvait que supposer pour quelles merveilles il était programmé. Des myriades de questions envahirent soudain son esprit : comment allaient-ils libérer ces gènes et domestiquer leurs pouvoirs ? Se comporteraient-ils de la même façon que des gènes ordinaires ? Allait-il utiliser la technique classique de recombinaison de l'ADN pour extraire les protéines dont le code commandait la production dans des bactéries contrôlées en laboratoire ? Pourrait-il les injecter dans un virus directement sur un patient, sur Holly ? Autant de questions. Mais c'étaient de bonnes questions. Des options. Il avait enfin un matériel sur lequel travailler.

Il s'aperçut soudain qu'il monopolisait le casque et l'ôta pour permettre à quelqu'un d'autre de regarder. Comme toujours, ses yeux mirent un moment à se réadapter au monde réel, mais il sentit aussitôt que les autres ne se pressaient plus autour de lui. Surpris, il se retourna et, le regard encore brouillé, constata qu'ils étaient rassemblés autour de quelqu'un debout de l'autre côté de DAN. Il sentit son excitation céder la place à de l'agacement. Il était pourtant bien entendu que, à part l'équipe de Cana, personne n'avait accès à cette section du pavillon Mendel. Et c'était d'autant plus important aujourd'hui. Maintenant.

Il s'approcha du groupe et fut surpris du silence qui l'accueillit. Personne ne disait rien : l'équipe était plantée là, faisant cercle et dévisageant l'intrus. Puis les yeux de Tom accommodèrent de nouveau et il regarda à son tour : l'intrus lui tournait le dos... et il était complètement nu.

Jasmine était à son clavier et Tom la vit sans rien dire lui faire signe d'approcher. On aurait dit qu'elle avait vu un fantôme. Il se tourna vers l'inconnu qui n'était plus à présent qu'à quelques pas. Jasmine avait bien vu un fantôme : celui d'un charpentier nazaréen mort depuis deux mille ans.

Jasmine donna deux nouvelles instructions au programme d'imagerie génétique et l'hologramme de Jésus-Christ qu'on aurait dit étrangement vivant pivota sur sa base devant lui.

Troisième partie

Les gènes de Dieu

19

Boston. Beacon Hill

À trois heures douze du matin le 1er avril, quinze jours après la découverte des gènes de Jésus de Nazareth, tout était silencieux dans la maison Carter. On n'entendait dans la chambre de Holly plongée dans l'obscurité que le souffle doux et régulier de sa respiration. Un sourire éclairait son visage paisible tandis qu'elle rêvait, inconsciente de la tumeur qui se développait en elle.

Vingt-quatre jours s'étaient écoulés depuis que la première cellule gliale de son cerveau l'avait trahie. Elle avait maintenant produit d'innombrables clones, chacun équipé d'un ADN tout aussi rebelle. Alors même que Holly dormait, l'évolution implacable prenait de l'ampleur, se développant même plus vite que DAN ne l'avait prévu. Les cellules du cerveau restées fidèles ne pouvaient rien pour maîtriser ce soulèvement. Même le système immunitaire, la milice de l'organisme formée à repousser les envahisseurs, ignorait ces mutations des propres cellules du corps humain : il les laissait sans intervenir poursuivre leur travail meurtrier.

Seulement deux jours plus tôt, quand sa marraine et son père l'avaient emmenée voir *Star Wars VII*, Holly avait ressenti les premières migraines, accompagnées de vertiges. Mais elle n'en avait rien dit : elle craignait que son père n'incrimine l'ordinateur et ne l'empêche de jouer avec. Holly avait donc simplement décidé d'utiliser moins souvent son ordinateur, d'éviter d'être devant l'écran, surtout le soir, persuadée que les migraines allaient se dissiper. Mais, naturellement, il n'en était rien : elles n'allaient qu'empirer.

Alors même que Holly rêvait de l'été dernier, du temps où papa et maman étaient ensemble, à jouer avec elle sur les plages de sable blanc de Horseshoe Bay aux Bermudes, les cellules traîtresses entamaient déjà la seconde mutation de l'évolution clonale. Et si rien ne venait arrêter les rebelles dans cette guerre d'indépendance génétique, si on les laissait proliférer indéfiniment dans l'espace confiné du crâne de Holly, alors ce ne serait pas seulement dans ses rêves que la fille chérie de Tom se trouverait réunie avec sa mère.

Tom Carter ignorait encore l'état de Holly lorsqu'il prit sa voiture le lendemain matin pour aller à son bureau, et il continuerait à n'en rien savoir jusqu'au prochain scanner du cerveau de sa fille dans un peu plus d'une semaine. Ces deux dernières semaines, il avait concentré toutes ses pensées, toute son énergie à trouver un moyen de libérer leur pouvoir. C'est à peine s'il avait eu le temps de réfléchir à ce que cela signifiait d'avoir vu l'hologramme de Jésus-Christ, encore moins de s'inquiéter des progrès du mal chez Holly.

La première chose que Tom fit ce matin-là avec Bob Cooke dans le laboratoire Crick, ce fut de vérifier les incubateurs. Il retira quatre des boîtes de cultures transparentes du plateau supérieur et les examina attentivement. Trois d'entre elles contenaient des bactéries *Streptomyces* sur lesquelles on avait cloné un des trois gènes de Nazareth. Les bactéries jouaient le rôle d'usine pour transmettre les nouvelles instructions génétiques à leurs acides aminés codés. La quatrième boîte contenait la même bactérie avec la combinaison des trois gènes.

– Aucun changement ? demanda Bob Cooke auprès de lui.

– Non, c'est la même chose que le *E coli.* Nous n'avons manifestement pas les mêmes inclusions, mais l'aspect est semblable. Tu as utilisé pour toutes les coupelles les mêmes plasmides, et les mêmes enzymes de restriction pour toutes les boîtes ?

– Identiques.

– Eh bien, le gène Naz 3 refuse toujours d'obéir. Je ne sais pas pour quelle protéine il est codé, mais il ne cède toujours pas.

Bob prit la quatrième coupelle étiquetée *Trinité Streptomyces.*

– Mais, quand nous mettons les trois gènes ensemble, nous obtenons la protéine inconnue.

– Oui, mais qu'est-ce qu'elle fait ? Les cultures de cellules humaines prouvent que Naz 1 est manifestement codé pour produire un acide aminé de réparation de l'ADN, mais qui n'a pas une action particulièrement spectaculaire. Et l'acide aminé du gène Naz 2 a certaines caractéristiques de contrôle des cellules : mais là encore, rien de nouveau. Ce que je veux savoir, c'est ce qu'est cet acide aminé totalement différent des trois autres réunis. À vrai dire, il n'a pas l'air de faire quoi que ce soit.

Bob prit ses notes sur la paillasse auprès de lui.

– Si seulement nous arrivions à faire travailler isolément le gène Naz 3.

– À supposer, évidemment, qu'il ait une action quelconque, marmonna Tom.

– Si ça n'est pas le cas, dit Bob, alors ça va nous prendre un sacré bout de temps pour démêler ce qu'il fait dans le mélange total. Il vaudrait peut-être mieux essayer de trouver une analogie de séquences ?

Tom reposa les boîtes et se mit à arpenter le labo. Tout cela se révélait plus difficile qu'il ne l'avait cru. Il était certain que sa stratégie était la bonne. Mais peut-être allait-il devoir insister sur un autre aspect. Il était évident depuis le début que, s'il y avait un élément thérapeutique dans les gènes de Nazareth, alors la solution se trouvait dans la protéine composite formée par la réunion des trois. L'énigmatique gène Naz 3 semblait transformer les protéines banales des deux autres en quelque chose d'unique. Il faudrait trop longtemps même à DAN pour isoler le troisième gène extrêmement complexe. La stratégie de Tom se résumait donc à se concentrer sur trois vastes domaines.

Le premier impliquait la culture de la protéine en laboratoire. En injectant les trois gènes dans les bactéries, on pouvait transformer les cellules bactériennes en mini-usines produisant les protéines codées. Et, après avoir procédé à quelques modifications, Tom espérait pouvoir alors injecter les protéines comme un médicament.

Le deuxième point consistait à injecter les trois gènes directement à des animaux vivants pour voir quel effet ils avaient sur un organisme et quel acide aminé était produit *in vivo.*

La troisième option, il ne l'avait formulée qu'en dernier ressort, au cas où les deux premières ne donneraient rien ou prendraient trop longtemps. Il s'agissait de trouver l'individu vivant possédant un jeu de ces gènes en état de fonctionnement. Tom estimait qu'il pourrait alors analyser *in situ* les gènes rencontrés à l'état naturel. S'il ne parvenait toujours pas à déterminer comment ils opéraient, alors il tenterait de persuader l'individu en question de mettre en œuvre les pouvoirs de guérison qu'il pouvait posséder et de les employer pour sauver Holly. Ça lui avait paru au départ l'option la moins séduisante, mais, en considérant les progrès réalisés à ce jour, elle était rapidement en train de prendre la première place.

Ils avaient déjà expérimenté sans fin l'option numéro 1. On avait essayé tous les gènes individuellement et collectivement sur *E coli*, *Saccharomyces cerevisiae, Streptomyces* et même sur des cultures de cellules humaines. Mais le gène Naz 3 refusait toujours de produire son acide aminé et ils obtenaient toujours le mystérieux acide aminé composite quand les trois gènes – ce que l'irrévérencieux Californien avait dénommé la « Trinité » – étaient combinés, et qui semblait inerte.

L'option numéro 2 n'avait jusqu'à maintenant guère donné de résultats non plus, même s'il y avait encore d'autres expériences à effectuer. À ce jour, la Trinité n'avait eu aucun effet sur des souris ni sur des cellules cancéreuses vivantes quand on l'avait injectée en utilisant un vecteur viral. À sa gauche, par la porte vitrée du compartiment réfrigéré, il apercevait l'alignement des magnifiques sérums que son équipe avait préparés : tous conçus pour introduire les trois gènes dans les cellules souches d'un organisme. Mais, une fois là, les gènes ne semblaient toujours rien apporter.

À moins que ces sérums ne donnent un résultat dans des expériences ultérieures, il semblait bien que Bob Cooke avait raison et qu'il leur faudrait donner la priorité à l'option numéro 3. Tom appela le poste de Jasmine, au service de Technologie de l'information. Elle décrocha à la seconde sonnerie.

– Jazz.

– Salut, c'est Tom, qu'est-ce que ça donne ?

Un silence.

– Rien du tout. Deux individus, et je dis bien deux, possèdent un des gènes : soit le Naz 1, soit le Naz 2. Mais aucun n'a les trois. Je n'ai encore jamais trouvé personne avec le Naz 3. Le balayage continue sans arrêt, mais j'ai examiné la plupart des entrées d'IGOR et nous allons bientôt nous trouver à court de clients.

– Comment l'appareil les choisit-il ?

– Comme d'habitude : un sur cinq.

– Passe à cinq sur cinq. Désormais je veux qu'on examine tous ceux qui sont passés au génescope n'importe où dans le monde.

– Absolument tous ? Qu'est-ce qui se passe ? Ton mystérieux Ézéchiel fait pression sur toi ?

– Non, nous avons encore trois semaines avant qu'il commence à s'angoisser.

Tom se rappela combien le vieil homme était excité quand il lui avait rendu les échantillons en lui disant qu'ils avaient découvert les trois gènes. Ézéchiel avait demandé quand ils pourraient trouver une analogie mais n'avait pas insisté pour avancer la période limite de cinq semaines.

– Ce sont mes autres options qui font pression, Jazz. Elles s'épuisent. On dirait bien que c'est avec toi maintenant que nous avons le plus de chances.

– Merci, ça me réconforte. Mais ne te berce pas trop d'illusions. Ça pourrait prendre des années pour examiner et enregistrer dans IGOR un sujet possédant les trois gènes – à supposer qu'il en existe un.

– Et les autres quatre-vingts pour cent de génomes que le cerveau central n'enregistrait pas sur IGOR ?

Un soupir.

– Ils se trouvent dans des banques de données privées à travers le monde. C'est illégal d'essayer de s'y introduire.

– Seulement si quelqu'un s'en aperçoit.

Jasmine essaya de prendre un ton scandalisé, mais Tom perçut l'excitation dans sa voix.

– Elles sont extrêmement bien protégées.

– Tu veux dire que c'est impossible ou bien qu'il faudrait un génie pour y arriver ?

Un petit rire.

– Docteur Carter, est-ce que quelqu'un t'a jamais dit que tu pouvais être un vrai baratineur quand tu voulais ?

Ce fut à son tour de rire.

– Non, docteur Washington, je peux sincèrement dire que non.

Nouveau silence, puis elle reprit d'un ton plus grave :

– Comment va ma filleule ? Elle m'a paru bien calme au cinéma.

– Je sais, mais elle dit qu'elle va bien.
– Quand repasse-t-elle au scanner ?
– Dans une semaine.
– Tu estimes vraiment qu'il te faut une analogie pour elle ?
– Nous essayons toujours les autres voies, mais, pour l'instant, ça ne donne rien. Alors, oui.
Un soupir.
– Je vais voir ce que je peux faire. Mais promets-moi une chose, Tom ?
– Je t'écoute.
– Tu viendras me voir en taule !

Il était parfait. Sa stature, sa taille, même la forme de son visage étaient idéales. Et en plus, c'était un solitaire. Au cours des deux dernières semaines, Maria Benariac avait suivi l'homme aux cheveux bruns à travers Boston : c'était visiblement un nouveau venu dans la ville et il avait peu d'amis. Le troisième jour, il s'était rendu dans cette boîte où elle avait découvert qu'il était bisexuel, mais ça n'était pas un problème : il n'avait que des partenaires occasionnels. Personne, semblait-il, ne remarquerait sa disparition pendant une semaine ou deux. Même son téléphone, il l'utilisait rarement : la table d'écoute qu'elle avait installée le lui avait confirmé. Et quand il sonnait, l'homme avait l'air de ne jamais décrocher, il préférait laisser le répondeur filtrer les appels.

À part les évidents changements nécessaires, il était exactement ce qu'elle cherchait. Même sa sexualité permettait plus facilement de justifier ce qu'elle allait lui faire. Elle faisait de lui un pécheur et donc quelqu'un d'éminemment sacrifiable.

Maria prit des précautions quand elle le suivit à sa sortie des bureaux. Ses recherches lui avaient appris qu'il avait travaillé jadis pour la police de New York : il devait donc avoir un certain entraînement. Elle remarqua le sac de nylon passé par-dessus son épaule droite et la casquette qu'il tenait à la main. Manifestement, son rendez-vous de la mi-journée s'était bien passé.

Excellent.

S'il n'avait pas obtenu ce poste de gardien, alors toutes ses autres qualifications n'auraient eu aucun intérêt. Mais avec ça, il était plus que parfait : il était un don du ciel.

Il monta dans sa voiture et elle le suivit dans la sienne. Elle n'avait pas besoin de le filer de trop près : maintenant elle pouvait deviner ce qu'il faisait et où il allait. Il avait loué un appartement dans un immeuble près de Harvard. Quand ils passèrent devant le campus de GENIUS dix minutes plus tard, elle se permit un petit sourire. Elle ressentait déjà presque la satisfaction de tuer le savant. Et, dans quelques jours, elle pourrait l'éprouver pour de bon.

Ils approchaient de l'appartement de l'homme. Elle gara sa voiture de location à un bloc de là et fit le reste du trajet à pied. Le temps d'arriver devant l'entrée principale de l'immeuble, il était déjà à l'intérieur. Elle poussa la porte : comme la veille, comme l'avant-veille, elle n'était pas fermée à clé. Elle entra, s'assura qu'elle était seule puis se dirigea vers les deux ascenseurs et prit celui qui fonctionnait. Dans ce bâtiment un peu délabré, la peinture s'écaillait sur les murs et les locataires étaient pour la plupart des étudiants. Mais cela ferait l'affaire pour quelques jours. Frère Bernard, à n'en pas douter, essayait toujours de la contacter : il lui avait déjà laissé trois messages à Londres, elle n'avait répondu à aucun. Mais Bernard, ou l'émissaire qu'il lancerait à sa recherche, ne la trouverait jamais ici. Si par hasard il y parvenait, ce serait trop tard.

Au troisième étage, elle palpa les poches de son bleu de travail, vérifia le contenu de sa boîte à outils, puis s'engagea dans le corridor qui menait à l'appartement de l'homme. Numéro 30. Elle s'arrêta et frappa.

Silence. Puis un « Qui est là ? » étouffé. Elle

entendit un bruit de respiration de l'autre côté de la porte peinte en noir : elle devina qu'il regardait par le judas.

Déplaçant sa boîte à outils, elle se tourna pour exhiber le logo orange au dos de sa combinaison. De sa plus belle voix de travailleuse, elle lança :

– C'est l'électricité, monsieur. Il y a eu des survoltages dangereux dans cet immeuble et dans celui d'à côté. Il faut que je vérifie votre compteur et votre installation. Simple mesure de sécurité.

Un silence.

– Vous avez des papiers ?

Ça l'agaça. Pourquoi les gens étaient-ils si méfiants ? se dit-elle. Qu'est-ce qui pouvait bien pousser un jeune ex-flic à ne pas faire confiance à un employé de la Compagnie d'électricité ? De quoi pouvait-il bien avoir peur ?

Elle plongea la main dans sa poche et en tira une lettre dactylographiée.

– C'est une lettre du patron. Sur le papier à en-tête de la compagnie. Ça vous va ? fit-elle en poussant le document sous la porte. Ou bien vous voulez ma carte ?

Elle ouvrit sa boîte à outils et fit semblant de fouiller à l'intérieur. Comme si elle l'avait mise quelque part là-dedans et qu'elle essayait de la retrouver.

Elle émit quelques grognements déçus tout en fourrageant parmi ses outils. Mais en réalité, elle attendait. Elle écoutait.

Elle l'entendit déplier la lettre. Il ne bougeait pas.

Il n'allait pas téléphoner à la compagnie. Bonne chose.

– Bon sang ! s'exclama-t-elle. Je sais que je l'ai là quelque part. Ho ! si vous voulez, je peux revenir plus tard quand je l'aurai retrouvée ?

Un silence. Elle croyait l'entendre réfléchir tout en repliant la lettre. La dernière chose que ce type voulait, c'était la voir revenir. Il avait envie qu'elle fasse ce qu'elle avait à faire et qu'on en finisse.

Soudain, il y eut une succession de cliquetis, des serrures qu'on tournait, des chaînes qu'on retirait.

– Entrez, dit l'homme en ouvrant la porte et en lui rendant la lettre. L'air renfrogné, il tenait toujours sa casquette à la main. Vous pensez en avoir pour combien de temps ?

– Cinq, dix minutes. J'irai aussi vite que je peux.

Maria referma la porte derrière elle et le suivit jusqu'à un placard à côté de la petite cuisine.

Lui tournant le dos, l'homme ouvrit la porte du placard.

– Le compteur est là. Allez-y.

– Merci.

Maria fouilla dans sa boîte à outils pour en retirer un sac à provisions en plastique et son Glock semi-automatique, avec son silencieux. Sans laisser à l'homme le temps de se retourner, elle lui passa le sac en plastique par-dessus la tête, pressa le canon de son pistolet contre sa tempe et fit feu à deux reprises. Même avec le sac, c'était inévitablement salissant, mais les dégâts étaient réduits au minimum. Elle poussa le corps de l'homme dans la salle de bains, le déposa dans la baignoire et fit couler l'eau froide. Avec de la glace, elle pourrait ralentir jusqu'à une semaine la décomposition du corps et, après, ça n'aurait pas d'importance.

Elle aperçut la casquette que l'homme avait laissé tomber, essuya deux taches de sang sur la visière noire et s'en coiffa. Ça lui allait bien. Elle avait raison, se dit-elle avec un sourire. Ce type était parfait.

20

Boston. Direction générale de GENIUS. Trois soirs plus tard

Comme toutes les sociétés, le cybermonde avait sa propre culture. Des gosses qui s'ennuient et qui connaissent l'informatique rôdent dans les cyberrues, cherchant à se distraire et à se faire connaître en tentant de pénétrer par effraction dans n'importe quel système. Ces voyous de la cybernétique surfent sur le Net, toujours en virée d'un site à l'autre, en essayant de se persuader les uns les autres qu'ils sont les plus forts des cybernautes. Tous partagent le même rêve : accomplir un exploit dangereux, héroïque. Tuer un dragon électronique et passer du simple stade de voyou de la cybernétique à celui de seigneur.

Bien peu y parviennent. Mais il y a eu quelques épisodes de légende. Le plus célèbre étant sans doute le cybernaute qui s'introduisit dans la banque de données de la Réserve fédérale du Trésor, dans les systèmes de guidage des satellites de la NASA et dans le centre de commandement des missiles nucléaires stratégiques russes, en prenant tour à tour le contrôle de chacun d'eux. Par chance, le cybernaute n'avait pas de mauvaises intentions et, chaque fois, se contenta de prévenir les autorités de cette effraction en leur précisant comment elles devraient améliorer la sécurité de leur site. Ces mêmes autorités cherchèrent naturellement à retrouver le ou la coupable pour l'arrêter mais, comme le pirate utilisait un itinéraire complexe, passant d'un noyau à l'autre et sautant du Web à des relais satellites, elles perdirent la trace de leur proie. Mais la communauté des voyous de la cybernétique savait de qui il s'agissait. C'était un des leurs : le cybernaute qui se faisait appeler Terreur.

Il y avait douze ans de cela. La signature de Terreur avait ensuite pratiquement disparu de l'Internet, mais le nom survivait comme celui d'un vrai cyberseigneur.

Ce soir pourtant, Terreur surfait de nouveau sur les autoroutes de l'information. Il fallait au cybernaute l'anonymat que lui assurait son surnom. Il éprouvait aussi le besoin de se rassurer en évoquant le souvenir des triomphes passés que ce nom traînait derrière lui. Car, ce soir-là, la femme qui avait passé des années à devenir un membre éminemment respectable de la communauté scientifique – avec rien de moins qu'un prix Nobel – enfreignait de nouveau la loi.

Le docteur Jasmine Washington but une nouvelle gorgée de son Coca light et mordit dans sa part de pizza, les yeux fixés sur son écran de cinquante centimètres. Depuis quinze heures elle travaillait dans son bureau au rez-de-chaussée de la pyramide de GENIUS. Elle était contente pour une fois que Larry fût en voyage. Elle aimait le calme de la nuit : c'était le moment où son esprit fonctionnait le mieux.

À part la lueur bleutée de l'écran, le rond de lumière que dispensait sa lampe était la seule source d'éclairage dans le petit bureau bien rangé. Dans la pièce voisine, la salle toute blanche à la température automatiquement contrôlée au cœur du département de Technologie de l'information, « Maman » émettait un doux ronronnement, presque apaisant : une infime partie de son puissant cerveau s'occupait à recueillir et à collationner toutes les données rassemblées par tous les génescopes en fonctionnement à travers le monde. Mais, à part le discret tic-tac de l'horloge en haut de l'écran, on n'entendait pas un bruit. Il était minuit passé : Jasmine avait l'impression qu'à part elle le monde entier dormait.

Elle consulta ses notes. L'examen de tous les dossiers d'IGOR avait été achevé deux jours auparavant, et on n'avait trouvé aucune analogie même si d'heure en heure des informations arrivaient, à la suite de nouveaux balayages. Mais maintenant, c'était ailleurs qu'elle regardait. Elle avait déjà piraté un grand nombre de banques de données d'ADN les moins protégées de sa liste telles que celles des hôpitaux et des petites compagnies d'assurances à travers le monde. Dans chacune d'elles, elle avait introduit son dossier à mémoire comprimée qui ne contenait que la séquence génétique des gènes de Nazareth, afin de rechercher une analogie. Elle venait d'en terminer avec les plus importantes, comme les archives d'ADN du personnel militaire américain, britannique et français, toutes protégées par des logiciels d'alarme. Mais ces barrières ne s'étaient pas révélées trop difficiles à franchir pour un cyberseigneur comme elle et elle était heureuse de voir qu'elle n'avait perdu aucun de ses talents de pirate. Mais, après avoir balayé presque deux cents millions de génomes individuels, elle était déçue de n'avoir toujours pas trouvé d'analogie.

Elle étira les bras au-dessus de sa tête et se leva, puis s'approcha d'un pas un peu engourdi du mur de verre de la pyramide. Dehors, tout était d'un noir d'encre, même si elle apercevait les étoiles qui parsemaient le ciel sans nuage et le mince croissant d'argent de la lune. Devant elle, par-delà l'obscurité du campus, elle voyait la faible lueur du principal pavillon d'entrée. Elle savait qu'il y avait là deux gardiens, qui surveillaient les lieux sur les écrans de leur télévision en circuit fermé. Elle avait pénétré dans l'ordinateur central vidéo et glissé un film en boucle dans la caméra qui la surveillait. Maintenant, un gardien inspectant la zone où elle travaillait verrait un bureau vide au lieu du directeur de la Technologie de l'information de GENIUS s'introduisant illégalement dans une banque de données. Elle revint à son ordinateur et reprit sa place. Cela l'avait terrifiée de voir l'hologramme du Christ : cela lui avait donné le sentiment d'avoir contre son gré invoqué son esprit comme l'aurait fait un nécromancien en des temps reculés. Après la découverte des gènes de Nazareth, toute la nuit et pendant une bonne partie du jour suivant, elle avait procédé à un examen de conscience fouillé. Elle ne savait pas quoi faire : annoncer à Tom qu'elle voulait cesser de participer au projet Cana, ou bien continuer ce qui pourrait bien être une entreprise miraculeuse. Pour finir, après pas mal de prières, elle avait estimé que, si ces gènes pouvaient leur permettre de guérir Holly et l'humanité en général, alors, elle devait mener le projet jusqu'au bout. Et c'était à elle maintenant de trouver une analogie. Tom et Holly comptaient sur elle.

Elle vérifia encore une fois ses notes sur toutes les banques de données qu'elle comptait visiter. Elle les avait listées en ordre croissant de difficulté et de danger. Elle jugeait raisonnable de prendre le maximum de précautions pour essayer de trouver une analogie et de ne prendre de risques que quand elle ne pouvait pas les éviter. Après tout, ça ne les avancerait pas si elle se faisait prendre et condamner. Pourtant, Jasmine le savait, c'était dans les banques de données les plus vastes et les mieux protégées qu'on avait tendance à récolter les plus riches moissons. La plus impressionnante était un système basé à Paris qu'elle avait surnommé le « Trou noir » parce que, malgré ses vastes dimensions – il contenait plusieurs millions de génomes –, il était également protégé par la nouvelle version de PREDATOR 3. Cela lui assurait une sécurité comparable à celle d'IGOR, qu'elle considérait comme pratiquement inviolable. Quiconque pénétrait dans le Trou noir sans l'autorisation appropriée, sans le talent nécessaire, se trouverait aspiré dans le système sans possibilité d'en sortir : alors le système PREDATOR se verrouillerait sur le signal du pirate et aurait tôt fait de retrouver sa trace. Terreur aurait trouvé ce défit irrésistible, mais le docteur Jasmine Washington, avec les années et l'expérience, se préoccupait plus des risques réels. Elle n'envisagerait de pénétrer le Trou noir que si cela s'avérait nécessaire.

Elle déplaça la flèche sur l'écran jusqu'au système suivant figurant sur sa liste. Même ceux qui n'avaient qu'un rapport lointain avec la génétique connaissaient la Banque de données des variantes du génome humain. Elle abritait les fruits du projet controversé qui portait le même nom. Installé au début des années 1990 grâce aux découvertes de deux généticiens, Luigi et Luca Cavalli-Sforza de l'université de Stanford et Kenneth Kidd de Yale, le projet des variantes du génome humain était un prolongement du projet du génome humain. Il se proposait de saisir et de conserver l'ADN et les gènes rares de plus de cinq cents communautés ethniques vivant dans des coins perdus du monde. Nombre d'entre elles, comme les Hadza de Tanzanie, les Youkagirs de Sibérie et les Onges des îles Andaman, étaient en voie d'extinction.

Une controverse s'était élevée car on estimait que la science occidentale attachait plus de valeur à l'ADN de ces peuplades en voie de disparition qu'à ces peuples eux-mêmes. Il y eut de nombreux cas scandaleux en Occident, où notamment le gouvernement américain essayait de breveter des gènes rares susceptibles de combattre certaines maladies. On réprima ces tentatives mais, si on les avait laissées se développer, les bénéfices substantiels de l'opération seraient allés dans la poche du gouvernement américain et des compagnies pharmaceutiques, sans qu'en profitent les « propriétaires » indigènes de ces gènes.

Le génescope avait permis aux dirigeants du projet d'énoncer un certain nombre de principes pour s'assurer qu'on relevait l'identité de tous les individus qui donnaient des échantillons de leurs gènes de façon que, si l'on découvrait une souche de gènes rares, on pût remonter jusqu'au donneur, jusqu'à sa famille ou sa communauté. Ce donneur, sa famille ou sa communauté profiterait alors de tout ce que l'opération pourrait éventuellement rapporter. Quand on se fut mis d'accord sur la répartition des droits d'extraction génétique, le projet se développa plus calmement et l'on entreposa tous les génomes dans la Banque de données des variantes du génome humain.

Elle cliqua sur l'icône et vit une inscription sur un panneau réclamant son mot de passe. Elle reconnut aussitôt l'architecture fondamentale du système : une banque de données relationnelles, un modèle Kibuki 2000 perfectionné qui annonçait des installations de sécurité. Comme avec tout ce qui était japonais, Jazz était impressionnée par la conception du système. La série de portes qui protégeait l'accès à la banque de données était programmée avec soin, remarquablement conçue et munie d'un certain nombre de logiciels d'alarme habilement disposés.

Mais il en fallait plus pour la démonter. Terreur n'était peut-être pas aussi actif qu'autrefois, mais le docteur Jasmine Washington s'était tenu au courant des derniers développements de l'informatique : elle en avait même quelques-uns à son actif. D'après son expérience, les systèmes japonais les mieux conçus avaient toujours une lacune tragique. La beauté même et la pureté de leur conception tendaient à être leur talon d'Achille.

Sa main se tendit machinalement vers sa part de pizza froide qu'elle se mit à mastiquer tout en réfléchissant. Quand elle eut terminé, elle s'essuya distraitement les lèvres du revers de la main et se mit à pianoter sur le clavier. Une par une, elle fit sauter toutes les mailles invisibles du programme conçu par le programmeur original pour verrouiller la banque de données. Chaque fois qu'elle démantelait une porte de sécurité, ses hypothèses se confirmaient. C'était le problème avec ce système : il était trop bien conçu. Trop prévisible.

En moins de quarante minutes, comme Terreur jadis, elle était dans la place, à évoluer dans la banque de données. Elle insérait un exemplaire du dossier des gènes de Nazareth, recherchant l'analogie exacte des séquences génétiques qu'il contenait.

Elle prit sa bouteille de Coca, s'apprêtant à attendre un moment. Même avec sa puissante machine de cent térahertz, les recherches dans une banque de données de cette ampleur pouvaient prendre un certain temps.

Mais, presque aussitôt, le message « analogie » se mit à clignoter. Si vite que, prise au dépourvu, elle renversa son verre sur son T-shirt et sur son jean.

« Seigneur ! » Son fugitif agacement se changea vite en excitation lorsqu'elle vit l'écran se modifier et le balayage d'une photo apparaître avec un peu de texte à côté. L'image ressemblait à la photo d'identité d'un criminel : un homme au visage sombre, encadré de longs cheveux gris, qui la regardait droit dans les yeux. Elle aimait bien ce visage : fort et digne, avec même une certaine noblesse. L'homme semblait âgé mais en excellente forme. Il était torse nu et solidement musclé. Elle déroula le texte qui accompagnait la photo. Il s'agissait d'un Indien Wayuu de Carisal, en Colombie. Il avait pour nom Puyiana, mais on ne donnait pour prénom que Al. Son cœur bondit lorsqu'elle parcourut les dernières lignes.

On lui attribue des dons de guérisseur, lut-elle sur l'écran.

Al était un guérisseur. Jasmine lut comment Al Puyiana, contrairement aux autres sorciers de la région, n'utilisait pas sa connaissance des herbes et des plantes locales pour soigner les malades, mais « l'imposition des mains ». Les chercheurs qui avaient rassemblé ces informations assuraient ne pas comprendre comment il opérait, mais déclaraient qu'il y avait de « fortes preuves » qu'il possédât un « don authentique ».

Dans le haut de l'écran, elle vit des icônes proposant d'autres renseignements sur l'homme. Celle à laquelle elle accorda le plus d'attention, c'était l'icône « éléments génétiques » : cela devrait confirmer l'équivalence avec les gènes de Nazareth – des gènes qui, à n'en pas douter, avaient échappé aux chercheurs avant elle à cause de leurs codons différents. Elle allait cliquer sur l'icône lorsqu'elle remarqua que deux dates figuraient sous le nom de Al, et pas seulement sa date de naissance. La seconde remontait à un peu plus de trois mois.

Elle revint au corps du texte et le déroula jusqu'en bas.

« Oh non », murmura-t-elle. Elle éprouva un élan de véritable tristesse pour cet homme dont elle venait tout juste de faire la connaissance. Al Puyiana, avec son visage énergique et ses mains qui guérissaient, était mort trois mois auparavant au bel âge de quatre-vingt-douze ans.

Elle vérifia de nouveau l'équivalence de la séquence génétique. Parfaite. Le défunt avait les trois gènes de Nazareth dissimulés dans son génome, chacun identique à la séquence découverte dans l'échantillon provenant du Christ. Elle fit une copie de son dossier et du balayage génétique et le transféra sur la mémoire du disque dur de son ordinateur. Même mort, il pourrait révéler d'autres secrets.

« Merde. » Découvrir qu'ils l'avaient manqué de trois mois, ça n'était pas juste. Elle songea à appeler Tom pour lui raconter ce qui s'était passé, mais elle y renonça en regardant une nouvelle fois l'heure. Près d'une heure et demie du matin. Elle savait qu'il veillait tard cette nuit, mais elle doutait qu'il fût encore là. Peut-être devrait-elle rentrer chez elle et dormir un peu aussi, mais elle était trop énervée. Elle relut encore une fois le texte sur l'Indien Wayuu de Carisal. Les mots

« on lui attribue des dons de guérisseur » semblaient jaillir de l'écran pour la narguer.

Poussant un profond soupir, elle vérifia encore qu'il n'y avait pas d'autres analogies dans le système, puis elle en sortit avec méthode, s'assurant bien qu'elle ne laissait derrière elle aucune trace de son intrusion. Comme tant de fois voilà bien des années, elle s'était encore introduite incognito dans une forteresse apparemment imprenable, puis en était ressortie tout aussi discrètement.

Peut-être était-ce la déception d'avoir été si près du but qui la poussa à faire ce qu'elle fit ensuite ? Ou bien était-elle trop énervée pour dormir ? Ou peut-être savourait-elle simplement le plaisir de redevenir Terreur la rebelle ? Quelle qu'en fût la raison, le docteur Jasmine Washington ignora la longue liste de banques de données d'ADN soigneusement classées par ordre de risque croissant pour aller droit au dernier nom de la liste. Il était temps de voir si Terreur pouvait encore pirater celle-là. Si le seigneur de la cybernétique pouvait s'introduire dans la plus impénétrable forteresse : dans le Trou noir.

Une demi-heure plus tard, les gardes de sécurité de GENIUS changeaient d'équipe à l'entrée principale. Les deux nouveaux venus franchirent bruyamment la porte et échangèrent quelques plaisanteries gaillardes avec leurs collègues qu'ils venaient relever.

Gus Stransky travaillait depuis près de sept ans pour SHIELD, l'agence de sécurité privée qui surveillait le campus de GENIUS. À cinquante ans passés, il avait été un des meilleurs policiers de Boston avant d'être mis à la retraite et pensionné de bonne heure après qu'une balle lui eut endommagé la cheville droite. Malgré les horaires, il aimait bien le travail de l'agence. Cela lui permettait de souffler un peu, loin de son enquiquineuse de femme, Doris.

Le contrat GENIUS, c'était un rêve. La boîte avait

de l'argent et disposait de la technologie la plus sophistiquée. Tout ce qu'il avait à faire, c'était de rester assis au poste de garde et de surveiller sur les écrans du circuit de télévision interne s'il ne se passait rien de bizarre. Depuis la Suède, quand Mme Carter avait été abattue, on avait doublé la sécurité, si bien qu'il avait même de la compagnie. Son équipier ce soir était un nouveau, un jeune type aux cheveux bruns du nom de Bart Johnson, un grand gaillard solidement bâti. Bart n'avait été recruté pour GENIUS que deux jours plus tôt. Mais il avait l'air OK et Gus avait l'habitude de faire équipe avec les bleus. Son chef disait toujours qu'il savait s'y prendre avec eux.

Au poste de garde, il y avait deux batteries d'écrans de contrôle. L'une montrait des secteurs extérieurs à la pyramide principale et couvrait presque tout le campus, y compris les hangars de production de protéines. L'autre batterie d'écrans surveillait l'intérieur de la pyramide, avec un écran qui montrait en permanence le grand atrium et les deux autres gardiens postés là. Il pouvait très bien s'asseoir entre les deux rangées d'appareils et tout surveiller de là, mais ce soir Gus prit l'extérieur et laissa le bleu s'occuper de l'intérieur.

Gus inspecta rapidement ses écrans de contrôle et constata que tout semblait en ordre. Il se tourna vers son équipier.

– Tu es marié, Bart ? Ou bien est-ce que tu es heureux ?

Bart sourit.

– Heureux, je pense.

Gus regarda son jeune collègue inspecter les écrans devant lui. Tous montraient des bureaux vides. Seuls le pavillon hospitalier et le laboratoire Crick semblaient occupés. Le docteur Carter était encore au travail au labo Crick. Impossible de deviner exactement ce qu'il faisait, mais il semblait très occupé devant sa paillasse.

Bart pressa un bouton, activant le téléphone intérieur qui le reliait aux gardiens de l'atrium.

– Comment ça se passe chez vous ?

Un des gardes sur l'écran brandit sa main droite avec un pouce levé.

– Bien jusqu'à maintenant. C'est toi, Bart ?

– Bien sûr, mon petit vieux.

– Le vieux Gus est là ?

Bart se tourna et sourit en voyant son partenaire froncer le nez.

– Mais oui, le *vieux* Gus est là. Comment ça va, vous deux ?

– C'est très calme, fit la voix dans l'appareil. Si calme que ça manque un peu d'animation.

Gus prit une tablette de chewing-gum et se mit à la mastiquer. Il en offrit à Bart, mais le jeune homme se contenta de refuser de la main. Gus remit le paquet dans sa poche, se rassit dans son fauteuil et examina méthodiquement ses écrans. Les hangars à protéines étaient absolument déserts, tout comme le parc. Rien ne bougeait.

Il sentit soudain son jeune équipier se crisper auprès de lui. Gus se retourna et vit Bart qui fixait l'écran montrant le laboratoire Crick où travaillait le docteur Carter.

– Il se passe quelque chose ? demanda-t-il d'un ton las.

Pourquoi ces jeunes types étaient-ils toujours si nerveux, toujours à voir un danger rôdant dans chaque coin d'ombre ?

Bart eut un claquement de langue.

– Je ne suis pas sûr. Il se leva. Gus, viens regarder ça de plus près et dis-moi ce que tu vois.

Gus soupira, mais se leva.

– D'accord, fit-il sans enthousiasme.

S'il avait eu un dollar pour chaque fois où un bleu lui avait demandé de jeter un coup d'œil de vieux routier à une ombre qui bougeait ou à une tache sur l'écran, il n'aurait plus besoin de travailler. Ça, c'était sûr.

Le jeune gardien s'écarta tandis qu'il se penchait vers l'écran de contrôle.

– Quel est le problème ? demanda Gus. Je ne vois rien.

– En bas à droite. C'est petit. Tout petit.

Gus se pencha davantage. Mais il ne voyait toujours rien. Seulement le docteur Carter qui se grattait la tête devant une rangée de coupelles. À quoi diable jouait Bart ? Puis il y eut un petit déclic métallique derrière lui. Tout d'abord, ça ne lui dit rien, puis, comme une note d'une chanson depuis longtemps oubliée, il se rappela ce que c'était que ce bruit.

Un pistolet qu'on armait.

Il se retourna, plus furieux qu'effrayé.

– Qu'est-ce que tu es en train de fout... ?

Il n'en dit pas davantage : deux détonations assourdies, puis une chaleur fulgurante lui traversa la poitrine. C'était une impression étrange. Il ne ressentit pas tellement une douleur : il avait plutôt le souffle coupé. Abasourdi, il tâta sa tunique. Elle était humide et poisseuse et il y avait des éclaboussures rouges sur les écrans de contrôle devant lui. Du sang, conclut-il avec un calme étonné : son sang. Merde, on lui avait tiré dessus. Il se sentait faible et les jambes molles : alors il se rassit sur son fauteuil et essaya de reprendre son souffle, mais il n'y arrivait pas, il n'y arrivait absolument pas. En regardant autour de lui, il vit Bart qui l'observait attentivement. Ça n'avait pas de sens : son jeune équipier avait à la main un pistolet muni d'un silencieux. Gus éprouvait une profonde fatigue, il se renversa contre le dossier du fauteuil en essayant de trouver une position plus confortable. Bart ne le quittait pas des yeux.

Comme tout commençait à se brouiller, deux pensées seulement restèrent pour troubler ce qui lui restait de conscience. L'une, ce fut l'idée qu'il ne reverrait jamais sa femme Doris, ce qui l'emplit d'une surprenante tristesse. L'autre, ce fut de se demander pourquoi il n'avait jamais remarqué auparavant que Bart avait un œil bleu et l'autre marron.

Avant d'ouvrir son sac, Maria Benariac s'assura que le corps sans vie de Gus n'allait pas tomber de son siège. Elle fourra son arme dans le sac et inspecta les autres instruments qu'elle avait apportés pour ce soir. Cela lui avait pris toute une journée de trouver les clous. Aucune quincaillerie ne semblait en avoir en stock qui fussent assez longs et assez larges. Mais elle était certaine que les quatre qu'elle avait fini par trouver à Charlestown suffiraient. Il ne lui en fallait que trois, mais en avoir un de rechange n'était pas un luxe. Le marteau qu'elle avait trouvé dans l'appartement de Johnson était assez lourd pour enfoncer les clous.

Abattre Gus ne comptait pas pour elle comme une purification au vrai sens du mot. Pas plus qu'éliminer Bart Johnson, la jeune recrue de SHIELD, dont elle avait emprunté l'uniforme, la place et l'identité. Ce n'étaient là que des obstacles irritants qui se dressaient devant elle dans l'accomplissement de sa mission sacrée.

Un bref instant, elle songea avec tristesse au Père et à leur récente discussion. Elle espérait que, lorsqu'elle en aurait fini avec le docteur Carter et son projet, le Père comprendrait la sagesse de ses actions et l'accueillerait de nouveau parmi ses ouailles. Mais, même si ce n'était pas le cas, elle était convaincue d'appliquer comme il fallait le Second Impératif. Son Dieu lui dirait où elle devrait frapper ensuite et elle devrait le faire sans les conseils ni l'intervention du Père, en dehors du sein réconfortant de la confrérie.

Ainsi soit-il, se dit-elle. Une fois déjà, elle avait ressuscité. Elle allait le faire encore.

Elle activa l'interphone, et dit de la voix grave qu'elle avait appris à prendre :

– Salut, les gars. Je vais passer vous apporter quelque chose. D'accord ?

Sur l'écran, un des gardiens de l'atrium de la pyramide acquiesça de la tête.

– Pas de problème. On t'ouvrira la porte.

– Merci beaucoup, dit-elle, coupant la communication.

Puis, sans même un coup d'œil au corps affalé de Gus, elle sortit du poste de garde.

Elle enfonça sa casquette sur sa tête tout en foulant le gravier de l'allée. Devant elle, la pyramide de verre semblait se dresser comme un temple futuriste dans le ciel nocturne. Ce serait bien d'éliminer le savant dans son antre. Elle avait attendu ce moment, elle s'était octroyé toute une semaine, mais l'heure était enfin venue. À chaque pas, elle sentait son excitation croître et, à chaque pas, elle murmurait une phrase de son credo :

« Je suis Némésis. Que mon épée de justice soit bien affilée !

Que mon armure de vertu soit sans tache !

Et que le bouclier de ma foi soit inébranlable ! »

À chaque crissement de ses semelles sur les cailloux, elle répétait les phrases comme une incantation dans l'air frais de la nuit.

Le trajet lui prit moins de cinq minutes et la porte principale s'ouvrit juste avant qu'elle atteigne le scanner d'ADN. Un peu plus loin, dans l'atrium illuminé, elle apercevait les gardes assis derrière leur console qui lui faisaient de grands sourires. Son regard se posa sur la boîte de dérivation derrière le second gardien : celle qui contrôlait toutes les lignes téléphoniques qui entraient dans le bâtiment et qui en sortaient.

– Salut, mon vieux, bienvenue dans notre humble demeure, lança Georges, l'homme qui lui avait parlé dans l'interphone. Alors, qu'est-ce que tu as pour nous ?

Elle entra et, avec un grand sourire, tapota son sac.

– Exactement ce que vous cherchiez.

Le sourire du gardien s'élargit.

– Ah oui ? Et qu'est-ce que c'est ?

Elle plongea la main dans le sac et ses doigts se refermèrent sur son fidèle Glock.

– Un peu d'animation.

21

Département TI.
Direction générale de GENIUS. Boston

À moins de quarante mètres de là, Terreur était en transe : elle tentait d'ouvrir une brèche dans les remparts protégeant le Trou noir. Ses doigts se déplaçaient avec vitesse et précision sur le clavier tandis que son regard restait fixé sur le monde virtuel au-delà de l'écran.

La mention officielle en haut de l'écran de contrôle servait à lui rappeler de façon permanente ce que son geste avait de grave – et les conséquences qu'il pourrait avoir si elle se faisait prendre. Tout comme le message d'avertissement qui clignotait en rouge au milieu de l'écran : PREDATOR V3 PROTECTION ASSURÉE. Elle avait déjà mis hors service les trois premières portes de la banque de données d'ADN sans doute la plus protégée au monde, et elle était sur le point de faire passer au vert le quatrième et dernier voyant, et de franchir l'ultime barrière.

Une fois qu'elle aurait pénétré dans la banque de données proprement dite, le système PREDATOR décèlerait immédiatement sa présence et elle ne disposerait que de soixante secondes pour rechercher une analogie et puis sortir discrètement du système sans laisser aucun dossier derrière elle. Si elle s'attardait un instant de plus, elle serait prise au piège, incapable de sortir tandis que les gardiens du système la repéreraient. Et ce n'étaient assurément pas des gens avec qui ni Jasmine ni Terreur avait envie d'avoir des histoires. Absolument pas.

L'écran soudain se mit à scintiller comme s'il y avait eu survoltage. Puis au bas de l'écran le voyant rouge passa au vert. Elle avait franchi la quatrième porte.

Jusqu'à maintenant, très bien. Elle était contente, très contente d'être arrivée jusque-là. En plongeant dans le langage complexe du programme, elle en avait récrit de longs passages sans que le système donne l'alarme. Elle s'arrêta un moment pour se calmer et déplaça le curseur sur l'icône du sésame électronique qui donnait accès aux données. Quand elle aurait cliqué là-dessus, le compte à rebours de PREDATOR commencerait.

Elle ôta sa montre et testa l'alarme vocale digitalisée. « *Cinq secondes* », dit la voix sans timbre du chronomètre. Satisfaite, elle posa la montre près du clavier. Elle déplaça le curseur vers le dossier électronique condensé qui contenait la séquence génétique des trois gènes hybrides. Jasmine l'avait créé pour accélérer la recherche d'une analogie. En insérant l'icône dans la banque de données et en activant la fonction Recherche, la machine pouvait retrouver la séquence correspondante dans n'importe lequel des génomes figurant dans la banque de données. Elle installa l'icône au centre de l'écran pour l'insérer rapidement.

Terreur prit une profonde inspiration, pressa un bouton sur le côté du chronomètre puis cliqua sur l'icône.

Elle était maintenant à l'intérieur de la banque de données et introduisit l'icône des gènes de Nazareth dans la case de Recherche, puis sélectionna Recherche accélérée.

Le système PREDATOR se déclencha. « ATTENTION » se mit à clignoter en rouge en haut de l'écran et une voix électronique jaillit des haut-parleurs :

« Recherche autorisée. Vous avez soixante secondes pour donner votre code d'identification personnelle et votre symbole d'autorisation d'accès. »

Un gros 60 apparut dans le coin supérieur droit de l'écran et les nombres aussitôt s'égrenèrent. 59, 58, 57...

Terreur sentit les gouttes de sueur perler sur son front, mais restait calme. Sans se laisser distraire par les nombres qui défilaient, elle gardait les yeux fixés sur la fenêtre de recherche au milieu de l'écran. La bande blanche horizontale qui traversait l'écran s'emplissait de noir. Au-dessous, un pourcentage s'affichait.

Un dixième de la bande était déjà occupé et le message *Dix pour cent de la banque de données consultés* s'afficha au-dessous. Puis, après ce qui lui parut une éternité, le noir avança encore d'un cran et le chiffre de dix pour cent fut remplacé par quinze pour cent.

Le compteur continuait son compte à rebours : 42, 41, 40...

La progression sur la bande blanche était désordonnée : le noir passa très vite de quinze pour cent à vingt pour cent, puis à vingt-cinq pour cent. Mais mit une éternité à atteindre trente pour cent.

32, 31, 30, annonçait le compteur.

« *30 secondes* », annonça la voix digitalisée de son chronomètre.

Elle avait du mal à garder les yeux fixés sur l'écran. Le programme de Recherche accélérée ne lui fournirait que le minimum de détails sur n'importe quelle analogie de séquences, mais il devrait du moins permettre une consultation à cent pour cent de la banque de données dans les temps. C'était serré, très serré.

17 secondes.

On en était maintenant à soixante-dix-huit pour cent.

Et puis, tout d'un coup, elle trouva une analogie.

« Alléluia », murmura-t-elle, réagissant aussitôt. Elle ne prit pas la peine d'ouvrir le dossier, elle se contenta de le sélectionner, de le copier et de le transférer sur la mémoire de sa machine. Puis, cliquant rapidement et déplaçant le curseur, elle récupéra l'icône des gènes de Nazareth de la fenêtre de recherche et sortit du système.

Au moment où le compteur sur l'écran annonçait 3.

« *Soixante secondes* », annonça son chronomètre.

Ce fut alors seulement que Terreur s'essuya le front et poussa un long soupir de soulagement. Elle avait gagné. Le cyberseigneur s'était introduit au cœur du Trou noir et en était ressorti sans être détecté. Elle était sauvée.

L'image disparut soudain de l'écran et le menu principal apparut. Elle se rendit compte que la ligne du modem avait dû lâcher ou être débranchée.

Elle décrocha son téléphone et composa le numéro intérieur pour appeler le bureau de la réception dans l'atrium. Rien. Un silence de mort. Qu'est-ce qu'il se passait ?

Elle se leva et sortit de son bureau pour gagner la salle des ordinateurs et regarda l'atrium de l'autre côté du verre teinté. Où étaient les gardiens ? Les deux bureaux étaient abandonnés. Depuis les menaces contre Carter, Jack avait interdit sous peine de renvoi qu'on laisse à aucun moment l'atrium ou le poste de garde sans surveillance. Elle se dirigea vers le plus proche des deux bureaux.

Ce fut alors qu'elle aperçut une chaussure noire parfaitement cirée.

Cela faisait bizarre de la voir se dresser de l'autre côté du bureau. Il fallut une seconde à son cerveau fatigué pour se rendre compte que la chaussure recouvrait un pied. Tandis que l'horreur montait en elle, elle fit le tour du bureau, voyant la cheville apparaître, puis la jambe de pantalon et sa jumelle, et enfin le corps tout entier de Georges, le gardien. Elle l'aimait bien : elle avait rencontré sa femme et ses deux fils au pique-nique de l'entreprise l'été dernier. Il la dévisageait, mais ses yeux étaient comme un écran d'ordinateur éteint. Trois balles lui avaient perforé la poitrine et le cou et un filet de sang ruisselait sur le marbre.

Jasmine sentit la nausée l'envahir quand elle enjamba la flaque rouge poisseuse pour tâter le pouls au poignet encore tiède de Georges. Mais les yeux du malheureux n'avaient pas menti : la femme de Georges était maintenant veuve et ses deux fils orphelins. Au moment où un hoquet la secouait, elle aperçut le second corps gisant derrière l'autre bureau.

Portant une main à sa bouche, s'efforçant de maîtriser la panique qui montait en elle, elle décrocha d'instinct le téléphone. Elle porta le combiné à son oreille et maudit sa stupidité quand une fois de plus elle n'entendit que le silence. Réfléchis ! bon sang ! Réfléchis !

File ! Fiche le camp d'ici ! Tout de suite ! Les ordres lui arrivaient spontanément des profondeurs de son être. Et en même temps la peur. Elle n'était plus simplement bouleversée par ce qui était arrivé aux deux hommes : elle était soudain terrifiée à l'idée de ce qui pourrait lui arriver à elle. Elle se détourna des corps ensanglantés, remarquant à peine les écrans de contrôle de la télévision en circuit fermé, toute son attention concentrée sur l'escalier menant au garage en sous-sol.

Les écrans de contrôle.

La blouse blanche sur l'écran, qu'elle n'avait aperçue que pendant une fraction de seconde, lui brûlait soudain l'œil. Espérant que sa vue l'avait trompée, elle s'obligea à ralentir sa fuite pour regarder de nouveau les écrans devant le bureau. La silhouette en blouse blanche se déplaçait maintenant : sur l'écran on lisait *laboratoire Crick.*

Tom était encore ici.

Dès cet instant, elle sut. Le Prédicateur était venu pour le tuer.

Deux voix maintenant retentissaient dans sa tête. L'une continuait à crier *File !* plus fort, et avec plus de conviction. *Prends ta voiture !* disait-elle. *Va chercher de l'aide ! Personne ne pourrait te demander d'en faire plus.* L'autre voix, un murmure qu'elle pourrait presque ignorer, lui disait que l'aide n'arriverait pas à temps. C'était à *elle* de courir au secours de son ami, de le prévenir.

« Mais qu'est-ce que je peux faire ? » dit-elle tout haut en regardant ses pieds qui l'entraînaient vers le garage et le salut.

Puis une idée lui vint et elle s'arrêta. Tournant les talons, elle revint jusqu'au corps de Georges. S'efforçant de ne pas regarder ses yeux, elle fit rouler le corps dans le sang poisseux.

L'étui était fermé, mais le pistolet noir et menaçant était toujours là.

De ses doigts tremblants, elle fit coulisser la lanière, vérifia le chargeur, comme son frère le lui avait enseigné. Il était plein. Elle ôta le cran de sûreté et prit l'arme à deux mains. En la soupesant, elle se rappelait les mots de macho de son frère mort : *Ne prends une arme que si tu es prête à t'en servir.*

Était-elle prête à s'en servir ? À faire ce qu'elle avait juré de ne jamais faire : braquer un pistolet sur quelqu'un et faire feu ? La bouche sèche, les jambes molles, elle se dirigea vers l'ascenseur.

Non ! ordonna la voix dans sa tête. *Ne prends pas l'ascenseur ! Le tueur saura que tu arrives. Il ne doit même pas savoir que tu es ici. Prends l'escalier !*

Elle fit demi-tour et se précipita vers la cage d'escalier. Et, lorsqu'elle poussa les battants de la porte, elle essaya d'imaginer qu'elle n'était plus Jasmine mais Terreur comme autrefois – un cyberseigneur qui s'était arraché au monde virtuel pour se lancer dans le monde réel. Elle avait un pistolet et elle avait un mobile.

Que pouvait-elle demander de plus ?

« Courage, se dit-elle, Oh, j'aurais besoin de fichtrement plus de courage. »

Elle prit une profonde inspiration, essaya de maîtriser le tremblement de ses jambes et se mit à gravir l'escalier plongé dans l'obscurité.

À l'étage au-dessus, Tom soupira et regarda jusqu'au fond des yeux de l'homme.

– Parle-moi du troisième gène ! ordonna-t-il. Dis-moi quelle est sa fonction ! Il brandit un flacon de sérum empli des nouveaux gènes et le jeta au visage de l'homme. Et dis-moi ce que fait ce mélange ? interrogea-t-il. Comment diable est-ce que ces trois gènes se combinent ? Dis-le-moi, bon sang !

L'homme ne dit rien : il se contenta de le dévisager. Tom lui lança un coup de poing à la tête, mais il en tira peu de satisfaction quand sa main passa à travers. C'était le problème avec les hologrammes : on ne pouvait compter sur eux ni pour la conversation ni pour servir de punching-ball. Écœuré, Tom secoua la tête et bâilla. Il revint vers DAN, qui comptait toujours dans son « cerveau virtuel » les innombrables répétitions, en s'efforçant de démêler le nœud gordien du troisième gène. Il se pencha et appuya sur deux touches du clavier : l'hologramme du Christ disparut. Tom avait passé en revue tout ce qu'il avait découvert depuis huit heures et demie du matin – du matin de la veille – et il n'était toujours pas plus avancé.

Il prit une coupelle étiquetée *Naz 3-E Coli* et reconnut l'écriture soignée de Nora. Il la leva à la lumière et la contempla un moment. Pas de protéine. Rien. Il en fit autant avec *Trinité E Coli* qui contenait les trois gènes hybrides ensemble. Une protéine entièrement nouvelle avait été produite. Et en quantité. Mais que diable était donc sa fonction ?

Peut-être les gènes ne font-ils rien, lui soufflait son esprit fatigué. *Peut-être qu'il n'y a rien à savoir.* Tom consulta sa montre et s'approcha du téléphone. Il se demandait si Jasmine était là. Ce ne serait pas la première fois qu'elle aurait travaillé toute la nuit. Il décrocha le combiné et le porta à son oreille. Puis il le secoua et écouta encore. Il ne manquait plus que ça : pas de tonalité.

Il raccrocha rageusement et tourna les talons pour se diriger vers l'ascenseur. La vague silhouette en uniforme qu'il aperçut sur le seuil le prit au dépourvu.

– C'est vous, Georges ? Bon sang, qu'est-ce qui cloche avec les téléphones ?

– Je les ai coupés, docteur Carter. Nous sommes seuls. Rien que vous et moi.

La voix, une voix de femme, très grave, lui donna un choc : il sentit ses cheveux se dresser sur sa nuque.

– Bon sang, qu'est-ce qu'il se passe ? Et d'abord qui êtes-vous ?

La silhouette s'avança dans la lumière du labo.

– Vous savez qui je suis.

Tom se figea près de sa paillasse, un étau de glace lui serrant la poitrine. L'homme était plus petit que lui, mais quand même d'une taille au-dessus de la moyenne. Une stature athlétique, des épaules puissantes. Le visage d'une beauté conventionnelle au point d'en être fade, avec une mâchoire ferme, un nez fin et des pommettes saillantes. Ce n'étaient que la voix étrange et les étonnants yeux de félin – un bleu et un marron – qui révélèrent à Tom que ce n'était pas un homme qu'il avait devant lui mais une femme. Il se souvint d'avoir déjà vu ces yeux-là. Et il sut, sans l'ombre d'un doute, que c'était l'assassin d'Olivia qu'il contemplait.

À cet instant, alors même qu'il regardait la femme tirer un pistolet de son sac, toute crainte l'abandonna. À sa place, il éprouva une rage comme il n'en n'avait jamais connu.

Sans la quitter des yeux, Tom glissa sa main droite le long de la paillasse en essayant de trouver à tâtons le clavier derrière lui.

Maria Benariac s'avança vers Carter, soupesant le Glock qu'elle tenait à la main. Il était plus léger maintenant qu'elle avait utilisé huit des cartouches du chargeur, mais il en restait encore neuf. Ç'avait été trop facile de tuer les gardiens. Elle avait ensuite bloqué la porte du pavillon de l'hôpital pour empêcher l'infirmière de nuit de venir fureter par ici : elle avait Carter pour elle toute seule.

De près, il avait les yeux d'un bleu de glace. En y plongeant son regard, elle était agacée de n'y trouver aucun repentir, aucune crainte. Ça changerait quand elle aurait utilisé les clous. Et, quand il serait mort, elle laisserait son message écrit avec son sang à lui : *Plus on a de science, plus on a de peine*. Ecclésiaste 1, 18.

Elle braqua sur sa tête le pistolet muni d'un silencieux et il sourit. C'était vraiment une purification qu'elle allait accomplir.

– Docteur Carter, dit-elle, la mort est le prix du péché.

– Quel est mon péché ? répliqua-t-il aussitôt.

Sa voix ne trahissait qu'une émotion : la colère.

De la main gauche, elle posa le sac sur la grande table auprès d'elle, sa main droite gardant l'arme braquée sur lui.

– Quel est votre péché ? Je vous ai observé, docteur Carter. De très près. Votre péché, c'est de vouloir devenir Dieu. Non seulement vous êtes intervenu dans la création divine, mais voilà que vous voulez intervenir sur le propre fils de Dieu.

– Mes interventions sauvent des vies. Combien de vies le Prédicateur a-t-il prises ?

Elle sourit en reconnaissant le stupide surnom que lui avait donné la presse. Elle était contente qu'il sache qu'elle était responsable de l'élimination de tous ces pécheurs.

– Seulement celles qui avaient besoin de purification.

– Purification ? Vous voulez dire meurtre ? Qui a décidé qu'ils devaient mourir ?

D'un geste large, elle balaya tout ce qui encombrait la table. Bouteilles, flacons, vases à bec vinrent se fracasser sur le sol. Un étrange instrument blanc, avec un bouchon de caoutchouc et la mention *omnigène* écrite sur un côté, faillit lui tomber sur le pied. D'un regard, elle jaugea le savant : la table devrait être juste assez grande à condition de ne pas lui déployer totalement les bras. Un par un, elle prit les clous dans le sac, les alignant avec soin.

– C'est Dieu, bien sûr, qui a décidé qu'ils devaient mourir.

– Quel Dieu ? ricana son adversaire. Vous ne pouvez pas lui refiler cette responsabilité : il n'existe pas. Nous ne l'avons créé que pour expliquer ce que nous n'arrivions pas à comprendre et, maintenant que la science nous a donné la connaissance, nous n'avons plus besoin de lui. C'est pour ça que vous avez besoin de me tuer ? Ou bien est-ce que vous aimez ça et que vous utilisez Dieu comme excuse ?

Elle disposa la corde et le marteau auprès des clous, en essayant de maîtriser sa fureur. Elle savait à quel point c'était important de se contrôler, mais cet homme arrogant et furieux devant elle n'était pas comme les autres. Il n'avait aucun remords, aucune crainte de son bourreau. Il se cramponnait avec acharnement à l'idée perverse qu'il avait raison. Si elle éprouvait encore le moindre détachement en face de cet homme, ce sentiment disparut d'un coup. Elle ne pouvait plus le considérer froidement comme une menace à supprimer : c'était quelqu'un qu'elle haïssait. L'incarnation même de tout ce qu'elle redoutait et méprisait.

– Je vais vous laisser choisir, dit-elle. Quelle main ?

Une lueur d'étonnement passa un instant dans le regard furieux du docteur.

– Comment ça ?

Il regardait les clous maintenant, en se demandant ce qu'elle voulait en faire. Ou plutôt en s'efforçant de ne pas se le demander.

– Comme je l'ai dit, je vous ai observé. Je sais ce que vous faites. Puisque vous voulez posséder le pouvoir de Jésus, alors vous allez mourir comme lui.

Elle braqua l'arme sur la main gauche de Tom qui pendait le long de son corps. Je m'en vais vous ligoter sur cette table et vous enfoncer un clou dans chaque main et dans les pieds. Elle ne put réprimer un sourire. Il faut que je fasse un trou pour le premier clou. Une balle nous facilitera les choses à tous les deux. Quelle main ?

Enfin, de la peur. Une peur sincère brilla dans ces yeux furibonds. Bon. Alors, docteur Carter, nous ne sommes plus si arrogant maintenant ? Là-dessus, sans lui laisser le temps de réagir, elle fit feu.

– Merde ! hurla-t-il.

C'était comique, la façon dont il sautillait et pivotait sur place en berçant de sa main droite sa main gauche blessée.

Elle éprouva un déferlement de satisfaction en voyant le trou bien net dans sa paume et le sang qui s'égouttait sur le sol. Très pâle, le savant inspectait la blessure. Il crut qu'il allait être pris de nausée. Mais, lorsqu'il releva la tête, elle ne vit aucune trace de peur dans ses yeux : rien qu'un regard glacé.

– Pauvre garce.

Il était incroyable.

– Vous ne vous repentez toujours pas ? interrogea-t-elle.

Elle voulait le voir céder avant de l'exécuter, l'entendre reconnaître que c'était elle qui détenait la vérité.

Il éclata de rire.

– Me repentir ? De quoi ? De vouloir sauver des vies ?

Elle fit un pas en avant et appuya le canon de son arme contre la tempe du docteur. Ils étaient maintenant entre la paillasse sur laquelle il travaillait et la table.

– Ce n'est pas à *vous* de sauver ces vies. On ne

change pas ce que Dieu a ordonné simplement parce qu'on en a le pouvoir. Les gens doivent mériter leur salut. C'est au Seigneur de décider qui doit être sauvé par des miracles, pas à des hommes comme vous.

Les mâchoires crispées, le docteur Carter s'efforçait de maîtriser la souffrance qui lui brûlait la main. Et quand il parla, ce fut en crachant les mots entre ses dents serrées.

– Mais ce ne sont pas ses foutus miracles à lui, sorcière, siffla-t-il : ce sont les nôtres. Comme le feu, comme le pouvoir de voler. D'ailleurs, qu'est-ce qui vous donne à vous le droit de décider de ce qu'Il veut vous voir faire... de connaître sa volonté ?

– Il m'a choisie.

Carter alors se mit à rire, un grand rire de fou.

– Comment le savez-vous ? Vous lui avez demandé en face ?

Elle commençait à se lasser de cette conversation. Cet insupportable savant ne voulait céder sur aucun point. Il était temps de lui faire entendre raison. Elle appuya l'arme contre sa tempe.

– Posez votre main gauche sur la table.

Elle s'attendait à le voir se débattre, mais, à sa surprise, il eut une grimace et posa sa main blessée, la paume en l'air, sur la table auprès des clous. Et pendant tout ce temps, ses yeux bleus fixaient sur elle un regard de défi.

Il était courageux : il fallait lui rendre cette justice. Elle fit passer le pistolet dans sa main gauche et prit le premier clou.

– Avez-vous jamais rencontré le Christ ? demanda-t-il d'un ton maintenant étonnamment calme.

La réponse qu'elle allait lui donner semblait sincèrement l'intéresser.

Sans répondre, elle se concentra sur le clou. Elle n'avait qu'une main libre. Il lui faudrait donc enfoncer violemment le clou à travers la plaie ouverte par la balle pour avoir un peu de prise sur le bois, et puis utiliser le marteau pour l'enfoncer plus profondément et lui clouer la main sur la table. Mais, si elle manquait son coup, le clou ne percerait pas suffisamment le bois pour l'empêcher de libérer sa main.

Absorbée par ce problème, elle ne vit pas son autre main glisser vers le clavier sur le poste de travail derrière lui. Elle ne perçut qu'un brusque mouvement sur sa gauche. Une silhouette apparut à la périphérie de son champ de vision. Instinctivement, elle pivota et fit feu dans cette direction mais la silhouette à peine perceptible ne broncha même pas. Fascinée, elle regarda la forme fantomatique se préciser jusqu'au moment où un « homme » se dressa à moins d'un mètre d'elle.

– Allez-y ! entendit-elle Carter lui crier de loin. Maintenant que vous avez rencontré le Christ, demandez-lui ce qu'il veut vraiment que nous fassions de ses gènes !

Elle ne bougeait pas, pétrifiée par l'apparition qui avait surgi devant elle. L'homme nu était rasé, avec de longs cheveux bruns, et, pendant un interminable moment, elle se contenta de le dévisager.

Puis elle aperçut les lumières émanant du socle noir circulaire sur lequel se dressait le personnage. Elle se rendit compte qu'il devait s'agir d'une sorte de projection et, au même instant, elle sentit le flacon se briser sur sa tête et une main énergique la jeter au sol, encore tout étourdie. Avant de s'effondrer, elle plongea en avant et tira trois balles.

Elle mit une seconde ou deux à se redresser et à essuyer le sang qui ruisselait sur son front. Furieuse, elle se retourna vers sa proie. Plus question de crucifixion, elle allait en finir maintenant.

Mais il avait disparu.

Elle se tourna vers la porte juste à temps pour le voir la franchir en boitillant. Elle se précipita à sa poursuite. Sur le seuil, elle regarda à gauche, ses yeux balayant la vaste étendue du laboratoire principal jusqu'aux ascenseurs au fond. Il était là, sa haute silhouette se dressant au-dessus des paillasses et des appareils qui bourdonnaient ici et là. La blessure au genou qu'elle lui avait infligée à Stockholm le ralentissait et il y avait quelque chose d'un peu ridicule dans sa façon maladroite de courir. Malgré sa colère, elle ne put s'empêcher de sourire à ce spectacle et à ce que tout cela avait de juste. Puis elle leva son pistolet et le braqua vers la nuque de l'homme. Assez plaisanté maintenant.

« Avance, bon sang ! Avance ! » sifflait Tom qui bandait toute sa volonté pour atteindre les ascenseurs et oublier la douleur qui lui lacérait la main.

S'il pouvait parvenir jusqu'au bureau de Jack, en haut de la pyramide, il aurait peut-être une chance. Il y avait là un téléphone portable et Jack cachait un pistolet dans le tiroir en bas à droite du bureau.

Mais peu importait ce qu'il se racontait car, dans la paroi de verre fumé devant lui, il la voyait se refléter. Elle ne le poursuivait plus : le bras levé, elle braquait son arme sur lui. Merde alors, le flacon qu'il lui avait fracassé sur le crâne n'avait même pas ralenti cette garce, et l'avait encore moins assommée.

Il songea à se baisser derrière une des paillasses sur sa gauche, mais cela ne ferait que retarder l'inévitable. S'il devait être abattu, il préférait que ce soit en bougeant et non pas blotti derrière un meuble. De cette façon au moins, il y avait une chance, si minime fût-elle, qu'elle manque son coup. Il baissa la tête, en essayant de se faire aussi petit que possible, força son genou raide à lui faire parcourir les dix derniers mètres qui le séparaient de l'ascenseur le plus proche.

À cet instant, il vit un éclair se refléter dans la vitre, il entendit le coup de feu.

Et il s'écroula.

C'était un coup de chance. Quand Jasmine ouvrit les yeux, elle comprit à quel point.

En montant l'escalier, elle se sentait d'attaque. Terrifiée, mais maîtresse d'elle. Mais, quand elle avait entrouvert la porte du grand labo et qu'elle avait vu la silhouette qui poursuivait Tom, elle était restée pétrifiée, se rendant compte soudain de la terrible réalité de ce qu'elle avait à affronter : le Prédicateur.

Si jamais elle avait connu auparavant une peur pareille, elle ne s'en souvenait pas. Cela déferlait en elle par grandes vagues qui semblaient figer tous les muscles de son corps.

Et puis le personnage poursuivant Tom s'était arrêté, tournant le dos à Jasmine, braquant tranquillement son pistolet.

Sans se laisser le temps de réfléchir, Jazz se secoua, entrebâilla la porte de l'escalier et se glissa derrière la meurtrière. Elle avait la bouche si sèche que, même si elle l'avait voulu, elle aurait été incapable de crier : « On ne bouge plus ! » Elle prit son pistolet dans ses deux mains tremblantes et visa le milieu du large dos du Prédicateur. Puis, comme son frère le lui avait dit, elle pressa lentement la détente et, comme il lui avait dit de ne *jamais* le faire, elle ferma les yeux de toutes ses forces.

La détonation l'avait assourdie. Le recul lui tordit l'épaule, et l'âcre odeur de la cordite la prit à la gorge, la secouant de nausées.

Quand elle ouvrit les yeux et qu'elle regarda à travers la fumée, le Prédicateur gisait immobile sur le sol. Mais où était Tom ? Là-dessus, elle vit son ami se lever auprès des ascenseurs et s'épousseter. Il avait dû tomber, mais il paraissait indemne.

– Prends-lui son arme, Jazz ! cria-t-il en boitillant vers la tueuse.

Toujours portée par la vague d'adrénaline qui avait déferlé en elle, Jasmine se précipita vers la silhouette immobile et, d'un coup de pied, expédia le pistolet en direction de Tom qui l'attrapa de sa main droite. Quand Jasmine examina la tueuse, elle aperçut une balafre rouge sur sa nuque, là où la balle avait dû lui frôler le crâne en l'assommant. Un millimètre plus haut, et Jasmine l'aurait complètement manquée. Quelques millimètres plus bas et la cervelle du Prédicateur serait maintenant répandue sur le sol à ses pieds. Deux possibilités qui soulevèrent le cœur de Jasmine.

En examinant la femme, elle trouva que ses cheveux avaient un air bizarre : tout de travers et froissés comme un bonnet de bain dont elle se serait coiffée à la hâte. Elle mit une seconde à comprendre qu'il s'agissait en fait d'une perruque. La balle avait dû la faire glisser et Jasmine constata que la tueuse avait le crâne complètement rasé. Elle sentit un frisson lui courir le long du dos. Quelle horreur !

– Joli coup, Jazz ! dit Tom.

Il braquait son arme sur la tueuse d'une main dont Jasmine lui enviait la fermeté.

– Pas vraiment, dit-elle en essayant de maîtriser le tremblement de ses jambes. Quand on pense que je la visais entre les omoplates.

Tom la serra dans ses bras en souriant, les yeux brillants.

– Eh bien, pour moi, tu es une tireuse d'élite. Si tu ne l'avais pas touchée, elle m'aurait touché *exactement* là où elle visait.

Dans ses bras, Jasmine commençait à se détendre. Comme il la lâchait, elle remarqua la plaie ensanglantée qu'il avait au milieu de la paume gauche.

– Qu'est-ce qui est arrivé à ta main ?

Il haussa les épaules.

– Ça va. Disons simplement que le Prédicateur n'avait pas l'intention de m'offrir une mort facile.

– C'est donc bien le Prédicateur ?

– Eh oui. Tu viens de mettre au tapis une des criminelles les plus recherchées d'Amérique. Une nuance d'inquiétude perça dans sa voix. Ça va ?

– Oh oui. Juste un peu secouée.

Elle baissa les yeux vers la silhouette affalée sur le sol. En examinant le profil si masculin, elle songea au magnifique hologramme de la femme qu'elle avait vu avec l'agent spécial Karen Tanner. Elle n'avait plus la chair de poule : ça allait plus loin que ça. Son regard revint à Tom.

– Un moment, j'ai cru qu'il... enfin, qu'elle t'avait eu.

– Tu n'es pas la seule. Mais je...

Le Prédicateur s'agita et ouvrit un œil. À cet instant, Jasmine la reconnut : la forme et la couleur de cet œil-là étaient bien reconnaissables.

– Jazz, va dans le bureau de Jack et prends un téléphone portable pour appeler à l'aide, dit Tom. Je vais rester surveiller notre invitée.

Elle acquiesça et se dirigea vers l'ascenseur, puis elle entendit Tom lui demander :

– Qu'est-ce qui est arrivé à Georges et aux autres gardiens ?

Elle se retourna, ne sachant trop comment lui dire.

– Pour le poste de garde, je ne sais pas.

– Mais l'atrium... ?

Elle se contenta de secouer la tête sans rien dire. Tom fixa la tueuse qui s'éveillait. Et, pour la première fois depuis qu'elle le connaissait, elle vit dans ces yeux bleus quelque chose qui lui fit peur. À cet instant, l'homme qui avait consacré son existence à sauver des vies avait l'air capable d'en supprimer une.

– Tom ? Ça va ?

Sans la regarder, il se contenta de murmurer :

– Quelqu'un a dit un jour que la vengeance était une forme sauvage de justice pratiquée par les animaux. Mais ça n'est pas vrai. Les animaux n'éprouvent aucun besoin de se venger. Il n'y a que nous. Maintenant, je comprends pourquoi.

Il se tourna, elle vit toute la souffrance, toute la rage qu'il y avait en lui et elle se félicita d'être dans le même camp que lui.

Ce ne fut pas la douleur dans sa tête qui fit d'abord irruption dans la conscience de Maria, mais la colère. Elle avait échoué et, quand elle vit le savant planté au-dessus d'elle tenant à la main son propre pistolet, elle se rendit compte à quel point elle avait échoué. Quelqu'un avait dû se trouver derrière elle quand elle visait le docteur Carter. Pourquoi n'avait-elle pas inspecté le bâtiment après avoir abattu les gardiens, au lieu de se fier seulement aux écrans de contrôle avant de se précipiter pour affronter le savant ? Elle avait une telle envie de le tuer qu'elle s'était conduite comme un amateur.

Un moment, elle songea à essayer de le maîtriser : mais, à voir son regard, elle comprit que, si elle esquissait seulement un geste, il se ferait un plaisir de la tuer. Elle pensa quand même à prendre le risque, tant elle avait honte. Elle avait échoué par deux fois : à Stockholm, et maintenant ici. Elle avait manqué au Père, à la confrérie et, pis encore, à elle-même. Là-dessus, elle se dit que plus longtemps elle survivrait, plus elle aurait de chances de rétablir la situation.

– Vous avez de la chance, docteur Carter.

– Oui, peut-être après tout qu'il n'était pas écrit que vous alliez me tuer, dit-il non sans humour.

Elle sourit. Il semblait bien que le diable veillait sur le savant et que, pour des raisons qu'elle ne comprenait pas encore, Dieu le laissait faire.

– Dieu nous met tous à l'épreuve, répondit-elle, sans le quitter des yeux.

– On dirait que vous avez échoué dans les grandes largeurs. Et c'était votre dernière chance aussi. La prochaine fois que vous aurez un message de votre créateur, il devrait pouvoir vous le transmettre personnellement.

– Ça n'est pas encore fini, dit-elle.

Cela le fit rire. Un rire amer.

– Pour vous, si.

22

Caverne de la Lumière sacrée.
Jordanie du Sud

Ézéchiel regarda dans les yeux magnifiques de la jeune fille. Elle lui sourit nerveusement et il lui rendit son sourire.

– Détends-toi, mon enfant, murmura-t-il en prenant l'antique poignard à la lame affûtée comme un rasoir. Ce sera bientôt fini.

Il attira vers lui le bras droit de la jeune fille pour l'étendre au-dessus de la coupe d'étain posée sur l'autel. D'un geste doux, il remonta la manche de sa robe rituelle au-dessus de son coude, révélant son avant-bras. Puis, avec le plus grand soin, il promena la pointe du poignard de cérémonie du haut en bas de la chair dénudée, pour sensibiliser la peau à l'acier. Il sentit son bras se crisper tandis que la pointe froide la chatouillait. Il s'arrêta un instant, puis d'un geste sûr lui entailla la peau. On lisait maintenant la douleur dans les yeux de la novice, mais elle se mordit la lèvre et ne donna pas d'autre signe de ce qu'elle éprouvait. Quand le fil cramoisi de l'incision atteignit sept ou huit centimètres, il retira la lame et traça sur la plaie un trait horizontal pour former une croix. La seconde incision effectuée, il reposa le poignard sur la table auprès de la coupe d'étain. Puis il retourna l'avant-bras de la jeune fille, pour orienter la coupure vers le bas. Doucement, il lui pétrit la chair du bras jusqu'au moment où le sang commença à s'égoutter dans la coupe. Il compta huit précieuses gouttes d'un rouge vif avant que le sang se coagule. C'était suffisant.

Il trempa l'index de sa main gauche dans le liquide couleur rubis, puis traça une croix rouge sur le front lisse de la jeune fille.

– Ton sang est son sang, dit-il d'un ton solennel. Ton corps est son corps.

Elle répondit d'une voix vibrante de passion :

– Je lui donne ma chair pour qu'il puisse sauver mon âme.

Il acquiesça de la tête.

– Puisse-t-il être sauvé.

Plus détendue maintenant, elle le regarda en souriant.

– Pour qu'il puisse sauver les justes.

Frère Haddad, le chef régional des initiés des Terres saintes, passa sur sa plaie une pommade cicatrisante et la plus jeune des membres de la confrérie revint s'asseoir à sa place.

Un soupir de soulagement collectif se fit entendre dans la caverne, provenant aussi bien des dix-neuf autres initiés groupés autour de la vaste table que de ceux, massés au fond de la caverne, qui étaient venus assister à la cérémonie. La première des initiations était toujours la plus éprouvante.

Ézéchiel accueillit ensuite le deuxième initié de la confrérie, un jeune homme de Jérusalem, en lui demandant de tendre le bras au-dessus de la coupe. Tandis qu'Ézéchiel procédait au rituel, il songea à quel point ce groupe de douze hommes et de huit femmes était superbe dans leur robe blanche. De bonnes recrues pour perpétuer la tradition de la confrérie. La plupart étaient des enfants de frères ou des amis proches surveillés depuis l'enfance. Une vingtaine de ces parents et tuteurs étaient rassemblés au fond de la caverne, pour être témoins de la cérémonie : sans nul doute ils se rappelaient le jour où eux-mêmes avaient été initiés.

La troisième novice se leva à son tour, s'avança et tendit son bras. Ézéchiel de la Croix se rappelait comment à dix-huit ans son père l'avait amené ici. Il se souvenait du fardeau que son père, un membre du Conseil restreint, avait ce jour-là placé sur ses épaules. Déjà, il préparait Ézéchiel pour le jour où à son tour il deviendrait le chef.

À cette époque, seuls les hommes pouvaient être membres de plein droit de la confrérie, mais les cérémonies d'initiation étaient plus importantes, puisqu'elles rassemblaient une soixantaine de novices ou davantage. Les jeunes aujourd'hui avaient perdu la foi et la discipline. Ils étaient de moins en moins nombreux, ceux sur qui l'on pouvait compter pour se consacrer totalement à la confrérie.

Il venait pourtant de passer les deux heures précédentes à expliquer les lois de la confrérie, à rappeler aux initiés l'histoire de la secte et son Premier Impératif. On leur avait décrit aussi leurs responsabilités individuelles : comment l'on attendait de chacun d'eux qu'il atteigne un niveau acceptable de réussite dans le domaine qu'il aurait choisi pour servir au mieux l'organisation. Ils savaient qu'il y avait des frères et des sœurs déjà en place à des postes importants dans les églises, les banques, les hôpitaux du monde entier, dans les forces armées, la police et les médias. Tous attendaient, aux aguets : prêts à répondre sur-le-champ à l'appel de la confrérie et éventuellement du Messie.

La pratique qu'Ézéchiel et les autres membres du Conseil restreint n'avaient pas évoquée, c'était le Second Impératif. Celui-là n'était révélé qu'aux six membres du Conseil restreint et aux deux agents d'exécution.

La jeune fille qui se tenait maintenant devant Ézéchiel lui rappelait Maria Benariac. Dès l'instant où il avait aperçu ses yeux ensorcelants, il avait su que

Maria était un être spécial. Même quand la sévère mère Clemenza lui avait parlé des mensonges dont Maria se rendait coupable dans son enfance, cela n'avait fait que renforcer sa conviction que Maria était d'une certaine façon élue. Ses revendications, formulées quand elle n'avait même pas huit ans, auraient pu être les fantasmes d'une enfant solitaire. Plus âgée, Maria les avait qualifiées ainsi en disant qu'elle ne s'en souvenait même plus. Mais du moins ces « mensonges », incroyables chez quelqu'un d'aussi jeune, avaient donné la preuve de sa vision et de son imagination.

Ézéchiel incisa la chair de la jeune fille et la regarda, impassible, refouler ses larmes. Lors de son initiation, Maria n'avait même pas cillé : elle s'était contentée de tourner vers lui un visage rayonnant d'orgueil tandis que la lame pénétrait sa chair. Il regrettait aujourd'hui leur discussion. Il s'était douté qu'elle aurait une réaction exagérée quand elle apprendrait l'accord conclu avec Carter. Mais il était surpris que Maria n'eût tenu aucun compte des messages suivants de frère Bernard. Voilà qui ne lui ressemblait pas.

Ézéchiel se répéta qu'elle lui restait en définitive fidèle tout comme à la confrérie. Il était certain qu'elle le contacterait bientôt : alors Bernard et lui décideraient de ce qu'il fallait faire d'elle.

Tandis qu'il préparait l'initié suivant, un jeune homme de Beyrouth, les pensées d'Ézéchiel revinrent au docteur Carter. Le Conseil restreint tout entier avait été très excité quand le scientifique avait rendu les prélèvements et leur avait parlé des trois gènes rares. Il leur fallait maintenant attendre que Carter reprenne contact avec eux en leur disant s'il avait découvert une analogie. Selon Hélix, s'il en existait une dans l'une quelconque des banques de données d'ADN, ils devraient le savoir dans un délai de quelques semaines, peut-être même de quelques jours. Ézéchiel à cette idée était pris d'une telle excitation qu'il dut empêcher sa main de trembler avant d'entailler le bras du jeune homme.

Le reste de la cérémonie prit pratiquement une heure. Et, durant tout ce temps, il se laissa bercer par la douce possibilité, voire la probabilité, qu'ils touchaient maintenant au but : qu'ils étaient près de voir s'accomplir la prophétie, près en ce qui le concernait d'être déchargé de ses obligations et de ses responsabilités.

Ce ne fut que lorsqu'il eut prononcé son discours de conclusion qu'il remarqua Bernard qui gesticulait au fond de la salle. Il vit aussi Hélix qui lui faisait des signes et son excitation s'accentua. Ils devaient avoir des nouvelles. Il s'empressa de terminer son homélie et passa la parole à frère Haddad.

Juste à côté, dans une des cavernes voisines, il alla retrouver dans un coin tranquille les deux frères.

– Alors ? demanda-t-il. Nous avons des nouvelles de Carter ? A-t-il découvert le Messie ?

Bernard lança un regard soucieux à Hélix puis baissa les yeux.

– Non, Père. Pas exactement. Il s'agit plutôt de Némésis.

– Maria ? Vous l'avez retrouvée ? Où est-elle ?

– Nous ne l'avons pas retrouvée, fit doucement Bernard. C'est le FBI qui l'a fait.

– Quoi ?

L'enthousiasme d'Ézéchiel tomba d'un coup.

– D'après nos sources, reprit Hélix, il semble qu'elle ait essayé de tuer le docteur. Mais une des collègues de celui-ci l'en a empêchée. Maria est maintenant en état d'arrestation.

– D'arrestation ?

– Elle a été identifiée comme étant le Prédicateur, poursuivit Hélix, et, en raison des preuves accablantes contre elle, elle va être jugée très rapidement : d'ici quelques semaines, ou peut-être même d'ici quelques jours. Si elle est reconnue coupable, ce qui ne manquera pas d'être le cas, elle sera exécutée peu après.

– La question est : que faisons-nous en ce qui la concerne ? dit Bernard.

Hélix marqua un temps.

– Peut-on lui faire confiance pour ne pas nous trahir ? Ou devons-nous la réduire au silence ?

– Bien sûr qu'elle ne nous trahira pas, répliqua Bernard. C'est nous qui l'avons formée. Quels que soient ses défauts, la trahison n'en fait pas partie.

– Je suis d'accord, dit Ézéchiel.

Hélix eut un toussotement embarrassé.

– Si je puis me permettre, Père, vous avez eu tort de la laisser vous défier et se lancer à la poursuite de Carter.

Ézéchiel de la Croix se tourna vers son champion du Premier Impératif.

– Frère Hélix, vous ne connaissez pas Maria. Elle nous a défiés parce qu'elle croyait à ce qu'elle devait faire. Elle est peut-être trop fanatique, voire dogmatique. Mais la dernière chose qu'elle ferait, ce serait de nous dénoncer aux autorités. Elle nous restera loyale et acceptera son châtiment.

– Alors, nous pouvons oublier Maria ? Et nous concentrer sur le docteur Carter ?

Ézéchiel n'aimait pas que les deux impératifs se soient confrontés. Pour sa part, il éprouvait du regret à propos de Maria, mais, et c'était le plus important, la confrérie avait perdu son agent le plus efficace. Du moins Carter n'avait-il pas été tué : les deux impératifs alors auraient été compromis. Il se tourna vers Hélix.

– Oui, nous allons devoir abandonner Maria au système judiciaire américain et nous concentrer sur Carter. Mais, s'il ne nous fournit pas une analogie, alors je veillerai personnellement à ce que Gomorrhe l'élimine ainsi que tous ceux qui sont impliqués dans ce projet Cana.

Clinique de GENIUS.
Quatre jours plus tard

Tom, en consultant le dossier du patient ouvert devant lui, était content. Même la douleur qu'il ressentait à la main lui paraissait supportable. D'après ce que Karen Tanner lui avait dit la veille, avec les preuves que le FBI avait contre le Prédicateur, ce n'était qu'une question de mois avant qu'elle prononce son dernier sermon. Devant le bourreau.

Les événements semblaient enfin prendre bonne tournure. La meurtrière de sa femme allait être jugée. On avait trouvé une analogie dans la banque de données. La simple lecture du dossier sur Al Puyiana, l'Indien qui avait les mêmes gènes que le Christ, lui avait remonté le moral. L'ADN du défunt ne leur servirait peut-être pas plus que les gènes originaux de Nazareth, mais du moins il avait assez de preuves qui pouvaient laisser penser que l'Indien avait eu le don de soigner. Tout cela le renforçait dans sa conviction qu'il fallait s'obstiner dans cette folle poursuite. Et, par-dessus le marché, Hank Polanski avait l'air d'aller mieux.

– Alors, doc ? demanda le jeune homme en s'asseyant dans son lit. Comment me trouvez-vous ?

Hank n'était plus du tout le patient pâle, aux yeux creux, qui avait commencé son traitement de thérapie génique voilà seulement quelques mois. L'infirmière Lawrence, debout auprès de son lit, contrôlait la perfusion qu'on lui faisait dans le bras.

– Je vous trouve bien, Hank, finit par dire Tom.

– Oui, je me sens drôlement mieux.

Tom sourit en consultant le dossier. C'était vrai que les choses allaient mieux. Il prit une radio pour la montrer à Hank.

– Les tumeurs primaires dans vos poumons ont

cessé de se développer et commencent même à se réduire. Les trois secondaires ont toutes disparu.

– Alors, les quinze pour cent de chances, ça a fini par marcher ?

– Pour l'instant, Hank. Pourtant il faut encore vous surveiller attentivement. On ne pourra pas vous déclarer guéri avant des années. Mais la situation s'améliore nettement.

Hank se mit à rire.

– Sans blague. Je suis encore vivant, non ? Je dirais que c'est une belle amélioration.

Tom sourit, mais sans rien ajouter. Hank n'était plus aux portes de la mort, mais il n'était pas encore sorti de la salle d'attente, même si les chances penchaient indéniablement du côté de la survie du jeune homme. Il lui dit au revoir et poursuivit sa visite. Tout en examinant les autres patients, il songea au projet Cana et se laissa aller à un rêve grisant : s'ils pouvaient faire fonctionner les gènes, peut-être alors pourraient-ils sauver tous les Hank Polanski et toutes les Holly du monde. Il regarda les autres lits et s'imagina leurs occupants rétablis. Il se représenta le pavillon fermé, simplement parce qu'il n'y aurait plus de malades.

Si seulement Jasmine pouvait identifier le nom derrière l'analogie qu'elle avait découverte dans le Trou noir. Il aurait voulu qu'il n'y ait pas qu'un simple numéro de code : 669 97 84. Il aurait bien voulu aussi que Jasmine ait pu copier le génome tout entier et non pas simplement la séquence correspondant aux gènes de Nazareth. Ils auraient pu alors utiliser le génescope pour reproduire l'aspect physique de l'individu.

Enfin, il savait au moins qu'il existait une analogie de séquences chez un être vivant, et dans quelle banque de données. Ça ne devrait être qu'une question de temps avant que Jasmine parvienne à s'introduire de nouveau dans le Trou noir pour découvrir le nom derrière le numéro codé. Le nom du sauveur de la confrérie et de Holly.

– Tom ?

Se retournant, il aperçut Alex qui s'approchait. Tout d'un coup, sa bonne humeur se dissipa. Son père n'avait pas dit un mot que Tom connaissait déjà les nouvelles qu'il allait lui apporter : aujourd'hui, Alex avait conduit Holly à l'hôpital général du Massachusetts pour son scanner du cerveau. Et, à en juger par son visage tendu, il était évident que les examens avaient été positifs. Tom avait beau savoir que la prophétie de DAN finirait par se réaliser, il était encore bouleversé à l'idée qu'elle avait pris une réalité concrète.

Ce soir-là, Holly lut les articles de journaux sur l'arrestation du Prédicateur. Elle dit à Tom qu'elle trouvait formidable que son père et sa marraine soient des héros. Ce fut alors, presque en passant, que pour la première fois elle parla de ses migraines et de ses vertiges. Elle expliqua que, bien qu'elle eût cessé de jouer avec son ordinateur, elle continuait à en souffrir. Il l'écouta sans rien dire, puis lui donna deux calmants.

Dans la journée, Tom avait examiné l'ombre sur les clichés au scanner du cerveau de sa fille. Il avait constaté que le cancer de Holly s'était non seulement déclaré, mais que son développement s'accélérait à un rythme alarmant. Il fallait à tout prix que Jasmine identifie l'analogie qu'elle avait découverte. Mais, quoi qu'il advînt de Cana, Holly ne pouvait pas attendre. Il fallait maintenant lui expliquer ce qui n'allait pas chez elle et ce qu'il fallait faire pour la soigner. D'innombrables fois, il avait annoncé à des patients qu'ils souffraient d'une maladie grave. Il l'avait fait, espérait-il, avec compassion et humanité. Mais ce n'était pas pareil de s'adresser à sa propre enfant et, une fois de plus, il regretta qu'Olivia ne fût pas là pour le guider.

Le lendemain, après le petit déjeuner, il alla se promener avec sa fille dans le jardin. C'était un clair matin de printemps de la mi-avril, l'herbe était encore humide de rosée. Les bulbes qu'Olivia avait plantés à l'automne précédent étaient en fleur, dans un déferlement de rouge et de jaune. Il y avait dans l'air une fraîcheur qui évoquait la vie, la renaissance.

Le jardinier taillait les rosiers tout au bout de la pelouse. Il s'interrompit dans son travail et sourit sous sa vieille casquette de base-ball.

– Bonjour.

– Bonjour, Ted, répondirent à l'unisson Holly et Tom.

À la retraite depuis longtemps, Ted avait aidé Olivia à s'occuper du jardin une fois par semaine depuis près de sept ans. Mais, depuis la mort d'Olivia, il venait presque tous les jours pour faire les semis dont ils avaient discuté. Tom avait souvent essayé de le payer pour le temps qu'il passait ainsi, mais Ted avait toujours refusé. Ôtant sa casquette et lissant ses cheveux grisonnants, il disait avec un sourire triste : « Merci bien, docteur Carter, mais je n'ai plus grand-chose d'autre à faire à mon âge. Et puis, c'est ma façon de rester proche d'Olivia. Vous comprenez ? »

Tom comprenait, en effet. Il savait aussi que le veuf n'était pas indifférent à la compagnie de Marcy Kelly.

Comme elle marchait avec lui vers l'autre extrémité du jardin, le revers de son jean humide de rosée, Tom ne lâchait pas la main de Holly.

– Hol, demanda-t-il, sais-tu pourquoi tu as ces migraines ?

De ses baskets aux couleurs fluo, elle donna un coup de pied dans l'herbe.

– Ça n'est pas l'ordinateur ?

– Non, Holly, pas du tout.

Elle leva les yeux vers lui, le front barré d'un pli soucieux. C'était une expression qu'il lui avait déjà vue.

– Qu'est-ce que c'est, alors ?

Tom s'arrêta et vint s'accroupir auprès d'elle sur

l'herbe. Les yeux noisette de Holly étaient fixés sur lui.

Il lui sourit.

– D'abord, Holly, il ne faut pas que tu aies peur. Nous allons faire cesser tes migraines et tout ça va s'arranger. Tu me comprends ?

– Oui, papa, répondit-elle d'un ton calme.

Ses grands yeux le regardaient avec une confiance si absolue qu'il en avait le cœur serré.

– Tu te rappelles le contrôle que tu as passé hier avec grand-père ?

– Oui.

– Tu sais que c'est un examen au scanner pour vérifier que tout va bien dans notre tête. Eh bien, au dernier examen, tu allais toujours bien. À part une petite bosse.

Holly prit un air perplexe.

– Une bosse ?

– Oui, tu te souviens de la fois où je me suis cogné la tête contre la porte du garde-manger chez grand-père et où j'ai eu cette grosse bosse sur le crâne ?

Elle eut un petit sourire.

– C'est quand maman t'a dit que tu avais la tête comme un cornet de glace ?

Tom fit semblant d'être vexé.

– Vous m'avez tous dit ça.

Le sourire de Holly s'élargit.

– Non, grand-père a dit que tu avais un crâne de rhinocéros.

– Bref, ta bosse est un peu spéciale parce qu'elle est à l'intérieur. Ma bosse me faisait mal parce que c'était une grosse contusion. La tienne te fait mal parce qu'elle appuie sur ton cerveau. Par moments ça te donne des migraines et des vertiges.

Holly fronça le front.

– Comment est-ce que je me suis fait ça ?

– Eh bien, pour ma bosse, c'était ma faute, parce que je me suis cogné la tête sur le montant de la porte. Mais ta bosse à toi, ça n'est pas ta faute. C'est de la malchance. Il est arrivé quelque chose à certaines cellules à l'intérieur de ta tête et ça a fait une bosse.

– Pourquoi ?

– Imagine que toutes les cellules de ton corps soient comme des écoliers qui doivent bien se tenir pour garder leur corps en bonne santé. De temps en temps, sans véritable raison, certains de ces écoliers désobéissent à leur maître ou à leurs parents. Quand ça arrive, ils dérangent tous les autres enfants et provoquent des désordres dans notre corps...

– On est malade ?

– Exactement.

– Quand est-ce que la bosse s'en ira ?

– Eh bien, Holly, elle ne s'en ira pas tout de suite. Et, comme elle est à l'intérieur, c'est difficile de s'en débarrasser. Mais ne t'inquiète pas, nous y arriverons. Tout d'abord, nous allons te donner des médicaments pour qu'elle ne grossisse pas et pour limiter le désordre que provoquent ces mauvais élèves. Ensuite, il faudra peut-être que nous retirions la bosse.

– Comme on renvoie des mauvais élèves ?

– Exactement. Mais il va falloir que tu sois brave. Le traitement n'est pas facile. Et il faudra que tu restes à l'hôpital quelque temps.

Holly pencha la tête de côté. Exactement la même attitude que prenait Olivia chaque fois qu'elle réfléchissait intensément à quelque chose.

– C'est toi qui vas me faire tout ce traitement ? interrogea-t-elle.

– Si tu veux. D'autres m'aideront, mais c'est moi qui serai ton docteur.

– Et je peux rester à l'hôpital spécial où tu travailles ?

– Bien sûr.

Elle parut soupeser cette information avant d'arborer un air satisfait. Non seulement elle ne semblait pas avoir peur, mais elle était même un peu excitée. Elle était souvent venue le voir à son travail. Et elle était plus d'une fois allée à la clinique. Maintenant, elle paraissait impatiente d'être elle-même un de ces patients auxquels elle l'avait vu consacrer autant de temps. Cette confiance absolue lui facilitait les choses, mais en même temps le risque très réel de la trahir le terrifiait.

– Ça ne va pas être facile, répéta-t-il.

En général, il devait inciter les malades à avoir une attitude positive après leur avoir annoncé la mauvaise nouvelle mais, dans le cas de Holly, il éprouvait le besoin de modérer son optimisme.

– Est-ce que Jennifer et Megane pourront venir me voir ? demanda-t-elle.

– Bien entendu.

– Je peux continuer à me servir de l'ordinateur ?

– Évidemment. Aussi longtemps que tu en auras envie. On va te fournir les meilleurs programmes que Jazz peut trouver.

Elle réfléchit encore.

– Je te verrai davantage ?

– Bien sûr que oui, dit-il. Chaque fois que tu voudras. De jour comme de nuit. Je serai là.

Centre de détention de Boston

Le 24 avril, Maria était emprisonnée depuis moins de deux semaines, mais elle en avait déjà par-dessus la tête. Ce n'étaient pas tant le procès et la probable condamnation à mort ; elle trouvait même dans les interrogatoires de Karen Tanner une diversion bienvenue : ce qu'elle détestait, c'était de ne plus être maîtresse d'elle-même. Dans sa cellule, elle ne pouvait pas garder la lumière allumée, faire ses exercices ni se raser la tête. Et, comme on lui interdisait l'usage de tout objet tranchant, elle ne pouvait même pas soulager sa tension en pratiquant ses saignées. Alors elle gardait son calme en se concentrant sur son unique impératif : sortir d'ici et arrêter le docteur Carter dans son action.

Les bracelets métalliques qu'elle avait aux chevilles lui irritaient la peau lorsqu'elle se dirigeait en traînant les pieds vers la salle d'interrogatoire pour discuter avec son avocat payé à prix d'or. Elle s'assit en face de Hugo Myers et contempla ses cheveux gris argent bouclés et son costume gris assorti. La quarantaine, l'homme avait l'air d'un figurant dans un feuilleton télé mais il était censé être un excellent avocat. Même si tout ce qu'il avait fait jusqu'à maintenant, ç'avait été de lui expliquer qu'il pourrait faire bien peu de chose sans sa coopération. Il l'avait contactée quelques heures seulement après son arrestation, en lui proposant ses services : il ne demandait rien de plus que la publicité que cela lui ferait. Elle n'avait même pas eu besoin de puiser dans son compte en banque d'urgence.

Les gardiens passèrent ses menottes à l'anneau fixé sur la table devant elle. Cela la fit sourire. Elle n'était peut-être plus maîtresse de ses gestes, mais du moins continuait-on à la respecter.

Après l'avoir saluée, Hugo Myers commença à la harceler en lui posant la même question qu'il lui avait martelée toute la semaine ; celle-là même que l'agent spécial Karen Tanner lui avait posée.

– Alors, dit-il en la regardant de ses yeux troubles, avec toute la sincérité que pouvaient lui donner ses talents de comédien, avez-vous réfléchi ? Allez-vous accepter l'accord ?

– Comment est-ce que je le pourrais ? Comme je l'ai dit au FBI, je ne sais même pas de quoi ils parlent.

Hugo Myers souleva l'un de ses sourcils impeccablement taillés, puis joignit les mains devant lui.

– Écoutez, Maria, au cas où le FBI n'aurait pas été assez clair lors de la dernière réunion, permettez-moi de vous préciser quelques points. Scotland Yard a emmené les gens du Bureau visiter votre appartement londonien. Ils ont vu votre étonnante collection d'armes, les perruques et tous les produits de maquillage. Mais, surtout, ils ont consulté vos dossiers sur des victimes d'homicides commis au cours des treize dernières années. Ils ont saisi aussi votre stylo fabriqué sur mesure et ils ont le témoignage de la seule de vos victimes à être encore vivante. Ce docteur Carter, un homme de science respectable, a fait une déposition expliquant comment vous avez à deux reprises essayé de l'assassiner et comment vous avez réussi la première fois à tuer sa femme. Cette déposition est confirmée par l'un de ses éminents collègues, le docteur Washington. D'accord, on ne vous a pas vue en train de tuer les quatre gardiens de GENIUS, mais les balles proviennent de votre arme.

« Demain, on va procéder à une analyse de votre ADN au laboratoire du FBI. Et, si votre profil génétique correspond à celui prélevé sur les lieux du meurtre de Fontana, alors, les fédéraux peuvent vous mettre sur le dos les crimes du Prédicateur. Est-ce que vous commencez à voir le tableau ? Je suis votre avocat et même moi, je trouve que les choses se présentent plutôt mal. En fait, à moins de passer un accord, vous allez vous retrouver sur la chaise électrique. D'après les dossiers détaillés découverts par le FBI dans votre appartement, on estime que vous avez dû bénéficier d'une certaine assistance. À vrai dire, ils sont convaincus que vous travailliez pour quelqu'un. Si vous leur avouez qui vous a confié ces dossiers, le procureur a dit qu'il était prêt à conclure un arrangement.

– Mais je ne travaillais pour personne. Seulement pour Dieu.

Hugo Myers serra les dents : de toute évidence il s'efforçait de garder son calme.

– Maria, connaissez-vous la phrase : « Faites payer le criminel, pas le contribuable » ? C'est le slogan du président pour son projet de Crime 2000. Sa croisade contre le crime lui a valu une masse de voix et la plupart des gouverneurs d'État s'y sont ralliés. Vous rendez-vous compte que quatre-vingt-dix-huit pour cent de tous les procès pour meurtre depuis mars 2000 ont été réglés à un rythme accéléré ? Ça veut dire en moins de deux semaines. Votre procès s'ouvre après-demain : il sera terminé dans dix jours, ou moins.

« Mais ce qui devrait vous préoccuper le plus, c'est cette nouvelle décision concernant le quartier des condamnés à mort. Les libéraux ont toujours qualifié d'inhumain le fait d'attendre dix ans ou davantage pour être exécuté, et l'extrême droite se plaint depuis longtemps des frais que cela cause de garder en vie ces gens “morts”. Si bien que, maintenant, tout le monde est content. Depuis le vote de la nouvelle loi il y a deux ans, personne n'y a jamais passé plus de trente-sept jours. C'est la justice version McDo. C'est rapide, c'est satisfaisant, c'est la même chose partout et les gens adorent ça... Myers s'interrompit et fixa de nouveau sur elle son regard de crapaud. À moins que vous ne coopériez, d'ici deux mois vous pourriez bien être morte. Vous n'avez qu'à leur dire pour qui vous travailliez et je peux probablement vous obtenir la perpétuité.

Maria ferma un instant les yeux. Elle n'allait pas trahir la confrérie pour ces incroyants. Malgré la faiblesse dont Ézéchiel avait fait preuve, la confrérie était la seule famille qu'elle eût jamais connue : elle représentait encore le seul espoir de protéger les justes et de trouver le nouveau Messie. Trahir les frères ne l'aiderait pas à liquider le docteur Carter. En silence, elle demanda conseil à son Dieu.

– Et si je plaide non coupable ? demanda-t-elle, savourant l'effet de sa question sur son avocat.

Ce dernier leva les yeux au ciel et un soupir s'échappa de ses lèvres minces.

– Vous êtes innocente ? Malgré toutes les preuves ?

– Innocente ? Aux yeux de Dieu. Totalement.

– Si l'examen de votre ADN demain se révèle

positif, alors ce n'est certainement pas ce que pensera le procureur de l'État du Massachusetts.

– Je croyais que vous vouliez me défendre. Et non pas vous contenter d'expliquer ce qui pourrait m'arriver. Bien sûr, si vous ne voulez pas vous charger d'une affaire aussi spectaculaire, je peux toujours trouver un autre avocat.

Il eut un soupir résigné.

– Non coupable, hum ?

– Je n'ai jamais été la coupable. Certainement jamais aussi coupable que ceux que je me suis chargée de tuer. D'ailleurs, je me moque vraiment de ce que sera la décision du jury.

– Alors, très bien, dit Hugo Myers d'une voix sèche comme un coup de trique. Mais si vous plaidez non coupable, vous avez à peu près autant de chances de vous en tirer que d'être élue président des États-Unis.

Département de Technologie de l'information, Direction générale de GENIUS. Une semaine plus tard

Pourquoi diable rien n'était-il jamais simple ? se demanda Jasmine tout en cherchant son Coca sur son bureau. Elle mit la canette glacée sur son front. Elle était à court d'idées. Malgré tous ses efforts, elle ne parvenait pas à tirer davantage d'informations du Trou noir dans la minute qui lui était allouée, à part le numéro codé et un petit fragment de génome.

Depuis l'arrestation de Maria, elle n'avait cessé de faire des dépositions et d'éviter les caméras de télé. Larry avait été formidable. Quand il s'agissait de se débrouiller avec les médias, ses contacts comme producteur étaient précieux. Il avait fait venir de Hollywood un de ses chargés de presse pour être le porte-parole de Tom et de Jazz et répondre à toutes les questions des journalistes en évoquant la façon « dont elle avait sauvé la vie du docteur Tom Carter » ainsi que « l'héroïque arrestation du Prédicateur par des prix Nobel ». En canalisant ainsi les médias, il lui avait permis de respirer et de trouver le temps de réfléchir à ce qui s'était passé.

Mis à part le problème du Prédicateur, Jasmine ne s'était pas encore faite à l'idée qu'elle avait maintenant balayé toutes les banques d'ADN existantes et qu'elle n'avait trouvé que *deux* analogies y compris le malheureux Al Puyiana récemment décédé. Deux sur cinq cents millions de personnes. Étant donné que la population mondiale s'élevait à environ quatre milliards et demi d'êtres humains, est-ce que cela signifiait que proportionnellement il y avait dix-neuf personnes qui se promenaient de par le monde porteuses des gènes du Christ ? Les rares élus étaient bien peu nombreux, ils ne constituaient qu'un infime pourcentage, mais il ne s'agissait pas d'un spécimen unique. Lequel était le *vrai* Messie, si tant est qu'il y en eût un ?

Jasmine se débattait avec sa foi. Elle finit par se dire que le Christ avait été unique pour des raisons spirituelles mais qu'une coïncidence avait fait qu'il possédait également ces trois gènes. Elle savait que c'était une façon commode de contourner le problème, mais elle s'en était délibérément éloignée en se lançant avec acharnement dans sa recherche.

Jusqu'à maintenant, elle avait pu revenir au Trou noir et accéder au dossier 669 97 84, mais en soixante secondes elle n'avait pas le temps d'extraire la totalité du génome. Elle avait bien tenté de retirer de nouvelles sections de la séquence, pourtant, chaque fois, elle n'avait pu avoir accès qu'à la séquence qu'elle possédait déjà. Elle n'avait certainement pas assez du génome pour procéder à une analyse d'apparence physique et, sans les chromosomes sexuels, elle ne pouvait même pas dire s'il s'agissait d'un homme ou d'une femme.

Elle ouvrit la canette et but une gorgée. Machinalement, elle pianota sur quelques touches et appela IGOR. Cela faisait au moins une semaine qu'elle n'avait pas vérifié les dernières données recueillies par la machine « Maman ». Sans réfléchir, elle cliqua sur l'icône contenant les gènes de Nazareth et les transféra dans la fenêtre MISE À JOUR IGOR, puis cliqua sur Séquence équivalence. À la dernière minute, elle s'aperçut que ce n'était pas du tout les gènes de Nazareth qu'elle avait introduits, mais l'icône contenant la séquence incomplète du 669 97 84 prise dans le Trou noir.

Seigneur, elle était encore plus abrutie qu'elle ne le croyait ! Elle déplaça le curseur mais, avant d'avoir pu presser l'icône d'annulation, la formule *Analogie trouvée* apparut soudain sur l'écran.

Quoi ? Ça n'aurait jamais dû se produire. Le 669 97 84 avait été balayé des semaines, des mois, voire des années auparavant, alors que les mises à jour d'IGOR correspondaient à des balayages effectués ces derniers jours. Une vague de panique déferla sur elle quand elle se rendit compte de ce qui aurait pu se passer. Elle cliqua aussitôt sur l'icône des gènes de Nazareth et la fit glisser dans la fenêtre MISE À JOUR IGOR. Elle croisa les doigts et fixa l'écran.

Et attendit.

– *Analogie trouvée* apparut de nouveau.

Elle s'empressa de sélectionner le génome et l'ouvrit. Quelques secondes plus tard, trois images du visage du sujet emplissaient l'écran : profil gauche ; vue de face ; et profil droit. Sous les images, un nom et les détails personnels. Le nom de la banque de données en haut de l'écran lui apprit qu'il s'agissait exactement du même sujet qu'elle avait repéré dans le Trou noir. Mais ce fut à peine si cette pensée lui effleura l'esprit tandis qu'elle contemplait le visage qui apparaissait devant elle, un visage qu'elle ne connaissait que trop bien.

Là-bas, à la clinique, Tom ne savait pas s'il devait se sentir plein d'enthousiasme ou déprimé. Ce matin, Hank Polanski quittait le pavillon afin de poursuivre chez lui son impressionnante convalescence. Tom voyait quel encouragement les six autres patients puisaient dans sa guérison. Il aurait seulement voulu que l'un d'eux – le dernier arrivant – ne fût pas Holly.

Hank allait tour à tour faire ses adieux à chaque malade et leur souhaiter bonne chance. Il semblait douloureusement conscient de la chance qu'il avait de pouvoir quitter ce petit club si fermé.

– À bientôt, Holly, dit Hank en s'approchant du lit de la fillette. Après les premières séances de chimiothérapie, elle avait déjà perdu presque tous ses magnifiques cheveux blonds et elle était très pâle. Ça va aller.

– Au revoir, Hank, fit Holly en lui souriant crânement.

– Et, quand je serai coincé par Zarg le Furieux ou dans une partie de mon vieux jeu du Jugement dernier, je saurai à qui demander de l'aide, dit le jeune en souriant.

– Oui, bien sûr, fit Holly, avec un sourire las.

Hank arriva enfin devant Tom : il avait les larmes aux yeux. Le jeune homme allait dire quelque chose, puis se ravisa. Il se contenta de prendre la main de Tom et de la serrer vigoureusement.

– Merci, toubib. Merci pour tout.

Tom lui tapota l'épaule en souriant.

– Hank, c'est un bonheur, un vrai bonheur de vous voir de nouveau bien.

Il était sincère. Hank et sa mère quittèrent le pavillon pour s'en aller poursuivre une vie qu'ils avaient crue perdue. Tom se retourna vers Holly.

Karl Lambert, le neurochirurgien résident de GENIUS, avait conseillé tout de suite une intervention chirurgicale au laser, mais l'examen au scanner avait montré que la tumeur de Holly se trouvait située dans une région particulièrement inaccessible du cerveau. Le risque de paralysie due à un infime glissement du rayon laser était considérable. Tom avait donc choisi de tenter de ralentir le développement de la tumeur et de gagner du temps jusqu'au moment où Jasmine aurait identifié son analogie et où on pourrait mettre en œuvre le projet Cana. Cette stratégie d'atermoiement impliquait la radiothérapie et un traitement par les médicaments.

Même si tout cela donnait des résultats, c'étaient au mieux des mesures temporaires et il faudrait bien finir par opérer. Mais du moins cela lui laissait-il le temps de donner à Cana une chance d'aboutir.

Il entra dans la chambre de Holly et s'assit sur le lit auprès d'elle.

– Comment te sens-tu, Holly ?

Le courageux sourire qu'elle avait arboré pour Hank se fana soudain et des larmes lui montèrent aux yeux.

– Pourquoi est-ce que je ne peux pas rentrer à la maison, comme Hank, papa ?

Tom sentit son cœur se serrer. Holly avait particulièrement mal réagi à la radiothérapie, qui l'avait rendue nauséeuse. Il n'y avait pas d'autres enfants dans le pavillon pour lui tenir compagnie et voilà maintenant que même Hank, si plein d'entrain, était parti.

– Ça a pris du temps de remettre Hank sur pied, Holly, dit-il d'un ton apaisant. Nous avons besoin de te garder ici en observation pour nous assurer qu'on te donne le traitement approprié.

– Je déteste être ici, dit-elle. Son ton montait et de grosses larmes ruisselaient sur ses joues. Si maman était là, *elle* me laisserait rentrer. Holly lui tourna le dos et s'enfonça le visage dans son oreiller. Je ne veux pas être malade ! cria-t-elle, ses épaules secouées de sanglots. J'ai horreur de ça. Horreur. Horreur.

Il se pencha et lui posa une main sur la nuque pour la caresser. Il resta là quelques instants sans rien dire, puis peu à peu les sanglots de la fillette se calmèrent et son souffle redevint régulier. Il l'embrassa.

– Holly, bientôt tu te sentiras mieux. D'un moment

à l'autre, les comprimés que l'infirmière t'a donnés tout à l'heure vont commencer à agir.

Il se redressa, annonça à Holly qu'il la verrait bientôt et se dirigea vers l'atrium. Il n'avait pas encore atteint la porte que Jasmine entra en courant dans la salle, rouge d'excitation, brandissant d'une main une feuille d'imprimante.

Elle prit Tom par le bras et l'entraîna dans la salle d'attente déserte. Dès qu'ils furent seuls, elle lui tendit la feuille pliée en murmurant :

– J'ai trouvé qui est notre analogie.

– Quoi ? C'est formidable !

– Regarde ça avant de dire que c'est formidable.

Il s'empressa de déplier la feuille, puis sursauta quand il vit le visage.

Jasmine murmura d'un ton sombre :

– Ça va être une surprise pour ton copain Ézéchiel, hum ?

Tom ne dit rien. Il en était incapable. Il était si bouleversé qu'il fixait seulement la page, en gardant un silence incrédule.

23

Direction générale de GENIUS

La limousine s'engagea sur le campus de GENIUS. Ézéchiel de la Croix faisait tourner l'anneau de rubis autour de son doigt. Il éprouvait un déplaisant mélange de grisante excitation et d'appréhension. Ses prières allaient-elles enfin être exaucées ?

Dès qu'il l'aperçut, il détesta la pyramide de verre teinté. C'était tout ce que n'était pas la caverne de la Lumière sacrée : présomptueux, moderne, éclatant d'arrogance. Aucun effort pour se mêler à l'environnement. Contrairement à la caverne de la confrérie, façonnée au long des siècles à partir d'un espace existant déjà, de toute évidence on avait posé cet édifice sur les vertes pelouses du campus de GENIUS : comme un symbole des futiles efforts du savant pour dominer le monde de Dieu.

Ézéchiel de la Croix tout d'abord ne voulait pas venir, et l'insolite requête de Carter lui demandant d'envoyer par avance un de ses cheveux n'avait pas eu pour effet de le rassurer. Le docteur Carter toutefois avait refusé de lui donner au téléphone le moindre détail sur l'analogie : il avait donc bien été obligé de faire le voyage.

« Mieux vaut que nous discutions de ce problème face à face, lui avait dit le savant deux jours auparavant. Vous comprendrez pourquoi quand vous serez là. »

Non seulement il se sentait mal à l'aise à la pensée de se rendre dans le temple païen de son ennemi, mais l'idée lui avait traversé l'esprit que ce pourrait être un piège. Si Maria l'avait trahi avec la confrérie, alors la meilleure façon pour les autorités de l'arrêter serait de le faire inviter par le docteur Carter à venir ici, en territoire américain. Il en avait débattu avec les membres du Conseil restreint et décidé que c'était extrêmement improbable. Après tout, s'ils avaient été trahis, alors les autorités sans nul doute auraient déjà fait une descente dans la caverne. Mais, par précaution, il avait demandé à frère Hélix de le documenter sur les questions scientifiques et il était venu seul. Si piège il y avait, lui seul serait sacrifié. Frère Hélix pourrait alors poursuivre la mission de la confrérie avec frère Bernard à son côté.

La limousine venue le chercher à l'aéroport de Logan s'arrêta devant la porte principale. Carter l'attendait sur l'allée de graviers. Auprès de lui se tenait une jeune femme noire aux traits fins. Ce devait être le docteur Washington.

Il descendit de voiture, ses hôtes l'accueillirent et l'escortèrent à l'intérieur du bâtiment. On était samedi et l'atrium dallé de marbre était silencieux comme une tombe. Même s'il n'aimait pas l'extérieur, il ne pouvait s'empêcher d'être impressionné par l'élégante légèreté de la décoration. Il aima notamment l'hologramme de dix mètres de haut au milieu de l'atrium, avec son hélice d'ADN multicolore qui montait en spirale jusqu'au sommet de la pyramide de cristal. La beauté de ses nuances complexes et iridescentes offrait un contraste marqué avec la pureté de la flamme sacrée. Puis la cabine de verre de l'ascenseur les emmena au-delà de la mezzanine jusqu'à l'étage suivant.

Il sortit de l'ascenseur et arriva devant une porte vitrée sur laquelle était gravé *Pavillon Mendel – entrée interdite à toute personne étrangère au service.* On présenta Bob Cooke et Nora Lutz à Ézéchiel.

– Ils ont tous deux participé à l'analyse des gènes de Nazareth, expliqua Carter. Ils tenaient à vous rencontrer.

– C'est toute l'équipe de Cana ? demanda Ézéchiel en les désignant tous les quatre d'un geste.

– Oui, j'ai décidé de garder la plus grande discrétion sur ce projet.

– Sage décision, dit-il en affichant un air approbateur. Voilà qui faciliterait les choses à l'avenir, songea-t-il. Très sage.

Le docteur Carter et ses collaborateurs l'entraînèrent alors dans un paysage inconnu de tubes de verre, de paillasses blanches immaculées, de machines bourdonnantes, de voyants qui clignotaient et de messages inquiétants :

« *Attention ! risque biologique.* »

« *Danger ! – 180 °C : port de gants thermiques obligatoire.* »

« *Bromure d'ethidium : éviter tout contact avec la peau.* »

C'était un environnement hostile, froid et contre nature. Ce meilleur des mondes dont il ne voulait pas. Il fut soulagé quand il franchit la porte de la salle de réunion Francis-Crick. Là, il trouva la table de conférence et les fauteuils habituels, un écran et un instrument bizarre posé dans un coin comme un cygne mécanique. Deux socles noirs et circulaires étaient posés sur le sol devant l'appareil.

Il s'assit auprès de Bob Cooke et accepta la tasse de café que lui offrait le docteur Washington.

– Tout d'abord, monsieur de la Croix, merci d'être venu, commença Carter. Dans une seconde, vous allez comprendre pourquoi je vous ai demandé de m'envoyer un cheveu. Mais ce que nous voulons faire d'abord, c'est vous montrer ce que nous avons découvert.

Jasmine Washington prit alors la parole et, pendant la

demi-heure suivante, expliqua comment fonctionnait le génescope.

Ézéchiel écoutait attentivement. Frère Hélix lui avait déjà exposé une grande partie des éléments fondamentaux, mais, sans qu'il sût pourquoi, c'était plus impressionnant de l'entendre ici, dans cette salle à l'éclairage cru, sous l'ombre de ce cygne étrange. Il était horrifié du pouvoir que ces gens avaient à leur disposition.

Il ne dit rien quand Jasmine eut terminé : il n'ouvrit la bouche avec stupeur que quand apparut devant lui l'image en trois dimensions d'un homme d'une trentaine d'années. Il s'émerveilla tout d'abord de la magie qui permettait de créer à partir de rien une image apparemment solide puis il éprouva un choc en constatant que ce jeune homme de petite taille mais vigoureux, c'était lui voilà soixante ans. Il éprouva un pincement de tristesse en contemplant ce fantôme de sa jeunesse. Un homme qu'il avait connu bien des années auparavant mais qui avait depuis longtemps disparu.

– L'hologramme vous montre en général le sujet à l'âge où l'on a extrait la cellule du corps. Mais l'ADN peut extrapoler les données si nous voulons que l'hologramme le montre à un âge différent, expliqua Jasmine. Il est réglé cette fois sur un peu plus de trente ans.

– C'est incroyable, murmura-t-il. Il était plus que jamais convaincu que ce Carter était dangereux. Vraiment incroyable.

Carter démontra comment le génescope avait découvert trois nouveaux gènes dans l'ADN prélevé sur la dent du Christ. Ézéchiel l'écouta décrire les propriétés des gènes intitulés Naz 1 et Naz 2, puis l'apparente énigme du troisième. Carter poursuivit en analysant comment, en raison des difficultés qu'ils avaient à comprendre les gènes, il était maintenant contraint de trouver une analogie de séquences. Mais Ézéchiel n'eut pas le temps de s'attarder sur cette idée : une seconde silhouette apparut sur l'autre socle circulaire. Ce personnage là était plus grand que l'hologramme d'Ézéchiel, avec de longs cheyeux bruns, un visage mince et intelligent. On lisait la sagesse dans le regard des yeux bruns, un regard qui hanta aussitôt Ézéchiel.

Le docteur Carter annonça :

– Voici Jésus-Christ à une trentaine d'années : à peu près le même âge que votre hologramme. L'âge où il est censé avoir été crucifié.

Ézéchiel de la Croix contempla un moment ce spectacle dans un silence total, ne sachant trop ce qu'il devait éprouver. Du dégoût devant le fait que cet athée avait recréé son image ? ou de la joie d'être le seul chef de la confrérie depuis son fondateur à voir le visage du Messie original ?

– Vous arrivez à faire ça juste à partir d'un prélèvement effectué sur sa dent ? demanda-t-il enfin.

– Oui, fit doucement Carter. Comme nous l'avons fait avec votre cheveu.

Ézéchiel était presque aussi surpris du phénomène que du spectacle qu'il avait sous les yeux. Carter était allé plus loin qu'Icare. C'était l'essence même de Dieu qu'il manipulait. En cet instant, même si Carter paraissait respectueux, presque impressionné, Ézéchiel le haïssait. Il comprenait pourquoi Maria était si acharnée. Carter ne s'était pas contenté de cueillir les fruits défendus sur l'arbre de la connaissance, il en avait arraché toutes les pommes.

Mais Ézéchiel de la Croix gardait un visage impassible : il ne songeait qu'à la raison de son voyage jusqu'ici.

– Et l'analogie ? Vous disiez que vous en aviez trouvé une.

Un silence. Washington et Carter échangèrent un regard soucieux.

– Nous en avons trouvé une vivante en effet, dit enfin Carter. Mais il y a un problème.

Ézéchiel fut surpris du ton du savant.

– Un problème ? Comment cela ? Vous n'arrivez pas à le trouver ?

– Oh si, nous savons exactement de qui il s'agit, répondit Carter. Mais ça n'est pas tout à fait aussi simple que cela.

– Laissez-moi vous expliquer, proposa Jasmine Washington. Elle approcha son fauteuil d'un micro disposé au bout de la table. J'ai trouvé une analogie dans la banque de données d'ADN d'Interpol à Paris. Elle ne contient pas par elle-même beaucoup d'informations, mais elle donne accès à des banques de données affiliées à travers le monde. Scotland Yard, le FBI et toutes les grandes forces de police internationales y sont reliés. C'est un endroit extrêmement confidentiel et très bien protégé parce qu'une fois que vous y êtes entré vous pouvez avoir accès à tout individu possédant un dossier de police n'importe où dans le monde.

« Pour renforcer encore le niveau de sécurité, on a attribué à chacun des génomes de ce système un numéro de code. En fait, j'ai découvert l'analogie il y a plus de trois semaines, mais je n'arrivais pas à trouver le nom dissimulé derrière le numéro de code. Et puis, la semaine dernière, on a fait un nouveau balayage au scanner de l'ADN du sujet. Cette fois, comme j'avais demandé à notre ordinateur central de recueillir tout nouveau balayage au scanner par un de nos génescopes fonctionnant sous licence, le génome du sujet a été secrètement envoyé à IGOR en même temps qu'à la banque de données de Paris.

– Donc, vous avez l'analogie. Où est le problème ? demanda Ézéchiel.

– Le problème dépend des espérances que vous avez.

– Que voulez-vous dire ?

– Tous les individus enregistrés sur cette banque de données sont soupçonnés d'avoir commis un crime ou ont été condamnés pour cela.

Un silence.

Ézéchiel resta un moment pétrifié : mais plus il y réfléchissait, plus cela semblait se tenir. Le Christ n'avait-il pas été emprisonné ? Le premier Messie n'avait-il pas été exécuté, crucifié en tant que criminel ?

– On a accusé aussi le premier Messie et c'était un homme vertueux.

Jasmine s'éclaircit la voix et se tourna vers le microphone.

– Montre le tableau ! ordonna-t-elle à l'ordinateur.

Ézéchiel était maintenant plus calme, même si son ulcère à l'estomac le faisait encore souffrir. Se carrant dans son fauteuil, il regarda l'image se préciser peu à peu sur l'écran.

– Voici notre analogie, murmura Jasmine.

– Non ! s'entendit-il crier lorsque l'image finit par apparaître.

Sa seule réaction, en voyant la coupure de presse agrandie se dérouler sur l'écran, c'était qu'il avait dû y avoir une terrible erreur. Ce n'était pas possible. Il sentit ses brûlures d'estomac reprendre et il chercha dans sa poche ses petites pilules blanches.

– Je sais que c'est un choc, s'empressa de dire Carter. Et je suis aussi horrifié que vous. Mais les gènes correspondent parfaitement et cette personne représente la seule chance que nous connaissions de mettre au point un traitement. Nous avons l'intention d'obtenir et d'examiner des prélèvements sanguins et de développer des sérums à partir des gènes du sujet. Nous comptons aussi obtenir l'autorisation de procéder à un examen approfondi de l'individu, pour tenter de déterminer comment les gènes opèrent dans l'organisme. Évidemment, tout ce que nous découvrirons, nous vous le communiquerons. Et j'espère que vous comprenez maintenant pourquoi j'ai estimé nécessaire de vous inviter à venir ici pour vous présenter l'analogie face à face.

Ézéchiel ne put que soupirer faiblement. Le docteur Carter ne pourrait jamais imaginer. Il sentit que le savant le regardait, mais il ne pouvait pas, il n'osait pas croiser son regard. Il garda les yeux fixés sur l'écran, fasciné par l'article de journal qui s'y étalait, découpé dans le *Boston Globe* de la veille. Le gros titre annonçait : LE DERNIER SERMON DU PRÉDICATEUR ? avec en sous-titre *La condamnation à mort est maintenant une certitude*. Au-dessous, la photo très granuleuse d'une grande femme à la stature puissante qu'on poussait dans une voiture de police, les yeux au regard intense fixant l'objectif, son crâne jadis soigneusement rasé dont les cheveux commençaient à repousser.

Cela rappela soudain à Ézéchiel son cauchemar : lui, debout pendant qu'on exécutait le Messie qu'il avait consacré toute sa vie à sauver. Un frisson involontaire secoua son vieux corps fatigué.

Cour suprême du Massachusetts.
Trois jours plus tard

– Que l'accusée veuille se lever pour entendre le verdict, dit le juge Sancha Hernandez, se tournant vers Maria Benariac.

Maria ne l'aimait pas. Elle lui rappelait le crapaud. Comme mère Clemenza, elle avait une grosse poitrine, une voix de basse, et un nez chaussé de grosses lunettes. Et, comme la mère supérieure, elle avait un regard dur qui maintenant la vrillait.

Le juge Hernandez avait cessé de faire échec aux efforts de Hugo Myers pour élargir le débat et explorer la théorie du complot, en présentant Maria comme un agent travaillant pour quelque agence gouvernementale. Les médias auraient pu gober ça et avaler l'histoire de la mercenaire à la solde de la CIA, mais pas Hernandez. Et elle s'était assurée que les jurés ne la gobaient pas non plus. Elle s'en était tenue rigoureusement au cœur du problème : pas un jour ne s'était écoulé sans qu'elle martèle ses conseils avec un zèle vibrant de vertu :

– Il s'agit dans ce procès de déterminer la culpabilité ou l'innocence de l'accusée en ce qui concerne quarante-deux homicides présumés commis sur le territoire des États-Unis. Il ne s'agit pas de se perdre en conjectures sur les mobiles qui ont pu ou non motiver ceux qui ont pu ou non payer l'accusée pour commettre les meurtres susdits. Ce serait le sujet d'une autre enquête et d'un autre procès. Est-ce bien clair ?

Il était vite devenu extrêmement clair que Mme le juge avait non seulement facilité la tâche du procureur, mais qu'elle l'avait rendue pratiquement inutile. Hugo Myers avait prévenu Maria : les preuves étaient accablantes. C'était à peine si l'accusation avait besoin de plaider. Malgré son talent, Hugo Myers ne pouvait rien faire : il avait suffi de s'en tenir aux faits pour condamner Maria.

Quand Maria vit le petit homme au physique oriental se lever devant ses collègues du jury en brandissant nerveusement un morceau de papier, elle savait déjà quel verdict il allait rendre.

– Sur le chef d'accusation d'homicide volontaire sur la personne de Sly Fontana, le jury déclare Maria Benariac *coupable*, dit le président du jury.

Puis, l'un après l'autre, comme si l'on énumérait le catalogue d'une collection de criminels, on lut les noms des autres victimes : Helmut Croger, le marchand d'armes ; Santino Luca, le gangster ; Bobby Dooley, l'évangéliste corrompu. Et, après chaque nom l'homme concluait avec le même mot... *coupable*.

Quand l'homme en arriva au nom d'Olivia Carter, Maria se tourna vers la tribune et croisa le regard du savant. Carter était assis entre son associé et le docteur Washington. Ils n'étaient venus qu'une seule fois auparavant au tribunal, pour témoigner. S'attendant à voir le docteur Carter exulter, elle lui lança un sourire de défi, mais elle fut surprise de lui trouver les traits tirés, l'air fatigué, le bleu de ses yeux éteint. C'était bizarre à quel point, maintenant qu'on allait la condamner à mort, c'était lui qui avait l'air accablé. Quand elle lui avait braqué sur la tête un pistolet, il était resté vaillant et la tête haute.

Lorsqu'on eut rendu la sentence, un bref frémissement parcourut les journalistes et les spectateurs, mais qui se calma rapidement. Le verdict n'était pas une surprise. Hugo Myers, professionnel jusqu'au bout, posa une main sur l'épaule de Maria pour bien montrer qu'il la soutenait, comme s'il avait pu faire quelque chose. Mais, sans se soucier de lui, Maria lança d'une voix forte aux juges et au jury :

– Je suis innocente aux yeux de Dieu.

Nouveau murmure d'excitation dans la foule avant que Mme le juge assène quelques coups de marteau sur son bureau pour les réduire au silence. Puis elle lut tout haut la sentence.

Maria n'écouta pas tout le long discours de Mme le juge Hernandez, mais quelques formules clés ressortaient : *tueuse sadique – menace pour la société – faire un exemple – initiative Crime 2000 – peine de mort à exécuter rapidement.* Le seul détail qu'elle retint, ce fut quand on précisa les dates. Myers avait expliqué comment l'initiative de Crime 2000 avait marqué la fin des procédures d'appel coûteuses et « inhumaines » qui pouvaient permettre à un prisonnier de languir dans le quartier des condamnés à mort pendant dix ou vingt ans. Elle espérait quand même que la date de son exécution ne serait pas trop proche. Elle avait encore l'œuvre de Dieu à accomplir. Elle devait encore arrêter Carter et son projet Cana.

Lorsque Mme le juge annonça la date fixée pour l'exécution, il fallut une seconde à Maria pour comprendre à quel point elle était proche. Les deux gardes s'avancèrent pour la ramener à sa cellule : elle lança un dernier regard à Carter.

Arborant son sourire le plus provocant, elle leva

dans sa direction ses deux mains entravées par les menottes.

– Ceux qui ont échappé à Sa vengeance n'ont fait que retarder l'inévitable, cria-t-elle au milieu du brouhaha, car ils ont déjà été jugés par un tribunal supérieur à celui-ci !

Elle voulait qu'il sache bien que ce n'était pas terminé, qu'elle n'en n'avait pas fini avec lui. Mais, à sa vive surprise, le docteur Carter garda une expression impassible : pas de triomphe, pas de crainte, pas de colère, rien. Elle ne comprenait pas. Il venait d'entendre condamner à mort la meurtrière de sa femme et l'on avait fixé l'exécution dans moins de quatre semaines. Mais il se contentait de la dévisager sans qu'on pût lire sur son visage la moindre trace de satisfaction.

Maria se dit à cet instant qu'il avait plus qu'elle-même l'air d'un condamné.

Tom suivit des yeux Maria tandis qu'on l'emmenait. Ignorant le brouhaha et l'agitation des spectateurs qui se levaient pour partir, il se rassit sur le banc inconfortable, à deux rangs en arrière dans la tribune du public, et essaya de faire un bilan.

Au cours de la semaine passée, depuis que Jasmine lui avait révélé l'identité du sujet présentant l'analogie, Tom avait essayé de comprendre ce que tout cela voulait dire. Et, en y repensant, il se retrouvait avec les mêmes questions : *Comment diable suis-je censé comprendre que l'assassin de ma femme pourrait être le sauveur de ma fille ? Où est le sens commun dans tout cela ? Pourquoi est-ce que ça n'aurait pas pu être l'Indien ou quelqu'un d'autre de bien ?*

Ils avaient fouillé le monde en quête d'un individu possédant trois des gènes les plus rares qui existent, des gènes découverts pour la première fois voilà deux mille ans chez un homme dont la bonté ne faisait aucun doute. Voilà maintenant que ces gènes, qui promettaient de sauver d'innombrables vies, n'avaient pas été retrouvés chez quelqu'un possédant la même grandeur, la même ampleur de vision, mais chez une tueuse impitoyable.

Tom avait toujours accepté la loterie de la Nature, mais même pour lui, c'en était trop. On aurait dit qu'il y avait là quelque malice. Pas étonnant que le vieil Ézéchiel de la Croix eût été si bouleversé. Le Messie qu'il avait consacré sa vie à retrouver s'était révélé être une fanatique démente qui se croyait envoyée sur cette terre pour tuer et non pas pour sauver.

Qu'avait donc dit Maria quand on l'avait arrêtée ? « Dieu nous met tous à l'épreuve. »

Il baissa la tête et contempla les éraflures du parquet bien ciré. Il n'arrivait pas à voir quelque chose de positif dans tout cela. Il s'était procuré des prélèvements du sang de Maria, il avait même lu le rapport médical détaillé qu'on avait fait sur elle, mais ses gènes n'avaient livré aucun indice. Et, sans la coopération de cette femme, il ne trouverait rien non plus.

Bien sûr, il y avait encore une chance qu'IGOR finisse par découvrir une des dix-huit personnes au monde à posséder les trois gènes de Nazareth. Mais il y avait des chances infinitésimales pour que l'un d'eux soit repéré dans les deux ou trois semaines à venir. Tom devait regarder la vérité en face. Pour ce qui était d'aider Holly, Maria était unique dans son genre.

– Allons-nous-en, Tom, fit doucement Jasmine en lui posant une main sur l'épaule. Jack s'est arrangé pour que nous puissions sortir par le cabinet du juge pour éviter la presse.

Il se leva et la laissa l'entraîner. Il repensa à ce sérum mystérieux mais apparemment inutile préparé à partir des gènes combinés de Nazareth, au risque que présentait pour Holly l'inévitable chirurgie cérébrale. Il avait la gorge serrée. À part supplier Maria d'essayer de guérir sa fille, aucune autre option ne s'offrait à lui maintenant.

En passant devant la barre des témoins, Jack surgit sur sa gauche.

– Tom, ce n'est pas encore fini.

Il se tourna vivement vers son ami.

– Ah non, Jack ?

Aucune lueur d'espoir ne le détournerait de ses pensées, l'avenir lui semblait clair : le projet Cana était mort et bientôt Holly le serait aussi.

24

Clinique de GENIUS

Le 12 mai, quatre jours après la condamnation de Maria, Holly perdit toute sensation du côté gauche. La crise dura plus de deux heures. Tom sentit que cela effrayait plus sa fille que toutes les souffrances et tous les malaises qu'elle avait endurés jusqu'alors. La chimiothérapie et la radiothérapie avaient ralenti la croissance de la tumeur, mais elle continuait à se développer à un rythme qui le déconcertait. La pression qu'elle exerçait sur le cerveau de la fillette affectait désormais certaines de ses fonctions motrices. Les stéroïdes réduisaient les enflures et les crises, mais il savait que les effets du mal ne feraient qu'empirer.

La tumeur entrait dans le quatrième et dernier stade de l'évolution clonale : les gènes clés du chromosome 9 avaient depuis longtemps disparu tout comme l'ensemble du chromosome 10. Le rythme de croissance avait été près de trois fois plus rapide que l'estimation la plus optimiste de DAN qui prévoyait une année, et plus ou moins en accord avec la plus pessimiste qu'il avait faite. Au début, Tom avait voulu ignorer le pronostic le plus sombre en se disant qu'il trouverait bien un moyen de gagner le maximum de temps mais, maintenant qu'il envisageait lucidement la situation, il avait l'amère conviction que les choses avaient suivi un cours inévitable.

Il luttait contre son vieil ennemi, le cancer, et c'était le cancer qui l'emportait. Cette fois, c'était sur sa fille que se livrait le combat. Il lui fallait songer avant tout au confort de Holly, même dans sa lutte contre la maladie. Le traitement qu'il lui faisait suivre l'affaiblissait et lui donnait des nausées, et tout ça pour ne même pas la sauver.

Le conflit entre Tom le père et Tom le médecin était d'une abominable simplicité. Il devait soit l'aider à vivre, soit l'aider à mourir et oublier toutes les solutions intermédiaires.

– Chapeau ! Superbe combinaison. Jasmine se penchait vers Holly pour regarder l'ordinateur posé sur les genoux de sa filleule. La reine guerrière sur l'écran était en train de se faire dévorer par un gnome à deux têtes. Alors tu n'arrives pas à dépasser le niveau 6, hein ?

Deux jours s'étaient écoulés depuis la dernière crise et Holly, assise dans son lit, savourait une de ses rares bonnes journées.

– J'arrive à entrer dans le château, à tuer tous les orques et le dragon bleu. Mais quand je ressors, je me fais toujours prendre par le gnome ou par le grand serpent de mer dans la douve. Chaque fois.

– Est-ce que tu as pris tous les crédits médicaux dans les compartiments secrets ?

– Je crois. Et puis les armes cachées et l'armure supplémentaire. Mais ce qu'il me faut, c'est être invulnérable. Il n'y a pas de potion magique dans le château.

– Tu as regardé partout ?

– Partout.

– Et tu as tout essayé ?

– Ouais.

Jasmine sourit.

– Et si tu trichais ?

Holly eut un ricanement résigné.

– Impossible : tout le monde sait que la Colère de

Zarg est le seul jeu d'ordinateur qui n'a pas dc code pour tricher.

– Tu veux dire pas de code *publié*.

Jasmine savait que tous les programmeurs de jeux introduisaient des raccourcis qui permettaient d'avoir une puissance de feu, des existences ou une invulnérabilité sans limites rien qu'en combinant certaines touches. Dans la plupart des jeux, les passionnés découvraient rapidement ces codes-là et les transmettaient sur l'Internet. Mais, à en croire Holly, personne n'avait encore réussi à les déchiffrer pour la Colère de Zarg.

– Allons, passe-moi ta machine.

Holly se poussa et Jasmine vint s'asseoir à côté d'elle sur le lit. Holly sourit en lui confiant l'ordinateur.

– Tu crois que tu peux les trouver ?

– Ma foi oui. Je ne suis peut-être pas une marraine fée, mais je suis ce qui s'en rapproche le plus : une cybermarraine.

Holly se mit à rire.

– D'accord, je te parie que tu n'arrives pas à les trouver en une heure.

Les doigts de Terreur pianotaient déjà.

– Dis donc, ne m'insulte pas. Nous parlons de minutes.

Holly pencha la tête de côté, comme si elle réfléchissait.

– D'accord. Qu'est-ce que tu dirais de dix minutes ? Je te parie que tu n'arrives pas à les trouver en dix minutes.

Jazz cessa de pianoter.

– Bon, qu'est-ce que tu veux ?

Holly la regarda, puis se tourna vers l'écran. Elle ouvrait des yeux ronds d'incrédulité.

– Tu y es déjà arrivée ?

Jasmine haussa les épaules d'un air modeste et lui rendit l'ordinateur.

– Bien sûr, ça n'est pas sorcier. Pour l'invulnérabilité, il faut que tu presses N*MAL. Essaie.

Holly entra le code et constata que sa reine guerrière était en effet à l'abri du gnome. « Whooouu ! Formidable ! » Au bout de trois minutes, elle relevait la tête, arborant un sourire triomphant.

– Niveau 7. Attends que Jennifer et Megane apprennent ça.

Jasmine se mit à rire.

– Mais ne t'en sers pas tout le temps, sinon ça va devenir assommant. Pour l'annuler, tu presses la touche P., d'accord ?

– Oui, merci, Jazz. C'est formidable. Mais comment as-tu fait ?

Jasmine posa sa main sur l'épaule de Holly.

– Hol, il y a toujours un moyen. Comme ton papa me le disait toujours. Il me le dit encore par moments. Ça n'est pas forcément la façon évidente, admise ou même correcte. Mais si tu as vraiment envie de faire quelque chose, il y a toujours un moyen.

Beth Lawrence arriva de la salle d'opérations.

– Docteur Washington, pourriez-vous voir le docteur Carter un moment ? Il est dans la salle d'examens.

– Bien sûr. Elle se leva et serra le bras de Holly. Bonne chance avec le niveau 7.

Elle trouva Tom et le docteur Karl Lambert en train d'examiner sur un écran une série de résultats de balayages topographiques. Lambert était un neurochirurgien de l'Institut national de la santé du Maryland. Il avait été détaché auprès de GENIUS pour faciliter les échanges d'idées et s'assurer qu'aucun patient ne se voyait imposer de traitement pénible à des fins purement commerciales. C'était un petit homme rondouillard au visage jovial, avec des cheveux roux bouclés et un regard intelligent. Jasmine savait que Tom l'aimait bien et le respectait depuis qu'ils avaient été tous deux étudiants à Johns-Hopkins.

Karl Lambert désigna l'ombre jaune sur le cliché en couleurs pris au scanner.

– Je persiste à dire qu'une opération est la meilleure chance qu'elle ait.

– Mais regarde où est située la tumeur, Karl. Je ne voudrais pas m'aventurer là. Et toi ? La marge d'erreur est trop grande.

– Je sais, mais au moins ça lui donne une chance..., affirma Lambert.

– Une chance de quoi ? De retarder l'inévitable.

– Elle souffrira moins, Tom.

– Ou bien ça la tuera... Tom s'interrompit, courbant le dos. Mais je pense que tu as raison.

Il s'éclaircit la voix et tous deux relevèrent la tête. Tom était pâle et tendu. Il cherchait manifestement quelle était la meilleure solution pour Holly, et il n'en trouvait aucune.

– Salut, Jazz, merci d'être venue. Je voulais simplement te demander ton avis à propos de Holly.

Lambert regarda sa montre.

– Il faut que j'y aille. On m'attend au bloc dans dix minutes. Je vous laisse tous les deux. Il se dirigea vers la porte, puis se retourna. Je continue à dire que la chirurgie au laser s'impose, Tom. Et le plus tôt sera le mieux.

Il sourit à Jasmine et sortit.

– Alors, Tom, demanda-t-elle, qu'est-ce que tu veux faire ?

Il arpentait la pièce.

– Je n'en sais rien. Tu as entendu Karl. Il a raison. Les traitements ne peuvent que ralentir la croissance de la tumeur et maîtriser ses souffrances. Il faudra bien finir un jour par procéder à l'ablation, ne serait-ce que pour soulager la pression dans son crâne. Mais la tumeur est si mal placée qu'elle est presque inopérable.

– Et le projet Cana ? Le sérum ?

– Cana, c'est terminé, Jasmine. Le sérum ne fait rien.

Elle prit une profonde inspiration.

– Et Maria Benariac, alors ? Le Prédicateur ?

– Le Prédicateur n'est pas une option, fit Tom d'un ton sec.

Depuis que Jasmine avait découvert que le Prédicateur possédait les gènes, elle et Tom n'avaient pas une fois discuté de la meurtrière. Jasmine ne s'était pas encore faite à l'idée de ce qu'impliquait l'existence probable de dix-neuf personnes au monde possédant les gènes du Christ, encore moins à l'idée que l'une d'elles était une meurtrière. Et, comme Tom avait jusqu'à maintenant trouvé le sujet trop pénible pour l'aborder, ils n'en avaient pas parlé, comme on ne parle pas d'un décès dans la famille. Mais le problème commençait à devenir trop important pour qu'on l'ignore et, puisque c'était lui qui avait mis tout ça en branle, autant qu'il regarde la vérité en face.

– Enfin, dit-elle, il faut quand même que tu essaies !

– Jazz, c'est elle qui a tué Olivia.

– Elle pourrait aussi sauver Holly.

Il ricana.

– Oui, d'accord.

– Allons, Tom, tu pourrais peut-être conclure une sorte de marché avec elle.

– Tu parles sérieusement ?

– Tout à fait. Tu n'as pas trente-six solutions. Tu n'as même pas envie de savoir si cette femme *pourrait* la sauver ?

Consterné, il baissa la tête.

Elle sentit en elle un élan de colère.

– Tom, ça ne te ressemble pas de renoncer.

– Je ne renonce pas. Je suis réaliste, j'essaie de trouver la meilleure façon pour que Holly ne souffre pas.

– Foutaise ! Tu m'as dit un jour qu'être réaliste et renoncer, c'était la même chose. Tu n'as jamais été réaliste de ta vie. Tu as horreur de ça. Jack est un réaliste. Même moi, dans une certaine mesure. Mais toi, tu as toujours tenté l'impossible. Bon sang, tu ne vas pas cesser maintenant !

Tom lui lança un regard douloureux.

– Mais tu ne comprends pas, Jazz. Comment est-ce que je peux...

– Écoute, c'est toi qui as lancé cette histoire de projet Cana. Je ne voulais pas en entendre parler, parce que j'étais terrifiée en pensant où ça pourrait nous mener. Mais je t'ai fait confiance, je me suis laissé persuader en me disant que, même si ça flanquait en l'air ce à quoi je croyais, je faisais au moins tout pour aider Holly. Pendant tout ce temps, j'ai cherché la quadrature du cercle avec ma conscience. Rien que pour ne pas tourner dingue, et voilà maintenant que tu te dégonfles parce que tu es tombé sur quelque chose que, toi, tu as du mal à encaisser. Eh bien, mon vieux, bienvenue au pays de la confusion et du doute. Ne me raconte pas que je ne comprends pas. Va le dire à ta fille. Dis à Holly que ça t'embête de supplier Maria de l'aider. Elle prit une profonde inspiration : sa tirade l'avait mise hors d'haleine. Encore une chose, Tom. Tu ferais mieux de cesser de t'apitoyer sur ton sort, parce qu'il n'y a pas que Holly dont les jours soient comptés. Maria ne va pas être là pour longtemps non plus.

Là-dessus, elle tourna les talons et sortit.

Maria s'éveilla, baignée d'une sueur froide, dans sa cellule du quartier des condamnés à mort, mais sans rien pouvoir distinguer que l'obscurité. Son cerveau enfiévré croyait entendre des rats trotter sous son lit. Elle était redevenue une enfant de six ans, à l'orphelinat, mise au cachot pour avoir dit des mensonges ou pour quelque autre méfait qu'elle ne comprenait pas.

La panique qui l'oppressait dans ces ténèbres épaisses était la même. Elle avait envie de quelqu'un pour la réconforter, pour la consoler. Mais surtout c'était le Père qui lui manquait. Un doute affreux lui crispait l'estomac. Pas à propos des gens qu'elle avait tués : c'étaient des purifications. Mais un doute pour avoir défié Ézéchiel et la confrérie.

Et si Ézéchiel ne voulait vraiment pas qu'elle élimine Carter ? Quelle arrogance s'était emparée d'elle pour croire qu'elle savait mieux que lui : lui, l'homme qui lui avait tout enseigné, tout donné ! Peut-être Ézéchiel avait-il raison de vouloir se servir de Carter avant de le liquider. Avait-elle réussi, elle, à arrêter le savant dans son entreprise ? Et, même si elle avait eu raison d'essayer, comment comptait-elle accomplir en l'occurrence les projets de Dieu ?

Toute l'assurance, toute la conviction qui l'avaient tant soutenue pendant le procès se dissipaient. Peut-être n'avait-elle aucune place dans les projets de Dieu ? Peut-être cet emprisonnement et cette condamnation à mort n'étaient-ils pas une épreuve mais un châtiment ? Peut-être Dieu se servait-Il du Père pour retrouver le nouveau Messie et pour arrêter en même temps Carter dans son entreprise ? Peut-être Ézéchiel et Hélix avaient-ils complètement raison et elle complètement tort ?

Ces questions la harcelaient comme autant d'épines. Ses ongles se crispèrent sur sa cuisse droite, sur les vieilles cicatrices, jusqu'au moment où une sensation d'humidité lui fit comprendre que le sang commençait à couler. Mais, dans le noir, elle n'éprouvait aucun soulagement. Elle était abandonnée dans cette cellule de trois mètres sur quatre, échouée dans un monde désolé envahi par le désespoir.

La première larme ruissela sur sa joue quand elle se mit à songer que, même aux pires heures de son enfance, les horribles moments avaient une fin. Mais cette fois, elle était enfermée pour toujours, seule avec ses regrets. Seule la mort dans vingt-deux jours la libérerait.

Ce qu'elle souhaitait, c'était pouvoir revoir le Père une dernière fois.

À l'autre bout du monde, à Damas, Ézéchiel de la Croix ne dormait pas mieux. À cinq heures trente-sept du matin, il se leva et sortit sur le balcon, savourant la fraîcheur du carrelage sous ses pieds nus. Au loin, Damas découpait sa grisaille sur un ciel d'aube naissante d'un orange poussiéreux. Le soleil n'allait pas se lever avant au moins une heure et l'air où flottait un parfum de frangipane était déjà tiède. Étirant ses bras au-dessus de ses épaules endolories, il bâilla à deux reprises, heureux de la légère brise qui le rafraîchissait.

La nuit dernière, il avait encore rêvé de Ponce Pilate. Mais cette fois, c'était dans les mains de Maria qu'il avait enfoncé les clous. Comme il faisait ce geste, l'hologramme du jeune homme qu'il avait été le regardait d'un air de reproche. Le rêve l'avait troublé, mais pas autant que les souvenirs : les souvenirs d'histoires qu'on lui avait racontées voilà des années en Corse.

Depuis que le docteur Carter lui avait révélé que Maria possédait les gènes, Ézéchiel luttait pour se persuader qu'elle était bien l'être qu'il cherchait. Sa première réaction avait été de le nier, de mettre cette affirmation sur le compte de la technologie imparfaite du savant, de quelque subterfuge du démon. Comment Némésis pourrait-elle être le nouveau Messie ?

Lorsqu'il en avait parlé à Hélix et à Bernard une fois de retour à la caverne le lendemain, tous deux étaient restés abasourdis. Comme lui, Bernard avait ricané. Mais Hélix avait réagi différemment. Il était resté un long moment silencieux avant d'admettre la possibilité, voire la probabilité qu'elle fût bien l'élue. Ézéchiel les avait congédiés pour réfléchir à ce que cela impliquait et envisager ce qu'il fallait faire. Il avait convoqué aujourd'hui tous les membres du Conseil restreint pour décider des mesures à prendre.

Ézéchiel consulta sa montre. Il lui faudrait quelques heures pour se préparer et gagner la caverne de la

Lumière sacrée. Après une nuit blanche, il était enfin parvenu à une décision.

Il se rappelait Maria dans le bureau de mère Clemenza : une simple jeune fille en fait, désemparée et trahie par une religion qui non seulement n'avait pas réussi à la protéger, mais qui avait même abusé d'elle. Quand Maria avait enfin été désignée comme la nouvelle Némésis, elle avait fait ce qu'aucun agent n'avait jamais entrepris auparavant : elle avait modifié son aspect physique pour se plier au rôle du parfait vengeur.

Il se rappelait le jour où elle avait réclamé cette chirurgie radicale : quand elle s'était assise pour lui expliquer comment elle se sentait prisonnière de son physique. Comme un papillon qui voulait devenir chenille, elle souhaitait perdre ses ailes étincelantes et acquérir la liberté que donne l'anonymat.

Lors de sa rencontre avec mère Clemenza, il l'avait réprimandée pour avoir laissé de si jeunes filles être la proie du père Angelo : il l'avait directement tenue pour responsable du suicide de sœur Delphine. Elle lui avait parlé alors des premiers « mensonges » de Maria afin d'expliquer pourquoi elle n'avait pas tenu compte de ses plaintes quand elle avait prétendu avoir été violée.

« Elle mentait toujours quand elle était petite, avait dit la mère supérieure. Toujours. »

Il se rendait compte seulement aujourd'hui que les premiers « mensonges » de Maria n'étaient pas que les fantasmes d'une enfant esseulée, mais peut-être la vérité. Il s'en souvenait encore, c'étaient de petits miracles : la grande chute ; les piqûres d'abeille ; le diabète ; au moins six autres incidents. Plus il y songeait, plus tout cela lui paraissait bizarre.

Il rentra et traversa la chambre pour gagner la salle de bains. En passant devant la commode, il prit un comprimé blanc dans le pilulier en argent auprès de la photo de sa femme. Au fond de son cœur, il avait la certitude qu'on avait trouvé le nouveau Messie. Mais comment la sauver avant qu'on la crucifie de nouveau ? Et comment s'acquérir le soutien des autres, mettre au point un plan pour la sauver afin qu'à son tour elle puisse sauver les justes ?

Jetant un dernier regard à sa fille endormie, Tom Carter rappela les propos de Jasmine. Elle avait raison : il ne pouvait pas se permettre de s'apitoyer sur son compte. Son rendez-vous avec Karen Tanner était prévu dans un peu plus d'une demi-heure. Jack avait obtenu qu'elle lui montre les dossiers de l'affaire dans ses bureaux du JFK Building. Et, quand il les aurait vus, il comptait enquêter un peu de son côté.

Bob Cooke le surprit au moment où il se dirigeait vers le garage. Le Californien, généralement calme, se précipita vers lui en courant.

– Tom ! attendez ! Je vous ai... cherché... partout, fit Bob, haletant.

– Eh bien, vous m'avez trouvé. Qu'est-ce qu'il se passe ?

– Les souris...

– Qu'est-ce qu'elles ont ?

Tout essoufflé, Bob essaya de poursuivre, puis secoua la tête et prit Tom par le coude.

– Venez ! dit-il en l'entraînant vers l'ascenseur. Je vais vous montrer.

En haut, dans le pavillon Mickey, Tom trouva Nora Lutz plantée devant deux cages. Elle consultait les notes sur le dossier qu'elle tenait devant elle, puis son regard revenait aux cages.

– Qu'est-ce qu'il se passe, Nora ? demanda Tom en montrant Bob derrière lui. Notre surfeur peut à peine parler.

– Ce sont les souris. Nora désigna les trois cages devant elle. Elles n'ont plus rien.

Tom sursauta.

– Quoi ? Vous voulez dire qu'elles sont guéries ?

Nora n'arrivait pas à y croire.

– On dirait que le sérum Trinité les a guéries de tous leurs cancers.

– Toutes les souris ont guéri ? répéta Tom, qui n'en croyait pas ses oreilles.

– Non, pas toutes. C'est ça qui est bizarre. Vous vous souvenez que les premières expériences portaient sur des souris prises isolément et que, chaque fois que nous avons essayé le sérum Trinité, on ne notait aucune amélioration ?

Tom acquiesça avec impatience.

– Eh bien, pour le test le plus récent, nous avons utilisé des groupes de deux et trois souris par cage. Et, dans ces groupes-là, les souris traitées ont toutes été guéries de leur cancer.

– Et les souris traitées individuellement ?

– Elles ne vont pas mieux que celles des groupes de contrôle. Elles sont toujours malades.

– Quelle est la différence entre les deux groupes ?

Nora se sentait impuissante.

– Aucune. À part le fait que celles qui sont mortes étaient isolées.

– Nous ne savons donc pas pourquoi elles ont guéri ?

– Non, fit Bob, pas encore. Mais ce que nous savons en tout cas, c'est que, statistiquement, il ne s'agit pas d'un hasard.

Tom s'approcha de la cage la plus proche et considéra les trois souris saines qui, quelques jours plus tôt, étaient visiblement atteintes.

– C'est formidable. Mais ça ne nous sert que si nous arrivons à comprendre comment c'est arrivé.

Bob sourit et dit :

– Nous enquêtons là-dessus en ce moment.

Tom regarda sa montre. Un instant, il songea à appeler Karen Tanner pour remettre leur rendez-vous. Mais il ne pouvait pas faire grand-chose de plus que Nora et Bob. Il tourna les talons.

– Il faut que j'y aille maintenant, mais je viendrai vous donner un coup de main à mon retour.

– Où allez-vous ? demanda Bob.

– Enquêter un peu de mon côté.

Les membres du Conseil restreint étaient autour de la grande table lorsque Ézéchiel de la Croix arriva. Les conversations assourdies s'interrompirent : il sentit la tension. Tous se levèrent à son entrée. La flamme incandescente devant l'autel avait au moins une trentaine de centimètres de plus que d'habitude et brûlait d'un éclat plus vif.

Il salua d'abord frère Haddad.

– Puisse-t-il être sauvé.

– Pour qu'il puisse sauver les justes, répondit le chef régional de la Terre sainte.

Lorsqu'il échangea avec Ézéchiel la rituelle poignée de main, bras croisés, ses lourdes paupières étaient plus sombres que d'habitude.

Ézéchiel salua ensuite les autres : frère Luciano, frère Olazabal, et enfin les champions du Premier et du Second Impératif. Tous avaient l'air soucieux et seul frère Hélix affronta son regard.

Il commença par récapituler les points essentiels. Il évoqua le projet Cana et l'accord passé avec le Dr Carter ; la tentative de Maria pour tuer le savant ; comment, à la suite de cela, elle avait été capturée et condamnée. Il leur rappela enfin la découverte cruciale du Dr Carter : Maria Benariac, qu'ils connaissaient sous le nom de Némésis, possédait les trois gènes du Christ, ce qui sous-entendait qu'elle était le Nouveau Messie. Ézechiel énonça ce dernier point comme un fait. Ce fut alors que les objections se mirent à fuser. Comme il fallait s'y attendre, frère Bernard ouvrit le feu.

– Ce doit être une erreur, lança le robuste frère. Ou un piège. Ce ne peut pas être Némésis. Vous et moi la connaissons depuis plus de vingt ans : nous nous en serions aperçus.

– Pourquoi ? demanda calmement Ézéchiel.

– Père, c'est une tueuse, pas un sauveur. Elle était un excellent instrument pour le Second Impératif, mais n'avait certainement rien à voir avec le Premier.

– Pourquoi donc ? insista Ézéchiel.

– C'est un assassin.

– Une tueuse professionnelle, bien entraînée, renchérit Haddad à l'autre bout de la table.

– Entraînée par nous, lui rappela Ézéchiel. Et tous ces meurtres étaient des purifications approuvées par nous. Qui va dire que le nouveau Messie devrait être un timide évangéliste et non pas un fléau envoyé par Dieu pour venger la mort de Son fils ?

– Mais elle ne présente aucun des signes traditionnels, protesta frère Olazabal.

Ézéchiel s'assombrit en entendant cela. De toute évidence, assurément poussés par Bernard, ils s'étaient déjà mis d'accord en son absence sur une attitude commune.

– Quels signes ? Vous voulez parler des trois indices fournis par notre fondateur ?

Luciano, en général silencieux, intervint.

– Oui. Ils précisent clairement que le nouveau Messie doit juste avoir l'âge requis et être de sexe masculin.

– Mais ce n'étaient que des indications. Il n'est pas de sexe masculin, mais Maria est certainement une juste : si juste qu'elle a contesté le marché que nous avons hâtivement conclu avec le savant. Quant à l'âge, je ne connais pas sa date exacte de naissance, mais elle est très proche du jour même où la flamme a changé de couleur. N'oubliez pas non plus qu'elle possède les gènes rares de Notre-Seigneur. Je connais en outre les dons qu'elle avait quand elle n'était qu'une enfant.

– Mais nous n'avons aucune preuve de ces dons ! s'exclama Bernard. Et, je le répète, je la connais depuis vingt ans. Je n'arrive pas à croire que ce soit elle. Je m'en serais aperçu.

Ézéchiel soupira. Il pouvait leur imposer à tous sa volonté, mais ce ne serait pas une solution satisfaisante. C'était essentiel pour la confrérie : ils devaient absolument *croire* au besoin de sauver Maria.

Ce fut alors que le champion du Premier Impératif prit la parole :

– Frère Bernard, lança nonchalamment Hélix. Avez-vous une preuve que Maria *n'est pas* l'élue ?

Hélix jusqu'à maintenant était resté silencieux, penchant sa tête chauve d'un orateur vers l'autre, ses yeux grossis par les verres épais de ses lunettes suivant toute la scène. Il braqua son regard sur Bernard, et Ézéchiel put voir les innombrables cierges qui illuminaient la caverne se refléter dans ses lunettes.

– Bien sûr que non, répondit Bernard.

– Mais vous êtes convaincu qu'elle *ne peut pas* être le nouveau Messie ?

Bernard croisa les bras.

– Oui.

– Vous en êtes absolument certain ?

– Oui. Autant que je peux l'être.

– Donc, quand Maria sera exécutée dans trois semaines, vous dormirez en paix ? Nul doute ne vous traversera l'esprit qu'après deux mille ans d'attente nous avons peut-être laissé le nouveau Messie mourir quand nous étions aux commandes... quand vous étiez aux commandes. Vous assumerez cette responsabilité parce que vous êtes certain que ce ne peut pas être elle. C'est bien cela ?

Sans rien dire, Bernard se contenta de baisser la tête. Ézéchiel voyait que les autres s'agitaient nerveusement sur leurs sièges.

– J'envie votre certitude, fit doucement Hélix.

– Je connais Maria depuis vingt ans, répéta frère Bernard. Ce ne peut pas être elle.

Hélix acquiesça lentement.

– Vous vous en seriez aperçu plus tôt ?
– Exactement.
– Même si elle ne le savait pas elle-même ? Si elle ne le sait toujours pas ?

Un silence.

Hélix marqua un temps pour bien insister avant de poursuivre :

– N'oubliez pas la prophétie. Le Messie cette fois ne sera pas conscient de sa vocation. C'est à nous, la confrérie, de le retrouver pour l'informer de son destin. Et puis pour l'aider à l'accomplir.

– Oui, mais Maria va être exécutée.

– Alors peut-être devrions-nous tenter d'empêcher cela.

Bernard se mit à rire et se tourna vers Ézéchiel, mais le chef ne disait rien. Il était trop content de laisser Hélix plaider sa cause à sa place.

– Mais, protesta Bernard, cherchant du regard un soutien, la confrérie ne peut pas risquer son existence même à sauver Maria simplement au cas où ce pourrait être elle.

– Je ne suis pas d'accord, fit Hélix d'un ton uni. La raison même de notre existence, c'est de tout risquer pour sauver le nouveau Messie. C'est pourquoi nous sommes ici.

– Je suis d'accord, balbutia frère Luciano, changeant soudain d'avis. Quel mal y a-t-il à tenter de la sauver ?

Bernard le foudroya du regard.

On vit cligner les lourdes paupières de Haddad.

– Le risque d'être découvert, même si ce n'est pas Maria l'élue, est sûrement moindre que le risque de laisser mourir notre nouveau Messie. Alors peut-être devrions-nous la sauver ? Pour plus de sûreté.

Bernard savait que le vent avait tourné.

– Vous voulez donc tous maintenant accorder à Maria le bénéfice du doute ?

Ses compagnons acquiescèrent.

Ézéchiel pesa ses mots avec soin avant de reprendre la parole.

– Frère Bernard, vous persistez à croire qu'elle ne peut pas être le nouveau Messie ? Il est important que nous agissions en étant unis : nous aurons particulièrement besoin de vos talents si nous devons obtenir ce que nous cherchons. Vous n'avez pas le moindre doute ?

Le frère se rassit. Il savoura un moment cette habile manœuvre destinée à lui sauver la face.

– Si, bien sûr que j'ai des doutes, fit-il d'un air magnanime. Assurément, la possibilité existe.

– Je suis heureux que vous partagiez nos inquiétudes, dit gravement Ézéchiel. Mais ce qui me tracasse, c'est comment agir.

– Cela va être une opération délicate, dit Bernard, le front soucieux.

– Pensez-vous que nous puissions réussir ? demanda respectueusement Hélix, emboîtant le pas à Ézéchiel.

Bernard prit un air sagace.

– Avec l'aide de nos frères d'Amérique, je pense que nous pouvons trouver un moyen. Mais que faisons-nous pour Carter ?

Ézéchiel fouilla dans les plis de sa robe et en tira un bout de papier. Quatre noms étaient inscrits dessus : le premier était celui de Tom Carter.

– Maintenant que le savant a exécuté nos ordres, on va comme prévu procéder à la juste purification. Vous pouvez alerter tout de suite Gomorrhe. Il tendit le papier à frère Bernard. Selon le docteur Carter, ces gens représentent toute l'équipe du projet Cana. Ils ont travaillé dans le plus grand secret et personne d'autre n'a participé à l'aspect technique du projet. Liquidez-les tous, et vous éliminerez le blasphème de Cana. Ce sera ce que Maria, notre Messie, voulait.

Bernard acquiesça.

– Très bien, je vais contacter Gomorrhe aujourd'hui même. Et, sitôt cette réunion terminée, je vais commencer à faire des plans pour le sauvetage de Maria. Il se tourna alors vers la table. Frère Olazabal, il va me falloir les noms des frères dont j'aurai besoin aux États-Unis.

– Vous les aurez, répondit le chef de la confrérie pour le Nouveau Monde.

Ézéchiel maintenant s'adressa aux trois chefs de région.

– Si l'un de vous a une idée, qu'il en parle à Bernard. Sinon, retournez dans votre secteur pour dire aux frères que le temps de la recherche et de l'attente pourrait bien être terminé. Préparez-les à être convoqués pour le sacre du nouveau Messie. Bientôt elle va peut-être parcourir le monde pour sauver l'humanité.

Ouvrant de grands yeux, ils acquiescèrent tous.

– Bien, fit Ézéchiel. S'il n'y a pas d'autre problème à régler, je propose que nous nous mettions au travail. Pour ma part, il faut que j'annonce la nouvelle à notre nouveau Messie.

Il se leva, croisa les bras.

– Puisse-t-*elle* être sauvée.

Les autres se levèrent à l'unisson, croisèrent les bras et entonnèrent en chœur :

– Pour qu'*elle* puisse sauver les justes.

25

En Corse

Carter vérifia l'adresse dans le dossier du FBI posé sur le siège à coté de lui, puis son regard revint à la route qui sinuait devant lui. Au volant de sa Peugeot de location, il aperçut enfin, au virage suivant, la tourelle solitaire qui se dressait à l'horizon.

En bas, sur la droite, la Méditerranée brillait d'un éclat rose abricot tandis que le soleil disparaissait à l'horizon. Dans le rétroviseur, il voyait la citadelle de Calvi se dresser au-dessus des maisons aux toits de tuiles qui bordaient les contours de la vaste baie.

Le soir tombait, mais il faisait encore doux et Carter se félicitait d'avoir loué une décapotable. C'était bon de rouler en profitant de la tiède caresse du soleil sur sa peau. Là-dessus, il pensa à Olivia et sentit la tristesse l'envahir.

Trois jours plus tôt, Karen Tanner lui avait dit tout ce qu'elle savait de l'assassin et lui avait transmis des copies des dossiers les plus importants. D'abord il avait été découragé. Tout allait dans une seule direction : Maria possédait des dons évidents pour *prendre* des vies. Rien n'indiquait qu'elle eût le moindre désir, pour ne pas parler du don, d'en *sauver*. Il avait décidé de fouiller davantage son passé.

Karen l'avait prévenu : le Prédicateur n'avait pas l'intention d'accepter un arrangement. Mais, la veille,

Tom était allé rendre visite à Lyle Mellish, le gouverneur de l'État, pour voir quelles bases de discussion on pouvait envisager. Mellish était un ami de longue date et il était aussi droit que peut l'être un politicien. Et puis Tom avait guéri son petit-fils d'une fibrose cystique : ça facilitait les choses. Lorsque Tom lui avait demandé quelles chances il y avait de voir un sursis accordé à Maria ou sa peine commuée en prison à vie, Mellish avait assuré que sa sentence était comme gravée dans la pierre et que seul un miracle pourrait y changer quelque chose.

– Écoutez, Tom, j'ai été élu sur un programme de répression du crime. Je ne peux pas me montrer clément envers un des assassins les plus célèbres de notre époque. Vous ne trouvez pas ?

– Est-ce que votre électorat vous remercierait si vous contribuiez à le débarrasser de meurtriers plus redoutables encore ? avait calmement demandé Tom. Le cancer, les maladies cardiaques et peut-être bien d'autres ?

Mellish avait dressé l'oreille.

– Ça dépend. De quoi parlez-vous au juste ?

Quand Tom lui eut expliqué ce qu'étaient les gènes guérisseurs et précisé que Maria Benariac en possédait, Mellish avait été ébranlé.

– Que vous faut-il exactement ? avait-il fini par demander après avoir un long moment arpenté son bureau.

– J'ai besoin de la voir aussi souvent qu'il le faudra et, si nécessaire, de l'autorisation de pratiquer certaines expériences.

– C'est tout ?

– Il faut aussi que je puisse lui offrir quelque chose en échange de sa coopération.

– Comme quoi ?

– De commuer sa peine de mort en emprisonnement à vie ?

– Vous plaisantez. Tom, bon sang, c'est elle qui a tué Olivia.

– Je le sais bien. Mais il faut que je lui offre *quelque chose*. Sinon, elle n'aura aucune raison de m'aider.

Un silence.

– Il faudrait qu'elle fasse quelque chose d'extraordinaire pour justifier cela. *Avant* la date de son exécution.

– Guérir un patient parvenu au stade terminal ?

Le gouverneur hocha la tête.

– Ça ferait l'affaire.

– Bon. Je n'en demande pas plus.

Ayant en poche le marché conclu avec le gouverneur, il avait pris le premier vol pour Paris et de là Calvi, en Corse.

Après un autre virage, il aperçut pour la première fois l'ensemble du vieux bâtiment gris. Il ne put réprimer un frisson : on aurait dit un croisement entre la forteresse de Colditz et un motel. Ce n'était guère un endroit pour passer son enfance.

La grande grille était ouverte, mais les lieux semblaient déserts. Il s'engagea dans l'allée et remonta jusqu'au bâtiment principal. Les hautes fenêtres étaient brisées, le maquis avait non seulement envahi l'allée mais aussi grimpé le long des murs. Un bulldozer jaune, un tas de briques et du matériel de construction s'entassaient devant les grandes portes-fenêtres à droite de l'imposante porte d'entrée. Un panneau annonçait que l'hôtel Napoléon devait ouvrir à cet emplacement pour l'été 2004.

L'orphelinat était fermé depuis quatre ou cinq ans, mais, quand il avait loué sa voiture, on lui avait dit qu'une vieille femme, qui jadis avait eu quelque chose à voir avec l'institution, habitait encore là. Ces dernières années, elle cultivait le potager, en échange de quoi on l'avait autorisée à rester sur les lieux. L'employé s'était à plusieurs reprises tapoté la tempe en prévenant Tom que Mme Leforget étaient un peu « dérangée ».

Mais, dérangée ou non, elle n'avait pas l'air d'être ici. S'efforçant de maîtriser sa déception, Tom s'arrêta et regarda autour de lui. À quoi s'attendait-il ? À la voir se promener entre les massifs ? Il allait bientôt faire nuit. La sagesse lui dictait de rentrer à Calvi et de revenir le lendemain. Il avança un peu plus loin, cherchant un endroit pour faire demi-tour. Sur sa gauche, une brèche dans les bougainvillées : un sentier serpentait jusqu'au bout de la maison. Puisqu'il était là, il se dit qu'il pourrait aussi bien aller voir.

Tom se gara et s'engagea à pied sur le petit chemin envahi de végétation. La forte odeur émanant du maquis accentuait l'impression de malaise que donnait cette maison sombre. Derrière le bâtiment principal, une rangée de balançoires et un petit jardin bien soigné entouré d'une clôture blanche d'un peu plus d'un mètre. Il y avait là quelque chose d'insolite, Tom constata que, contrairement à la jungle environnante, tout ce coin était soigneusement entretenu. La peinture rouge toute fraîche des balançoires luisait dans le soleil couchant, la barrière blanche, les pelouses soignées et les haies bien taillées du petit jardin formaient un îlot ordonné au milieu de tout cet abandon.

De toute évidence, Mme Leforget était encore une présence très active en ces lieux.

Un bruit sur sa droite le fit se retourner. Silencieuse, dissimulée sous le bouquet d'arbres, se tenait une femme d'environ soixante-dix ans. Petite et trapue, elle avait un visage rond aux joues tombantes. Ses yeux cachés derrière de grosses lunettes étaient comme de minuscules boutons enfoncés dans des orbites boursouflés, sa bouche n'était qu'un trait sévère entre de lourdes bajoues. Des mèches de cheveux gris pendaient de part et d'autre de son visage et sa robe sombre et sans forme ressemblait à une aube. Ses petits yeux porcins semblaient l'examiner attentivement.

– Madame Leforget ? demanda-t-il.

La femme demeura immobile, sans rien dire.

Tom s'approcha d'elle et se présenta dans son français un peu rouillé, s'empressant de lui expliquer qu'il n'était pas venu en intrus ni en vandale, mais pour la voir.

– Pourquoi ? finit par demander la femme.

Tom parla de l'orphelinat et expliqua qu'il cherchait à retrouver quelqu'un qui pourrait se souvenir d'une pensionnaire qui avait séjourné là depuis 1968 environ jusqu'en 1983.

La vieille femme parut réfléchir un moment :

– Il y avait tant d'enfants.

Sa voix soudain se fit triste.

– Aujourd'hui, il n'y en a plus : elles ont disparu. Mais quand elles reviendront, le parc et le terrain de jeu seront prêts à les accueillir... elles seront à l'abri.

– C'est vrai que le jardin est beau, dit Tom.

La femme lui lança un regard furibond.

– Et *sûr*. Il leur arrivera rien ici, dit-elle, sur la défensive.

Tom sentit son cœur se serrer. Il voyait à son regard affolé que Mme Leforget était plus que dérangée. Il avait l'impression qu'il n'allait recueillir là aucune information nouvelle.

Il fit demi-tour pour regagner la voiture.

– Pardonnez-moi d'avoir fait irruption ainsi, madame. J'essayais simplement d'avoir des renseignements sur quelqu'un qui s'appelle Maria Benariac.

Le changement était incroyable. Son regard s'éclaira, en un instant elle se redressa.

– Maria ? murmura-t-elle d'une voix lointaine. C'est ma faute, vous savez. Entièrement ma faute.

– Quoi donc ?

Elle parut soudain accablée.

– Le père Angelo. Sœur Delphine. Je n'y croyais pas, vous savez. Je pensais que ces filles mentaient toutes. J'étais persuadée que Maria était une menteuse. Si intelligente, si jolie et si menteuse.

– Vous connaissiez bien Maria ?

– Toutes les religieuses se souviennent d'elle.

Il regarda de nouveau sa robe quasi monacale.

– Vous étiez religieuse ici ?

Un bref rire triste.

– J'étais la mère supérieure... il y a bien des années. Jusqu'aux ennuis et jusqu'à ma dépression. Ils ont cherché à me faire partir, mais j'ai insisté pour rester ici et faire pénitence.

– Pouvez-vous me parler de Maria ? Comment était-elle ?

Elle le dévisagea un moment. Une décision se formait dans son esprit confus.

– Venez, dit-elle enfin. Vous allez être mon confesseur.

La maisonnette où elle vivait était modeste mais étonnamment douillette et Tom se retrouva dans le salon. En un rien de temps, un bol de soupe de poisson, avec des croûtons couronnés de rouille et de fromage râpé, et un verre de vin rouge apparurent sur la table.

– Les religieuses n'ont jamais su si c'était un ange ou un démon. Elle était belle, très intelligente, mais c'était une terrible menteuse : c'est du moins ce que je pensais. La pauvrette était souvent punie. Elle hocha tristement la tête. Moi, je l'ai souvent punie.

Tom but une gorgée de vin.

– Pourquoi pensiez-vous que c'était une menteuse ?

– Une grande partie de ce qu'elle disait était difficile à croire. Mais il se passait autour d'elle beaucoup de choses, bonnes et mauvaises.

– Quel genre de choses ?

– Eh bien, à la fin, quand elle était plus grande, des choses terribles. Elle avait prétendu que le père Angelo, un prélat, l'avait violée. J'avais cru qu'elle mentait jusqu'au jour où sœur Delphine s'est suicidée et où le prêtre...

Elle ne termina pas sa phrase.

– Qu'est-il arrivé au prêtre ?

– Il est mort dans des circonstances pénibles.

– Est-ce que Maria était responsable de sa mort ?

Manifestement, la question ne scandalisait pas l'ancienne religieuse.

– Vous disiez qu'il y avait de bonnes choses qui se passaient autour d'elle, hasarda-t-il, sans trop d'espoir.

– Oh oui. Quand elle était très jeune. Elle racontait beaucoup d'histoires – si fantastiques qu'à l'époque j'étais convaincue que c'étaient des mensonges, des mensonges du démon. Son regard se figea tandis que son esprit vagabondait dans le passé. Une grande chute, murmura-t-elle tout bas. Son regard se fixa de nouveau sur lui. C'était par une claire nuit de juin : j'ai été réveillée par un bruit, dans l'allée. Je me suis précipitée dehors et j'ai vu quatre des plus jeunes orphelines, la plus âgée avait huit ans, la plus jeune environ sept ans, qui poussaient des cris devant la porte d'entrée. Les filles n'avaient pas le droit de sortir de leur dortoir la nuit : on les a donc punies. Maria prétendait qu'on ne devait pas la punir, elle était seulement sortie pour les aider. Vous avez vu la grande tour sur le toit de l'orphelinat ?

Tom acquiesça.

– Eh bien, Maria prétendait que les autres filles étaient tombées du balcon du toit. Et qu'elle s'était précipitée pour les aider. Bien sûr, les fillettes n'ont jamais voulu l'avouer : elles n'avaient absolument pas le droit d'aller là. Et quand j'ai vérifié, les filles n'avaient aucune blessure. Si elles étaient tombées de cette hauteur, ça les aurait tuées.

– Alors ? demanda Tom, fasciné.

– Alors, j'ai puni Maria encore plus sévèrement que les autres pour avoir menti. Ça n'est que beaucoup plus tard qu'une des filles a reconnu qu'elle était montée sur ce balcon. Et le concierge a découvert une brèche dans le plancher pourri par laquelle elles auraient pu tomber.

– Vous croyez donc qu'après tout Maria disait la vérité ? Elle les a guéries ?

– Ça n'a pas été le seul incident. Il y en a eu bien d'autres. Il y a les abeilles.

– Les abeilles ?

Clemenza Leforget se versa encore un peu de vin.

– Un après-midi, les filles sont parties en excursion. Quand elles sont revenues, on m'a envoyé Maria et Valérie dans mon bureau pour avoir délogé un essaim d'abeilles sauvages. Apparemment, elles étaient allées se promener jusqu'à un torrent voisin et Maria avait lancé des pierres sur le nid. Le fermier était furieux parce que les abeilles s'étaient attaquées à ses moutons. Maria a prétendu que Valérie avait été attaquée par les abeilles qui lui avaient infligé une centaine de piqûres. Mais qu'elle l'avait guérie.

– Qu'a dit Valérie ?

– Elle a confirmé l'histoire de Maria, mais j'ai cru que c'était simplement pour me faire pitié et pour que je ne la punisse pas. J'étais furieuse de les voir aussi stupides toutes les deux. Vous comprenez, Valérie était allergique aux piqûres d'abeille. D'après les médecins, il en aurait suffi d'une pour la tuer. J'ai fait examiner Valérie, bien sûr, et, ce qui ne m'a pas étonnée, le médecin n'a pu trouver trace d'aucune piqûre. Ou bien la fillette n'avait jamais été piquée, ou bien Maria avait je ne sais comment neutralisé le venin. Vous vous doutez de la solution à laquelle j'ai choisi de croire. Mais il y avait une chose étrange dont sur le moment je n'ai pas voulu tenir compte.

– Quoi donc ?

– Le docteur a affirmé que non seulement Valérie n'avait pas pu être piquée par une abeille mais qu'elle n'avait plus d'allergie. Elle s'était, on ne sait comment, guérie.

Tom resta un moment silencieux. Il se contenta de regarder attentivement la femme assise en face de lui.

– Pourquoi ne l'avez-vous pas crue ?

– Je la détestais. Maria était si belle, si intelligente. Aucune humilité. Elle avait besoin d'une leçon. Et quand elle s'est mise à prétendre qu'elle pouvait guérir les gens, c'en était trop : c'était du blasphème.

– Il y a d'autres histoires ?

– Oh oui, beaucoup. Mais il y en a une dont je suis certaine qu'elle est vraie. Je punissais souvent Maria en l'enfermant dans les caves. Elle avait très peur du noir et une fois, quand elle était très jeune, elle s'est cramponnée à la religieuse qui la punissait, la suppliant de ne pas la mettre au cachot. Maria a dit qu'elle ferait n'importe quoi si elle ne l'enfermait pas. Bien sûr, la religieuse ne l'a pas crue mais, pour une fois, elle a ressenti de la compassion et l'a envoyée au lit sans punition. Après cela, peut-être une semaine plus tard, cette religieuse qui toute sa vie avait eu du diabète est allée passer un examen de routine et on lui a dit qu'elle était guérie.

– Vous êtes certaine que c'est Maria qui l'a guérie ?

– Absolument.

– Comment pouvez-vous être si sûre ?

Clemenza eut un large sourire.

– C'était moi, la religieuse.

– Et pourtant vous ne la croyiez toujours pas ?

– Non. Je ne pouvais pas. Je ne voulais pas. J'ai mis cela sur le compte d'une coïncidence. Elle se tordit les mains. Mais si je l'avais crue alors, j'aurais pu la protéger du père Angelo, et peut-être l'aider à développer son don. Elle fixa soudain sur lui un regard peiné. Savez-vous où elle est aujourd'hui ?

Comme Clemenza n'avait manifestement aucune idée de la triste situation de Maria, il décida de ne pas l'accabler en lui révélant la vérité.

– Oui, dit-il.

– Un jour, j'implorerai son pardon.

Tom s'interrompit pour examiner cette femme. Même si elle était dérangée, pourquoi raconter à un parfait étranger ces histoires fantastiques à moins qu'elles ne fussent vraies ? Il ne lui avait même pas dit qu'il voulait savoir si Maria avait ou non le pouvoir de guérir.

– Comment croyez-vous que Maria pratiquait ces actes de guérison ? demanda-t-il.

– Je n'en sais rien.

– Mais, à votre avis ?

– Je ne suis pas médecin et je ne suis plus religieuse, mais voilà vingt ans que je réfléchis à cela. J'ai une théorie bien simple. Je crois que Maria avait un don de Dieu. Un don qu'elle pouvait transmettre aux autres. C'était un peu comme si elle avait une bonne maladie, et qu'elle pouvait la passer à d'autres gens.

Tom sourit en regardant la femme droit dans les yeux.

– Je vous parais ridicule ? demanda-t-elle.

– Non, pas du tout. Pas du tout. Mais pourquoi avez-vous utilisé le passé ? Vous avez dit qu'elle *avait* ce don.

Mère Clemenza eut un triste sourire et lui versa encore un peu de vin.

– Je crois que c'est parce que je l'ai toujours punie pour me raconter des « mensonges » sur ses exploits. Mais, à ma connaissance, elle n'a accompli aucune autre guérison à la suite de l'incident des piqûres d'abeille, après son huitième anniversaire. Je doute qu'elle se souvienne même d'avoir pu le faire un jour.

Boston Nord. La même nuit

Cette nuit-là, Bob Cooke se retournait sans cesse dans son sommeil. Dans ses rêves, ce n'était pas dans son appartement de Boston Nord qu'il se trouvait. Il était rentré en Californie et le surf était formidable. Il adorait la science, il était heureux de travailler avec le grand Tom Carter, mais, si excitant ou si important que ce fût, il y avait des moments où il aurait voulu tout abandonner et chevaucher de nouveau les vagues.

Un bruit le réveilla au moment où il allait remonter sur la crête de la dernière grosse déferlante. Oui, se dit-il dans son demi-sommeil, au mois d'août il s'en irait retrouver la bande.

De nouveau ce bruit.

Y avait-il quelqu'un en bas ? On aurait dit que ça venait de la cuisine. Puis, aussi brusquement que ça avait commencé, le bruit cessa.

– Eh, Dawn ! tu as entendu ? murmura-t-il à la femme allongée auprès de lui.

– Quoi ? fit-elle d'une voix ensommeillée.

Elle se retourna, poussant contre lui son joli petit cul.

– J'ai cru entendre quelque chose.

Elle agita son doux petit derrière, puis glissa sa main derrière elle pour empoigner son sexe qui durcissait.

– Je n'ai rien entendu, murmura-t-elle. Mais on dirait bien que j'ai senti quelque chose.

– Ce n'était sans doute rien, dit-il, savourant la caresse.

– Ne sois pas si sévère, fit-elle en continuant. Ça ne me semble pas être « rien ».

Il se mit à rire dans le noir.

– Je parlais du bruit.

– Le bruit ? gémit-elle. Si tu te sers de ce truc comme tu devrais, c'est moi qui vais faire du bruit.

Il ferma les yeux tout en se glissant en elle, puis remua les hanches au rythme qu'elle lui imposait. D'accord, reconnut-il en la laissant monter sur lui, ses seins lui frottant le visage. Il y avait certaines choses plus agréables que la science et le surf.

Une demi-heure plus tard, leurs corps emmêlés avaient sombré dans le sommeil. Peut-être, s'ils étaient restés éveillés encore dix minutes, auraient-ils senti l'odeur de gaz émanant du tuyau coupé avec soin dans la cuisine en bas. Et peut-être auraient-ils pu démanteler l'installation rudimentaire à base d'allumettes, de papier de verre et d'un ressort habilement disposé à côté.

Charlestown. Le lendemain matin

Nora Lutz posa le dernier toast sur le plateau, à côté du pot de marmelade d'oranges importée d'Écosse que sa mère adorait. Puis elle versa une tasse de thé : le lait d'abord, naturellement. Sa mère ne voulait pas le boire autrement depuis son voyage en Angleterre en 1978. Pour finir, elle disposa dans le coin libre le bol de céréales avec son petit pot de lait froid. Une fois le plateau de petit déjeuner organisé à son goût, elle sortit de la cuisine de son duplex de Charlestown et, enjambant deux des chats, s'engagea dans l'escalier qui menait à la chambre de sa mère.

À l'époque, elle en voulait à sa mère d'être malade. Mais il y avait des années de cela : c'était quand elle avait la trentaine, lorsqu'elle avait encore une vie à sacrifier. Aujourd'hui, à quarante-cinq ans, toute son existence, en dehors de sa mère, tournait autour de son travail à GENIUS. Ç'avait été une bénédiction d'être choisie pour le projet Cana, un projet important qui avait remis à leur juste place toutes ses doléances. Peu importait que sa mère ne comprît pas ce qu'elle faisait. Carter et les autres appréciaient son travail et c'est ce qui comptait. Cana et tout ce que cela promettait, cela lui permettait d'échapper au chantage affectif de cette femme qu'elle aimait tendrement mais dont elle souhaitait parfois qu'elle rende l'âme discrètement.

Arrivée à la cinquième marche, elle s'arrêta une seconde, s'apprêtant à répondre à la question que sa mère n'allait pas manquer de lui poser. « Nora, le petit déjeuner est prêt ? » Immanquablement, ces mots-là arrivaient à peine avait-elle commencé son ascension.

Mais elle n'entendit rien. Pas de demande, pas de supplication ni de plainte. Aucun mouvement. Rien que le silence.

Ce ne fut qu'en atteignant le tournant de l'escalier qu'elle éprouva le besoin de lancer elle-même :

– Maman, le petit déjeuner arrive. J'ai préparé le thé comme tu l'aimes. D'accord ?

Le silence.

– Maman ?

Inconsciemment, elle hâta le pas. Elle n'arrivait pas à se rappeler la dernière fois que sa mère ne s'était pas réveillée à l'heure. Soudain, elle envisagea le pire et regretta immédiatement les fois où elle avait pensé à la mort de sa mère. Arrivée sur le palier, elle lança :

– Maman, ça va ? Parle-moi, cesse de faire l'enfant.

Toujours rien. Elle courait presque maintenant, du thé s'était renversé sur le toast et dans les céréales. Maman n'aimerait pas ça, se dit-elle en poussant du coude la porte.

– Maman, réveille-toi !

Puis, lâchant le plateau, elle porta les mains à sa bouche. Elle aurait voulu hurler, mais elle avait trop peur.

Ce n'était pas seulement de voir le corps crispé de sa mère qui gisait immobile, l'oreiller sur la tête, qui provoqua la réaction de Nora. C'était aussi cet homme aux cheveux bruns et aux yeux verts qui surgit soudain auprès d'elle, lui plaquant les mains sur la bouche avant de lui enfoncer dans le bras une seringue.

Back Bay. Boston

Quelques instants plus tard, dans le quartier de Back Bay, Jasmine Washington tendit la main pour prendre ses clés de voiture et se pencha sur Larry qui, assis sur la terrasse ensoleillée, était en train de boire son jus d'orange. Elle l'embrassa :

– À ce soir.

Larry reposa sur la table son exemplaire de *Variety*, lui rendit son baiser.

– Passe une bonne journée. Embrasse Holly pour moi.

– Je n'y manquerai pas.

Encore un baiser, puis elle descendit l'escalier. Au-dessus d'elle, elle entendit Larry crier :

– À quelle heure est-ce que tu rentres ?

– Pas tard.

– Qu'est-ce que tu veux pour dîner ?

Elle monta dans sa BMW 325I, abaissa la capote et mit le moteur en marche. Elle recula jusqu'à la route dans le soleil matinal, puis leva les yeux vers Larry qui se penchait au bord de la terrasse. Elle lui envoya un baiser, emballa le moteur et cria :

– Une surprise !

Puis elle démarra dans un crissement de pneus.

Peut-être, si Larry ne l'avait pas appelée et n'avait pas détourné ainsi son attention, aurait-elle remarqué la flaque luisante à l'endroit où était garée sa BMW. Larry découvrirait plus tard que c'était du liquide de frein.

26

Pénitencier de l'État du Massachusetts.
Quartier des condamnés à mort

Après sa nuit de désespoir, Maria Benariac s'était résignée à accepter l'inévitable. En deux jours, elle avait de nouveau contrôlé ses peurs. Pas de sursis, sa peine ne serait pas commuée sans intervention divine, pas de plan grandiose pour lui permettre d'éliminer le savant. Elle le savait maintenant et s'efforçait de s'en accommoder.

Elle avala lentement son petit déjeuner, tâchant de trouver une dernière fois quelques plaisirs à manger ses œufs au lard.

Le clic-clac des talons de la gardienne la dérangea : agacée, elle leva les yeux et, lorsqu'elle vit la lourde femme se planter devant les barreaux de sa cellule, Maria la regarda d'un air mécontent.

– Je n'ai pas encore fini, dit-elle. Je n'ai même pas eu la moitié de mon temps...

La femme l'examina attentivement.

– Détends-toi, la Prêche, je ne vais pas t'enlever ta pâtée. Je suis juste venue te dire que tu as de la visite.

Maria poussa un gémissement. Hugo Myers poussait trop loin son professionnalisme. Elle pensait qu'il ne viendrait plus la voir. Il n'y avait aucune chance d'obtenir un appel, alors à quoi bon voir son avocat ?

– Vous savez ce que veut mon brillant défenseur ? demanda-t-elle, sans s'attendre à une réponse.

– Défenseur ? fit la gardienne en riant. Ce n'est pas un avocat, ton visiteur : il est à peu près aussi différent d'un avocat qu'on peut l'être. Tu parles : il veut s'occuper de ta conscience.

Maria Benariac sentit un petit frisson d'excitation monter de son estomac : deux gardiennes l'entraînaient, menottes aux poignets, depuis sa cellule jusqu'au parloir, en passant devant la chambre d'exécution.

Quand Ézéchiel de la Croix se leva en lui souriant, elle éprouva une telle émotion qu'elle aurait voulu le serrer dans ses bras. Elle le regarda au fond de ses yeux sombres, sans rien dire. Les gardiennes la firent s'asseoir et passèrent ses menottes à l'anneau métallique disposé au milieu de la table d'acier. Puis elles reculèrent jusqu'à la porte. La plus grande des deux s'arrêta et s'adressa à Ézéchiel.

– Monsieur, ici, c'est une pièce réservée aux avocats et aux conseillers spirituels. On ne peut pas surveiller ni enregistrer votre conversation. Mais en aucun cas vous ne devez avoir de contact physique avec la prisonnière. Elle désigna un gros bouton sur le mur. Quand vous aurez terminé, ou si vous voulez quoi que ce soit, vous n'avez qu'à sonner.

– Entendu, dit Ézéchiel.

Les gardiennes sortirent en refermant la porte à clé derrière elles. Ils étaient seuls : Maria ouvrit la bouche pour parler.

– Mon Père, je suis désolée, je vous en prie, pard...

Sans lui laisser le temps de poursuivre, Ézéchiel posa un doigt sur ses lèvres. Puis il fit le tour de la table et vint auprès d'elle. Un long moment, il resta là, silencieux, à la contempler. Elle aurait voulu lui demander ce qui n'allait pas, mais elle se retint : elle sentait qu'il voulait dire quelque chose.

Elle remarqua soudain les larmes qui coulaient sur les joues du Père.

Avant qu'elle ait pu dire un mot, il était agenouillé devant elle, la tête baissée. Quand il parla enfin, ce fut d'une voix si basse que c'était à peine si elle pouvait l'entendre et, quand il haussa un peu le ton et répéta ce qu'il venait de dire, elle ne comprenait pas.

– Puisses-*tu* être sauvée, fit-il d'une voix plus forte.

– Que voulez-vous dire ?

La tête toujours baissée, détournant le regard, Ézéchiel reprit :

– Grâce au projet Cana, le docteur Carter a trouvé le sujet présentant l'analogie...

– Et alors ? fit-elle.

– Il a identifié la personne qui possède les gènes du Messie. La personne qui est née quand la flamme sacrée a changé. La personne qui, enfant, avait le don de guérison que possédait le Christ. Ézéchiel alors leva la tête, fixant sur elle le regard de ses yeux noirs. Cette personne, Maria, c'est *toi.* Tu es le nouveau Messie. Tu es l'élue.

Un moment, elle resta pétrifiée, le regard fixé sur lui. Son cerveau était incapable d'assimiler ce qu'elle venait d'entendre. Cela allait au-delà du choc : elle avait l'impression d'assister comme une étrangère à la révélation qu'Ézéchiel venait de faire.

Était-ce possible ? Cela pouvait-il être vrai ?

Malgré son incrédulité, une toute petite partie d'elle, dans les profondeurs de sa conscience, n'éprouvait aucun doute. *Tu as toujours su que tu avais été élue*, semblait-elle dire. *Tu sais maintenant pourquoi.*

– Puisses-tu être sauvée, répéta Ézéchiel.

Maria cette fois n'hésita qu'une seconde avant de répondre :

– Pour que je puisse sauver les justes.

Ézéchiel alors se releva et alla se rasseoir.

– Tu connais maintenant ta destinée : il y a tant de choses que j'ai besoin de te dire. Tant de choses à faire.

Ne pouvant encore croire comment tout avait changé si soudainement, Maria était avant tout heureuse d'avoir retrouvé l'affection du Père. Elle réussit à sourire, se pencha aussi loin que ses menottes le lui permettaient et l'écouta.

Cette nuit-là, ce fut à peine si Maria dormit. Disparus son désespoir et même sa résignation stoïque. Elle ne pouvait s'empêcher de penser à tout ce qu'Ézéchiel lui avait raconté, et notamment ces histoires d'enfance qu'elle avait depuis longtemps oubliées.

Avaient-elles pu être réelles ? Est-ce que c'était vraiment arrivé ? Tous ces sentiments, ces souvenirs qu'elle avait refoulés comme les fantasmes d'une enfant malheureuse, tout cela maintenant lui revenait. Tous les récits qu'Ézéchiel avait évoqués pour elle venaient confirmer des souvenirs dont elle avait cru, dont on lui avait toujours dit, qu'ils n'étaient que les fruits de son imagination.

Elle ouvrit les yeux et regarda d'un air de défi les ténèbres qui emplissaient la cellule : elle s'obligea à se rappeler tout ce qu'elle s'efforçait en général d'effacer. Ce dont elle se souvenait le mieux, c'étaient sa peur et son épuisement lorsqu'elle évoluait au milieu de ces fillettes au corps brisé et ensanglanté qui étaient tombées de la tour de l'orphelinat, et qu'elle essayait de les faire bouger de nouveau. Du fond de sa cellule, elle revivait dans son corps la douleur sourde, la dépense d'énergie chaque fois qu'elle serrait dans ses bras les fillettes et l'épuisement ensuite qui la laissait pâle et accablée. Surtout elle se rappelait le soulagement quand elle les avait vues l'une après l'autre s'épousseter et se relever.

Les révélations d'Ézéchiel sur ce destin qui l'attendait avaient redonné tout son éclat au passé : les images et les sensations étaient toujours là, conservées au fond de sa mémoire, laissées intactes par le temps.

Ézéchiel lui avait tout raconté de sa visite au laboratoire du docteur Carter et comment le savant lui avait confirmé son héritage génétique. Il avait annoncé aussi à Maria qu'on avait lâché Gomorrhe sur le docteur Carter et sur son équipe. Elle avait dit qu'elle voulait éliminer elle-même le docteur Carter, mais Ézéchiel s'était contenté de se taire. Ce qui était plus important, c'était que le Conseil restreint n'avait pas encore résolu le problème de savoir *comment* on allait la faire sortir d'ici. Et elle n'avait que douze jours devant elle.

La perspective de son exécution imminente la ramena aux souvenirs de ses dons. Cela lui inspirait une impression de pouvoir qui allait bien au-delà du frisson qu'elle éprouvait quand elle procédait à une exécution. C'était surtout l'histoire des piqûres d'abeille qui l'affectait car non seulement elle en gardait un souvenir très vif mais aussi cela lui donnait une idée : une idée qui la fit trembler d'excitation.

Elle se demanda si elle serait encore capable d'accomplir ces guérisons. Elle essaya de repenser au moment où elle avait renoncé à ces pouvoirs, mais elle n'y parvenait pas. Tout ce qu'elle pouvait se rappeler, c'était la peur du désespoir d'être sans cesse punie pour ces « mensonges ». Malgré tout, elle était certaine que, si seulement elle laissait ces pouvoirs revenir, ils ne manqueraient pas de réapparaître.

Elle avait toujours senti qu'elle était élue. Elle comprenait maintenant qu'on avait des projets pour elle et qu'elle avait eu tort de douter de sa foi. Une fièvre la prit. L'homme avait toujours été capable d'infliger la mort : elle était bien placée pour le savoir. Mais Dieu seul avait le pouvoir de contrôler la vie. Alors, si elle partageait ce don, qu'était-elle donc ? Une authentique enfant de Dieu ?

Elle roula à bas de sa couchette et se mit à arpenter la cellule obscure. Elle voulait que le jour se lève. Elle frémissait d'enthousiasme. Ce qu'elle avait à faire maintenant était clair : évident même. Elle espérait que le père Ézéchiel reviendrait demain pour qu'elle puisse lui raconter son plan. Si elle devait sortir d'ici, alors elle aurait besoin de son aide et de celle de la confrérie ; de *sa* confrérie. Elle sourit dans l'obscurité qui à présent ne lui faisait plus peur.

Tout cela nécessitait tant de préparatifs.

Ézéchiel de la Croix ne revint pas le lendemain, mais Maria Benariac eut quand même un autre visiteur dans le courant de cet après-midi-là.

Tom Carter attendait dans la salle, sans se douter qu'Ézéchiel s'était assis la veille sur ce même siège. La chemise bleue de Tom, sa veste de cotonnade étaient froissées. Il avait les yeux cernés et la tête douloureuse. Il promenait un regard vide autour de cette pièce sinistre : il voyait les murs d'un blanc cassé sans fenêtre, l'éclairage dur du tube fluorescent, mais il avait l'esprit ailleurs. Il ne savait même plus très bien pourquoi il était venu.

Il était rentré de Corse la veille, à la fois déçu et excité. Certain que Maria pourrait aider Holly, mais loin d'être convaincu qu'elle le ferait, malgré tous les efforts de persuasion qu'il pourrait déployer. À l'aéroport de Logan, il avait rapidement passé la douane et, arrivé dans le grand hall, avait cherché dans la foule le visage du chauffeur de GENIUS qui devait venir le conduire tout de suite pour retrouver Holly.

Il fut surpris de trouver à sa place Jack, escorté de deux policiers. À voir le visage grave de son ami, sa première pensée fut que l'état de Holly s'était aggravé, ou pis encore. Toutefois, son soulagement en apprenant qu'il ne s'agissait pas de cela avait été de courte durée.

– Quoi ? une explosion dans l'appartement de Bob Cooke ? Comment va-t-il ?

Jack secoua la tête.

– Il est mort, Tom. Avec son amie et le voisin qui occupait l'appartement de dessous.

– Mort ?

Tom était resté sans voix. Une fois le premier choc

passé, la question qui l'obsédait, c'était : *A-t-il résolu l'énigme de la souris avant de mourir ?* Honteux, il avait mis cette question de côté presque aussitôt après se l'être posée, mais elle était toujours là, sans réponse.

Bien sûr, la mort de Bob Cooke n'était pas la seule nouvelle. Loin de là. Ce fut en apprenant comment Nora, semblait-il, avait retrouvé sa mère morte dans son lit et qu'à la suite de ça elle avait succombé à une crise cardiaque, qu'il avait commencé à comprendre ce que tout cela signifiait.

– Nora, mourir d'une crise cardiaque ? avait-il dit d'un ton incrédule. Mais Nora était solide comme un bœuf et sa mère était malade depuis des années. Sa mort n'a pas dû être un choc pour elle...

Et enfin, dans la limousine qui les ramenait au bureau de GENIUS, Jack lui avait annoncé l'accident de voiture de Jazz.

– Oh non ! Au nom du ciel, dis-moi qu'*elle* va bien !

Jack avait secoué la tête d'un air las.

– Il est trop tôt pour le dire.

C'était alors que tout était devenu clair. Horriblement clair.

– À mon avis, celui qui était derrière Maria Benariac essaie toujours d'arrêter le projet Cana, avait dit Jack. Et ça veut dire que, Prédicateur ou pas Prédicateur, tu es toujours une cible.

Un long moment, il avait envisagé de tout abandonner sur-le-champ. Non pas parce que sa vie était en danger : il y avait longtemps que ce n'était plus pour lui une nouveauté. Mais parce que sa quête obsédante pour sauver sa fille avait coûté tant d'autres existences. Il n'était plus un homme figurant sur une longue liste de gens dressée par un fanatique, un malade qui n'était pas d'accord avec lui et qui voulait sa mort. Il avait affaire à quelqu'un qui voulait à tout prix arrêter son projet et qui avait tué des gens – ses amis – à cause de ce qu'il était en train de faire. Maintenant qu'il y réfléchissait, n'essayait-il vraiment que de sauver sa fille ? Ou bien cette recherche ne servait-elle qu'à masquer ses efforts acharnés pour donner une leçon à la nature ? Pour anéantir le cancer et tous ces autres détours qu'emprunte mère Nature pour nous prouver combien nous et notre pauvre technologie sommes vraiment pitoyables. Est-ce qu'en réalité il ne cherchait pas à la mater, quel qu'en soit le prix à payer pour ceux qui l'entouraient ?

N'était-ce pas ça au fond ? s'était-il demandé tandis que Jack s'engageait sur le campus de GENIUS. C'était seulement après être allé à la clinique, après avoir vu le regard confiant de Holly et s'être nourri de son courage, qu'il avait réussi à chasser ces pensées qui le rongeaient. C'était seulement alors qu'il avait vu la simple vérité : il se servait de tout ce qui était en son pouvoir pour sauver sa fille. Rien de plus. Rien de moins.

S'il parvenait à en sauver d'autres, très bien. Mais cette mission, ce fardeau, d'autres initiatives en cours à GENIUS et dans d'innombrables laboratoires à travers le monde s'en occupaient déjà. Le seul objet de Cana, son seul but à lui, c'était de sauver sa fille. Si la mort de ses amis devait avoir un sens, alors il lui fallait poursuivre le projet jusqu'au bout. Et celui qui essayait de l'en empêcher, c'était lui qui complotait contre la nature, contre l'instinct naturel d'un père de sauver son enfant. Pas Tom.

Pourtant, quand il se retrouva dans le quartier des condamnés à mort à écouter les pas qui approchaient, il savait bien que sa situation – celle d'un homme négociant avec la meurtrière de sa femme pour le salut de sa fille – était loin d'être naturelle.

Lorsque les gardiennes amenèrent Maria, deux choses frappèrent Tom. La première, ce fut l'air satisfait de celle-ci. Cette femme n'était pas une détenue comme les autres. Un être normal ne pouvait être aussi détendu à quelques jours seulement de la mort. Là-dessus, il se rappela que le Prédicateur était tout sauf normal. Le second détail qui le frappa, ce fut qu'elle n'avait pas l'air particulièrement étonnée de le voir, mais plutôt déçue. Un instant, il se demanda qui elle pouvait bien espérer.

Il n'échangea pas un mot avec elle tandis que les gardiennes fixaient ses menottes. Mais, lorsqu'on lui débita le petit discours – appelez-nous-si-vous-avez-besoin-de-quelque-chose –, Maria le regarda en souriant. Un sourire conquérant, apitoyé.

Après le départ des gardiennes, Maria ne semblait toujours pas disposée à parler. Ses cheveux commençaient à repousser et, sans ces yeux, sans l'étrange structure osseuse de son visage, elle aurait paru presque mignonne, voire vulnérable, comme un petit poussin. Il avait préparé un discours avant de venir, mais, en la voyant assise là, il lui parut soudain inopportun : alors, sans s'embarrasser d'aucun préliminaire, il lui parla du projet Cana et lui raconta comment cela avait permis de trouver une analogie. Son manque de réaction le surprit. Puis il lui annonça que c'était elle qui présentait cette analogie. Une fois de plus, son calme était stupéfiant.

– Que pensez-vous de ce que je viens de vous expliquer ? finit-il par demander : il voulait l'entendre dire quelque chose. Mais elle se contenta de hausser les épaules comme s'il lui avait demandé à quel parfum elle préférait une glace. Vous ne trouvez pas ce que je viens de vous dire... intéressant ? insista-t-il. Vous n'estimez pas qu'il y a même là une certaine ironie du sort ?

– Bien sûr, répondit-elle de ce ton désinvolte qu'elle avait. Mais ce que je trouve vraiment intéressant, c'est que vous soyez venu ici pour me l'annoncer. Je vous avais bien dit que ça n'était pas fini.

Tom se mordit la lèvre. Son attitude lui donnait envie de gifler ce visage maléfique et content de soi. Qu'était-ce donc qu'Alex lui disait toujours après lui avoir raconté des histoires de fantômes quand il était gosse ?

– *Une sorcière, c'est la seule dame qu'on puisse frapper.*

– *Et les femmes démons ?*

– *Elles aussi. Mais elles sont différentes, fiston. Avec elles, il faut être bien sûr de les taper si fort qu'elles restent au tapis. Parce que, quand elles t'attaquent de nouveau, elles sont fichtrement méchantes...*

Tom essaya de garder son calme. Manifestement Maria était déjà au courant pour les gènes. Personne ne pourrait être aussi imperturbable. Mais qui pouvait lui en avoir parlé ? Et puis l'idée le frappa. Ézéchiel avait dû prendre contact avec elle, il avait dû venir s'assurer qu'elle était bien son nouveau Messie, et il lui avait parlé des gènes. Tom se demanda un moment quelle avait pu être la réaction d'Ézéchiel. Pour les pieux projets de la confrérie, ç'avait dû être un choc de tomber sur le Prédicateur, tout comme c'était un choc pour ses projets concernant Holly.

Il prit une profonde inspiration et décida que la seule façon de s'en tirer, c'était de s'en tenir aux faits. Si elle voulait l'aider, elle l'aidait, et sinon...

– Mademoiselle Benariac, dit-il en s'efforçant de garder un ton aussi détaché que possible. De tous les génomes que nous avons examinés, et cela fait maintenant plus de cinq cents millions, nous n'en avons trouvé que trois porteurs de ces gènes mutants. Deux appartiennent à des gens qui sont morts : l'un était un Indien de Colombie et l'autre bien sûr était le Christ. Vous êtes la troisième. Vous avez tous une chose en commun à part les gènes. Le fait d'avoir possédé à un moment de votre vie le don de guérir... Il s'interrompit, guettant une réaction. Pas la moindre. Je suis persuadé, reprit-il, que vous avez encore ce don et je veux vous aider à le retrouver.

Les yeux étranges l'examinaient maintenant, le sourire était toujours là.

– Pourquoi ?

Il avait passé des nuits sans dormir à réfléchir à la parfaite réponse à une telle question : la réponse susceptible de convaincre une meurtrière de sauver Holly. Mais, au pied du mur, il décida qu'il n'avait qu'une seule solution : jouer franc jeu. Il tira de la poche de son veston une photo de Holly. Il l'avait prise l'été dernier aux Bermudes : dans son maillot rouge une pièce, sur le sable blanc rosé de Horseshoe Bay, Holly faisait de grands gestes vers l'objectif. Il posa la photo devant Maria : il voulait de toutes ses forces qu'elle s'intéresse à Holly, que, sans tenir compte de ce qu'il était, elle l'aide à sauver sa fille. Après tout, c'était quand même une femme...

– Je veux que vous la sauviez, dit-il.

– Qui est-ce ?

– Ma fille. Holly.

Maria hocha la tête et examina attentivement la photo. Elle la prit de sa main prisonnière des menottes et, de l'autre, parut caresser l'image.

– Elle a votre mâchoire, dit-elle avec un sourire, comme si elle regardait un album de photos de famille.

Maria leva les yeux et, une seconde, il vit dans son regard quelque chose de vulnérable : un désir, un regret.

Puis vinrent les questions.

– Vous l'aimez beaucoup ?

– Beaucoup.

– Est-ce qu'elle sait à quel point vous l'aimez ? Vous le lui dites ?

– Oui, elle le sait.

– Est-ce qu'elle sait ce que vous faites pour l'aider ? Elle sait que vous êtes venu ici ?

– Non, je ne lui ai pas parlé de vous.

– De quoi souffre-t-elle ?

– Elle a une tumeur au cerveau.

– Pour combien de temps en a-t-elle ? Pour plus longtemps que moi ?

– Je ne sais pas. J'espère.

– Et vous voulez que je l'aide ?

– Si vous le pouvez.

– Oh, je crois que je le peux, dit-elle en se rasseyant sur la chaise.

Vraiment ? se dit Tom. Cette réponse le surprit. Il ne s'attendait pas à la voir au courant de ses pouvoirs et certainement pas si pleine d'assurance. Il éprouvait le même élan d'excitation contenue que la veille en débarquant de l'avion. Mais il garda un visage impassible. Quand il mentionna le marché qu'il envisageait, il essaya de le faire avec tout le détachement possible.

– J'ai parlé au gouverneur. Si vous voulez bien aider ma fille, je peux faire commuer votre peine.

Le sourire suffisant de Maria s'élargit.

– La commuer en prison à vie ? Une vie pour une vie. C'est ça ?

– Si vous voulez.

Maria parut réfléchir un moment à la proposition : son regard alla de la photo de Holly à Tom et revint à la photo.

– À votre avis, Holly n'a pas de chance ? finit-elle par demander.

La question le prit quelque peu au dépourvu, mais il s'en tint à sa politique de répondre sincèrement.

– Avoir une tumeur au cerveau à son âge, ce n'est vraiment pas de chance !

– Je ne suis pas de votre avis, dit calmement Maria. Quand elle regarda l'image de Holly, il crut voir de la nostalgie sur ce visage déconcertant – presque de l'envie. Je pense qu'elle a beaucoup de chance. Elle a des parents qui l'aiment...

– Elle n'en a plus qu'un en vie, répliqua Tom.

Il était furieux mais il n'avait pas pu se retenir. Maria ne parut pas avoir entendu.

– Depuis le jour de sa naissance, elle est chérie et désirée.

– Ça, c'est vrai, dit Tom. Il chercha à maîtriser ses

sentiments, il voulait que Maria se concentre sur Holly. Mais si personne ne fait rien, elle sera morte dans quelques mois, peut-être quelques semaines. Et elle est totalement innocente.

Cela fit sourire Maria.

– Docteur Carter, personne n'est *totalement* innocent. Vous voulez que je la guérisse de sa maladie ? Que j'arrête ce qui a été décrété, parce que vous considérez que c'est injuste ? Et parce que vous l'aimez ?

Elle parlait d'un ton raisonnable, avec même un peu de compassion. Il acquiesça de la tête.

Elle reprit :

– Et, en échange, vous allez soigner mon mal qui est parvenu à son stade terminal, vous allez m'empêcher de connaître dans onze jours une mort prématurée ?

Il acquiesça de nouveau. Il gardait un visage aussi impassible que possible. Il ne voulait en aucune façon la provoquer.

Elle le regarda, en penchant la tête de côté comme si elle écoutait quelque chose.

– Vous êtes disposé à le faire même si vous ne me croyez pas innocente ?

– Oui.

Elle se pencha un peu plus et il lutta contre le réflexe de reculer. Au contraire, il vint vers elle : on aurait dit deux amoureux se murmurant des douceurs devant un souper aux chandelles. Il sentait l'odeur du savon sur sa peau et celle de la pâte dentifrice dans son haleine.

– Même si c'est moi qui ai abattu votre femme de sang-froid ? poursuivit-elle, ses lèvres à quelques centimètres de celles de Tom. Et même si j'ai essayé de vous tuer ?

– Oui.

– Vous feriez tout ça pour sauver votre fille ?

– Oui, et plus encore. Vous voulez bien l'aider ?

Maria resta silencieuse et son sourire revint. Tom essaya de déchiffrer ce sourire, cherchant la moindre trace de magnanimité, mais elle demeurait impénétrable. Maria baissa les yeux vers ses menottes et parut un moment inspecter ses mains, comme si c'étaient de simples objets, posés là. Quand elle releva la tête, le sourire avait disparu : un masque glacial l'avait remplacé.

– Non, docteur Carter, je ne sauverai pas votre fille. C'est vraiment la dernière chose que je ferais.

Quatrième partie

La souche miracle

27

Salle d'opérations de GENIUS. Une semaine plus tard

Jasmine Washington était assise dans l'un des fauteuils bleus capitonnés de la salle d'attente du bloc opératoire de GENIUS. Grattant la peau sous le plâtre qui emprisonnait son bras gauche, elle était sûre d'avoir éprouvé dans sa vie une douleur plus grande, mais elle ne se souvenait pas quand. Dans l'accident, elle s'était cassé la clavicule et le radius. Elle avait des meurtrissures sur tout le côté gauche du corps. Bien sûr, elle roulait trop vite : sinon, à quoi bon avoir une voiture de sport ? Mais personne ne lui avait jamais saboté ses freins. Elle remerciait le ciel que la camionnette de livraison qu'elle avait heurtée eût été à l'arrêt. Dieu merci, il n'y avait pas non plus de piétons quand elle l'avait projetée sur le trottoir.

Mais, dans l'ensemble, elle pouvait s'estimer heureuse. Nora Lutz avait été enterrée deux jours plus tôt à Boston, et on avait ramené en Californie le corps de Bob Cooke. Elle frissonnait rien que d'y penser. Elle avait été bien près de les rejoindre. En songeant à ce qui allait se passer juste à côté, elle comprit qu'elle avait vraiment de la chance.

Il était arrivé bien des choses depuis que le Prédicateur avait refusé le marché de Tom. D'abord, l'état de Holly s'était considérablement aggravé. Et Bob, s'il avait résolu le mystère de la guérison des souris, l'avait emporté avec lui dans la tombe. Après les deux dernières crises de Holly, Tom n'avait d'autre choix que de l'opérer : il fallait soulager la pression de la tumeur, une des plus agressives que Tom ou Karl Lambert eussent jamais vues.

Jasmine entendit les portes battantes sur sa droite et vit entrer un Alex Carter épuisé.

Le père de Tom avait vieilli et, pour la première fois, elle trouva qu'il paraissait ses soixante-huit ans. L'air un peu perdu, il parcourut la pièce du regard et eut un sourire de soulagement en l'apercevant.

– Comment va-t-elle ? Ils ont commencé ? demanda-t-il en venant s'asseoir.

– Holly n'est pas encore prête. De sa main valide, Jasmine pointa le pouce par-dessus son épaule vers la cloison derrière elle. Cela fait une heure que Tom et Karl Lambert sont dans le bloc à préparer l'intervention. Ça ne devrait pas tarder maintenant.

– Bien, bien, dit Alex, serrant et desserrant ses mains sur ses genoux.

Il avait l'air terrifié et Jasmine se rappela soudain qu'il avait déjà vécu tout cela : il avait vu sa femme souffrir de la même maladie.

– Karl Lambert est un excellent chirurgien, dit-elle en posant une main sur son épaule, et vous savez combien Tom est bon. Elle ne pourrait pas être dans de meilleures mains.

Le vieil homme tourna la tête vers elle et essaya de sourire. Mais elle voyait dans son regard qu'il savait que c'était la fin, ou du moins le commencement de la fin. Jasmine refoula ses larmes : des larmes de frustration et de colère. Après tout ce qu'ils avaient connu, après toutes les vies perdues, voilà qu'une meurtrière avait bloqué Cana et supprimé toute chance de sauver Holly, la même meurtrière qui avait déclenché tout cela. Elle ne puisait aucune consolation dans la certitude que Maria allait être exécutée dans quatre jours. Tout cela lui semblait un triste et stupide gâchis.

Alex se leva et s'approcha de la machine à café.

– Vous en voulez ? demanda-t-il.

Il avait manifestement besoin de faire quelque chose.

– Oui, merci. Un décaféiné, noir, sans sucre.

Les portes battantes s'ouvrirent une nouvelle fois et tous deux tournèrent brusquement la tête, s'attendant à voir arriver Holly. Mais c'était Jack Nichols. Il caressait machinalement sa cicatrice.

– Je me suis dit que j'allais voir ce qui se passait. Je n'arrivais pas à faire grand-chose, je pensais tout le temps à Tom et à Holly..., dit-il sans terminer sa phrase.

– Oui, dit Jasmine, je sais.

– Café ? demanda Alex, toujours debout près de la machine.

– Merci. Léger, s'il vous plaît. Avec quatre sucres.

Alex s'apprêtait à commenter ce choix quand les portes s'ouvrirent de nouveau, Holly apparut sur un chariot. Deux personnes en blouse verte étaient penchées sur elle. Holly était allongée sur le dos, son crâne rasé maintenu en place par un clamp. *Un glissement du laser*, songea Jasmine en se rappelant ce que Tom avait dit des risques : *la paralysie ou pis*. Mais, lorsqu'elle vit le regard affolé de sa filleule, elle se demanda si la mort était vraiment pire. S'il n'y avait rien de pire que cela.

Jasmine et Alex se levèrent et s'approchèrent du chariot qui était arrêté devant les portes de la salle d'opération. Jasmine tendit la main et Holly lui saisit l'index comme un nouveau-né. De l'autre main, elle en fit autant avec Alex. Jack Nichols s'approcha et se joignit à eux.

– À bientôt, dit Jack, joignant le pouce et l'index en un rond qui voulait dire « OK ».

Holly essaya de sourire et lâcha le doigt de Jasmine pour faire le même signe à son tour.

– Bonne chance, Hol, dit Jasmine en s'efforçant de garder un ton enjoué.

– Ça va aller, dit Alex avec un sourire triste en caressant la joue de Holly. Ton papa est là.

Les portes s'ouvrirent et Tom Carter apparut. Karl Lambert le suivait, tous deux vêtus de blouses chirurgicales vertes. Tom avait son masque qui lui pendait autour du cou et Jasmine lut la souffrance dans son regard quand il se pencha pour poser un baiser sur le front de sa fille. Lorsqu'il parla, ce fut d'une voix d'une douceur intolérable.

– N'aie pas peur, Holly, ça va aller. Je serai tout le temps à côté de toi. Tu es prête ?

– Oui, papa, murmura Holly.

Son visage se détendit et l'appréhension se dissipa dans son regard. Tom l'embrassa encore une fois, puis se redressa.

– Alors, on y va ?

Jasmine suivit des yeux le chariot qu'on roulait dans la lumière crue du bloc. La dernière image qu'elle eut avant que les portes se referment devant elle, c'était sa petite filleule flanquée de ses trois anges gardiens en vert. Plantée là, la jeune baptiste se signa et se mit à prier.

À vingt-cinq kilomètres de là, Ézéchiel de la Croix arpentait la salle d'interrogatoire du pénitencier de l'État du Massachusetts, tandis que son Messie, Maria Benariac, était assis, ses menottes fixées à la table devant lui.

– Je suis désolé de ne pas être revenu plus tôt. Des dispositions à prendre, essaya-t-il d'expliquer, des gens à mettre en place pour te faire sortir.

– Mais je vous l'ai déjà dit, fit Maria, ses doigts pianotant sur la table d'acier. J'ai un meilleur plan et j'ai besoin de votre aide pour le réaliser.

Ézéchiel n'avait pas encore l'habitude de recevoir des ordres de cette femme qui pendant si longtemps en avait reçu de lui. Il avait passé la dernière semaine à presser le Conseil restreint de mettre au point leur plan d'évasion. Il avait même dû lutter contre le scepticisme de frère Bernard qui exigeait que Maria fournisse une preuve qu'elle était vraiment l'élue. Aujourd'hui, Bernard était enfin rassuré, ils avaient tracé les grandes lignes d'un plan et voilà que Maria lui disait d'y renoncer. Elle aurait pu au moins l'écouter : il doutait que son idée à elle fût meilleure. Mais le Messie devait être sûr de ce qu'il proposait. Dès l'instant où elle serait libérée et qu'elle aurait été sacrée par la flamme, alors, sa tâche accomplie, il pourrait se reposer. La seule idée de cet instant où on le déchargerait de la responsabilité qui pesait sur ses épaules lui arracha un soupir.

– Très bien, dit-il en posant sa boîte de comprimés sur la table et en glissant dans sa bouche une pilule. Il espérait que son plan était au moins réalisable. Explique-moi.

Maria lui fit signe de venir s'asseoir en face d'elle. Elle regarda à gauche, puis à droite, comme si d'autres pouvaient surprendre leur conversation. Elle parla dans un murmure, si bas qu'il dut approcher la tête à quelques centimètres de la sienne pour l'entendre. Maîtrisant son impatience, il l'écouta exposer son idée, d'abord plus par devoir que par véritable intérêt mais, à mesure qu'en chuchotant elle entrait dans les détails, son attention devint de plus en plus soutenue. Quand elle eut terminé, il était bouche bée. Le plan de Maria était brillant. Mais comment pouvait-il réussir ? Les risques étaient phénoménaux.

Il resta un moment silencieux, à fixer ses yeux vairons.

– Mais comment sais-tu que ça se passera ? réussit-il enfin à dire. Comment peux-tu être si sûre ?

Maria eut un sourire rayonnant d'assurance.

– Ayez foi en moi !

– Certes, mais...

– Ne suis-je pas le nouveau Messie ?

– Si, mais...

Maria secoua ses menottes et lui fit signe d'approcher.

– Prenez ma main.

Il hésitait.

– N'ayez pas peur.

Il finit par faire ce qu'elle lui demandait. Il sentit les doigts de Maria se refermer autour de siens, en serrant fort. Il la vit fermer les yeux et pâlir, comme si elle souffrait. Puis une étrange chaleur lui envahit la main avant de remonter son bras jusqu'à son torse. On aurait dit qu'on lui frictionnait la peau avec un liniment. Soudain, elle relâcha son étreinte et un petit sourire lui retroussa les lèvres.

– Je ne comprends pas, dit-il en tendant la main vers la boîte de comprimés qu'il avait laissée sur la table.

– Laissez-les, dit-elle doucement.

– Quoi donc ?

– Les comprimés. Vous n'en avez plus besoin.

Il se figea et la regarda. Ça n'était pas possible : et pourtant sa douleur à l'estomac avait disparu, non pas diminué, mais disparu complètement.

Elle sourit devant sa stupéfaction, mais, derrière ce sourire, il voyait bien qu'elle était presque aussi stupéfaite que lui.

– Croyez-vous maintenant, demanda-t-elle, que mon plan peut marcher ?

Il réussit à hocher la tête sans rien dire. Il pouvait maintenant fournir à frère Bernard la preuve que celui-ci demandait.

– Bon, alors partez, dit-elle. Vous avez de nombreuses dispositions à prendre.

Tom regardait les mains de Karl Lambert manier le laser, pour tenter de retirer les tissus malades sans endommager le reste du cerveau – le cerveau de sa fille.

Une moitié de lui voulait désespérément tenir le laser plutôt que d'assister simplement le chirurgien. Mais l'autre moitié, plus rationnelle, savait que, même pour une opération bénigne, ce serait un risque inutile. Il avait toujours cru qu'il devrait être capable d'accomplir n'importe quel acte chirurgical avec un détachement clinique : il savait maintenant que ce n'était pas vrai. Malgré tous ses efforts pour considérer Holly comme une simple patiente, il en était incapable. Elle était sa précieuse et vulnérable fille : la seule idée de l'opérer lui aurait fait trembler les mains.

Autour de la table se trouvaient quatre écrans de contrôle. Les trois premiers enregistraient les signes vitaux de Holly ; celui du milieu suivait les battements d'une rassurante régularité de son cœur. Le quatrième écran montrait en gros plan le cerveau de Holly, avec le microlaser de Karl Lambert en train de découper la tumeur. L'infirmière-chef Lawrence et sa jeune collègue Fran Huckleberry surveillaient ces écrans. L'anesthésiste, Tim Fuller, se tenait au bout de la table, à environ un mètre de Karl Lambert et de Tom.

Même si Tom en théorie assistait Karl, il ne pouvait pas faire grand-chose d'autre que regarder. C'était une chirurgie si délicate que même une seule paire de mains semblait de trop. Il essayait de se rassurer en se disant que Karl était un excellent chirurgien, un des meilleurs. Mais, il n'en avait que trop conscience, même si Holly survivait à l'opération, cela ne lui accorderait au mieux que quelques mois de sursis. Une fois de plus il se demanda si ça en valait vraiment la peine.

Il avait encore du mal à accepter l'idée que Maria Benariac préférait mourir plutôt que de sauver Holly. C'était une vengeance si absurde. Qu'espérait-elle atteindre en étant exécutée dans quatre jours ? Il se rappela toutes les histoires que lui avait racontées mère Clemenza sur la jeune Maria. Il se souvenait aussi de l'assurance avec laquelle Maria lui avait affirmé qu'elle pourrait aider Holly si elle le voulait. Quel horrible gâchis !

– *Bip, Biiip, Biii...iip, Biii-iii-iii-iip.*

Il se tourna vers l'électrocardiogramme et sentit son cœur s'arrêter. La ligne sur l'écran était plate. Le cœur de Holly avait cessé de battre.

Le temps soudain parut suspendu. Il vit Karl Lambert lever la tête, une lueur d'inquiétude dans son regard généralement calme. Lambert avait dû entailler du tissu sain, du tissu cérébral vital, ce qui avait mis l'organisme de Holly en état de choc. Tom empoigna les électrodes pour donner une décharge au cœur de Holly tandis que l'infirmière Lawrence appliquait la pommade conductrice. La jambe gauche de Holly fut prise d'une violente crispation et bientôt tout son côté gauche fut secoué d'un spasme. Il fallut à Tom toute sa force pour appuyer les électrodes contre sa poitrine et administrer à son cœur le choc nécessaire. Il s'efforça d'oublier que c'était sa fille qui était devant lui, il essaya de ne pas penser au choc qu'il infligeait à ce corps menu. Il se concentra sur ce qu'il fallait faire pour la maintenir en vie.

Le premier choc fut sans effet : la ligne de l'électrocardiogramme restait plate.

Tom attendit que les électrodes se rechargent, puis les appliqua de nouveau sur le torse de Holly. Une convulsion secoua tout son corps et, pendant une seconde, il crut voir la ligne amorcer une pointe, mais il s'était trompé : elle resta plate.

Troisième choc. Rien.

Puis le quatrième.

Pour Tom, le combat pour la ramener parut durer une éternité : en réalité, tout fut fini en quatre-vingt-douze secondes. À onze heures neuf exactement, l'évidence s'imposa à tous ceux qui entouraient la table d'opération : on ne pouvait rien faire de plus.

Holly Carter était morte.

Il arriva alors deux choses à Tom. La première, ce

fut qu'il entendit un horrible gémissement, comme celui d'une bête blessée, et, pendant plusieurs secondes, il ne se rendit pas compte que ce cri, c'était lui qui l'avait poussé. La seconde, ce fut une révélation si brutale et si évidente qu'elle lui fit pousser un nouveau cri.

Sans laisser à personne le temps de le consoler, il cria : « Ne touchez à rien ! » et sortit en courant de la salle d'opérations. Sans s'occuper de Jasmine, d'Alex et de Jack, il courut à toutes jambes jusqu'au laboratoire Crick.

Quand un organisme meurt, il le fait par étapes. Naturellement, quand le cœur cesse de pomper le sang, que les poumons cessent d'absorber l'oxygène ou que le cerveau cesse de fonctionner, alors, sur le plan clinique, l'organisme est quasiment mort. Mais un organisme n'est qu'une collection de cellules et toutes les cellules ne meurent pas en même temps...

Sans attendre l'ascenseur, Tom Carter se précipita dans l'escalier. Grimpant les marches aussi vite que le lui permettait sa jambe blessée, il ouvrit violemment la porte du second étage, bouscula un de ses virologistes qui entrait dans le pavillon Mendel et traversa en courant le grand laboratoire. Sans se soucier des regards de certains chercheurs penchés sur leur paillasse, il appuya sa paume contre le scanner de la porte de sécurité donnant accès au laboratoire Crick.

À peine eut-elle coulissé dans un sifflement pneumatique qu'il traversa en courant le laboratoire désert jusqu'au placard réfrigéré qui abritait les treize flacons de sérum Trinité. Il ouvrit la porte et retira un des flacons. Il ouvrit le tiroir en bas de la table de travail voisine et chercha à tâtons une seringue. Arrachant l'enveloppe stérile, il plongea l'aiguille dans le flacon et aspira dans la seringue pratiquement la totalité du contenu. Tapotant la seringue, il pressa le piston pour en faire sortir les bulles d'air. Puis il retroussa sa manche gauche, la tordit en tourniquet pour faire saillir une des veines de son avant-bras : il enfonça alors l'aiguille.

Quand Jasmine ramena Jack et Alex dans la salle d'opérations, elle ne se doutait pas plus que les autres de l'endroit où Tom était allé. Elle avait songé à se précipiter à sa poursuite, mais Alex l'avait retenue en lui disant que Tom voudrait être seul.

Karl Lambert était pâle, comme le reste de l'équipe chirurgicale. Il fit un geste sans conviction pour leur barrer l'accès de la salle, mais n'insista pas. Il nettoya la petite incision dans le crâne de Holly puis lui couvrit le haut de la tête avec un drap chirurgical vert.

Quand Jasmine regarda sa filleule, Holly avait les yeux fermés comme si elle dormait et elle semblait étrangement paisible. Jasmine avait envie de la toucher et de l'inciter à revenir à la vie.

Mais elle ne la toucha pas. Elle ne pleura pas non plus même si elle éprouvait la même horrible tristesse que quand son frère et Olivia étaient morts. Elle ne pleura même pas en voyant la consternation se peindre sur le visage d'Alex. Ce fut seulement quand elle aperçut une larme perler à l'œil gauche de Jack Nichols qu'elle éclata en sanglots. Voir ce coriace ex-agent du FBI verser cette unique larme lui fit comprendre l'ampleur de la tragédie qui venait de se produire.

Le brusque fracas les fit tous sursauter. Tom ne poussa pas les portes battantes : il les gifla. On aurait dit un ouragan. La manche gauche de sa blouse de chirurgien verte était retroussée et il avait les yeux fiévreux. Sans se soucier d'eux, il s'avança à grands pas jusqu'à la table et regarda fixement sa fille. Un moment, Jasmine vit cette lueur fébrile se dissiper dans son regard et une expression d'infinie tendresse venir l'adoucir. Puis il se pencha et passa les bras autour de Holly comme pour la soulever de son lit. Mais, au lieu de le faire, il s'accroupit par-dessus la table en étreignant contre lui sa fille morte.

Jasmine ne pouvait pas voir le visage de Tom car il avait la tête baissée, mais le visage pâle de Holly apparaissait nettement au-dessus de l'épaule de son père. Cette même épaule qui commençait à trembler tandis qu'il serrait plus fort sa fille contre lui.

Alex Carter posa une main consolatrice sur le dos de son fils, mais à peine ses doigts avaient-ils touché Tom qu'il retira brusquement sa main comme s'il l'avait posée sur un four chaud. Quand il se retourna, son visage n'exprimait pas la douleur mais seulement la stupéfaction.

Jasmine vit alors quelque chose qu'elle n'oublierait jamais. Tout se passa si vite que tout d'abord elle ne fut pas sûre de l'avoir vraiment vu.

Holly cligna des yeux.

Jasmine regarda les autres pour voir s'ils avaient vu aussi. Mais Jack et les médecins avaient détourné la tête, laissant Tom à son chagrin. Même Alex, plongé dans ses pensées, avait les yeux baissés. Personne sauf elle ne pouvait voir le visage de Holly.

Puis les yeux de Holly s'ouvrirent.

Ou bien Jasmine était en train de devenir folle, ou bien il se passait quelque chose de très bizarre. Elle regarda de nouveau autour d'elle, s'efforçant de contrôler sa respiration et d'articuler avec des lèvres qui ne voulaient pas lui obéir. Les autres restaient là, silencieux et accablés, sans rien remarquer.

Là-dessus, Holly lui adressa un sourire ensommeillé et dit :

– Jazz, je peux avoir un verre d'eau, s'il te plaît ?

Et Jasmine fit ce qu'elle n'avait encore jamais fait de toute sa vie.

Elle s'évanouit.

28

Pénitencier de l'État du Massachusetts. Quatre jours plus tard

Maria dévora avec entrain son dernier petit déjeuner : même si son exécution était prévue pour minuit, elle ne se souvenait pas de s'être sentie plus gaie ni plus vivante. Les œufs lui parurent aussi succulents que s'ils avaient été préparés par un grand chef. Elle n'avait jamais bu un lait plus frais, plus onctueux. Tous ses sens étaient si aiguisés que même l'expérience la plus banale lui faisait éprouver la joie enfantine d'une découverte. Le bleu de son uniforme de prisonnière avait soudain une pureté de bleuet qui lui faisait regretter de ne pas avoir porté plus souvent cette couleur. Et la nouvelle cellule où on l'avait installée avant l'exécution lui offrait des distractions sans fin. Elle s'était amusée presque tout l'après-midi de la veille à faire l'inventaire de toutes les différences à peine perceptibles entre cette cellule et la précédente qu'elle avait occupée. Mais ce qui lui apportait le plus de joie et de réconfort, c'était le simple mais redoutable pouvoir qui, elle le savait maintenant, résidait dans chaque cellule de son corps.

Elle était l'élue. Elle le savait aujourd'hui et elle l'acceptait. Elle portait dans son corps les gènes de Dieu, elle maîtrisait maintenant la vie et la mort. Elle n'avait plus rien à craindre de personne ni de n'importe quoi. Elle frissonnait encore rien qu'au souvenir de sa rencontre avec le père Ézéchiel. Lorsqu'elle lui avait touché la main et qu'elle avait guéri son ulcère, elle avait senti l'énergie – le *pouvoir* – passer de son corps dans le sien. L'épuisement qui avait suivi n'était rien auprès de la griserie de savoir qu'elle n'avait rien perdu des dons qu'elle se souvenait vaguement d'avoir possédés dans son enfance.

Elle avait été tout aussi satisfaite de son entretien avec le docteur Carter. Elle avait toujours éprouvé une vertueuse excitation à accomplir les exécutions. Il y avait une sorte de pureté primitive dans le fait de prendre une vie : mais aucune des exécutions qu'elle avait à son actif, pas même les plus grisants face-à-face, n'avait approché de la bouffée d'exultation qu'elle avait connue en repoussant la demande du docteur Carter. Elle avait découvert que tuer c'était une chose mais que refuser la vie, c'était tout autre chose. C'était une exécution virtuelle. Avoir le pouvoir de donner la vie, et puis choisir de ne pas s'en servir, jamais elle n'avait éprouvé cela. Elle avait l'impression... l'impression d'être Dieu.

Elle entendit le claquement maintenant familier des talons des gardiennes qui descendaient le couloir. Son directeur de conscience arrivait pour sa dernière visite.

Neuf minutes plus tard, elle regardait le visage fatigué mais excité du père Ézéchiel.

– Tout est arrangé ? demanda-t-elle.

– En tant que directeur de conscience, j'assisterai à ton exécution avec les témoins et le directeur. Nos contacts dans la confrérie ont veillé à ce que le personnel adéquat soit de service pour faire ce qui est nécessaire... Un silence. Tu es toujours sûre que ça va marcher ?

Maria trouvait touchante l'inquiétude d'Ézéchiel.

– Ayez foi, mon père.

– J'ai foi en toi, mon enfant, mais j'ai peur qu'après

avoir attendu si longtemps... Sa voix se fit songeuse. C'est simplement que j'aurais préféré un sauvetage plus... conventionnel.

– Mais pouvez-vous imaginer un meilleur moyen de prouver que je suis vraiment l'élue.

Ézéchiel fit tourner son anneau autour de son doigt.

– Tu as sans doute raison.

– Je sais que j'ai raison. Est-ce que le docteur Carter assistera à l'exécution ?

Moins le docteur Carter pouvait faire de rapprochement entre elle et le Père, mieux cela vaudrait.

– Je ne pense pas, fit Ézéchiel de la Croix. Seuls deux parents de victimes impures ont demandé à y assister et le savant n'en fait pas partie. Il est trop occupé à soigner sa fille mourante. Mais, même s'il vient, cela ne compromettra pas forcément notre plan. Il sait sans doute que je suis ton conseiller spirituel, mais il s'imagine que je ne t'ai rencontrée qu'après avoir découvert que tu possédais les gènes. Après tout, c'est bien normal qu'après une attente de deux mille ans je sois auprès du nouveau Messie dans ses derniers moments.

Elle acquiesça. Il avait sans doute raison.

Le Père se leva.

– Il faut que je parte maintenant pour m'assurer que tout est bien en place... Il hésita un moment, jouant nerveusement avec sa bague, répugnant soudain à s'en aller. Et je n'aurai peut-être pas l'occasion de te reparler avant l'exécution...

Sur son visage d'ordinaire impassible se peignaient des émotions intenses. Elle voyait le chagrin, le regret, l'espoir, la crainte et l'amour – mais oui, l'amour pour elle – colorer le vieux visage comme les ombres des nuages qui défilent sur un paysage. Il fit le tour de la table et vint se planter devant elle. Cette fois, il ne s'agenouilla pas mais se pencha et la serra dans ses bras. Puis il fit quelque chose qui la surprit et la toucha à tel point que les larmes lui montèrent aux yeux : il lui posa un baiser sur la joue.

Elle aurait voulu pouvoir lui rendre la tendresse de cette étreinte, mais les menottes l'en empêchaient. Refoulant ses larmes, elle l'entendit lui murmurer à l'oreille :

– Mon enfant, je suis content de t'avoir trouvée à temps. Puis, sans lui laisser le temps de rien répondre, il se redressa, son visage de nouveau vide de toute émotion. Je vais y aller maintenant.

Il se dirigea vers la porte et pressa la sonnette.

– Puisses-tu être sauvée, dit-il en guise d'adieu.

Elle eut un pâle sourire.

– Pour que je puisse sauver les vertueux et punir les impies.

Quand les gardiennes vinrent ouvrir la porte, le Père attendit pendant qu'on détachait Maria et qu'on l'entraînait hors de la pièce. Puis il lui fit un petit sourire et sortit.

Dans le couloir carrelé de blanc, elle prit à gauche : vers la porte qui menait à la zone de réception des visiteurs dans le couloir de la mort et vers le soleil déjà brillant du monde extérieur. D'ordinaire, les gardiennes s'empressaient de la pousser vers la droite, pour suivre le long couloir qui, en passant devant la salle d'exécution, conduisait à sa cellule. Mais, ce jour-là, elles s'arrêtèrent et la laissèrent regarder, immobile, la silhouette voûtée du père Ézéchiel s'éloigner par ce tunnel tout blanc vers la lumière.

Elle allait tourner les talons quand elle le vit redresser les épaules et s'arrêter. Elle crut tout d'abord qu'il allait se retourner pour lui dire quelque chose, mais non : il levait les yeux vers l'écran de verre blindé qui constituait la moitié supérieure de la porte donnant sur la réception des visiteurs. La porte s'ouvrit et une haute silhouette apparut. Maria n'était qu'à quatre ou cinq mètres de là, mais il y avait une telle lumière arrivant de l'extérieur qu'elle ne put voir qui se penchait pour serrer la main du Père. Elle regarda celui-ci parler à cet inconnu dont la silhouette se découpait sur le fond lumineux. Ézéchiel semblait embarrassé et impatient de partir, mais il discuta quelques minutes avant de finir enfin par saluer de la tête, en serrant de nouveau la main de l'inconnu et en s'éloignant dans la lumière éblouissante du dehors.

Les gardiennes ne firent pas un geste pour pousser Maria. Quand la porte se referma sur le Père, elle le reconnut. Il était manifestement venu lui rendre visite et cette démarche lui parut étrangement agaçante. Elle le verrait quand elle serait sortie d'ici, et qu'elle pourrait lui faire payer tout ce qu'il avait fait, mais pas maintenant ; elle n'était pas prête. En même temps une partie d'elle-même savourait la perspective de se moquer encore de lui.

Elle attendait qu'il approche, mais il resta là, à quelques mètres, tripotant un bout de papier plié dans sa main gauche. Il avait profondément changé : ce n'était plus l'homme qui, voilà seulement onze jours, était venu la voir. Il portait un jean délavé et un polo bleu, mais ce n'était pas cette tenue décontractée qui expliquait le changement. Puis il lui sourit et elle comprit alors : son sourire n'avait rien d'arrogant. Il était simplement plein d'assurance. Cela lui donnait un air plus jeune, et même une beauté quasi juvénile. La différence, elle le comprenait maintenant, c'est qu'il était heureux et cela lui parut bizarrement troublant. Ce n'était assurément pas ce à quoi elle s'attendait.

Elle le regarda se retourner vers la porte pour demander aux gardiennes de l'ouvrir. De nouveau la lumière entra à flots et, lorsque la porte se referma, elle aperçut une autre silhouette plus petite près du docteur Carter, plus petite même que le père Ézéchiel. C'était une fillette coiffée d'une casquette de base-ball rouge. Elle tenait le savant par la main, mais ce fut seulement quand la fillette lui fit un geste pour lui dire bonjour comme sur la photographie que Maria reconnut la fille du docteur Carter : la petite Holly atteinte d'un mal parvenu à son stade terminal.

Maria ne comprenait pas. Cette enfant devrait être aux portes de la mort, sinon morte déjà. Mais à part l'absence de cheveux sous sa casquette, elle avait l'air en bonne santé, vibrante de bonne santé.

Que s'était-il passé ?

Maria n'avait pas eu le temps de reprendre ses esprits que la porte s'ouvrit de nouveau, laissant déferler la lumière aveuglante, et la fillette disparut. Ce fut alors seulement que le docteur Carter s'avança vers Maria. Et, au même instant, les gardiennes l'entraînèrent de nouveau vers la salle d'interrogatoire et attachèrent ses menottes à la table.

Quand Tom Carter entra dans la pièce et s'assit en face de Maria Benariac, il n'éprouvait aucune haine. Elle était condamnée à mourir alors que Holly avait été sauvée. C'était plus que suffisant pour lui. Celui qu'il plaignait le plus, c'était le vieux Ézéchiel de la Croix : voir quelques instants plus tôt sa silhouette voûtée n'avait fait qu'accroître sa compassion pour l'homme. Il imaginait ce que ce devait être de passer toute sa vie à chercher quelqu'un pour le retrouver dans le couloir de la mort, sur le point d'être à jamais arraché au monde des vivants.

Tom était venu aujourd'hui car il ne pouvait supporter l'idée que Maria meure en croyant qu'elle avait réussi. Il avait besoin qu'elle sache qu'en définitive son fanatisme homicide, son obsédant désir de vengeance n'avaient abouti à rien. Il voulait aussi lui parler des gènes, de ces merveilleux gènes qui avaient sauvé sa fille.

Il se rappelait la dernière fois où il s'était assis sur cette chaise : il retrouvait encore dans sa bouche le goût métallique de la peur et de la colère. Mais, cette fois, il n'avait rien à craindre de Maria Benariac. Il se cala contre le dossier de sa chaise, jouant avec le bout de papier qu'il tenait à la main, et attendit.

– Qu'est-ce qui est arrivé à votre fille ? demanda-t-elle quelques moments plus tard.

– Elle est morte, répondit-il.

– Mais j'ai vu...

– Oui. Vous avez vu Holly.

– Mais je ne comprends pas. Vous disiez qu'elle était morte.

– Elle l'était. Mais elle ne l'est plus.

Il vit le choc sur le visage de Maria.

– Comment ça ? demanda-t-elle.

– J'ai utilisé les gènes.

– *Vous* avez utilisé les gènes ? *Mes* gènes ?

– Non, je me suis servi des originaux. Ceux du Christ. Mais j'aurais pu me servir des vôtres.

Maria Benariac maintenant avait baissé sa garde et on lisait sur son visage un étrange mélange d'émotion : la colère, la fureur que le projet Cana ait réussi. Mais il percevait quelque chose d'autre dans son regard : l'excitation.

– Mais comment les avez-vous utilisés ? demanda-t-elle.

Tom déplia le morceau de papier qu'il tripotait machinalement. Il était couvert d'une écriture parfaitement lisible.

– Eh bien, il y a quelque chose dans la façon dont ils opèrent que, je crois, vous allez trouver intéressant.

Il se pencha sur la table et Maria machinalement tourna ses mains emprisonnées par les menottes, paumes levées, comme si elle tenait un bol de mendiant. Lorsqu'il posa dans ses mains le morceau de papier, il remarqua une cicatrice en forme de croix sur la peau pâle de son avant-bras droit. De toute évidence une cicatrice ancienne, mais les marques profondes et irrégulières de la coupure révélaient à son œil de chirurgien que l'entaille avait été faite avec la lame d'un grand couteau ou d'un poignard, non pas avec un instrument de précision. Sa curiosité naturelle le poussa à s'interroger là-dessus, mais, en songeant au passé de violence qu'elle avait connu, il se ravisa. Il préféra attendre qu'elle ait lu le message inscrit sur le papier.

– Malheureusement, je ne l'ai pas écrit avec du sang. Mais j'ai pensé que le Prédicateur apprécierait peut-être une petite citation de la Bible. Vous savez d'où elle vient ?

– Bien sûr, répliqua-t-elle sans un instant d'hésitation. *Acte des Apôtres*, chapitre 20, verset 35.

Il sourit.

– Oui, je pensais bien que vous le connaîtriez. C'est un des enseignements chrétiens que j'admire le plus.

Furieuse, elle s'énervait.

– Mais je ne comprends toujours pas. Qu'est-ce que ça a à voir avec la façon dont les gènes opèrent ?

Refusant de se laisser bousculer, il se carra sur son siège en essayant de trouver les mots justes. Et à cet instant il lut dans ses yeux la profondeur de sa haine.

– Vous croyez avoir gagné. N'est-ce pas ? dit-elle, manifestement persuadée que ce n'était pas le cas.

Mais, à ce stade, elle tentait de prétendre qu'elle avait encore un dernier tour dans son sac.

Il secoua tristement la tête, se souvenant d'Olivia, de Bob Cooke, de Nora Lutz et de tous les autres qui étaient morts.

– Ce n'est pas l'impression d'avoir gagné. Pas contre vous en tout cas, car je ne luttais jamais vraiment contre vous. Vous meniez peut-être votre guerre contre moi et les miens, mais ma guerre à moi était contre d'autres tueurs : des tueurs bien plus redoutables que vous.

Maria serra les dents si fort qu'il voyait les muscles se crisper sous la peau.

– Dites-moi ce que le message a à voir avec les gènes, demanda-t-elle de nouveau en pointant du doigt la feuille de papier. Dites-moi ce que ça a à voir avec *mes* gènes.

– Très bien, dit-il, je vais vous expliquer.

Et, après s'être éclairci la gorge, c'est ce qu'il entreprit de faire.

Quand il eut terminé, il fut surpris de la réaction de Maria. Loin d'être furieuse comme il s'y attendait, elle avait l'air abasourdie. Toute son arrogance semblait l'avoir quittée et, l'espace d'un instant, il crut déceler chez elle de la peur. Lorsqu'il se leva et qu'il alla presser le bouton de sonnette, elle ne leva même pas les yeux. Les gardiennes qui vinrent l'emmener durent la soulever littéralement de sa chaise. Pendant tout ce temps elle gardait les yeux fixés sur le message qu'il lui avait laissé : *Il y a plus de bonheur à donner qu'à recevoir.*

Elle comprenait maintenant ce que signifiait le message, mais Tom n'arrivait toujours pas à saisir pourquoi la révélation qu'il lui avait faite l'avait affectée à ce point. Comment ce qu'il lui avait dit pourrait-il changer quoi que ce soit ? Dans quelques heures, elle allait être exécutée. Ce n'était pas comme si elle s'attendait à vivre au-delà d'aujourd'hui.

29

Pénitencier de l'État du Massachusetts. Chambre d'exécution

Comme minuit approchait, Maria Benariac ne cessait de repasser dans sa tête les paroles du docteur Carter.

Il avait dû mentir, se dit-elle, tandis que le médecin de la prison lui faisait une piqûre d'antihistaminique. Elle était si profondément plongée dans ses pensées qu'elle ne remarqua pas l'ironie du sort qui voulait qu'un médecin s'inquiète de la réaction qu'elle pourrait avoir devant les poisons qu'on allait lui injecter un peu plus tard.

Mais j'ai vu Holly vivante, se dit-elle, *et Carter n'aurait pas pu être au courant du plan : ce doit donc être vrai.* Quand elle s'était pour la première fois rendu compte qu'on avait ramené Holly d'entre les morts, elle s'était trouvée en proie à un mélange d'excitation et de désarroi, car cela prouvait que son plan allait marcher. Mais, après les explications du savant, son excitation s'était dissipée. Plus elle se concentrait sur ce qu'il lui avait dit, plus elle s'inquiétait.

Tandis que les gardiennes lui mettaient des couches, car au moment de la mort son organisme se viderait, elle essaya d'envisager d'autres possibilités. Le docteur Carter avait reconnu qu'il ne savait pas exactement comment les gènes opéraient : il pouvait donc se tromper. Cela voulait dire que son plan n'en était pas nécessairement affecté. Si seulement le Père était ici pour la conseiller.

Oui, mais en quoi pourrait-il l'aider ? Si le savant avait raison, alors c'était trop tard pour trouver une autre solution. Il fallait regarder les choses en face : les dés étaient jetés et tout ce qu'elle pouvait faire maintenant, c'était espérer que le docteur Carter s'était trompé.

Elle ruminait ces pensées tandis que les gardes l'entraînaient par le corridor blanc jusqu'à la chambre d'exécution. Mais quand la porte s'ouvrit et qu'elle vit la pièce dans laquelle elle allait mourir, le vide un moment se fit dans son esprit.

La chambre blanche, qui n'avait pas plus de trois mètres sur cinq, était dominée par une table noire capitonnée en forme de croix. Ses deux extensions et la partie centrale de la table étaient munies d'épaisses courroies de cuir pour maintenir en place le condamné. Auprès de chaque bras, un tube pour injection intraveineuse relié à une boîte chromée de la taille d'un gros téléviseur. Sur le haut de la boîte, une batterie de seringues utilisées pour administrer un anesthésique et deux poisons séparés qui pénétraient par des tubes dans les bras du prisonnier. On utilisait deux récipients à intraveineuse pour le cas improbable où l'un tomberait en panne. On lui avait dit précédemment que l'ordre d'injecter les poisons viendrait de derrière la cloison en Plexiglas qui séparait les témoins du supplicié. Là se trouvaient deux téléphones, dont l'un relié directement au bureau du gouverneur de l'État pour permettre d'attendre jusqu'à la dernière minute un sursis. La tradition voulait que le directeur de la prison monte la garde auprès de ce téléphone et qu'il attende trois minutes après minuit, l'heure fixée pour l'exécution, avant d'en donner l'ordre. Toutefois, avec l'initiative Crime 2000 prise par le président des États-Unis, ce n'était plus guère qu'un rituel sans signification.

Depuis le 8 février 2000, aucun sursis de dernière minute n'avait été accordé à un condamné dans aucun couloir de la mort à travers les États-Unis.

Inspectant les témoins debout derrière l'écran de Plexiglas, le regard de Maria s'arrêta sur la silhouette rabougrie du père Ézéchiel. Il était vêtu d'un simple et indémodable costume noir trop large pour sa charpente osseuse. Elle n'avait jamais encore vraiment remarqué à quel point il avait l'air vieux, mais ce soir son visage ridé reflétait bien ses quatre-vingt-seize ans. Pour elle, il était éternel. Il était simplement le Père, l'homme qui l'avait soutenue et guidée quand le monde lui avait tourné le dos. Comme elle aurait voulu lui parler maintenant, lui faire part de ses doutes – de ses craintes. Elle était certaine que lui pourrait la rassurer.

Mais elle ne pouvait pas parler au Père. Elle devait avoir la foi et affronter seule son Golgotha.

Les gardes l'entraînèrent vers la table. Elle regardait à travers le Plexiglas, essayant de surprendre le regard d'Ézéchiel, cherchant désespérément à le prévenir que quelque chose allait peut-être mal tourner. Il se contenta de lui sourire, un sourire d'encouragement et de complicité qui s'accompagnait presque d'un clin d'œil.

Mais vous ne comprenez pas ! avait-elle envie de lui crier. *Ça pourrait ne pas marcher.* Elle commença à se débattre quand les gardiens firent basculer la table à la verticale en essayant de la ligoter dessus.

– Quelque chose ne va pas ! cria-t-elle. Elle essaya de repousser un des gardiens et de plonger vers la cloison transparente. Qu'ils s'arrêtent ! cria-t-elle. Je ne suis pas prête.

Ézéchiel parut inquiet, mais il ne comprenait pas. Le directeur de la prison et les autres témoins regardèrent, impassibles, les quatre gardes expérimentés l'attacher à la table, chaque homme ayant la responsabilité de ligoter un des membres. D'abord sa jambe droite, puis la gauche, puis chacun des bras furent attachés à la table. Ensuite son torse et sa tête puis tout son corps furent solidement maintenus en place. On remit enfin la table à l'horizontale. Le médecin de la prison inséra alors les goutte-à-goutte dans la veine de chacun de ses bras étendus et lui fixa sur le cœur les électrodes qui annonceraient sa mort clinique.

Ce fut quand elle vit la simple horloge blanche fixée à la paroi indiquer onze heures cinquante-huit qu'elle comprit pleinement ce que Carter lui avait dit. Elle n'avait plus le temps de se faire des illusions. Si la théorie du médecin était correcte, alors non seulement elle était condamnée, mais elle avait gâché sa vie ; elle n'avait pas réussi à arrêter Carter, elle avait gaspillé son don de guérisseuse, en consacrant sa vie à tuer au nom de Dieu au lieu de sauver.

Il ne lui restait plus maintenant qu'une vérité, la leçon de pardon et de rédemption prêchée par le premier Messie : celui qui était mort pour que tous puissent se repentir et trouver la vie éternelle.

Gisant là sur sa croix en attendant que le poison coule dans ses veines, elle prit une profonde inspiration et murmura une prière silencieuse.

– Pardonnez-moi, mon Père, car j'ai péché.

Ézéchiel de la Croix essayait de ne pas tripoter son rubis, mais ses doigts n'obéissaient pas. Ayez la foi, avait dit Maria, mais il était quand même nerveux. Ç'avait été un choc pour lui de voir l'évidente consternation de Maria quand les gardes l'avaient amenée dans la chambre d'exécution. Ce matin, elle débordait de confiance, elle balayait toutes les inquiétudes qu'il manifestait. Pourtant, de là où il était, derrière la cloison, elle lui avait soudain paru effrayée et pleine de doutes. Il comprenait sans peine qu'elle lutte en songeant à la crainte qui devait frapper même l'âme la plus assurée quand elle était confrontée avec la mort. Le Christ lui-même n'avait-il pas connu un moment de désespoir sur la croix quand il avait cru être oublié ?

Ézéchiel regarda le nouveau Messie allongé sur la table de crucifixion et leva les yeux vers l'horloge. Onze heures cinquante-neuf. Ce n'était pas le moment de faiblir. Le doute et la peur allaient bientôt se dissiper et alors se lèverait l'aube du meilleur des mondes.

Les autres témoins et le médecin ne quittaient pas des yeux le directeur. Les quelques minutes qui suivirent parurent interminables, mais, à minuit trois exactement, il s'éloigna des téléphones silencieux et fit un signe de tête au médecin.

Sans hésitation, celui-ci pressa le bouton, déclenchant le processus qui allait mettre un terme à la vie de Maria Benariac. Il fit d'abord couler dans le tube du thiopental de sodium, un barbiturique utilisé pour endormir. Puis on ajouta une forte dose de Pavulon, un relaxant musculaire qui stoppait le fonctionnement des poumons. Enfin, on libéra une dose égale de chlorure de potassium. Cela faisait cesser la fonction de pompe du cœur pour produire la mort en dix secondes.

Ézéchiel avait le regard fixé sur le corps de Maria, guettant les signes de l'invasion des poisons. Mais il la vit seulement fermer les yeux puis, après quelques secondes, pousser un dernier et profond soupir.

À minuit quatre, le médecin consulta ses appareils de contrôle et déclara la prisonnière morte.

Maria Benariac n'était plus.

Ézéchiel baissa la tête et murmura une brève prière pour son âme. Les heures suivantes allaient être critiques. C'était la confrérie maintenant qui était engagée. Elle ne pouvait pas se permettre une seule erreur. Ces pensées le préoccupaient à tel point qu'il ne vit pas le photographe officiel s'avancer pour prendre des clichés des témoins de l'exécution. Au moment où Ézéchiel tournait brusquement les talons pour quitter la salle, il leva la main juste à temps pour ne pas être aveuglé par l'éclair du flash. Écartant d'un geste les excuses du photographe et clignant des yeux pour retrouver sa vision, il se dirigea rapidement vers la sortie. Il fallait agir vite. Il y avait tant de choses à faire.

Les cellules des différentes parties du corps meurent à des moments différents. On a même trouvé des cadavres, morts depuis des heures ou même des jours, dont les cheveux ou les ongles continuaient à pousser. Comme ces soldats japonais fanatiques perdus sur des îles isolées du Pacifique après la Seconde Guerre mondiale, les gènes dans ces cellules périphériques ne se rendent pas toujours compte que la grande bataille est perdue et qu'ils devraient capituler. Au lieu de cela, ils continuent à se battre aussi longtemps qu'ils le peuvent jusqu'au moment bien sûr où eux aussi finissent par mourir.

Morgue de la prison

Dans la morgue carrelée en sous-sol, le plus jeune des deux infirmiers ne cessait de frotter ses paumes moites en attendant l'arrivée de l'ascenseur apportant le corps du dernier supplicié. Lenny Blaggs travaillait ici depuis près d'un mois maintenant, mais les macchabées continuaient à lui donner la tremblote. Travailler avec des cadavres, ça pouvait aller, même au milieu de la nuit. Il l'avait déjà fait quand il travaillait à l'hôpital. Mais des meurtriers et des violeurs morts, c'était autre chose. C'était irréel, comme les scènes d'un roman de Stephen King.

Le grondement des engrenages se déclencha soudain

au-dessus de lui. L'ascenseur descendait avec son chargement.

Son patron, Calvin Jetson, toussa bruyamment en allumant sa cigarette.

– Voilà, mon vieux. La mort express.

– Continue à fumer ces cochonneries et ce sera ton tour, dit Lenny, chassant d'un geste la fumée.

Et pourtant il préférait en secret l'odeur du tabac à celle du formol et de la mort, même s'il y en avait qui trouvaient qu'elles se valaient.

– Ça ne me gêne pas de mourir, dit Calvin avec un grand sourire. La mort et moi, on est de vieux copains.

Il y eut un bruit métallique, puis les lumières de l'ascenseur s'allumèrent, la porte s'ouvrit.

Calvin lui fit un clin d'œil.

– Ce soir, c'est un grand honneur, mon jeune protégé. Parce que ce soir nous avons affaire à une véritable ordure : le Prédicateur en personne.

– Ouais, formidable, dit Lenny en aidant à pousser le chariot vers la partie avant de la morgue.

Si les meurtriers lui donnaient la chair de poule, alors, avec la reine des tueuses, il avait la reine des tremblotes.

– Tu sais ce que le Prédicateur faisait à ses victimes après les avoir tuées, dit Calvin, la cigarette collée à sa lèvre inférieure. Elle avait un stylo avec une plume extra-longue qu'elle trempait dans...

– Je ne veux pas le savoir. Laisse tomber. D'accord ?

Calvin se mit à rire.

– Bien sûr, mon petit Lenny. Pas besoin de faire ta mijorée. Tiens, est-ce que tu pourrais aller à côté chercher le matériel. On va laver le corps ici à la lumière pour que tu n'aies pas trop peur.

– Je n'ai pas peur, protesta Lenny tout en se dirigeant vers le fond de la morgue afin d'aller chercher les chiffons, les produits chimiques et la poubelle pour les couches souillées.

– Bien sûr que non, mon petit Lenny. Calvin prenait un ton apaisant. Bien sûr que non.

Lenny tira vers lui un petit chariot et le fit rouler jusqu'au placard. Il était occupé à prendre les chiffons, il remarqua d'ailleurs qu'il n'y en avait plus beaucoup, lorsqu'il crut sentir une légère brise, un changement dans la température de la pièce, comme quand on ouvre une porte. Il mit cela sur le compte de son imagination, rassembla les produits chimiques et le reste du matériel sur le chariot et le fit rouler par le passage voûté. Il guettait une des petites blagues de Calvin, mais pour une fois celui-ci était silencieux.

– Faudra commander d'autres chiffons, dit Lenny en franchissant le passage. J'ai trouvé des...

La vue de Calvin le fit s'arrêter net. Son patron était planté là, juste devant lui, le regard fixe, le visage encore plus blanc que d'habitude. Il remuait les lèvres, mais aucun son ne sortait de sa bouche. Un mégot éteint pendait à sa lèvre inférieure et il avait les yeux exorbités. Même pour un grand plaisantin comme Calvin Jetson, c'était rudement bien joué : naturellement, il vous flanquait la frousse.

– Calvin ? Bon sang, Calvin, qu'est-ce qui se passe ?

Calvin soudain lança un regard furtif à Lenny.

– Alors, c'était toi ? Calvin parut retrouver un peu ses esprits mais, quand il parla, il avait un ton encore si affolé que Lenny en claquait des dents. Elle est bien bonne. Merde alors, comment as-tu fait ? Je me suis juste retourné une seconde, mon vieux. Deux, tout au plus.

– Et alors ? Qu'est-ce qui est arrivé ?

De sa main tremblante, Calvin alluma une nouvelle Marlboro et tira une profonde bouffée.

– Cesse de déconner, mon vieux. Tu m'as eu, d'accord. Mais comment ? Je me suis juste détourné une seconde. Une seule malheureuse seconde.

– Calvin, je ne sais pas de quoi tu parles, dit Lenny, tremblant de peur.

Calvin alors s'écarta et Lenny comprit la raison de tout ce tintouin.

Le corps de Maria Benariac n'était plus là.

Ce putain de Prédicateur avait disparu.

30

Boston. Beacon Hill

Le matin qui suivit l'exécution, Tom Carter ne pensait absolument plus à Maria Benariac. Il s'éveilla d'un sommeil profond et réparateur, comme il n'en avait pas connu depuis Stockholm. Sans ouvrir les yeux, il tendit les bras à travers le lit et il allait retirer sa main – *tu ne t'y feras donc jamais ? elle n'est plus là, Olivia* – quand il sentit une épaule contre lui. Ouvrant à demi l'œil gauche, il sourit en voyant la petite silhouette blottie dans un ample T-shirt rouge auprès de lui. Holly.

Sa joie en se souvenant de la façon dont elle s'était glissée dans son lit la veille au soir venait un peu compenser la douleur quotidienne que lui inspirait l'absence d'Olivia. Holly était là et elle allait bien.

Il resta quelque temps dans la faible lueur qui filtrait entre les rideaux et il la contempla. Elle avait les yeux fermés, les lèvres entrouvertes, et sa poitrine se soulevait et s'abaissait au rythme régulier de sa respiration. Il faudrait que ses cheveux repoussent complètement, mais ils allaient plus vite qu'il ne l'avait cru possible : même la cicatrice bien nette sur son crâne s'effaçait à une allure qui laissait perplexe Karl Lambert.

Il caressa doucement le front de sa fille. Cela ne faisait que deux jours qu'elle avait passé un scanner : aucune trace de sa tumeur. Son génome semblait maintenant normal, tous ses défauts miraculeusement corrigés.

Il sauta du lit, ouvrit les rideaux de la grande baie donnant sur le jardin. Le soleil de juin déferla par les croisillons, dessinant sur son pyjama des carrés lumineux. C'était bon de sentir la chaleur à travers le coton : cela chassait le frisson des derniers mois de cauchemar.

Il prit une profonde inspiration, étendit les bras au-dessus de sa tête comme un chat qui s'étire devant le feu. À ses pieds, le jardin semblait magnifique : l'émeraude de la pelouse, le rouge des roses, le jaune des œillets d'Inde, tant de couleurs plus éclatantes les unes que les autres.

– Papa, quelle heure est-il ?

Se retournant, il vit Holly en train de bâiller et de se frotter les yeux.

– Presque huit heures. N'oublie pas, Jazz vient prendre le petit déjeuner à neuf heures.

– Larry aussi ?

– Non. Il est toujours à Los Angeles pour son film. Quand est-ce que Jennifer et Megane viennent ?

Holly réussit à s'extraire des couvertures pour venir s'asseoir au bord du lit et se mit à gratter la cicatrice sur sa tête.

– Elles ont dit qu'elles seraient ici vers dix heures et demie.

– Rien de prévu ?

– Non, on va juste traîner.

Tom secoua la tête en éclatant de rire. Voilà une gosse qui devrait être morte. Mais aujourd'hui, par un des plus superbes matins de la création, alors que ses deux meilleures amies allaient venir la voir, tout ce qu'elle voulait faire, c'était « traîner ».

– C'est ce qu'on appelle profiter pleinement de la vie, hum ?

– Qu'est-ce qu'il s'est passé, papa ? demanda Holly d'un ton soudain grave.

Il vint s'asseoir sur le lit auprès d'elle.

– Qu'est-ce que tu veux dire ?
– Pendant l'opération.

Il resta silencieux. C'était la première fois qu'il allait parler de l'opération alors que cinq jours s'étaient écoulés depuis. Il s'était délibérément abstenu de toute précision, attendant qu'elle aborde le sujet quand elle en aurait envie.

– On t'a remise en bonne santé, dit-il simplement.
– Maman m'a dit que c'était toi.
– Maman ? Quand ça ?

Holly s'installa confortablement contre les oreillers.

– Dans mon rêve. Je dormais pendant l'opération. C'était bizarre. J'ai eu l'impression de me réveiller alors que je dormais encore. J'étais sur un quai et tu me faisais monter dans un train. Et, quand le train démarrait, toi et tous ces gens, vous me faisiez de grands gestes d'adieu. Il y avait Alex, Jazz, Jack, Jennifer, Megane... tout le monde.
– Où allait le train, Holly ?
– Voir maman. Elle a dit que tu viendrais plus tard.
– Vraiment ? Alors qu'est-ce qu'il s'est passé ?
– Eh bien, j'étais plutôt triste de te dire au revoir, mais contente de voir maman. Et tout d'un coup maman était là, dans le train, à côté de moi. Elle m'a expliqué qu'elle était là pour être sûre que j'aille bien là où je devais aller. C'était formidable de la revoir : elle était comme toujours, avec son sourire, son rire... tout. Elle m'a demandé comment tu allais et si tu te faisais du souci pour nous deux. J'ai dit que tu allais bien, que tu viendrais bientôt et puis, juste au moment où le train a ralenti, elle s'est mise à sourire et à pleurer en même temps.

« Elle a dit que je ne descendais pas avec elle. Que tu allais faire en sorte que j'aille mieux et me ramener. Je n'étais pas trop triste parce que je savais que je la reverrais un jour et j'avais envie de revenir te voir. Puis, tout de suite après, je me suis réveillée en regardant Jazz et en ayant vraiment soif.

– Quel rêve ! fit Tom.

Elle leva les yeux vers lui.

– Alors comment est-ce que tu as fait pour que j'aille mieux ? demanda-t-elle calmement, son regard intelligent fixé sur lui.

Il soupira. Ça n'allait pas être facile à expliquer. Lui-même n'était pas encore très sûr de la façon dont ça s'était passé.

– Si tu vas mieux, c'est à cause d'un médicament spécial, dit-il.

– Quel genre de médicament ?

– Un médicament si spécial qu'il ne marche pas sur la personne qui est malade. Il a fallu que ce soit moi qui le prenne pour que je puisse faire que tu ailles mieux.

– Il a fallu que toi tu prennes un médicament pour que j'aille mieux ?

Tom se rappelait cette révélation pendant l'opération : le rapport qu'il avait établi à l'apogée de la crise. Pourquoi les souris à qui on avait injecté le sérum avaient-elles guéri quand on les gardait dans des cages par deux ou trois alors que celles qui restaient isolées dans une cage n'avaient pas guéri ? Cette soudaine intuition lui avait soufflé de s'injecter les gènes de Nazareth quand il eut compris que les souris s'étaient guéries les unes les autres : les gènes de Nazareth n'opéraient pas sur l'hôte – mais *à travers* l'hôte.

– Tu comprends, Holly, la médecine ne fonctionne qu'en donnant à une personne le pouvoir d'en aider une autre. On ne peut pas te guérir toute seule, tu ne peux que guérir les autres.

Holly réfléchit un moment, puis acquiesça d'un air détaché.

– Je vois, dit-elle en se levant, nullement démontée, semblait-il, par ce qu'il venait de lui dire.

– Ah oui ?

Elle prit un air un peu timide, comme si elle discutait d'un film.

– Oui, je crois que c'est un peu comme un logiciel qui n'affecte pas l'ordinateur sur lequel on l'installe et qui peut faire des choses impressionnantes sur les autres auxquels il est branché.

– Oui, c'est un peu comme ça.

– Ça n'a pas l'air bien compliqué, dit Holly en se dirigeant vers la salle de bains. Là-dessus, juste au moment où elle allait franchir la porte, elle demanda nonchalamment : Alors, pourquoi n'as-tu pas utilisé ce médicament plus tôt ?

Tom poussa un grognement et lui lança son oreiller à la figure.

– Parce que, petite maligne, ça n'était pas si facile que ça.

Dehors, les deux policiers surveillant la maison étaient affalés dans leur voiture. Ç'avait été encore une longue nuit assommante et tous deux regardaient leur montre. On devrait les relever dans une demi-heure. Ils avaient été tous deux régulièrement devant la maison ces six derniers mois, depuis l'enterrement de Mme Carter en décembre. Pendant tout ce temps, il n'était rien arrivé et, même si ni l'un ni l'autre ne le disait jamais, ils estimaient tous les deux qu'ils étaient plutôt là parce que leur présence rassurait le docteur Carter que pour le protéger vraiment.

Bill, le plus grand des deux policiers, se frottait les yeux en s'efforçant de convaincre son équipier.

– Lou, ça ne se discute pas, Ali était le meilleur. De loin.

Lou haussa les épaules et prit une nouvelle bouchée de sandwich.

– Le plus beau parleur, c'est sûr. Mais comme boxeur, des prunes. Tyson au mieux de sa forme lui aurait collé une raclée.

Un éclat de rire.

– Tyson ? Tyson n'aurait même pas pu l'approcher. Ali l'aurait fait danser autour de lui.

Les deux flics de la police de Boston ne prêtèrent guère attention à la large silhouette coiffée d'une casquette rouge qui remontait maintenant l'allée conduisant à la maison des Carter. Ce n'était pas rare de voir Ted venir s'occuper du jardin de si bon matin un samedi.

– Il ne s'agit pas de danse ici, ricana Lou. Il s'agit de boxe. Pour une pirouette de tantouse, va pour Ali. Mais, dans un vrai combat, Tyson l'aurait massacré.

Les deux hommes étaient tellement plongés dans leur discussion que, si l'un d'eux avait remarqué que Ted avait l'air un peu plus grand et avait une démarche plus raide que d'habitude, il n'en fit pas état.

Jasmine Washington reposa sa tasse de café sur la table de la véranda et regarda Tom d'un air soucieux par-dessus les restes du petit déjeuner.

– Alors, demanda-t-elle, les gènes libèrent des produits chimiques susceptibles d'être transmis par le toucher ? Mais ces produits sont sans effet sur l'hôte ?

– Ça en a l'air.

Jasmine secoua la tête. Holly s'excusa et se leva de table. En passant devant elle, la fillette leva sa main droite et Jasmine claqua sa paume contre la sienne.

– Tu es sûre qu'elle est complètement rétablie ? demanda une nouvelle fois Jasmine à Tom en regardant sa filleule s'éloigner.

– Elle va très bien. D'après tous les tests, elle n'a jamais été mieux.

– Et tout cela à cause des gènes de Nazareth, dit-elle.

Simplement parce que tu l'as touchée, songea-t-elle.

Tom tendit le bras pour leur resservir du café. Jasmine se surprit à contempler ses mains : *une des mains qui avaient ramené Holly à la vie*. Elle sentit ses cheveux se dresser sur sa nuque. Si elle avait eu du mal à accepter que la meurtrière, Maria, était née avec les gènes guérisseurs du Christ, elle trouvait tout aussi troublant que Tom Carter les possédât maintenant. Mais, de toute évidence, ces gènes ne définissaient pas, ne déterminaient pas qui était le Messie, ni même si le possesseur des gènes était bon. Les gènes de Nazareth étaient simplement un rare don du ciel qui poussait très loin le dogme chrétien du libre arbitre. Ce n'était pas simplement parce qu'on avait le pouvoir béni de faire un bien stupéfiant qu'on devait l'utiliser. Comme Maria Benariac, on pouvait encore choisir de tuer plutôt que de sauver. Jasmine ne put s'empêcher de sourire devant cette ironie du sort : Tom Carter, un athée, libérant leur pouvoir bienfaisant, utilisant sa science pour tricher à la loterie de la nature et s'approprier les gènes.

– Alors, à ton avis, que fait le mystérieux troisième gène ? interrogea-t-elle en buvant son café.

– Je ne sais pas exactement... Tom s'interrompit pour rassembler ses idées. Mais, à en juger par les premières découvertes de DAN, le Naz 3 est un gène de contrôle qui active et modifie les deux autres gènes de Nazareth. Et, d'après les données, il y a manifestement interaction aussi avec l'hôte des autres gènes. Il semble avoir trois fonctions clés. Tom reposa la cafetière et se mit à compter sur ses doigts. La première est une fonction de déclenchement : en liaison sans doute avec les gènes qui contrôlent l'émotivité et la pensée de façon que l'hôte puisse décider quand il faudra utiliser ou non les gènes de Nazareth. La deuxième fonction est un contrôle : il s'agit d'activer et de personnaliser les gènes Naz 1 et Naz 2 qui respectivement préparent les règles de fonctionnement de l'ADN de façon à en faire bénéficier au mieux les cellules endommagées du receveur. La troisième fonction est celle de véhiculer : de transmettre les instructions génétiques optimisées de l'hôte au receveur et puis de faire profiter tout l'organisme de cette action bénéfique. Il s'agit à mon avis d'un type de phéromone sécrété par la peau : qui transmet le programme de guérison par le toucher.

– Mais tu ne sais pas encore exactement comment tout cela fonctionne ?

– Absolument pas. Et il nous faudra sans doute des années pour le comprendre avec précision. Mais ce que je sais, c'est que l'hôte doit vouloir que ça se passe comme ça, qu'il *croie* que ça peut arriver au niveau conscient ou affectif.

Jasmine sourit et but une gorgée de café.

– Ça m'a l'air de ressembler à la bonne vieille foi d'antan. Un vrai don de Dieu.

– Tu as peut-être raison. Et, pour ce qui est des dons, ce doit être le don ultime. C'est le seul que je connaisse dont il faut faire bénéficier autrui pour en profiter.

Jasmine leva sa tasse comme pour porter un toast.

– Eh bien, il vaut mieux donner que recevoir.

Tom se mit à rire.

– Je n'aurais pas pu dire mieux.

Holly revint dans la pièce, brandissant un exemplaire du *Boston Globe*.

– Le journal est arrivé, annonça-t-elle en le déposant sur la table.

Puis elle se dirigea vers la porte du jardin.

– Tes amies ne sont pas encore arrivées ? demanda Tom en prenant le journal.

Il jeta un coup d'œil à la une, son regard parcourant les titres.

– Ça fait une demi-heure qu'elles devraient être là, dit Holly en ouvrant la porte. Je vais les attendre dans le jardin. Elle regarda dehors et haussa ses petites épaules. Je ne savais pas que Ted était ici ce week-end. Je croyais qu'il allait à Martha's Vineyard avec Marcy.

– Bon, Hol, murmura Tom, tandis que sa fille sortait dans le jardin.

Mais Jasmine sentait bien que c'était à peine s'il écoutait : il avait lu dans le journal quelque chose qui lui faisait froncer les sourcils. Soudain, il devint tout pâle.

– Merde !

– Quoi ? Qu'est-ce qu'il y a, Tom ?

Tom Carter sentit quelque chose de glacé lui serrer l'estomac à mesure qu'il déchiffrait les caractères qu'il avait sous les yeux. L'article de tête concernait le voyage du président en Chine mais, au-dessous, sous le titre « Dernière heure », il y avait un gros titre : « LA CHASSE AU PRÉDICATEUR », et deux photos : l'une montrait un profil de Maria Benariac peu après sa condamnation, l'autre était la photographie officielle des témoins de son exécution. Il distinguait à peine Ézéchiel de la Croix, mais ce n'était pas cela qui le surprenait ni qui l'emplissait d'appréhension.

D'après l'article, Maria avait bien été exécutée et déclarée morte, mais son corps avait disparu de la morgue. Et quand il lut les détails concernant la méthode d'exécution – par injection de poisons –, son malaise s'accentua.

Quelle était donc cette histoire que lui avait racontée mère Clemenza en Corse ?

Maria a neutralisé le venin des piqûres d'abeille. N'était-ce pas ce que la religieuse avait dit ? *Neutraliser le venin.*

Il se souvint du choc que ç'avait été pour Maria quand il lui avait expliqué comment les gènes fonctionnaient.

Bon sang, elle avait *prévu* sa résurrection.

– Qu'est-ce qu'il y a, Tom ? répéta Jasmine en se penchant vers lui.

Il lui passa le journal.

– La sorcière apparemment a enfourché son manche à balai et s'est envolée.

Bouche bée, Jasmine lut l'article.

– Qu'est-ce que ça veut dire ?

– Tu ne comprends donc pas ? Elle avait prévu d'être exécutée par injection de poison. Et puis d'utiliser sa faculté génétique de neutraliser le poison dans son organisme et de se ramener à la vie. Elle savait qu'elle pourrait neutraliser le poison : elle l'avait déjà fait une fois auparavant sur quelqu'un d'autre.

– Je ne peux pas y croire. D'ailleurs, ça ne devrait pas marcher sur elle-même, n'est-ce pas ? Sur qui comptait-elle pour l'aider à s'évader ?

– Je ne sais pas, dit Tom en se tournant vers le jardin.

Penchée sur le massif de roses, Holly humait les fleurs. Plus loin, il apercevait Ted qui traversait la pelouse afin de gagner la cabane à outils au fond du jardin. Il portait sa casquette rouge des Red Sox, mais il y avait quelque chose de différent dans sa démarche. Il n'était pas voûté comme d'habitude. Il paraissait plus grand aussi. Tom le regarda ouvrir la porte de l'appentis et entrer à l'intérieur.

Qu'avait dit Holly ? « Je ne savais pas que Ted était ici ce week-end. Je croyais qu'il allait à Martha's Vineyard avec Marcy. »

Mais oui.

Un froid soudain déferla en lui : de la rage plus que de la peur. Tom tendit la main à travers la table et saisit Jasmine par le bras. Surprise, elle leva le nez de son journal.

– Jazz, ne me pose pas de question, dit-il. Tu vas simplement jusqu'à la porte d'entrée chercher les policiers qui surveillent la maison. Dis-leur que Holly et moi sommes en danger. Vas-y tout de suite !

– Pourquoi ? Qu'est-ce... ?

– Ce n'est pas Ted qui est là-bas. Vas-y !

Holly était maintenant à dix mètres de la maison, elle se dirigeait vers la cabane. Une pelle était posée contre un montant, près de la porte.

Tom n'osait pas l'appeler pour ne pas alerter le personnage qui était à l'intérieur. Il sortit en courant et traversa la pelouse pour la rejoindre. Maintenant, elle était tout près de la cabane.

Tom courait aussi vite qu'il en était capable, sans s'occuper de sa jambe blessée.

La porte de l'appentis commença à s'entrouvrir. Tom était à trois mètres, à deux mètres de Holly. Une main braquant un pistolet apparut de derrière la porte.

– Holly ! hurla-t-il. Reviens !

Holly se retourna, affolée, tournant vers lui un regard stupéfait. Bon, si elle avait peur, elle courrait plus vite.

– Rentre dans la maison ! cria-t-il. Cours ! Cours aussi vite que tu peux !

Au moment où elle passait devant lui, Tom se jeta de tout son poids contre la porte de la cabane. Il entendit un craquement d'os brisé tandis que la porte écrasait le bras de l'homme, le forçant à lâcher son arme. D'un geste frénétique, Tom se saisit de la pelle appuyée contre l'appentis, contourna la porte et frappa de toutes ses forces. En tombant, l'homme essaya de rouler sur le côté pour rattraper le pistolet qu'il avait lâché, mais Tom faisait pleuvoir les coups sur lui, l'obligeant à se protéger de ses bras. Tom continuait à frapper et à frapper encore. Ce fut seulement quand l'homme resta immobile que Tom finit par s'arrêter, hors d'haleine. Maintenant qu'il était plus calme, il le reconnut. Qu'est-ce que Gomorrhe faisait ici ?

Tremblant, Tom jeta la pelle par terre et ramassa le pistolet. Pourquoi cet homme qui travaillait pour la confrérie d'Ézéchiel de la Croix était-il ici avec une arme ?

Ce fut alors qu'il vit la cicatrice sur l'avant-bras de l'homme. La même marque en forme de croix qu'il avait vue sur l'avant-bras de Maria Benariac. Il finit par comprendre. Tom retrouva sa rage en se rappelant les paroles de Karen Tanner : « Nous ne saurons peut-être jamais qui était derrière le Prédicateur. »

Maria avait toujours appartenu à la confrérie. La confrérie d'Ézéchiel était responsable du meurtre d'Olivia et ils avaient décidé de tous les éliminer après que ces gens eurent obtenu de lui ce qu'ils voulaient.

Il comprenait maintenant que Holly et lui ne seraient jamais en sûreté aussi longtemps que la confrérie continuerait d'exister.

– Tom, ça va ? cria Jasmine, arrivant en courant derrière lui.

Elle était flanquée des deux policiers.

Trop furieux pour parler, il acquiesça sèchement de la tête et passa devant elle, se dirigeant vers la maison pour rejoindre Holly. Il se souvint du traceur que Jack lui avait fait avaler lors de sa première visite à la grotte de la confrérie. Il savait à présent qui avait retiré du pénitencier le corps de Maria et où on l'avait emmené.

– Tom, dit Jasmine, où vas-tu ?

Quand il finit par répondre, il ne se retourna même pas.

– Terminer tout ça.

31

Caverne de la Lumière sacrée. Jordanie du Sud

Le troisième jour, les membres du Conseil restreint s'agenouillèrent en robe de cérémonie devant la flamme sacrée qui brûlait maintenant, plus forte et plus blanche que jamais. Devant lui, Ézéchiel de la Croix apercevait la porte ouverte qui menait au caveau du Souvenir. Sur l'autel devant la porte gisait le nouveau Messie. Le corps de Maria Benariac était enveloppé dans un linceul blanc dont seul émergeait son visage pâle. L'âcre parfum des huiles, des herbes et des épices dont on avait oint son corps se mêlait aux arômes habituels d'encens et de cire brûlée qui flottaient dans la caverne.

Ézéchiel était épuisé, mais ravi. Gomorrhe avait désormais dû éliminer Carter et Washington : il pouvait donc se concentrer sur Maria. Il n'avait guère dormi plus de quelques minutes depuis le jour où elle était morte et il avait du mal à garder les yeux ouverts. Il avait désespérément envie de se reposer, mais il ne pouvait pas risquer de manquer le moment où Maria s'éveillerait. Quand cela arriverait et qu'elle passerait sa main dans la flamme, il aurait achevé son rôle dans l'accomplissement de la prophétie et il pourrait se reposer pour l'éternité.

Le plan avait mieux fonctionné qu'il ne l'avait

espéré. Frère Bernard s'était arrangé sans trop de mal pour acheter les gardiens. Après tout, quel mal y avait-il à détourner les yeux quand on sortait de la prison un prisonnier *mort* ? Ce n'était pas comme si elle s'évadait. On avait subtilisé le corps avec une telle rapidité que le bruit courait déjà dans la prison que Maria Benariac s'était levée d'entre les morts et qu'elle était partie. Si seulement ils savaient, songea Ézéchiel avec un sourire las.

Les disciples de frère Olazabal dans le Nouveau Monde s'étaient procuré l'ambulance pour lui faire quitter la prison et l'avion pour transporter le corps depuis le hangar privé de l'aéroport de Logan. Frère Haddad et ses frères en Terre sainte avaient fourni les papiers nécessaires pour ramener « au pays » le « fils décédé » d'un des frères, afin de l'inhumer en terre jordanienne.

À son arrivée à Amman, on avait transporté le corps à Absaa el-Lah avec l'hélicoptère de la confrérie. Lorsque Maria s'était trouvée en sûreté dans la caverne de la Lumière sacrée, frère Hélix avait préparé les huiles rituelles, les herbes et les épices pour en oindre son corps. Enfin, près de vingt-quatre heures après l'exécution, Bernard et Luciano avaient retiré du caveau du Souvenir le linceul rituel pour en envelopper le corps de la tête aux pieds, ne laissant à découvert que le visage du nouveau Messie.

À présent, il n'y avait plus rien à faire. Sauf veiller et prier.

C'était déjà le troisième jour et ils attendaient toujours.

Ézéchiel changea de position sur son tapis de prière, étouffant un gémissement quand un geste réveillait la douleur de ses muscles engourdis. Il jeta un coup d'œil aux autres qui poursuivaient auprès de lui leur veillée silencieuse : il guettait sur leurs visages le moindre signe de fatigue, en essayant d'évaluer leur engagement dans cette entreprise. Tous étaient agenouillés, immobiles, la tête basse, comme plongés dans la prière. Tous sauf frère Bernard. Depuis qu'Ézéchiel avait expliqué comment Maria avait guéri son ulcère, même le sceptique Bernard semblait le croire. Mais, à en juger par les regards furtifs que le robuste frère lançait au corps inerte de Maria, Ézéchiel devinait que ses doutes revenaient.

Bernard se retourna soudain et surprit son regard.

– Père, combien de temps devons-nous attendre ? murmura-t-il, brisant le silence de la caverne.

– Elle ne l'a pas dit. Elle a seulement dit que nous devrions être patients et avoir la foi.

– Ça fait presque trois jours.

– Ça a pris aussi longtemps autrefois, lança Hélix, à la droite d'Ézéchiel.

Tous les frères relevèrent la tête.

– Mais..., commença Bernard en grattant sa barbiche. Et si... ?

Ézéchiel lui coupa la parole : il devinait la crainte que le frère allait exprimer.

– Elle va se réveiller. Ayez la foi !

Il chassa d'un frisson les doigts glacés du doute qui couraient le long de son dos. Il ne voulait même pas envisager la possibilité que Maria n'allât pas revenir. Il avait assisté à la mort du nouveau Messie. Il l'avait laissé exécuter sans intervenir. Maria devait revenir. Elle le lui avait promis. À ce stade toute autre issue était inconcevable.

– Tout ce que je dis, maître, murmura Bernard d'un ton mielleux, c'est que nous devrions peut-être envisager une solution de remplacement...

Ézéchiel braqua ses yeux noirs sur le visage rond du frère et le fixa de son regard le plus sinistre.

– Ayez la foi, frère Bernard ! Elle va revenir !

– D'après les coordonnées, nous devons être ici ! cria Karen Tanner par-dessus le fracas des rotors de l'hélicoptère, en montrant un point de la carte posée sur ses genoux.

Tom Carter exultait en regardant par le hublot les cinq piliers rocheux qui se dressaient à ses pieds en plein désert. Sur le sable auprès du plus haut rocher, on distinguait un hélicoptère et deux véhicules. Dans le désert sur sa droite, il apercevait trois hélicoptères bourrés d'hommes de la force Delta, du FBI et de l'Armée royale jordanienne.

– Ils ne vont pas savoir que nous sommes ici ? demanda Tom.

Karen chaussa ses lunettes de soleil et eut un sourire mauvais.

– Oh, ils le sauront bien assez tôt. Mais ils n'auront pas le temps de faire quoi que ce soit.

Tom la croyait. Il avait été impressionné par la rapidité avec laquelle Karen Tanner avait agi après qu'il lui eut parlé de Gomorrhe et de la confrérie. Le FBI avait facilement repéré l'emplacement de la caverne dès l'instant où l'ami anonyme de Jack Nichols leur avait donné les coordonnées relevées grâce au traceur lors de la première visite de Tom en ces lieux. Quelques coups de téléphone du directeur du FBI et du Département d'État américain aux autorités jordaniennes et le petit corps expéditionnaire était parti quelques heures plus tard. Karen avait bien tenté de laisser Tom en Amérique, mais rien ne l'empêcherait de voir cette affaire arriver à son terme. Et, comme il le lui avait dit, il était le seul en dehors de la confrérie à être jamais allé dans cet endroit.

– Dave, de quoi disposent-ils ? demanda Karen Tanner à l'homme assis à sa droite.

Portant des lunettes de soleil et un treillis de camouflage, Dave étudiait une masse de données sur son ordinateur portable. Comme tous les hommes de l'équipe de la force Delta, il n'avait pas donné son nom de famille et Tom n'était même pas sûr que Dave fût son vrai prénom.

– D'après les palpeurs, nous avons trois hommes à

la surface, mais, pour ce qui est du souterrain, c'est le flou total. D'après les données et ce que Tom nous a dit à la suite de sa dernière visite ici, je pense que ces gens comptent plus sur le secret que sur la force pour se protéger.

– Eh bien, ils ont perdu leur protection. Karen prit son talkie-walkie et tapa sur l'épaule du pilote. Chuck, posez-nous aussi près que vous pouvez du rocher le plus haut. Vite fait, d'accord ?

Karen lança des ordres dans le talkie-walkie et les quatre hélicoptères perdirent aussitôt de l'altitude en se rapprochant de leur objectif. Tom sentit son estomac se serrer quand il vit en bas deux silhouettes qui se précipitaient comme des fourmis entre les véhicules et la caverne. Son visage devait trahir son excitation, car Karen lui lança un sourire un peu crispé.

– Vous avez voulu faire la balade avec nous. Eh bien, la promenade commence.

Frère Bernard venait de cesser d'exprimer ses doutes quand Ézéchiel de la Croix entendit dans l'escalier des pas précipités. Cela l'agaça tout d'abord plus que ça ne l'inquiéta. Il avait donné l'ordre exprès aux trois hommes restés à la surface et aux gardes postés devant la caverne de ne pas les déranger. Mais le bruit s'amplifiait et maintenant il entendait des cris. Puis deux claquements secs. Des détonations ? Que se passait-il ? Les autres membres du Conseil restreint échangeaient maintenant des regards inquiets.

Frère Bernard se leva.

– Je ferais mieux d'aller voir.

Soudain, les portes s'ouvrirent toutes grandes et un groupe d'hommes en uniforme envahit la salle.

Ça n'était pas possible. Pas ici. Pas maintenant.

Avec une agilité qui l'étonna lui-même, Ézéchiel se leva d'un bond et se précipita derrière l'autel, pour se placer entre Maria et la porte ouverte sur le caveau du

Souvenir. Glissant la main sous la nappe de l'autel, il chercha à tâtons le poignard de cérémonie et le glissa dans la corde qui lui enserrait la taille. Les autres n'avaient pas encore bougé : ils ne pouvaient pas bouger. Seul frère Bernard était debout.

– Vous tous, restez où vous êtes ! ordonna la femme aux cheveux châtains en tunique bleue avec les lettres FBI inscrites sur le dos. Elle était flanquée d'au moins huit hommes en uniforme. Je suis l'agent spécial Karen Tanner du FBI. En coopération avec les autorités jordaniennes, nous vous arrêtons sous la présomption d'enlèvement, d'homicides multiples et de complicité de meurtre.

Derrière les Américains, Ézéchiel apercevait un peloton de ce qui semblait être des troupes de l'Armée royale jordanienne.

D'un coup d'œil, il examina le Conseil restreint : Bernard, debout, immobile, les yeux fixés sur le pistolet que tenait l'agent du FBI le plus proche. Hélix, secouant la tête d'un air incrédule. Luciano, levant les bras au ciel comme un hors-la-loi dans un film de John Wayne. Haddad et Olazabal, pétrifiés, comme des lapins pris dans les phares d'un camion fonçant sur eux.

Ézéchiel sentait le sang battre à ses tempes. C'était un cauchemar. Ça ne pouvait pas se terminer comme ça. *Comment avaient-ils trouvé cet endroit ?*

Accroupi derrière l'autel, il se mit à tirer vers lui le nouveau Messie allongé sur la table jusqu'au moment où le corps tomba à ses pieds avec un bruit sourd. Il n'avait qu'un objectif maintenant : protéger ce corps. Rien d'autre ne comptait.

– Ne bougez pas, monsieur ! cria un grand soldat blond braquant sur lui un pistolet tout en s'avançant.

Ce fut alors qu'*il* sortit de la pénombre. À cet instant, Ézéchiel le haïssait plus que toute autre créature au monde. Cet athée avait dû les trahir lors de sa dernière visite. Le savant avait échappé à Gomorrhe et amenait tous ces gens ici. Il allait tout gâcher.

Ézéchiel vit Carter ordonner d'un geste au soldat de reculer, puis il le vit s'avancer vers lui. *Ne perds pas de temps avec ce blasphémateur*, se dit-il. *Concentre tous tes efforts à protéger le nouveau Messie, à le garder en sûreté.* Tâtonnant derrière lui, il essaya d'estimer à quelle distance il était de la porte ouverte du caveau du Souvenir. Moins d'un mètre. Et auprès de la porte il apercevait la corde accrochée au lourd pieu de bois qui jaillissait de la paroi de pierre. Conservée mais inutilisée depuis qu'on l'avait installée les premières années, cette ultime protection ne devait servir que dans une extrême urgence : mais c'était certainement le cas.

Dans le désordre de ses pensées, il fit un effort pour se rappeler les instructions qu'il avait reçues quand il avait été nommé Grand Maître.

Il foudroya du regard le docteur Carter qui, désarmé, s'approchait.

– Attention, Tom !

Il entendit la femme crier alors que le blasphémateur arrivait devant l'autel, à un mètre à peine. Carter était juste entre Ézéchiel et le croissant d'hommes armés, touchant presque la flamme blanche : il le protégeait un instant de leurs armes.

C'était le moment idéal pour agir.

Le spectacle d'Ézéchiel de la Croix debout au-dessus du cadavre soigneusement enveloppé dans son linceul de Maria Benariac déchaîna chez Tom un bouillonnement d'émotions. Dire qu'il avait pris un repas avec cet homme, traité avec lui, éprouvé pour lui de la sympathie alors que pendant tout ce temps l'autre attendait son heure, attendait de terminer ce que sa saloperie de confrérie avait commencé à Stockholm. Ce nain rabougri aux yeux noirs avait tué sa femme aussi certainement que Maria l'avait fait. À bien des égards, il était pire qu'elle : si elle était le fantassin obéissant aux ordres, lui, c'était le général qui les avait donnés.

Tom imaginait facilement pourquoi ces gens voulaient sa mort, mais il souhaitait entendre cet homme le lui dire. Il avait besoin de comprendre quel raisonnement tordu poussait la confrérie à décréter la mort d'un homme simplement parce qu'il s'était consacré à sauver des vies. Cela avait sans nul doute un rapport avec ces foutaises que Maria lui avait débitées dans le laboratoire de GENIUS : intervenir dans l'œuvre de Dieu, saper l'ordre divin ou autre faribole. Mais il avait besoin de comprendre pourquoi toute une organisation acharnée à trouver et à protéger un Messie, dont ils croyaient qu'il allait sauver l'humanité, jugeait bon aussi de tuer des gens, de le tuer, lui. Il avait besoin de savoir cela pour trouver un sens à l'assassinat d'Olivia.

Il s'approcha d'Ézéchiel et sentit, plutôt qu'il ne vit, les agents braquer avec plus de détermination leurs armes sur le maître de la confrérie. Il avait été impressionné par la rapidité avec laquelle ils avaient éliminé les gardes. Deux d'entre eux en surface avaient tenté de riposter avec des armes de poing, donnant ainsi au troisième le temps de fermer la porte cachée donnant accès au grand escalier. Mais l'assaut avait été trop rapide et trop violent. Les hélicoptères n'avaient même pas touché terre que des agents déferlaient sur le terrain. En quelques minutes, les trois hommes avaient été mis hors d'état de nuire, tous blessés mais aucun tué. Le garde en bas avait pris plus de temps : l'équipe de Karen ne se doutait pas qu'il était seul. Mais l'homme ne savait même pas qu'ils étaient attaqués et avait été rapidement maîtrisé. Carter n'avait été qu'un spectateur, mais il avait senti monter l'adrénaline quand il avait suivi l'équipe dans le repaire de la confrérie.

Il était maintenant face à face avec l'homme qui avait irrévocablement changé sa vie.

– Alors, vous croyez que Maria va revenir à la vie,

n'est-ce pas ? demanda-t-il en passant devant la flamme sacrée, la nappe de l'autel à portée de sa main.

Sans lui répondre, Ézéchiel s'accroupit derrière l'autel comme un rat traqué, ses yeux noirs le dévisageant avec une haine manifeste.

– C'était son idée à elle, n'est-ce pas ? insista Tom. Elle s'imaginait que, parce qu'elle avait sauvé du venin d'abeille une fillette allergique, elle pouvait se sauver elle-même. C'est ça ?

Il voyait Ézéchiel plisser les yeux : il sut qu'il ne se trompait pas.

– N'approchez pas trop ! lança Karen derrière lui.

– Ça va. Je veux juste poser quelques questions à cet homme.

– Attendez ! Vous aurez tout le temps du monde pour lui demander ça plus tard.

Mais là-dessus Ézéchiel bougea et Tom sut qu'il n'aurait pas le temps plus tard. Avec une rapidité inattendue, le vieil homme fit soudain un bond en arrière et, empoignant le levier dont Tom lui avait demandé à quoi il servait lors de sa première visite, il se mit à le tourner dans le sens des aiguilles d'une montre.

« *Ce qu'on pourrait appeler une ultime précaution* » : n'était-ce pas ce qu'il avait dit ? Quel genre de précaution ? se demanda Tom en enjambant l'autel, sans se rendre compte qu'il se trouvait dans la ligne de feu. Tout ce qu'il savait, c'était qu'il devait arrêter Ézéchiel.

Dans les quelques secondes qu'il lui fallut pour escalader l'autel, il eut vaguement conscience de toute une agitation derrière lui : Karen lui criant de ne pas rester au milieu du chemin, Ézéchiel retirant les pieux de la paroi pour les lancer sur le sol d'un air de défi, saisissant le cadavre de Maria sous les aisselles et la traînant par l'ouverture dans le caveau du Souvenir.

Tom s'avança vers lui, mais ses oreilles s'emplirent soudain d'un bruit terrible, grincement de puissants rouages et leviers et grondement de lourds rochers se déplaçant bien au-dessus de lui.

Il ne vit pas frère Bernard profiter de ce que le brusque mouvement d'Ézéchiel avait détourné l'attention pour arracher son arme à l'agent du FBI planté au-dessus de lui et se précipiter au secours de son maître. Tom n'avait d'yeux que pour Ézéchiel. Il fallait à tout prix arriver jusqu'au vieil homme avant que celui-ci puisse traîner Maria derrière la porte de pierre et la refermer derrière lui. Tom se rappelait la vieille échelle de corde dans le caveau. Il n'allait pas laisser le vieil homme s'échapper ainsi.

Le fracas du rocher se déplaçant au-dessus de lui éclatait comme un roulement de tonnerre. Comme Tom se jetait sur Ézéchiel, il eut tout juste le temps d'entendre Karen hurler : « Attention, Tom ! Derrière vous ! » Au même instant, il vit Ézéchiel lever les yeux du corps de Maria en criant :

– Tuez-le, frère Bernard ! Tirez, mais tirez donc !

Il entendit alors deux coups de feu et ressentit un choc dans le dos qui lui coupa le souffle et le plaqua sur Ézéchiel. Sur ces entrefaites, le maître de la confrérie roula par la porte de pierre avec le cadavre de Maria dans un envol de bras et de jambes emmêlés. Tom s'affola. Il se débattit désespérément pour échapper à ces yeux porcins et à cette bouche boudeuse qui n'étaient qu'à quelques centimètres de son visage. Il lui fallut cinq bonnes secondes pour remarquer qu'il avait du sang sur les mains et se rendre compte qu'il se battait avec un mort : frère Bernard avait une plaie béante dans le dos.

Il repoussa la masse inerte et roula sur le corps froid et rigide de Maria. Les relents écœurants de cadavre, d'huiles et d'herbes envahirent ses narines. Reculant avec dégoût, il se remit à genoux. Il constata en levant les yeux qu'il était dans la petite pièce entre la caverne de la Lumière sacrée et le caveau du Souvenir. Ézéchiel était à un mètre de là, auprès du levier commandant l'ouverture de la seconde porte qui donnait accès au caveau. Dans sa main droite il tenait un poignard, son avant-bras couvert de sang : manifestement il avait été blessé par la seconde balle. Tom songea à se jeter sur lui, mais c'était à peine s'il pouvait retrouver son souffle pour parler, encore moins pour se battre. Il garda donc ses distances tout en s'efforçant de reprendre haleine. Les deux hommes se dévisagèrent un moment, le corps inerte de Maria formant entre eux comme un no man's land.

Tom se demanda où étaient Karen et les autres agents et pourquoi ils ne l'avaient pas suivi. Puis il sentit la vibration d'un bloc de rocher qui venait s'écraser sur le sol de la caverne devant l'antichambre. Approchant du seuil, il regarda vers l'autel derrière lui. Les hommes du FBI, les troupes jordaniennes et les autres membres du Conseil restreint avaient tous les yeux levés vers les colonnes qui maintenant chancelaient sur leur base : ils reculaient tous vers l'autre porte donnant sur le grand escalier. Seule Karen n'avait pas bougé, mais même elle avait les yeux fixés sur le rocher branlant au-dessus d'elle. Une myriade de cierges et de torches qui éclairaient la caverne dégringolait le long des parois comme des étoiles filantes, la lumière dorée cédant la place à une obscurité où la lueur blanche de la flamme sacrée semblait brûler d'un éclat encore plus vif. Retirant les pieux de la paroi, Ézéchiel avait dû libérer des tonnes de blocs rocheux coincés dans le granit au-dessus de leurs têtes : placés là sans doute par les premiers constructeurs de la confrérie pour s'assurer qu'une ultime protection veillait sur les secrets de leur caverne : la destruction totale.

– Karen ! cria-t-il dans la pénombre en agitant frénétiquement les bras. Sortez d'ici avant que tout ça s'écroule. Vite !

– Et vous ? cria à son tour Karen.

Tom était déchiré. Ézéchiel avait maintenant ouvert la porte donnant sur les ténèbres du caveau et traînait le corps inerte de Maria. Sans doute le caveau avec tous ses précieux trésors avait dû être conçu par les ingénieurs pour être à l'abri de l'Armageddon qu'ils avaient conçu. Mais il ne pouvait pas en être sûr. L'idée qu'Ézéchiel s'échappe le rendait fou de colère.

– Venez, Tom ! cria Karen, reculant vers le grand escalier.

Tom lui fit signe de s'éloigner, criant aussi fort que le lui permettaient ses côtes meurtries :

– Ne vous inquiétez pas ! J'arrive.

Là-dessus, la première colonne s'effondra devant lui, pour venir se fracasser sur l'autel. Il ne voyait plus Karen ni aucun des autres. Ils étaient perdus dans la poussière et les éclats de roche qui volaient en tous sens. Tom resta un instant immobile, miraculeusement épargné par la chute des débris : la seule issue pour rejoindre Karen et le grand escalier lui était fermée. Il vit un fragment de colonne glisser de l'autel fracassé pour venir rouler sur la pierre de l'autre côté, bouchant le trou où brûlait la flamme sacrée, empêchant le gaz souterrain de sortir. Dissimulant sa flamme.

Tom battit en retraite pour profiter de l'abri relatif qu'offrait l'antichambre, enjambant le corps inerte de frère Bernard. Il s'approchait d'Ézéchiel juste au moment où celui-ci disparaissait avec Maria dans les ténèbres du caveau. Puis la porte qui permettait d'y accéder commença à se fermer.

Tom avait les côtes endolories et c'était pénible de courir. Mais il se précipita dans l'espace confiné, en pleine obscurité, avant que la porte se referme sur lui : il espérait pouvoir se rappeler où se trouvait le commutateur électrique, mais il n'avait pour se repérer que le bruit du corps de Maria qu'on traînait sur le sol.

Il tendit l'oreille, mais les seuls bruits qu'il entendait, c'étaient son souffle haletant et l'infernale destruction en train de s'opérer de l'autre côté des murs épais, dans la caverne sacrée. Tâtonnant, il essaya de distinguer des formes dont il gardait le souvenir depuis sa dernière visite. S'il ne se trompait pas, la niche abritant les reliques du Christ devait être à l'autre extrémité du caveau, juste devant lui, et l'énorme épée qu'il avait tant admirée devait être sur sa gauche. S'il pouvait arriver là, malgré son poids, du moins aurait-il une arme. Se cramponnant aux étagères de gauche, il avança à tâtons le long de la paroi, aussi silencieusement que possible, ses mains tâtant au passage parchemins, coffres et objets métalliques. Quand il arriva à l'endroit où les étagères s'interrompaient, il tendit le bras vers la gauche, vers la paroi contre laquelle devait s'appuyer l'épée. Ses doigts ne rencontrèrent que de la pierre sèche et rugueuse. Bon sang ! Où était-elle ?

À cet instant, il sentit sous ses pieds les premiers frémissements. Ce n'était pas la même onde de choc qu'avaient provoquée les roches qui dégringolaient. On aurait plutôt dit le grondement de quelque chose sous le sol rocheux qui essayait de s'échapper. De la poussière et des débris pleuvaient autour de lui et les objets sur les étagères tremblaient comme des dents sur le point de tomber. Il s'écroula contre le mur devant lui et son genou heurta de l'acier. L'épée.

Il se pencha et en palpa la poignée juste au moment où le second frémissement prenait de l'ampleur sous ses pieds. Bien sûr, se dit-il, le gaz : ce devait être le gaz qui alimentait la flamme sacrée. Privé de la soupape par laquelle il s'échappait, il cherchait une nouvelle ouverture, une faiblesse de la roche par laquelle libérer la pression qui montait. Avec tous les rochers qui s'écroulaient dans la caverne, il était certain que le gaz ne tarderait pas à trouver une issue. Il se demanda si les ingénieurs de jadis de la confrérie avaient tenu compte de la pression du gaz dans leurs calculs pour garder intact leur précieux caveau du Souvenir.

Il souleva l'épée et tourna le dos à la paroi, s'efforçant de faire le moins de bruit possible en respirant. Il avait maintenant une arme. Alors, à supposer que les ingénieurs aient su ce qu'ils faisaient, il devait être relativement en sécurité dans cet antre obscur.

Il sentit soudain une main sur son épaule et une haleine nauséabonde sur son visage. Pendant un instant terrifiant, au mépris de toute raison, il crut que c'était peut-être Maria revenue d'entre les morts.

Il pivota, soulevant l'énorme lame de l'épée au niveau de sa taille, et il sentit qu'il avait heurté quelque chose : il entendit un gémissement de douleur. Il s'adossa à la paroi pour mieux soutenir le poids de l'épée, brandissant sa lame contre celui qui avait toujours sa main sur son épaule.

Brusquement il sentit de nouveau sur son visage cette affreuse haleine : seulement, cette fois, il avait aussi une lame froide contre son cou. Brandissant l'épée, il en poussa la pointe contre son invisible agresseur juste au moment où un troisième tremblement, bientôt suivi d'un quatrième puis d'un cinquième, venait ébranler les fondations du caveau.

– Je crois, docteur Carter, que nous sommes dans une impasse, cracha Ézéchiel dans les ténèbres. Je me demande si vos amis s'en sont tirés. J'en doute.

– Si c'est le cas, ils vont revenir et vous pouvez dire adieu à votre confrérie secrète. Et votre précieux Conseil restreint ? Pourquoi ne pas tuer ses membres aussi ?

Un petit rire dans le noir.

– Ils ne sont pas irremplaçables. Aucun de nous n'est irremplaçable. Quant à la confrérie, dès l'instant où Maria s'éveillera, elle aura atteint son but. Le Jugement dernier viendra et tout prendra fin. Les frères seront sauvés parce que nous aurons trouvé le nouveau Messie à temps.

– Mais elle est morte, dit Tom. Une fois de plus, vous avez manqué le coche.

Le poignard s'enfonça dans la chair de son cou, un filet de sang tiède ruissela sur sa peau.

– Elle va ressusciter, lança Ézéchiel d'une voix vibrante de haine. Elle en a le pouvoir.

– Non, elle ne l'a pas. Ça n'est pas comme ça que fonctionnent les gènes.

Un rire méprisant.

– Menteur. Enfant, elle pouvait accomplir des miracles. Elle a guéri mon ulcère. Elle a le pouvoir.

– Pas sur elle-même : elle ne l'a pas. J'ai expliqué ça à Maria le jour de son exécution. Et, à voir sa réaction, je pense qu'elle m'a cru.

Le poignard s'enfonça plus profondément dans la chair de Tom : il était incapable de se défendre. Il essaya de repousser Ézéchiel avec l'épée, mais elle était trop lourde. Il fallait détourner son attention. Laissant le poids du corps d'Ézéchiel soutenir le fardeau de l'épée, Tom déplaça sa main droite qui tenait la poignée. Puis il saisit le bras gauche blessé du vieil homme, là où le second coup de feu l'avait touché.

– Je sais comment opèrent les gènes, murmura Tom dans le noir, parce que je m'en suis servi pour sauver ma fille. Il posa doucement sa main sur le bras d'Ézéchiel, cherchant à tâtons la blessure. Je me suis injecté les gènes du Christ. Alors maintenant je les possède aussi.

Ézéchiel essaya de se dégager dès que Tom le toucha, mais celui-ci lui tenait le bras dans une étreinte de fer. Il sentit presque ses jambes fléchir sous la décharge d'énergie, ses muscles lui faisaient mal comme si on le suppliciait, puis il sentit la main d'Ézéchiel trembler sur le poignard contre son cou. Il devina qu'Ézéchiel sentait le pouvoir guérisseur déferler sur lui.

Quand Tom eut terminé, il se laissa aller contre la paroi et, lorsqu'il relâcha son emprise, Ézéchiel s'écarta. La lourde épée pendait dans la main de Tom, sa pointe fit jaillir des étincelles sur le sol rocheux. Quelques secondes plus tard, il entendit le bruit d'un commutateur qu'on abaissait : le caveau se trouva baigné d'une lumière aveuglante. Il se tourna en clignant des yeux et aperçut Ézéchiel auprès de la porte du caveau. Jambes écartées, il était planté au-dessus du corps de Maria. Son vieux visage était pâle et dans ses yeux sombres on voyait de la peur tout autant que de la haine.

– Maria avait raison, dit Ézéchiel. Vous êtes le mal : jamais je n'aurais dû négocier avec vous. J'aurais dû la laisser vous tuer.

Mon Dieu, il en avait assez de ce rabâchage.

– Elle a essayé de me tuer. Rappelez-vous ! Par deux fois. Mais je ne suis pas le mal. J'ai seulement toujours essayé de sauver des vies.

Ézéchiel ricana.

– En allant contre l'ordre naturel. En défiant Dieu !

– Il n'y a pas de Dieu. Il n'y a pas d'ordre naturel. Si c'était le cas, alors ces gènes ne seraient pas si rares.

Ézéchiel éclata de rire, un rire bruyant de dément.

– Vous ne comprenez toujours pas, alors ? cria le vieil homme. Vous ne savez toujours pas pourquoi nous avions besoin de vous tuer encore plus que les artisans du mal que nous éliminions : les marchands d'armes, les trafiquants de drogue, les pornographes. C'étaient des gens faibles et ils ne faisaient qu'empoisonner le monde où nous vivons. Alors que votre génétique maléfique menace de le changer complètement. Même aujourd'hui vous avez je ne sais comment utilisé votre technologie diabolique pour vous approprier les gènes de Dieu, et vous ne comprenez toujours pas quel danger vous représentez.

Un autre tremblement, encore plus violent que les précédents, ébranla le sol et on entendit dans les profondeurs de la terre un bruit de roc qui se brisait. Mais, sans s'en soucier, Ézéchiel poursuivit :

– Vous avez un grand savoir, docteur Carter, certains disent du génie. Il faut plus que du savoir pour être Dieu. Il vous faut la sagesse. Vous disiez que, si Dieu existait, alors ces gènes ne seraient pas aussi rares.

Mais ce n'est pas vrai. Songez simplement à un monde où tous possèderaient ces gènes. Un monde où n'importe qui pourrait guérir son prochain et où personne jamais ne mourrait de maladie naturelle. Imaginez un monde où nos actions seraient sans conséquence. Un monde avec une population si énorme qu'au lieu d'un paradis sur terre nous créerions un véritable enfer. Sans espace. Sans nourriture. Sans respect pour la vie ni pour la mort, assurément un monde sans Dieu. Rien qu'un désert peuplé d'âmes perdues et à qui ne s'offrirait qu'une seule certitude : celle d'une longue vie de souffrance.

Sans lâcher son poignard, Ézéchiel se laissa tomber sur le sol auprès de Maria et tira le corps inerte sur ses genoux. Il semblait ignorer le grondement qui maintenant ne cessait plus dans les profondeurs de la terre. Tom regarda sur sa gauche et aperçut l'échelle de corde qui pendait dans la fissure de la voûte. Il commença à se diriger de ce côté.

– Dites-moi, docteur Carter, reprit Ézéchiel, est-ce que le désir de sauver votre fille – un être humain sans importance perdu dans la masse de l'humanité – vous donne le droit de jouer à être Dieu ? Cela vous donne-t-il le droit de risquer de créer l'enfer sur terre ? Elle était destinée à mourir et elle aurait *dû* mourir. Vous n'aviez pas le droit d'utiliser votre intelligence et vos ressources pour changer cela. Cela vaut aussi pour les autres que vous avez sauvés avec vos manipulations génétiques avant le projet Cana.

Ézéchiel se tut, comme s'il était épuisé.

Tom ne prit pas la peine de lui répondre. Il n'avait pas le temps. Lâchant la lourde épée, il saisit l'échelle qui se balançait au-dessus de lui. Sa colère s'était dissipée. En regardant la silhouette voûtée berçant dans ses bras le cadavre en une grotesque parodie de pietà, il n'éprouvait rien. Sauf peut-être une certaine pitié pour un vieil homme égaré, brisé.

Il atteignait le cinquième barreau de l'échelle, à mi-chemin, lorsqu'il entendit le premier sifflement du gaz qui s'échappait à travers les pierres du sol à ses pieds.

Il leva les yeux, mais au-dessus de lui il ne voyait que des ténèbres. Le temps pressait. Serrant les dents, il continua à grimper. La main que Maria avait transpercée lui faisait mal maintenant, tout comme sa blessure à la jambe. À chaque échelon, ses coudes heurtaient la paroi rugueuse et il se meurtrissait contre la roche, mais la véritable douleur venait de ses muscles et de ses jointures : tandis qu'il s'élevait de plus en plus haut, chacun de ses muscles le brûlait sous l'effort.

Loin de se calmer, le grondement au-dessous de lui devenait de plus en plus fort.

Enfin, un peu de lumière au-dessus de sa tête. Si seulement il pouvait continuer à grimper.

La brusque explosion en bas fut assourdissante. Quelques secondes plus tard, un jet d'air brûlant s'éleva, le frappant avec une telle force qu'il fut arraché de l'échelle, poussé vers le haut, sa tête heurtant les parois. Une douleur insupportable déferla dans tout son corps comme si chacun de ses nerfs était en feu.

Puis la douleur cessa et il n'y eut plus rien.

Quelques instants auparavant, Ézéchiel de la Croix, toujours assis sur le sol, regardait le docteur Carter disparaître en haut de l'échelle. Malgré les roches qui se disloquaient sous lui, Ézéchiel ressentait un calme las. Le savant pouvait bien s'échapper : une fois que le nouveau Messie s'éveillerait, rien de ce cauchemar ne compterait. Dès l'instant où Maria aurait passé les mains dans la flamme sacrée, alors le jour du Jugement arriverait et tous les impies, et pas seulement le docteur Carter, seraient châtiés. Mais lui, le maître des justes, serait sauvé.

Il déplaça sur ses genoux le corps de Maria pour donner un peu de confort à sa carcasse épuisée. Il contempla les traits pâles et paisibles, souhaitant de toute sa volonté que ces yeux si insolites s'ouvrent. Tout en caressant son front glacé, il se souvenait de la première fois qu'il l'avait vue. Elle était si vulnérable alors, si meurtrie par la vie, elle se doutait si peu de la grandeur de sa destinée.

Il examina son bras blessé et s'émerveilla de constater que la plaie était refermée. Peut-être le docteur Carter avait-il réussi à dérober par des voies anormales les gènes du Christ, mais il avait menti en ce qui concernait Maria. Maria était née avec les gènes : c'était son patrimoine. Malgré ce que disait l'athée, Maria allait s'éveiller. Il en était convaincu.

Un éclatement soudain de la roche sur sa gauche, suivi d'un violent sifflement, lui fit tourner la tête avec inquiétude. Il vit devant ses yeux une fente s'ouvrir dans le sol. La crevasse partait du mur où étaient conservés la dent et le clou du Christ et traversait le sol comme si elle suivait jusqu'à lui un chemin prédestiné.

– Pas encore ! cria-t-il en voyant la fente s'allonger comme l'ombre d'un gigantesque doigt accusateur.

Il secoua le corps de Maria en criant :

– Réveille-toi ! Réveille-toi ! Puis il la repoussa et parvint péniblement à se mettre sur ses pieds. Je ne peux pas mourir déjà ! hurla-t-il, le corps secoué d'une mortelle terreur. Je ne suis pas prêt, nous ne sommes pas prêts.

Au moment où le bout du doigt d'ombre arrivait entre ses pieds, il entendit une explosion sous lui, un déferlement de rage qui jaillissait des entrailles de la terre. Puis un rideau de flammes monta de la crevasse, un rideau vertical, parfaitement blanc, qui semblait aller jusqu'au ciel. Même dans son angoisse et dans sa terreur, Ézéchiel se dit que la flamme blanche qui maintenant le consumait était ce qu'il avait vu de plus beau dans toute son existence.

32

GENIUS, Boston

Quatre semaines plus tard, la Mercedes rouge de collection s'engageait dans le parking désert du sous-sol de GENIUS et allait se garer à la première place en entrant. Elle freina brusquement quand le conducteur surpris constata qu'elle était déjà occupée par un cabriolet BMW vert métallisé.

Tom Carter se regarda dans le rétroviseur. Les brûlures superficielles avaient maintenant toutes disparu et le tissu cicatriciel avait presque complètement perdu sa coloration rose. « Un institut de beauté demanderait une fortune pour un peeling comme ça », lui avait lancé Jasmine le dernier jour qu'il avait passé à l'hôpital voilà trois semaines. Il savait qu'il avait eu une chance inouïe. D'après les experts du FBI, si le conduit avait été un rien plus tortueux, l'explosion du gaz l'aurait alors plaqué contre la paroi « comme une vieille crêpe ». Au lieu de cela, il avait été projeté à côté du plus petit des cinq rochers et s'était retrouvé inconscient mais indemne sur une dune. Le bref jaillissement de flamme blanche qui avait accompagné sa sortie avait même servi à alerter l'équipe de Karen dont les hommes venaient tout juste de se mettre à l'abri. Par miracle, seuls un agent du FBI et deux soldats jordaniens avaient été blessés dans l'opération. À part Ézéchiel et Bernard, le seul autre mort avait été frère Hélix.

Il s'était perdu dans la confusion et était maintenant enseveli sous les roches.

Comme on pouvait s'y attendre, les autres membres de la confrérie n'avaient rien dit au FBI. Mais du moins on tenait Gomorrhe, et Tom avait pu apporter à Karen les aveux d'Ézéchiel. On ne savait pas encore très bien ce qu'on pourrait ou non trouver contre les membres survivants du Conseil restreint, mais, à en croire Karen, ils n'allaient plus constituer pour lui une menace. Pour le reste de la confrérie, impossible d'en identifier les membres ni les biens, encore moins de les localiser. Rien n'indiquait qu'ils fussent même au courant des meurtres. Peu importait à Tom ce qui arrivait aux survivants de la confrérie dès l'instant qu'on le laissait tranquille.

Il descendit de voiture et ferma à clé la portière derrière lui. Au cours des trois dernières semaines, après avoir eu l'occasion de réfléchir à tout cela pendant son séjour à l'hôpital, il avait dû faire au moins quatre fois le tour du monde. Mais il ne le regrettait pas. Presque tous les gens à qui il avait parlé avaient fini par tomber d'accord sur le principe de son projet. Qui plus est, leurs réactions lui avaient assuré qu'il avait pris la bonne décision. Mais, après la réunion de ce soir, il allait enfin prendre des vacances. Juste Holly, lui et le soleil.

Il traversa l'atrium silencieux et salua les deux nouveaux gardiens. Le soleil était à peine levé, mais il appréciait toujours l'espace et la luminosité de la pyramide. Il éprouvait ici un sentiment de liberté, l'impression qu'il n'y avait pas de frontière ni de mur pour le retenir. Il traversa l'hologramme d'ADN au centre du grand hall et se dirigea vers la clinique. Il espérait y trouver la confirmation du choix qu'il avait fait.

Il entra sans bruit dans la salle silencieuse et fit un signe à l'infirmière de garde qui souriait derrière son bureau. La petite ampoule au-dessus de sa tête était la seule lumière qui perçait la pénombre. Tom distinguait tout juste les formes endormies des patients dans les sept lits occupés. À pas de loup, il passa d'un lit à l'autre, inspectant leurs visages endormis. Tom savait qu'au mieux le traitement expérimental mis en œuvre à GENIUS en sauverait trois et augmenterait peut-être de façon significative la durée de vie d'un autre. Mais, même avec les meilleures chances du monde, trois d'entre eux allaient presque certainement mourir.

À moins que lui ne les guérisse.

Il regarda ses mains et à cet instant les paroles d'Ézéchiel revinrent le hanter.

« ... *Imaginez un monde où n'importe qui pourrait guérir son prochain et où personne ne mourrait jamais de maladie naturelle. Imaginez un monde avec une population si énorme qu'au lieu d'un paradis sur terre nous créerions un véritable enfer...* »

Peut-être le vieil homme avait-il raison ? se dit-il. Peut-être en effet trois de ces malheureux *devraient*-ils mourir ? De quel droit intervenait-il ? Il ne pouvait jouer à Dieu en décidant qui allait vivre et qui allait mourir. Mais non, s'il avait le pouvoir de sauver des patients, alors il devait le faire : c'était aussi simple que cela.

Il imagina un instant que chacune de ces trois formes plongées dans le sommeil était Holly et qu'il était leur père, leur mari, leur fils. Il sut alors que, s'agissant de ces sept patients, il n'avait pas le choix. Mais, en repassant devant leur lit, touchant une main ici, un front là, les sentant puiser l'énergie dans son corps, il éprouvait encore un certain malaise. En repensant à la réunion de ce soir, il espérait qu'il avait trouvé la bonne réponse à la grande question, qu'il avait vraiment pris la bonne décision.

Il quitta le dernier malade, fit un geste d'adieu à l'infirmière en se demandant quelle allait être sa réaction dans quelques heures quand ses patients endormis se réveilleraient frais et dispos.

Quittant la salle, il se dirigea vers l'ascenseur et alla

directement au premier étage. Il traversa le pavillon Mendel et ouvrit la porte du laboratoire Crick. Jasmine était assise, une bouteille de Coca à la main, penchée sur une liasse de documents.

Elle leva vers lui un visage rayonnant.

– Bonjour, bel inconnu. Comment vas-tu ? Comment s'est passé ton mystérieux voyage ?

– Bien. Qu'est-ce que tu fais là si tôt ?

Jasmine eut un grand sourire et désigna les papiers sur son bureau.

– Eh bien, depuis ta réussite avec Holly, Jack et moi nous sommes occupés de remplir la première demande de brevet pour le sérum. Plus, évidemment, ceci. Elle brandit comme un trophée un formulaire dactylographié. La demande adressée à la Food and Drug Administration pour que nous puissions procéder à des essais. Jack l'a déjà signée. Il ne nous manque plus que ton approbation et ta signature.

Tom trouvait son enthousiasme déconcertant. Il ôta sa veste et alla l'accrocher à la patère. Puis il se dirigea vers le placard réfrigéré au fond du labo. Regardant par la porte d'entrée, il compta les flacons qui restaient sur le plateau marqué *sérum Trinité – gènes de Nazareth.* Bon, se dit-il, on n'avait pas l'air d'y avoir touché durant le mois où il avait été absent. Après les essais sur les souris, il y en avait treize à l'origine : il en avait utilisé un sur lui-même. Il restait donc ces douze flacons : les seuls à exister.

– Qu'est devenu ton sain scepticisme, Jazz ? demanda-t-il en s'approchant du tiroir où l'on rangeait les étiquettes. Il l'ouvrit et vérifia qu'il y en avait assez. Et tes scrupules religieux ? Maintenant que Holly est sauvée, je pensais que tu serais contente de laisser Cana derrière toi pour revenir à des travaux plus conventionnels.

Jasmine réfléchit un moment.

– J'ai beaucoup pensé à tout cela et je suis convaincue que ce ne sont pas ces gènes qui ont fait du Christ le fils de Dieu. Ce qui l'a rendu divin, c'est la façon dont il les a utilisés, ce qu'il nous a enseigné et comment il est mort pour nous. Ces gènes de Nazareth sont la plus grande découverte de l'histoire de la médecine, un véritable cadeau de Dieu, et c'est donc ainsi qu'il faudrait les utiliser. Réfléchis un peu à tout le bien que nous pourrons faire quand nous aurons l'accord du gouvernement et que nous pourrons commercialiser les gènes. Quand nous aurons commencé la production en masse...

– Doucement, Jazz. Nous n'avons même pas décidé si nous *devrions* développer les gènes de Nazareth pour les distribuer plus largement. On part de l'hypothèse que c'est une bonne chose.

– Bien sûr que c'est une bonne chose. Comment pourrait-il en être autrement ?

Tom se dirigea vers le placard où étaient rangées les seringues de rechange. Il les compta rapidement et hocha la tête quand il eut constaté qu'il y en avait assez également. Il allait pouvoir tout rassembler discrètement, sans avoir rien à demander.

– Tout ce que je veux dire, Jazz, c'est qu'à mon avis nous devrions y réfléchir très sérieusement.

Jasmine n'en croyait pas ses oreilles. Elle avait devant elle l'homme qui lui avait déjà dit que la seule limite à ce qu'on peut faire devrait être ce qu'on peut effectivement faire. Ni plus, ni moins. Voilà l'homme qui l'avait convaincue de l'aider à inventer un fantastique super-ordinateur capable de déchiffrer l'ADN aussi efficacement qu'un lecteur déchiffre le code-barres sur une boîte de conserve. Le même homme qui l'avait persuadée de lui faire confiance, de mettre de côté ses scrupules religieux, de rechercher et d'exploiter les gènes de son Christ pour sauver sa filleule. Voilà tout d'un coup qu'après avoir réussi au-delà de ses espoirs les plus fous il disait : « Doucement, Jazz ! », qu'il s'énervait à l'idée d'en faire trop.

– Qu'est-ce qu'il se passe, Tom ? demanda-t-elle en croisant les bras sur sa poitrine. Tu as littéralement au bout des doigts un pouvoir stupéfiant. Tu n'as que douze malheureux flacons. Il faut que tu en fasses plus, que tu clones les gènes et que tu les donnes à d'autres. Il faut absolument répandre le pouvoir de guérir. Ça n'est que justice.

– Mais à qui allons-nous le donner ? murmura Tom. Ou, comme dirait Jack, à qui allons-nous le vendre ? Rien qu'à ceux qui en auront les moyens ?

– Il ne s'agit pas d'argent, fit Jasmine, horrifiée.

– Je reconnais que ça ne devrait pas être le cas. Mais, même si nous ne parlons pas de cupidité, il faut bien que tu comprennes les implications économiques. D'abord, mettre le sérum à la disposition de tout le monde, ce serait pousser à la faillite toutes les grandes sociétés pharmaceutiques du monde, provoquer des ondes de choc susceptibles d'ébranler des industries entières, peut-être même toute une économie. Mais, à supposer que nous soyons capables d'en contrôler les répercussions financières, alors à qui donnerais-tu les gènes ?

– Eh bien, finalement à tout le monde, j'espère.

– À tout le monde ? De façon à créer une société où n'importe qui pourrait guérir son prochain et où personne n'aurait à mourir d'une maladie naturelle ?

Jasmine plissa le front : elle ne voyait pas très bien où il voulait en venir.

– Mais oui, pourquoi pas ?

– Pour que nous puissions créer un monde avec une population si énorme qu'au lieu de devenir un paradis sur terre, ce soit un véritable enfer ? On n'aurait pas de place. Pas de nourriture. Pas de respect pour la vie – ni pour la mort.

Jasmine écoutait Tom avec une inquiétude croissante. Il parlait, le regard perdu dans le lointain, comme s'il récitait un texte qu'il avait lu, ou entendu de la bouche de quelqu'un d'autre.

– Non, peut-être que nous ne devrions pas le donner à tout le monde, reconnut-elle, percevant quelques-uns des dangers évidents. Juste à un certain nombre de gens.

– À qui ?

– Je ne sais pas. Et c'était vrai. Elle n'avait même pas envisagé les conséquences négatives. À ceux qui en feraient le meilleur usage, j'imagine. Aux gens qui s'occupent des pays du tiers-monde.

– Pourquoi ? Parce que c'est là-bas qu'ils pourraient sauver le plus de vies ? Des milliers, peut-être des millions de gens ?

– Oui, je pense.

– Les mêmes gens qui actuellement n'ont même pas de quoi nourrir la population qu'ils ont déjà ? Sais-tu que les accidents, les meurtres et les suicides ne représentent que cinq pour cent de tous les décès ? Le sérum pourrait supprimer toutes les autres causes de mortalité, y compris le vieillissement. Sais-tu où cela pourrait mener l'espérance de vie humaine ?

– Je ne peux pas te dire ça comme ça.

– Eh bien, je vais te le dire. Compte tenu de la population actuelle, l'âge *moyen* auquel nous serions susceptibles d'avoir un accident, d'être tués ou de commettre un suicide serait de six cents ans. Certains d'entre nous pourraient être écrasés par un bus le jour de leur naissance, mais d'autres pourraient vivre à jamais. Penses-y un peu. Une espérance de vie moyenne de six cents ans.

Déçue, elle secoua la tête, s'efforçant d'assimiler les formidables implications du projet. Évidemment, il avait raison. Ce n'était pas aussi simple qu'elle l'avait cru. Elle baissa les yeux vers ses formulaires, ses demandes de brevet, qui allaient faire déferler sur un public qui ne s'y attendait pas ce don extraordinaire de guérir. À deux reprises, elle crut qu'elle tenait la réponse et elle allait l'exprimer tout haut, mais, chaque fois, elle pensa à un obstacle et ravala ce qu'elle allait dire.

Elle finit par se retourner, abattue, pour regarder Tom, debout sans rien dire devant le placard réfrigéré, à contempler les flacons de sérum. Manifestement, il avait déjà réfléchi à tous ces problèmes et il avait dû trouver une sorte de solution. Une solution qui expliquait sans doute pourquoi, voilà trois semaines, alors qu'il était loin d'être rétabli, il avait quitté son lit d'hôpital et sauté dans un avion pour aller Dieu sait où : cela ne faisait que deux jours qu'il était rentré. Il y avait des moments où le génie de Tom la déroutait vraiment : c'était un de ces moments-là.

– Eh bien ? finit-elle par dire. Tu penses sans doute que nous devrions faire quelque chose à propos de ces gènes, n'est-ce pas ?

– Bien entendu, répondit-il calmement.

– Mais tu ne crois pas que nous devrions en inonder le monde ?

– Pas avant d'en connaître toutes les ramifications. À long terme, ça pourrait faire plus de mal que de bien.

– Ça n'est pas ton genre de t'inquiéter à l'idée de perturber l'ordre naturel.

– Peut-être que j'avais tort. Peut-être qu'il y a une certaine méthode dans la folie où nous vivons.

Elle n'en croyait pas ses oreilles.

– Tu veux parler de Dieu ?

Il eut un petit rire.

– Pas vraiment, mais mère Nature n'est peut-être pas aussi arbitraire que je croyais.

Jasmine tapota sur le bureau devant elle.

– Alors, maître, que diable faut-il que nous fassions des gènes ? Les détruire ? Faire semblant de ne jamais les avoir découverts ?

– C'est une option.

– Tom, je plaisantais. Tu ne peux tout de même pas croire sérieusement que nous ne devrions absolument pas utiliser ces gènes ?

Tom lui sourit alors et, dans ses yeux bleus, elle vit une lueur d'excitation.

– Tu veux vraiment savoir ce qu'à mon avis nous devrions en faire ?

– Oui.

– Eh bien, viens ici à minuit ce soir, et je te montrerai.

À vingt-trois heures cinquante-six, tout était noir lorsque Jasmine arrêta sa voiture devant les grilles fermées du campus de GENIUS. Elle inspecta le poste de garde plongé dans l'obscurité, mais il n'y avait personne. Elle s'apprêtait à descendre de voiture et à ouvrir la grille en utilisant le palpeur d'ADN quand celle-ci s'écarta soudain devant elle.

Elle appuya sur l'accélérateur et, sous le clair de lune, se dirigea vers la pyramide. Elle s'immobilisa devant la porte principale et se surprit à frissonner malgré la douceur de la nuit. Pas une lumière dans la pyramide de verre, à part l'éclairage tamisé de l'atrium et la lumière au rez-de-chaussée devant elle : là où se trouvaient le laboratoire Crick et la salle de réunion.

« C'est bizarre », chuchota-t-elle comme si quelqu'un risquait de l'entendre.

Elle avait quitté son bureau de bonne heure après s'être rendu compte qu'elle ne tirerait rien de plus de Tom. Pour tuer le temps, elle s'était plongée dans toute une série d'occupations sans intérêt. Mais elle n'avait cessé de penser aux gènes et à la réaction de Tom quand elle lui avait lancé d'un ton sarcastique qu'on pourrait les détruire et qu'il avait répondu : « C'est une option. »

Qu'allait-il donc lui montrer ce soir ? La seule idée qui lui venait à l'esprit, c'était de voir Tom détruire à l'autoclave les douze flacons restants. Cette seule pensée la mettait en fureur et elle s'était creusé la tête toute la journée et toute la soirée pour essayer de trouver comment utiliser au mieux les gènes sans en faire mauvais usage. Mais le problème se révélait bien plus difficile à résoudre que n'importe quel cyberdéfi qu'elle avait pu affronter : jusqu'à maintenant, elle avait fait chou blanc.

Elle ouvrit la portière de la voiture et entendit ses pas crisser sur le gravier. La porte principale était ouverte : elle entra donc directement dans l'atrium désert et à peine éclairé. Dans la pénombre, l'hologramme d'ADN se tordait comme un nœud de serpents fantomatique. Plus loin, elle remarqua que les portes de la clinique étaient ouvertes. Ses talons claquant sur le marbre, elle alla dans cette direction. Comme c'était éteint à l'intérieur, elle pressa le commutateur à l'entrée et la salle d'attente aussitôt se trouva inondée de lumière. Elle s'avança jusqu'à la salle. De nouveau l'obscurité. Rien n'était allumé, pas même la lampe de l'infirmière de garde.

Ses yeux s'habituant à l'obscurité, elle chercha les formes des patients allongés dans leur lit. Il n'y en avait pas. Tous les lits étaient défaits : sur chaque matelas, une pile bien ordonnée de couvertures avec deux oreillers. Jasmine sentit son cœur battre un peu plus vite : elle tourna les talons et regagna l'atrium. Quand elle était partie cet après-midi, elle avait été frappée par l'ambiance de consternation qui régnait dans la salle, mais elle n'y avait pas réfléchi davantage. Elle savait pourtant qu'au moins sept de ces lits étaient alors occupés par des patients gravement atteints.

Quand elle se retrouva dans l'atrium, elle était si tendue que le doux chuintement de la porte de l'ascenseur s'ouvrant à deux mètres d'elle la fit sursauter. Et, lorsqu'elle vit Tom sortir de la cabine, elle en éprouva un tel soulagement qu'elle l'aurait volontiers serré dans ses bras.

– Merci d'être venue, dit-il chaleureusement, comme s'il l'accueillait pour quelque chose d'aussi banal qu'un pique-nique.

– Qu'est-ce qu'il se passe, Tom ? Où sont les gardes ?

– Je voulais que ça reste strictement entre nous.

– Et les patients ?

Tom sourit et la fit monter dans l'ascenseur. Il pressa le bouton du pavillon Mendel et dit :

– La version officielle est qu'ils ont tous réagi extrêmement bien aux différents traitements. Ça n'est pas moi qui vais le nier. Deux sont déjà rentrés chez eux et les autres sont actuellement à l'hôpital général du Massachusetts où on les a mis en observation et où on les soumet à quelques examens. Mais je suis certain qu'on va bientôt les laisser rentrer chez eux aussi.

– C'est toi qui les as guéris ?

Il sourit.

– Mais je ne l'avouerai jamais. Il est indispensable que personne ne sache que je possède ce don. Ce matin, je me suis laissé un peu emporter, mais à l'avenir je serai moins théâtral.

– C'est ça que tu voulais me montrer ?

L'ascenseur s'arrêta et la porte s'ouvrit.

– Non. C'est simplement la façon dont je pourrais personnellement régler le problème des gènes. Dissimuler les guérisons sous couvert de traitements conventionnels.

– Les gènes en général ? Et les autres flacons ?

Tom la précéda dans le couloir et se dirigea vers la porte du pavillon Mendel.

– Suis-moi.

Tom posa la main sur le palpeur d'ADN et Jasmine regarda la porte s'ouvrir. Tom reprit :

– Réfléchis un moment à la façon dont le sérum opère. Le vecteur viral est conçu pour introduire les gènes de Nazareth dans les cellules d'un individu. Ça veut dire que cette personne aura la faculté de guérir aussi longtemps qu'elle vivra. Mais elle ne pourra transmettre son don à personne d'autre, seulement en faire bénéficier autrui. Et comme les gènes ne sont pas introduits dans le noyau de leur cellule, ces gens ne peuvent pas les transmettre à leurs enfants : le don meurt avec eux.

Ils franchirent la porte et pénétrèrent dans la vaste étendue de carrelage blanc et de verre du grand laboratoire.

– Mais le don ne mourrait pas avec eux s'ils possédaient la technologie leur permettant de cloner leurs gènes de Nazareth ou si quelqu'un d'autre connaissant la technique clonait ces gènes prélevés sur eux, avec ou sans leur permission.

Tom acquiesça. Il y avait manifestement déjà pensé.

– Tu as parfaitement raison. Pour contrôler la diffusion de la souche miracle, il faudrait nous assurer que quiconque est porteur des gènes du Christ est digne de confiance et peut garder le secret.

Suivant Tom dans le laboratoire étrangement désert, Jasmine essaya de deviner où il l'entraînait : qu'allait-il dire et où se dirigeaient-ils ?

– Les porteurs du gène devraient donc aussi être des gens extrêmement responsables, dit-elle. Sinon ils pourraient abuser de leur pouvoir. Ils ne pourraient utiliser leur don que quand ce serait absolument nécessaire et ils ne pourraient jamais en parler à personne.

– Ni se faire payer pour l'utiliser, ajouta Tom. Ce serait le pire abus.

– Va donc expliquer ça à Jack.

Tom se mit à rire.

– Oh, Jack n'est pas un si mauvais garçon. Il comprendrait.

Elle le suivit dans le laboratoire Crick. Les lumières étaient allumées et, quand elle jeta un coup d'œil au placard réfrigéré, elle constata que le plateau avec les douze flacons de sérum avait disparu. Seigneur, se dit-elle, il les avait déjà détruits.

En approchant de la paroi vitrée qui les séparait de la salle de réunion, elle crut entendre des voix. Elle se tourna vers Tom et allait lui demander ce qui se passait, mais il se contenta de sourire en posant un doigt sur ses lèvres.

– Ne t'inquiète pas, dit-il. Tout ça va bientôt devenir clair.

Elle percevait mieux les voix à présent : ces gens parlaient bas mais d'un ton excité. La plupart s'exprimaient en anglais, mais avec toute sorte d'accents : indien, australien, russe, africain, japonais, français. Qu'est-ce que Tom mijotait donc ?

Puis elle les vit à travers la vitre teintée : ils devaient être une dizaine d'hommes et de femmes debout autour de la grande table. Ils étaient en train de se servir du café et de grignoter des sandwichs disposés sur un chariot tout au bout de la pièce, près du génescope qui ronronnait doucement.

– Qui sont-ils ? demanda-t-elle.

– Regarde, dit-il, tu en reconnais sûrement quelques-uns.

Il désigna un homme de petite taille aux cheveux bruns, avec de grands yeux de chien triste, qui discutait avec une grande femme indienne en sari.

– C'est Jean-Luc Petit, le médecin qui le premier m'a donné l'idée de Cana. C'est un homme bien, quelqu'un de très responsable, pour reprendre ton expression. La femme avec laquelle il parle, c'est le docteur Mitra Mukerjee, de Calcutta. Tu l'as rencontrée l'année dernière au séminaire sur le cancer que nous avons organisé ici. Tu te souviens ! Tu l'avais bien aimée. Tu disais que c'était quelqu'un d'intègre.

Jasmine hocha lentement la tête : elle ne comprenait pas encore très bien ce qu'elle voyait, mais c'est vrai, maintenant elle reconnaissait la plupart de ces gens. Certains d'ailleurs étaient célèbres : le docteur Joshua Matwatwe, de Nairobi, un des pionniers de la lutte contre le sida, le docteur Frank Hollins, le grand cardiologue de Sydney, et le professeur Sergueï Pasternak, le virologue russe. Il y en avait d'autres aussi qui n'étaient que de bons docteurs et de bonnes infirmières dont, Jasmine le savait, Carter appréciait autant la compassion et le dévouement que les connaissances.

Jasmine allait demander à Tom pourquoi ils étaient tous ici quand elle remarqua qu'à chacune des treize places autour de la table il y avait un bloc et un stylo. Et devant douze d'entre elles une seringue et un flacon de sérum étaient disposés. Jasmine comprit alors le plan de Tom. En regardant de plus près les flacons, elle pouvait tout juste déchiffrer les étiquettes manuscrites portant ce qui semblait être le nom de chaque destinataire.

– Alors, finit-elle par dire en essayant de garder une voix ferme et pas très sûre de ce qu'elle éprouvait, voilà ce que tu as fait depuis trois semaines ? Tu as parcouru le monde pour recruter tes douze apôtres.

Cette phrase fit sourire Tom.

– Je préfère parler de jurés plutôt que d'apôtres. Des jurés qui vont nous aider à décider ce que nous devrions faire de cette prétendue souche miracle. Ils sont tous les douze répartis à travers le monde. La plupart sont des médecins ou des infirmières. Mais pas tous. Leur seul point commun, c'est le respect et la confiance que j'ai pour chacun d'eux et pour les mobiles qui les animent. Tom prit Jasmine par le bras et l'entraîna vers la porte. À mon avis, les douze devraient se rencontrer à intervalles réguliers pour faire le point sur le bien ou les dommages qu'à notre avis nous sommes en train de faire. Ensuite, si le besoin s'en fait sentir, ou bien nous fabriquerons davantage de sérum et nous recruterons de nouveaux membres, ou bien nous en limiterons le nombre à douze en remplaçant au fur et à mesure les disparus. Et, bien entendu, si tout cela se révèle un désastre, nous pouvons simplement abandonner tout le projet. De cette façon nous pouvons au moins contrôler l'effet que pourraient avoir les gènes. Faire le bien sans tenter le diable, si tu veux.

Ils étaient maintenant près de la porte et Jasmine

était un peu étourdie, ne sachant pas trop pourquoi elle était ici. En les voyant entrer, tous les assistants tournèrent leur regard vers eux en souriant, puis s'empressèrent de gagner leur place.

Jasmine tira sur la manche de Tom en chuchotant :

– Tom, tu m'as montré ton plan. Je n'ai pas besoin de rester ici.

Il ouvrit ses grands yeux bleus d'un air surpris, puis il eut un sourire incrédule.

– Je croyais que c'était bien compris, dit-il. Les gènes de Nazareth sont autant à toi qu'à n'importe qui.

Puis il désigna la seule place libre, à droite de la sienne.

Jasmine regarda : auprès de la seringue, un petit flacon de verre. Sur l'étiquette elle pouvait lire un nom inscrit de la main de Tom. Son nom : docteur Jasmine Washington.

Avant même de comprendre tout ce qu'impliquait la possession des gènes, elle vit Tom se tourner vers les autres encore debout à côté de leurs sièges.

– Bienvenue, dit-il, et merci à vous tous d'être ici. Avant de continuer, je vous suggère de vous asseoir. J'ai quelque chose d'assez important à vous demander...

Épilogue

Trois mois plus tard

L'homme descendit de son cheval d'un mouvement un peu raide. Il n'était pas un cavalier-né, mais un cheval était précieux pour l'amener jusqu'à cet endroit perdu. Il aurait pu prendre un hélicoptère : il avait à sa disposition des fonds presque illimités. Les comptes numérotés des banques de Genève le lui avaient révélé. Mais il avait besoin de fouiller le secteur discrètement et un cheval lui offrait la souplesse et l'anonymat nécessaires.

Il consulta la vieille carte, qu'il avait trouvée dans les coffres de la banque, comme son maître le lui avait dit, et il inspecta les cinq rochers qui se dressaient sur le sable des dunes. Sous le soleil impitoyable, le lieu était désert. On ne voyait que les quatre hommes qui s'attaquaient à la face du rocher du milieu, leurs pioches frappant en mesure la surface de la pierre. Cela faisait deux heures qu'ils travaillaient là suivant ses instructions, mais jusqu'à maintenant ils n'avaient rien trouvé.

Il avait étudié la carte sous tous les angles, il avait fait le tour des rochers, comparant leur configuration avec les dessins tracés sur le parchemin. Les symboles reportés sur la carte se trouvaient exactement à cet endroit, par rapport aux rochers, tout comme l'endroit où les hommes creusaient. Ce devait bien être là.

Certes, le lieu n'avait pas été utilisé depuis plus de mille ans, mais ce devait quand même être là et encore accessible, si les ingénieurs d'autrefois ne s'étaient pas trompés dans leurs calculs.

Il ôta son panama au large bord pour essuyer la sueur sur son crâne chauve. Clignant des yeux derrière ses lunettes aux verres épais, il se dirigea vers les hommes.

Soudain l'un d'eux se leva et cria quelque chose qu'il n'arrivait pas à entendre. L'homme, torse nu, levait sa pioche en lui faisant de grands signes.

Il se mit à courir sur le sable brûlant.

– Qu'est-ce que vous avez trouvé ? demanda-t-il quand il les eut rejoints.

L'homme à la pioche désigna le trou qu'ils avaient creusé.

– Père Hélix, regardez !

Hélix regarda par le trou et son cœur se mit à battre plus vite. Il apercevait la forme carrée bien reconnaissable d'un linteau de pierre : un petit encadrement de porte. S'emparant du pic d'un des hommes, il s'avança dans la fosse et se mit à piocher la roche recouvrant le linteau. Ça n'était pas du rocher mais de l'argile destinée à masquer l'orifice. Après quelques coups de pioche fiévreux, il mit au jour la porte d'un mètre vingt qui donnait accès au tunnel.

– Une torche ! Une torche ! réclama-t-il.

Avec sa barbe noire couverte de poussière, le père se tenait auprès d'un chameau capricieux chargé de paniers de matériel. Il en tira trois grandes torches électriques. Il en saisit une et se dirigea vers l'ouverture, sans attendre de voir qui suivrait.

Devant lui, dans le faisceau de la torche, il apercevait ce qui était bel et bien une rampe assez raide. Elle descendait suivant un angle de quarante-cinq degrés, avec une grande crête rocheuse taillée dans le sol comme des marches abruptes en forme de dent. Il n'y avait pas de main courante pour prendre appui, mais, tous les dix mètres environ, la rampe revenait sur elle-même de sorte que, si d'aventure il tombait, le tournant l'arrêterait. Mais il n'avait aucune intention de tomber sur ces roches acérées.

– Faites attention ! cria-t-il aux deux hommes qui lui avaient emboîté le pas. Je ne tiens pas à ce que l'un de vous tombe sur moi.

Cela sentait le renfermé et la descente lui donnait des douleurs dans les cuisses, mais il se concentrait tellement qu'il ne s'en souciait pas.

Dix marches. Tourner. Dix marches. Tourner.

Il essaya de compter le nombre de virages pour maîtriser son excitation mais, au bout de quarante, il perdit le compte. Il commençait à désespérer d'atteindre jamais le fond quand il aperçut quelque chose un peu plus bas. Il sentit la tension qui montait en lui et éteignit sa torche. Il y voyait encore, même à cette profondeur. Une lumière qui clignotait comme une balise dans l'épaisseur des ténèbres était facilement reconnaissable derrière cette fente dans la paroi : la blancheur de son éclat lui disait qu'il n'arrivait pas trop tard.

Mû par une énergie nouvelle, il ralluma sa torche et dévala la dernière portion d'une dizaine de mètres pour se retrouver dans un espace exigu d'environ un mètre cinquante sur un mètre cinquante. Devant lui, une porte de pierre et, à côté, un lourd levier de bois. Le levier était inutile car la porte avait été arrachée de ses gonds, laissant un espace par lequel il pouvait tout juste se glisser. Par cette brèche, il apercevait la flamme d'un blanc pur qui brûlait d'un éclat encore plus ardent que dans son souvenir.

Hélix s'arrêta, attendant que les deux hommes le rejoignent, haletant d'émerveillement et d'épuisement.

– Attendez ici ! dit-il. Quand j'aurai inspecté l'intérieur, je vous appellerai.

Puis, sans se soucier de la déception qui se lisait sur leurs visages, il franchit le passage. En entrant dans le caveau du Souvenir, il faillit tomber dans une crevasse large d'une quinzaine de centimètres qui parcourait toute la longueur du sol. La flamme sacrée jaillissait à l'autre extrémité de cette fissure, illuminant un amas de restes calcinés sur le seuil qui séparait le caveau de l'antichambre plus loin. Hélix savait que par-delà cette antichambre se trouvaient les restes de la caverne sacrée où la flamme brûlait à l'origine. Une nouvelle fois il remercia Dieu de l'avoir sauvé quand il se rappela comment il s'était enfui dans la confusion qui avait suivi la destruction de la caverne.

Sur sa droite, un petit réduit protégé contenant le tabernacle d'or et les reliques du Christ. La dernière fois qu'il était venu dans le caveau, la porte secrète qu'il venait de franchir se confondait avec la paroi. Cela faisait-il seulement quatre mois qu'il était venu ici chercher les huiles et les herbes rituelles pour oindre le corps de Maria ?

Il examina le caveau. L'échelle de corde avait disparu : seule une traînée de suie marquait son emplacement. Mais, à part le plafond noirci et les restes sur le seuil, il y avait étonnamment peu de dégâts. Aucun des objets rangés dans le caveau n'avait été endommagé. Seule la formidable épée semblait avoir souffert de ce qui s'était passé ici. Pour on ne sait quelle raison, elle gisait sur le sol au milieu du caveau, sa lame brisée à l'endroit même où elle franchissait la crevasse.

D'un pas hésitant, il s'approcha des vestiges calcinés auprès de la porte du fond. Il s'aperçut bientôt que c'étaient ceux d'un homme et, lorsqu'il aperçut la bague de rubis sur un des doigts noirs recroquevillés, il sut de qui il s'agissait.

Avec une grimace, il se pencha et ramassa la bague du maître, puis la frotta sur sa chemise. Après l'avoir débarrassée de presque toute la suie qui la recouvrait, il contempla avec émerveillement la pierre rouge sang, avec son feu intérieur qui luisait comme des braises. La monture d'or blanc en forme de croix était intacte, à part une noircissure superficielle. D'une main tremblante, il passa la bague à son doigt : elle lui allait parfaitement. Une vague d'émotion déferla soudain en lui.

Quand il était devenu champion du Premier Impératif, il avait été désigné pour succéder à Ézéchiel de la Croix. On lui avait montré tous les mécanismes de l'organisation : les comptes numérotés de la confrérie, les coffres abritant les cartes anciennes, les listes des membres et les documents originaux contenant les règles et les objectifs de la confrérie. Mais il n'avait pas encore eu vraiment le sentiment d'avoir succédé légitimement au maître : il avait fallu ce geste simple de placer la bague à son doigt. Ce couronnement symbolisait la passation de pouvoirs. Cela lui faisait prendre conscience des obligations et de l'honneur qui lui incombaient maintenant. Il ôta ses épaisses lunettes et en frotta les verres sur la manche poussiéreuse de sa robe de cotonnade avant de se rendre compte qu'il avait les yeux pleins de larmes.

Se maîtrisant, il se redressa, s'apprêtant à faire entrer les deux frères qui attendaient patiemment de l'autre côté de la porte fracassée. Puis il remarqua le tas de cendres plus petit auprès du corps calciné d'Ézéchiel, et un petit bout de tissu blanc à côté.

Il se sentit soudain la bouche sèche.

Il était si fasciné par l'anneau et par l'autorité qu'il exerçait maintenant sur la Confrérie du Second Avènement qu'il avait un instant oublié l'objectif même de cette haute fonction. S'agenouillant sur la pierre, il inspecta le tas de cendres. On aurait dit les plis effilochés d'un tissu calciné. Il le toucha et tout s'effondra en poussière. Il ramassa alors le bout de tissu blanc dont un bord était roussi par la flamme. En s'obligeant à garder son calme, il porta lentement le carré de lin à ses narines. Cela sentait surtout la fumée, mais il reconnut aussitôt une autre odeur : les relents écœurants des herbes et des huiles rituelles.

Ce bout de tissu, c'était tout ce qui restait du linceul qu'il avait lui-même aidé à préparer voilà quatre mois.

Mais, du corps qu'il avait enveloppé, aucune trace.

Note de l'auteur

Bien que ce roman se situe dans un avenir peu éloigné, une grande partie de la technologie évoquée ici est déjà du domaine du possible.

La thérapie génique existe depuis des années et le projet de Génome humain doit être réalisé d'ici quelques années : on disposera alors d'une carte de chaque gène caractérisant un être humain.

Le génescope de Tom Carter est un produit de mon imagination, mais, le 25 août 1996, le *Sunday Times* de Londres a publié un article évoquant le développement d'une « machine génique capable de prédire la durée de vie des gens et leurs prédispositions à telle ou telle affection grave ». Cette machine, mise au point en Amérique pour la recherche pharmaceutique, a été baptisée « Genechip ». Elle ne parvient pas encore à déchiffrer la totalité du génome humain, mais c'est très exactement un premier génescope.

De même, le logiciel Génie Gène de Jasmine Washington n'est qu'une extension de ce qui existe déjà dans les services de la police aux États-Unis : la possibilité de dresser un portrait physique d'un individu à partir de son ADN.

La science progresse à un rythme tel que, au cours de mes recherches, j'ai constaté que les problèmes qui semblaient le moins crédibles ne relevaient que rarement du futur mais bien plutôt du passé.

Deux questions notamment continuent à m'intriguer :

Pourrait-on découvrir aujourd'hui une relique biologique du Christ ? Et, si oui, que pourrait-elle bien révéler ?

MICHAEL CORDY
Londres, décembre 1996

Remerciements

Renoncer à une belle situation pour écrire un premier roman, simplement parce qu'on a en tête une bonne idée qui refuse de s'en aller, ça n'est pas facile – surtout quand on n'a pas la moindre notion de ce que cela implique. J'ai eu la chance d'avoir une femme d'un courage et d'une foi rares qui, tout au long de cette aventure, a été une véritable partenaire. Non contente de m'apporter un appui financier et affectif, Jenny m'a conforté dans ma décision de démissionner : c'est elle aussi qui a commencé les premières recherches pour trouver les articles de magazine qui convenaient et les ouvrages essentiels comme *Perilous Knowledge* de Tom Wilkie, et *The Transformed Cell*, du docteur Steven A. Rosenberg.

Jenny a également été ma première lectrice, mon premier conseiller littéraire. Ensemble, nous avons découvert ce qui marchait et ce qui ne marchait pas. Si elle a été mon critique le plus sévère et mon supporter le plus fanatique, elle n'a jamais cessé de me donner des idées sur la façon d'améliorer des personnages comme le Prédicateur et de resserrer l'intrigue. Je n'exagère pas en disant que sans elle ce livre n'aurait jamais été écrit.

Je tiens aussi à remercier mes parents, Betty et John Cordy, qui dès le début m'ont encouragé, notamment ma mère qui m'a sans relâche donné de précieux avis.

Pour avoir contrôlé et corrigé mes connaissances en génétique, je voudrais exprimer ma reconnaissance à Susan Robinson, qui m'a généreusement accordé son temps alors qu'elle préparait sa thèse de doctorat en ingénierie biochimique à l'University College de Londres. Il va sans dire que je suis seul responsable de toutes les erreurs qui subsistent.

Je remercie encore mes autres premiers lecteurs : Kathryn Leach, Andrew Sutcliffe, Anna Bahrrier et mon frère, Robert Cordy, pour leurs critiques constructives. Mes fidèles amis Charles Trier et Andrew Walker, pour leur soutien. Mon excellent agent Patrick Walsh, pour avoir porté le manuscrit à la connaissance des éditeurs, et Bill Scott-Kerr, pour ses conseils incisifs et pertinents.

Table

Prologue : 1968 sud de la Jordanie 9

Première partie : Au milieu des prophètes 17

1. Stockholm. 10 décembre 2002. Minuit 19
2. Boston, Massachusetts. Samedi 21 décembre 2002 26
3. Londres. Le même jour 48
4. Boston. Beacon Hill 55
5. Boston. Beacon Hill Un mois plus tard : 2 février 2003 66
6. Boston, plus tard ce matin-là. Laboratoire d'expériences animales de GENIUS 84
7. Caverne de la Lumière sacrée. Jordanie du Sud 97
8. Manhattan 107
9. Hôpital Saint-Louis, Paris 120
10. Boston. Département de Technologie de l'information de GENIUS 132
11. Boston. Beacon Hill 144

Deuxième partie : Le projet Cana 163

12. Paris. Trois semaines plus tard 165
13. Genève 177
14. Boston. Direction générale de GENIUS 193
15. Tel-Aviv 204
16. Jordanie du Sud 215
17. Le caveau du Souvenir 233
18. Boston. Laboratoire Crick 245

Troisième partie : Les gènes de Dieu 259

19. Boston. Beacon Hill 261
20. Boston. Direction générale de GENIUS.
Trois soirs plus tard 271
21. Département TI.
Direction générale de GENIUS. Boston 286
22. Caverne de la Lumière sacrée. Jordanie du
Sud 305
23. Direction générale de GENIUS 327
24. Clinique de GENIUS 340
25. En Corse 358
26. Pénitencier de l'État du Massachusetts.
Quartier des condamnés à mort 372

Quatrième partie : La souche miracle 387

27. Salle d'opérations de GENIUS.
Une semaine plus tard 389
28. Pénitencier de l'État du Massachusetts.
Quatre jours plus tard 400
29. Pénitencier de l'État du Massachusetts.
Chambre d'exécution 409
30. Boston. Beacon Hill 418
31. Caverne de la Lumière sacrée. Jordanie du
Sud 430
32. GENIUS, Boston 449

Épilogue : Trois mois plus tard 465

Note de l'auteur 471

Remerciements 473

Cet ouvrage a été composé par
PCA - 44400 REZÉ

Imprimé en France sur Presse Offset par

BRODARD & TAUPIN

GROUPE CPI

7980 – La Flèche (Sarthe), le 20-06-2001
Dépôt légal : juillet 2001

POCKET – 12, avenue d'Italie - 75627 Paris cedex 13
Tél. : 01.44.16.05.00